PEOPLE WE
爱情 MEET 假期
ON VACATION

Emily Henry

[美] 艾米莉·亨利 著

常鸿娜 译

国际文化出版公司
· 北京 ·

图书在版编目（CIP）数据

爱情假期 ／（美）艾米莉·亨利著 ；常鸿娜译 . —— 北京 ：国际文化出版公司 ，2024.7
ISBN 978-7-5125-1604-5

Ⅰ . ①爱… Ⅱ . ①艾… ②常… Ⅲ . ①长篇小说－美国－现代 Ⅳ . ① I712.45

中国国家版本馆 CIP 数据核字 (2023) 第 249419 号

北京市版权局著作权合同登记 图字 01-2024-3413

爱情假期

作 者	[美]艾米莉·亨利
译 者	常鸿娜
责任编辑	侯娟雅
责任校对	刘子涵
出版发行	国际文化出版公司
经 销	国文润华文化传媒（北京）有限责任公司
印 刷	三河市中晟雅豪印务有限公司
开 本	800 毫米 ×1230 毫米　　　32 开
	12.5 印张　　　290 千字
版 次	2024 年 7 月第 1 版
	2024 年 7 月第 1 次印刷
书 号	ISBN 978-7-5125-1604-5
定 价	58.00 元

国际文化出版公司
北京市朝阳区东土城路乙 9 号　　　邮编：100013
总编室：（010）64270995　　　传真：（010）64270995
销售热线：（010）64271187
传真：（010）64271187-800
E-mail：icpc@95777.sina.net

序言

五年前的夏天

在假期里，你可以变成任何你想成为的人。

就像一本好书、一套不可思议的穿搭一样，假期也会让你变成另一个版本的自己。在平时的生活中，可能你连跟着广播里的节奏晃动自己的脑袋都会觉得尴尬，但在特定的、挂有闪耀灯串的露台上，和着特定的钢鼓乐队的伴奏，你会发现其实你的舞也可以跳得和别人一样好。

在假期里，你的头发会变得不同，可能是因为水不一样了，可能是因为用了不一样的洗发液，也可能是因为你根本就懒得去洗或去梳你的头发，咸咸的海水自然会以一种你喜欢的方式把它们弄鬠，让你觉得或许你在家也可以这样，或许你可以是个不梳头的人，或许你可以是个全身是汗、皮肤的缝隙里沾满沙子的人。

在假期里，你开始毫无顾忌地和陌生人搭讪，就算最后以无比尴尬的结局收场又能怎样呢？反正你也不会再遇到那些人了。

那么今晚，在假期里的这个晚上，你就是那个你想成为的人，你可以做任何你想做的事。

好吧，或许并不是所有你想做的事情都可以做，有时你也会因为天气被困在某个特殊的情境中，比如现在我所遇到的状况，不得不在等着雨停的过程中，就地找些自娱自乐的法子。

我在往洗手间外走的时候停了下来，一方面是因为我还在计划着怎么玩乐，但最主要的还是因为地板太黏，弄掉了我脚上的一只凉鞋，我不得不一瘸一拐地回去重新穿上它。按理说，我是喜欢这里的一切的，可实际上我觉得光脚踩在复合地板上的某些不知道是什么的脏东西上很可能会感染疾病，就是某种我们认为只存在于疾控中心秘密基地的冷藏瓶里的疾病。

于是我单脚跳回鞋边，把脚趾滑进鞋上细细的橙色带子里，然后对这家酒吧进行全方位的观察：这里挤满了浑身是汗的人，吊在茅草棚顶的风扇懒洋洋地在空中旋转着。门是被撑开的，所以偶尔会有一阵雨从漆黑的夜幕中钻进来，给大汗淋漓的人群降降温。在角落里，一台被霓虹灯环绕的投币式自动点唱机正放着歌，那是火烈鸟乐团[1]的《我只在乎你》。

虽说这是一个度假小镇，但光顾这家酒吧的大多是本地人，这里没有身穿印花太阳裙和汤米巴哈马[2]衬衫的男男女女，也没有点缀着热带水果的鸡尾酒，这多少还是让人有些遗憾的。

如果不是因为暴风雨的关系，我应该会选择到别的地方度过我在镇子上的最后一晚。已经整整一星期了，雷声不断，大雨不停，我那些关于白色沙滩和闪亮快艇的憧憬算是彻底破灭了，我和其他

1　火烈鸟乐团（The Flamingos），1953 年在美国芝加哥成立的美国嘟哇和声（doo-wop）乐队。
2　汤米巴哈马（Tommy Bahama），是美国一个生产休闲男女运动服、牛仔服、泳装、配饰、鞋类和家居用品的品牌。

失望的度假者一起，整天泡在每一个我能找到的人头攒动的专宰游客的场所里，快速地将一杯又一杯的椰林飘香[1]倒进自己的嘴里。

不过今晚我实在受够了拥挤的人群和无尽的等待，以及那些手戴婚戒还从他们妻子的肩膀上方醉醺醺地朝我抛媚眼的白发老男人，于是我来到了这里。

在这个名叫"酒吧"的地板很黏的酒吧里，我在为数不多的客人中搜寻着目标。

他正坐在这个叫"酒吧"的酒吧的角落里，和我年纪相仿，大概 25 岁的样子。他有着一头浓密的淡黄色的头发，身材高大，肩膀宽阔，不过他弓着腰，所以你很难注意到这后面的两点。他低头注视着手机，从侧面看去，神情平静而专注。他用牙齿咬着饱满的下唇，手指慢慢地划着手机的屏幕。

虽然不像迪士尼那么拥挤，但这里还是非常吵闹。投币式自动点唱机低唱着令人毛骨悚然的 20 世纪 50 年代末的歌曲，中间还穿插着它对面墙上的电视里天气预报员的喊叫，他大声地播报着近几天的降雨将会突破以往所有的纪录。与此同时，一群男人突然爆发出几乎一模一样的笑声。而在酒吧的另一头，酒保在和一个金发女人聊天的过程中，不停用他的手掌拍打着柜台来表示他想强调的重点。

整个小岛都快被暴雨逼疯了，廉价的啤酒更是让所有人都变得聒噪起来。

但那个淡黄色头发的男孩却安静地坐在角落里，显得与周围的

1　椰林飘香（piña coladas），是由白朗姆酒、凤梨汁和柠檬汁调制而成的一款鸡尾酒。在西班牙语中，"piña coladas"是"菠萝茂盛的山谷"的意思。

环境格格不入，事实上，他身上的每个部位都在尖声抗议着他根本就不属于这里。在超过80℉[1]的气温和百分之一百多万的湿度下，他居然穿着皱皱巴巴的系扣长袖衬衫和一条海军蓝的长裤，而且让人觉得可疑的是，他的皮肤没有被晒成古铜色。他没有大笑，不快乐，也一点儿都不轻浮……

就是他了。

我拨开遮在脸上的那撮金色鬓发向他走去。在我靠近他时，他的眼睛始终盯着自己的手机，手指一直慢慢地拖动着屏幕上他正阅读着的东西，上面那行加粗的"第二十九章"刚好被我瞥到。

他竟然在酒吧里全神贯注地看书。

我侧身靠在柜台上，撑起手肘面向他："嘿，水手。"

他缓缓抬眼，目光落在我的脸上，然后眨了眨他浅棕色的眼睛："嗨？"

"你经常来这儿吗？"

他打量了我一会儿，显然是在认真考虑怎么回答我。"不，"他最终开口道，"我不住这儿。"

"哦。"我回他。不过没等我继续，他就接着说："就算我住在这儿，我的猫也有很多需要进行专门护理的医疗需求，它是离不开人的。"

他说的每句话都足以让我皱眉，但我很快就整理好自己的情绪："真是抱歉啊，在处理这一切的同时，还要面对死亡，一定很糟糕吧？"

他皱起眉头："死亡？"

1　约30℃。

我用手画了一个小圈，指向了他的服装："难道你不是来这儿参加葬礼的吗？"

他用力地抿了抿嘴："不是。"

"那是什么让你来到这个镇子呢？"

"一个朋友。"他的视线回到了他的手机上。

"住在这里的朋友？"我猜。

"是这个朋友拽我来到这里的，"他纠正道，"来度假。"他说到"度假"的时候，语气中带着几分不屑。

我翻了个白眼："不会吧！让你离开你的猫就是为了来寻欢作乐？你确定这个人真的可以称得上是'朋友'吗？"

"越来越不确定了。"他头也不抬地说。

他并没有给我太多继续说下去的机会，可我是不会轻易放弃的。"那么，"我继续推进，"你这位朋友是什么样的？很火辣？很聪明？或者很有内涵？"

"很矮。"他盯着手机说，"很吵，话匣子从来都关不上。会把脏东西洒到我和她穿着的每一件衣服上。她在爱情里品位很可怕，会在社区大学的广告前哭泣，就是那种写着单身妈妈在电脑前熬夜加班，在她不小心睡着后她的孩子把毯子披到她的身上，然后为她感到骄傲地微笑的广告。还有什么？啊，对了，她还对闻起来像沙门氏菌的破酒吧情有独钟，我在这儿是连瓶装啤酒都不敢喝的，你看到 Yelp[1] 上人们对这个地方的点评没？"

"你是在和我开玩笑吗？"我问，然后交叉双手，抱在胸前。

"好吧，"他说，"就算沙门氏菌没有味道，但珀比你很矮这的确

1　Yelp，美国最大的商户点评网站，创立于 2004 年。

是事实啊。"

"亚历克斯！"我猛拍一下他的大臂，从我扮演的角色中脱离出来，"我可是在帮你的忙哎！"

他揉着自己的胳膊问："帮我什么忙？"

"我知道虽然你因为莎拉伤了心，但你必须重新振作起来。要是在酒吧遇到和你搭讪的辣妹，你最不应该做的就是把你和你那只傻猫一直相依为命的事挂在嘴上。"

"首先，弗兰纳里·奥康纳并不是什么傻猫，"他说，"它只是有点儿胆小。"

"它就是个恶魔。"

"它只不过不喜欢你罢了，"他坚持说，"你身上有股很强的狗的能量。"

"我就是想摸摸它，"我说，"为什么要养一只不想被摸的宠物呢？"

"它是想被摸的，"亚历克斯说，"你总是用这种凶神恶煞的眼神靠近它。"

"我没有。"

"珀比，"他说，"你总是用凶神恶煞的眼神去看所有东西。"

就在这时，酒保把我点的酒端了上来。"女士？"她说，"你的玛格丽塔。"随后她迅速钻进了洗手间里。亚历克斯把磨砂玻璃杯从吧台的那边转到了我这边，我抓住杯子，一时觉得口渴难耐，于是"唰"地一下拿起它，但由于出手的速度过快，有相当一部分龙舌兰溅到了我的嘴唇上。他此时以一种超乎寻常的高度熟练的速度，趁酒溅到我的另一只胳膊前，就及时地把它从吧台上抢了下来。

"我说的没错吧？就是这种凶神恶煞的眼神。"亚历克斯一本正经地轻声说道。他平时基本上都是用这种语气和我说话的，不过在某些难得一见的宗教之夜，他就会把那个怪胎亚历克斯从体内释放出来。打个比方，其实也是之前发生过的事情，我见过他躺在KTV的地板上对着麦克风假装哭泣，他淡黄色的头发朝着不同的方向支棱起来，原本塞在裤子里那件皱巴巴的正装衬衫的下摆也跑了出来。

亚历克斯·尼尔森很善于掌控自己的情绪，在他那高大、宽阔、永远耷拉着的和（或）折叠成椒盐卷饼状的身体里，有着过剩的斯多葛主义[1]式的禁欲隐忍（他是鳏夫的长子，也是我见过的焦虑情绪最明显的人）和无穷无尽的克制压抑（他是在严格的宗教教育下成长起来的，他大部分较为强烈的情感都被抑制了起来），他也是我有幸认识的人中，真正意义上最为奇怪、有着隐秘的愚蠢，以及极度心软的大傻瓜。

我喝了一小口玛格丽塔，发出愉快的"嗯"声。

"你身体里果然住着一条狗。"亚历克斯自言自语地说，然后继续刷起了他的手机。

我不以为然地哼了一声，又喝了一小口："对了，这杯玛格丽塔里的龙舌兰占了总含量的大概90%，我希望你现在是在告诉Yelp上那些不知足的点评人们去见鬼，而且这地方闻起来一点儿也不像沙门氏菌。"我又咕咚咕咚喝下几口，爬上了他旁边的凳子，然后转身用膝盖抵着他的膝盖。我们一起出去的时候他总这样坐，这让我

1　斯多葛主义（Stoicism），是希腊哲学的一个流派，由芝诺创立于公元前3世纪早期的雅典。斯多葛学派认为通往幸福的道路是用一生实践美德和按照自然的方式生活。

很喜欢——他的上半身面对吧台，双腿却朝向我，就像一扇隐秘的、只对我敞开的门，而且这扇门不仅会通向那个世人都会看到的沉默寡言、不苟言笑的亚历克斯·尼尔森，还会直直地通向那个怪胎亚历克斯，那个尽管讨厌坐飞机、讨厌改变、讨厌睡在任何一个不是他家床上的枕头上，却还是年复一年地跟着我一起到处旅行的那个亚历克斯。

我喜欢他每次和我出去的时候都径直走向吧台，他知道我喜欢坐在那里，尽管他也曾经向我承认过每次我们这样做的时候，他都会因为和酒保的眼神接触过多或过少而感到压力很大。

说真的，我喜欢，甚至可以说爱我最好的朋友亚历克斯·尼尔森的几乎一切，我希望他快乐，所以即使我并不怎么喜欢他过去的那些约会对象——尤其是他的前任莎拉——但我知道我有责任确保他不会因为近期的伤心难而自闭厌世，毕竟如果我遇到这种状况，他也会，或者说他也曾经为我做过同样的事情。

"那么，"我说，"我们要从头再来一次吗？我来扮演酒吧里一个性感的陌生人，你就做那个充满魅力的你自己，把猫的那一段儿去掉，我们很快就能让你重新开始约会了。"

他的眼睛从手机上移开，抬头看向我，近乎不屑地笑了笑。我之所以用"不屑"来形容这个笑容，是因为对亚历克斯所能做出的所有表情来说，这个词已经非常接近了。"你是说用'嘿，水手'作为开场白的陌生人吗？那我觉得咱们可能对'性感'的理解还是有出入的。"

我在我的凳子上转动着身体，膝盖"砰"的一声撞到他的膝盖上，然后将身体转离他，随后又转了回来，脸上重新出现了那种轻佻的微笑。"当你……"我说，"从天堂坠落的时候，疼吗？"

他摇了摇头。"珀比，我想让你知道的是，"他慢慢地说，"就算我哪天真的想约会了，也和你这种所谓的帮助没有任何关系。"

我站起来，动作夸张地将剩下的酒一饮而尽，然后把玻璃杯拍在吧台上，"我们走吧。"

"你是怎么做到在约会这件事上比我成功的？"他问，似乎对个中奥妙感到了敬畏。

"很简单，"我说，"我的标准比较低，而且没有弗兰纳里·奥康纳这个拖油瓶。我去酒吧的时候，不会全程愁眉不展地刷 Yelp 上的评论，也不会表现出一副生人勿近的样子。对了，还有一个不容争辩的事实就是，从某些特定的角度看，我确实很漂亮。"

他站了起来，在吧台上放了 20 美元，然后把钱包塞回他的口袋里。亚历克斯总是随身带着现金，但我不知道他为什么这样，我曾经至少就这个问题问过他三次，尽管他也回答过，可我还是没能弄清原因。要么就是他的回答太无聊了，要么就是太难懂了，以至于我根本没费一点儿脑子去记一下。

"这也改变不了你就是个彻头彻尾的怪胎的事实。"他说。

"可你就是爱我。"我带着一丝防备地指出。

他用胳膊搂住我的肩膀，低头看向我，饱满的嘴唇微微上扬。他的脸就像一个细密的滤网，一次只会露出一点点几不可见的表情。"我知道。"他说。

我大喇喇地对他笑道："我也同样爱你。"

他尽量不让自己笑得太开，保持着这个微乎其微的笑容："我也知道。"

龙舌兰让我觉得有些昏昏欲睡，整个人也变得慢吞吞的，我靠在他身上，一起向敞开的大门走去。"这次旅行真不错。"我说。

"比之前的都好。"他赞同地说，凉凉的雨水倾盆而下，就像礼花筒里喷出的五彩纸屑一样环绕着我们。他将我搂得更紧了些，胳膊温暖而结实，上面清爽的雪松木一样的味道就像斗篷似的罩在我的双肩上。

"我甚至连下雨都不怎么介意了。"我说。我们走进了这漆黑而潮湿的夜晚，远处雷声大作，不停嗡嗡的蚊子和大片的棕榈树颤抖了起来。

"我倒挺喜欢下雨的。"亚历克斯说着，把搭在我肩膀上的胳膊弯了起来，罩在我头顶上方。在我们以百米冲刺的速度，跑向水雾笼罩的马路对面那辆我们租来的小红车时，他就这么暂时性地充当了我的人形雨伞。我们刚到车旁，他就从我身边跑开，先帮我打开了车门——因为带自动车锁和自动窗户的车租金是没有可以打折的，所以我们选择了这辆车——然后绕过车子的引擎盖，冲到驾驶座上。

亚历克斯挂上挡，开动了车子。在车子离开停车位，朝着我们的临时住处行驶的时候，车里的空调正发着嘶嘶的响声全速运转着，冷风从空调里喷出来，悉数打在我们湿漉漉的衣服上。

"我刚刚想起来，"他说，"我们在酒吧里没有拍照片，那你要上传什么到你的博客里？"

我大笑起来，随后意识到他并不是在开玩笑："亚历克斯，我的读者并不想看到在'酒吧'酒吧里拍下的照片，他们压根儿就不想看到关于'酒吧'酒吧的任何描写。"

他耸了耸肩："我觉得'酒吧'酒吧也没有那么糟糕。"

"你刚才不是还说它闻起来像沙门氏菌。"

"除此之外都还好。"他打起转向灯，把车开到那条栽着成行棕榈树的狭窄小路上。

"话说回来，我这一整个星期都没有拍到什么可以用来上传的照片。"

亚历克斯皱起眉头，用手搔了搔他的眉毛，把车缓慢地开上住宅前面的碎石车道。

"除了你拍的那些。"我又飞快地补充道。尽管亚历克斯主动帮我拍的那些要上传到我社交媒体的照片实在是惨不忍睹，但因为他乐于为我做这件事情，让我觉得我很爱他，所以我上传了其中一张看起来没那么糟糕的照片——我当时的脸很扭曲，嘴里一边说着什么，一边尖叫着朝他大笑，可以想到他当时正努力地想要引导我；与此同时，在我的头顶上，几朵预示着暴风雨的乌云正在逐渐汇聚，这情景就好像我在为萨尼贝尔岛[1]招来一场大灾难；不过，至少你能看出我是很开心的。

我再次看向那张照片的时候，虽然已经不记得亚历克斯说了什么才让我做出那样的表情，也不记得我紧接着冲他大声喊了些什么，但我都会感到同样的温暖，就像我想起我们之前的任何一次暑期旅行时一样。

那是一种幸福的感觉，是一种好像生活本该如此的感觉——和你所爱的人，看遍所有美丽的风景。

我想试着在图片的说明文字里把这样的心情写下来，可解释起来又实在很难。

我的帖子一般都是关于穷游的，也就是如何花尽可能少的钱，得到尽可能好的体验。不过，一旦有十多万人是因为海滩度假而关注了你，那么你最好向他们展示一次——一次海滩度假。

---

1 萨尼贝尔岛（Sanibel Island），是佛罗里达州的一个城市，是不错的旅游度假胜地。

在过去的一周里，我们在萨尼贝尔岛的海岸上一共只待了40来分钟。在剩下的大部分时间里，我们除了会泡在酒吧、饭店、书店和一些古着店里，还会花很多时间待在我们租来的破旧小屋里，一边吃着爆米花，一边数着窗外的闪电。我们没能把皮肤晒黑，没有看到热带鱼，没有潜水，也没有在双体船上晒太阳，还有很多事我们都没做，到头来只是伴随着从超长连播的《阴阳魔界》里不断发出的嗡嗡声，靠在柔软的沙发上睡着又醒来。

有些地方，无论是否有阳光的照耀，你都可以看见它绝美的盛景，可惜这里并不是那样的地方。

"嘿。"亚历克斯一边说着，一边将车停好。

"嘿什么？"

"我们来拍张照吧，"他说，"咱们俩的合照。"

"可你不是讨厌被拍吗？"我提醒他说。其实我一直都不理解这是为什么，因为从严格意义上说，亚历克斯真的长得很帅。

"没错，"亚历克斯说，"但现在天很黑，而且我想记下这一切。"

"好吧，"我说，"是啊，那我们来拍一张吧。"

我伸手去拿我的手机，但他已经掏出他的手机举了起来，只不过对准我们的是手机背面的常用镜头，他并没有使用方便我们在屏幕中能够看到自己的前置镜头。"你在干什么？"我说着，伸手去抓他的手机，"明明就有自拍模式啊，你真是个老人家。"

"别！"他笑着猛地把手机举到我够不着的地方，"我又没打算让你上传到你的博客里，所以我们也不用拍得那么好看，只要看上去是我们自己的样子就可以了。如果用自拍模式的话，那我就不想拍了。"

"但它会有效地缓解你的容貌焦虑。"我对他说。

"珀比，我已经给你拍过那么多张了，"他说，"这次就按照我的想法拍吧。"

"那好吧。"我的上身越过座位之间的手扶箱，靠在他湿漉漉的胸膛上，他微微低下头，缩小了一点我们之间的高度差。

"1……2——"他还没有数到3，闪光灯就飞快地划过。

"你这魔鬼！"我骂他。

他把手机翻转过来，看了看上面的照片，马上就哀号起来，"不！"他说，"我真的是魔鬼。"

我端详着我们那两张像鬼一样可怕而模糊的脸，笑到喘不过气来：他的湿发一缕一缕地翘起来，我的头发则像鬟须一样粘在我的脸颊上，因为暖风的关系，我们周身都显得又红又亮，我的两只眼睛都是闭着的，而他的眼睛则是眯起来的，看上去很肿。

"我们是怎么同时做到又模糊又丑的？"

他大笑着把头靠回到头枕上："好吧，我这就删掉它。"

"别！"我尖叫着去抢他手里的手机，他也使劲抓着它，但我没有松手，于是我们夹着手机在中控台上僵持着，"亚历克斯，这不就是你想要的吗？记下这次旅行最真实的样子，让我们看上去是自己本来的样子。"

他的微笑一如往常那样几不可见："珀比，照片里根本就不是你本来的样子。"

我摇了摇头："你也一样。"

我们沉默了很久，觉得这件事就这样吧，也没什么可说的了。

"明年我们去个冷的地方吧，"亚历克斯说，"不怎么下雨的地方。"

"行，"我咧嘴笑了起来，"我们去个冷的地方。"

第1章

今年夏天

"珀比,"斯瓦娜从暗灰色的会议桌的另一头发话了,"你准备了什么?"

斯瓦娜·巴克希-海史密斯作为《休闲+娱乐》帝国的女王,是不可能贯彻我们优秀杂志的任何一条核心价值观的。

斯瓦娜的上一次休假距今已三年,她当时怀有八个半月的身孕,医生要求她卧床休息。可即便如此,她还是把笔记本电脑架在自己的肚子上,把时间都花在和办公室的人用视频进行交流这件事情上了,所以我觉得她没有什么真正的娱乐活动。从她头上光滑后梳的时髦波波短发,到她脚上亚历山大·王的镶着铆钉的高跟鞋,关于她的一切,都是那么锋利、尖锐,且迅猛有力。

她尾部上扬的眼线完全可以切开一个铝罐,而她翠绿色的双瞳则可以在铝罐被切开之后将它彻底粉碎,它们二者此时此刻都正对着我。

"珀比?你在听吗?"

我茫然地眨了眨眼，向前挪动了一下坐在椅子上的身体，然后清了清嗓子。我最近总会这样开小差。当你有一份每周只需要来一次办公室的工作时，最好不要像一个上代数课的孩子一样全程有一半的时间都在走神，特别是当你面对的还是一个既可怕又爱鼓动人心的老板，这么做无疑就更不明智了。

我研究起了面前的笔记本，我总是带着写有各种潦草笔记的本子来参加每周五的提案会，本子上的内容包括某些其他国家的我不太熟悉的节日、可以提供地方特色油炸甜点的著名餐厅、南美洲几个特定海滩上才能欣赏到的自然景观、新西兰一些新兴的葡萄庄园、极限项目里出现的几种新的趋势，以及适合水疗爱好者的深度放松模式。

我一度怀着惶恐的心理写下这些东西，希望我在未来某天会经历的东西像是原本就长在我的身体里一样，可以在我体内枝繁叶茂地长，迫切地想要挣脱躯体对它们的束缚。我总会在提案会的前三天里拼命地在谷歌搜索，一张又一张地翻看着图片上那些我从来都没去过的地方，如饥似渴。

可这一次，我仅仅花了十分钟的时间就在本子上写下了几个国家的名字。

我写下的是国家，甚至连某个具体的城市都不是。

斯瓦娜看着我，她正等着我说出明年夏天最为重要的专题策划提案，而我此时则看向了我写下的那个国家：巴西。

巴西是世界第五大国家，国土面积占全世界的 5.6%。可我总不能写一篇短小明快的巴西游记吧，至少也得选个具体的大区出来吧。

我翻了一下笔记本，假装继续研究着下一页，但下一页上什么都没有。我的同事盖瑞特靠过来，像是要越过我的肩膀，去看看我在本子上到底写了什么，我随即"啪"的一声合上笔记本。"圣彼得堡。"我说。

斯瓦娜挑起右眉毛，开始在桌子的那头来回踱步："我们三年前就做过圣彼得堡的夏季专题了，白夜节[1]庆典，还记得吗？"

"阿姆斯特丹？"身边的盖瑞特抛出一个词。

"阿姆斯特丹是个更适合春季专题的城市，"斯瓦娜略微有些恼火地说，"而且你不可能在介绍阿姆斯特丹的专题里不把郁金香加进去。"

我之前听说斯瓦娜曾经去过 75 个国家，而且其中有些国家她还去过不止一次。

她顿了一下，一边思考着，一边用手机一下一下地拍着另一只手的手掌："除此之外，阿姆斯特丹太过……热门了。"

斯瓦娜坚信在现阶段大热的东西本身就意味着它已经过时了。如果她感觉到波兰的托伦正在成为当下流行的话题，那么托伦就将不会出现在未来十年的议题选项里。在工位旁边的墙上用彩头图钉钉着一张列表，上面列着被我们《休闲 + 娱乐》杂志排除在外的地方（托伦不在这张表格上），每一个地方都是她手写上去的，旁边还标注了相应的日期。大家都在私下里注，赌名单上的城市哪天会被释放出来。办公室从来都没有像那些早晨一样在平静的表象下涌动着令人激动的雀跃——斯瓦娜一手挎着名牌笔记本电脑包，另一只手里握着一支笔，大步走到名单前，准备划去某些被排除掉的城市。

每个人都屏住呼吸看向她，好奇她会从《休闲 + 娱乐》的黑名单里将哪座城市解救出来，一旦大家确定她走进了她的办公室，那

1　白夜节（White Nights），是圣彼得堡一年一度的夏季节日。

么她前脚刚关上办公室的门，那个离名单最近的人后脚就会跑过去查看被划掉的那一项，然后转身小声向编辑部的所有人说出那个城市的名字，随即大家就会进行一番无声的庆祝。

去年秋天，在巴黎从名单中被释放出来的那一天，有人开了一瓶香槟，盖瑞特从他办公桌的抽屉里取出一顶红色的贝雷帽，那顶帽子显然就是为了那样的场合而特意准备的。在那一整天里他都戴着那顶帽子，不过每次在听到斯瓦娜办公室的门发出咔嗒声和嘎吱声的时候，他都会一把将它从头上扯下。他本以为一天下来自己都没有被斯瓦娜发现，可就在晚上即将下班的时候，她在他办公桌前停了下来，然后用法语对他说："再见，盖瑞特。"

他的脸色瞬间变得像那顶贝雷帽一样红。虽然我觉得斯瓦娜只是想开个玩笑，并没有别的意思，但从那以后，盖瑞特被打击的自信心就一直没有得到彻底的恢复。

而就在刚才，阿姆斯特丹被列为"热门"，他的脸颊从过去那顶贝雷帽的鲜红色变成了现在的甜菜紫色。

这时有人说出了科苏梅尔岛[1]这个地名，接着又有人提议拉斯维加斯，斯瓦娜稍微考虑了一下。"拉斯维加斯还挺有意思，"她直直地看向我，"珀比，你是不是也觉得拉斯维加斯挺有意思的？"

"肯定特别有意思。"我附和道。

"圣托里尼。"盖瑞特用卡通老鼠的声音说。

"圣托里尼确实不错，"斯瓦娜说，这让盖瑞特终于松了一口气，"但我们需要一些不落窠臼的东西。"

她目光锐利地再次看向我。我明白她的意思，她想让我来写这

---

1 科苏梅尔岛（Cozumel），意为"燕子岛"，是墨西哥尤卡坦半岛附近加勒比海中的一个岛屿。

个重要的专题，而这也是我来这里的原因。

我觉得自己的胃里翻江倒海，积极地提出我将继续进行头脑风暴，然后在下周一的时候拿出新的提案。

她点头表示接受。坐在我旁边的盖瑞特在他的椅子里一点点滑下去。我知道他和他的男朋友很想得到一次免费游览圣托里尼的机会，我想这不单是所有旅行作家的梦想，任何一个人会有这种想法都不足为奇。

当然，其中也包括我。

"别放弃呀，"我想告诉他，"如果斯瓦娜想从我这儿得到新鲜的点子，那我大概率要让她失望了。"

我已经很久都没有新鲜的点子了。

"我觉得你应该再争取一下圣托里尼。"瑞秋一边说，一边转着她放在马赛克桌面茶几上的那杯粉红葡萄酒[1]。

瑞秋·克罗恩，时尚博主，法国斗牛犬爱好者，土生土长的上西区[2]人（但幸好她不是当听到你是从俄亥俄州来的时候会表现出一副"哇哦，这也太神奇了吧"的那种人，她不会表现出她压根儿不知道俄亥俄州的存在的样子，也不会说出"有人听说过俄亥俄州吗"等诸如此类的话），她还是专业级别的好朋友。

尽管瑞秋拥有很多高端家电，但她还是坚持手洗碗筷，因为她觉得这么做会让她的身心都得到舒缓。她还喜欢穿十厘米鞋跟的高跟鞋，因为她认为平底鞋纯粹是为了骑马、做园艺，或者实在找不

1　粉红葡萄酒（Rosé），简称粉红酒，是一种葡萄酒，其颜色来自较为浅色的红葡萄或黄葡萄的果皮，这些葡萄能把酒体变成粉红色或相近的颜色。
2　上西区（Upper West Side），美国纽约市曼哈顿的一个富裕的住宅小区。上西区被认为是曼哈顿的文化和知识中心之一。

到任何一双适合的高跟鞋的情况而存在的。

瑞秋是我搬到纽约后交到的第一个朋友，她是社交媒体上很有影响力的"网红"（主要就是通过拍摄她在漂亮的大理石梳妆台前，使用展示品牌方的化妆品的照片来获得报酬），而我则从来没有和那些关注我的人建立起友谊，不过事实证明这样也是有好处的（在他们等着我更新三明治摆拍的时间里，我们双方都不必因此而感到尴尬）。尽管我最初觉得自己和瑞秋不怎么可能玩到一起，但她仅仅在第三次和我见面的时候（恰好就在我们此刻所在的丹波区[1]的同一个葡萄酒吧里），就大方地向我承认她一周所有的照片都是在周二这一天拍完的，她会在同一天里变换不同的穿搭和发型，从公园到餐馆，更换不同的拍照背景，然后她会用一周里剩下的时间为救助小狗编辑文章，并运营与之相关的社交媒体。

她入行的原因是她有着非常上镜的生活，以及两条相当上镜（尽管总需要看医生）的狗。

不过对我而言，我从一开始就把社交媒体的粉丝增长当作一项长久经营的事业，目的就是将旅行最终转化为一份全职的工作。尽管初衷各有不同，但我们还是来到了相同的地方。我的意思是，尽管她出身于上西区，我居住在下东区[2]，但现在的我们都成了"活广告"一样的存在。

我喝了一大口起泡酒，然后晃动着杯子，认真思考起她刚刚说过的话。我至今都还没有去过圣托里尼，在我爸妈那套拥挤不堪的房子里，存放着一个塞满各种杂物的特百惠的盒子，在那个盒子里，

1　丹波区（Dumbo），曼哈顿大桥立交桥下方的简称，是纽约市布鲁克林区的一个街区。

2　下东区（Lower East Side），是美国纽约市曼哈顿东南部的一片街区。

有一张我大学时写下的梦想目的地的清单，而圣托里尼在清单上的排名非常靠前。那些简洁的白色线条和大片波光粼粼的蓝色大海，是我在俄亥俄州那座凌乱的双层公寓中最遥远的想象。

"算了吧，"我终于还是对她说，"圣托里尼是盖瑞特力荐的，他到时候肯定会暴跳起来的，因为如果我决定了要去那里，斯瓦娜应该就会批准。"

"我不明白，"瑞秋说，"选择一个度假地有这么难吗，小珀？你又不用考虑钱的问题，你只需要选择一个地方，然后出发，接着再选择另外一个。你的工作不就是这样吗？"

"哪有这么简单。"

"确实，没错，"瑞秋摆了摆手，"我明白你的老板想要的是一次'不落窠臼'的旅行。可是当你拿着公司的钱出现在某个漂亮地方的时候，新奇的点子不就自然来了？在这个世界上，如果连你这种有大型媒体集团出资的旅游记者都不能拥有奇幻之旅的话，那别人简直就想都不用想了。何况要是你都不能拥有一趟不落窠臼的旅行，那你又怎么能指望这世界上的其他人会拥有它呢？"

我耸了耸肩，从冷切拼盘里掰下一块奶酪："也许这就是关键所在吧。"

她挑了一下她黑色的眉毛："关键所在？"

"没错！"我说。她冷冷地看了我一眼，眼里尽是反感。

"你能不能别这么可爱又异想天开啊？"她直截了当地说。对斯瓦娜·巴克希－海史密斯来说，"可爱""异想天开"和"热门"一样糟糕。尽管从瑞秋的发型、妆容、服饰和公寓中都透露着一种柔和而朦胧的美，但她本质上却是一个非常务实的人。对她而言，这种活在公众视野里的工作其实和其他工作没什么区别，她之所以继续从事这份工作，并不是因为她很享受这个领域中人为制造出的那种小有名气的感觉，而是因为它的报酬可以支付她的各种账单。在每个月的月底，她都会从照片中挑选出拍得最差的几张原片进行发布，并在标题的位置写上：这是一组精心挑选的图片，意在让你对根本不存在的生活充满渴望，我就是靠这个赚钱的。

没错，她之前上的是艺术学校。

但不知是什么原因，她这种并非正经八百的行为艺术却丝毫不会影响她的人气。每逢月末的最后一天我恰好在城里的时候，我都会试着腾出时间和她去喝几杯葡萄酒，这样我就可以看到她接收通知时的样子——她总是一边翻着白眼，一边看着新的赞和粉丝的大批拥入。她每隔一段时间就会抑制住尖叫对我说："你看这个！'瑞秋·克罗恩是如此真实勇敢。她要是能做我妈就好了。'我试图告诉他们的就是他们并不了解真正的我，可他们就是搞不明白这一点。"

她对毫无理由的盲目乐观是缺乏耐心的，不过对无缘无故的悲观忧郁更加无法忍耐。

"我并不可爱，"我向她保证道，"而且我绝对没有异想天开。"

她的眉毛挑得更高了："你确定？可你看起来似乎两者兼有啊，宝贝。"

我翻了个白眼："你不过是想说我很矮还喜欢穿鲜艳的颜色罢了。"

"不，你不是很矮，是非常矮，"她纠正道，"而且喜欢花哨的图案。你的风格就像是 20 世纪 60 年代巴黎面包师傅的女儿在天刚亮的时候，骑着自行车穿过她的村庄，一边大喊着全世界早安，一边向人们分发着法棍。"

"不管怎样，"我说，我想把话题重新拉回来，"我的意思就是，花这么一大笔钱去旅行，然后把这一路的见闻写给这世界上仅有的有钱有闲的 42 个人看，好让他们重新来一遍，这究竟有什么意义呢？"

她思考着，双眉呈一条平直的横线状："好吧，珀比。首先，我不觉得人们会把《休闲＋娱乐》的文章当成他们的旅行指南。他们只是从你为他们选出的 100 个目的地里选出三个而已。其次，人们想从旅游杂志上看到的是田园诗一般的假期，他们买杂志并不是为了做旅行计划，他们只想做个白日梦罢了。"即便眼前的是这个充满务实精神的瑞秋，可她体内还是混进了那个玩世不恭的艺术生瑞秋，这使得她的话更增添了几分说服力。艺术生瑞秋似乎像是一个对着天空尖叫的老者、一个端坐在餐桌上的继父一样，一边说着"孩子们，你们怎么就不能暂时拔掉你们的电源呢"，一边拿出一个大碗准备没收所有人的手机。

尽管我很爱艺术生瑞秋，也很爱她待人接物的原则，但当她的这些话在人行道的露天座位上向我扑面而来时，我还是感到了一丝气馁，因为我此刻还有很多想说却又没有说出口的话——那些在我旅游间隙回到的并不舒适的无人公寓中，躺在那张几乎全新的沙发上度过的大把时间里，几乎从未完全暴露在我面前的敏感而隐秘的想法。

"这究竟有什么意义呢？"我沮丧地又说了一遍，"我的意思是，你从来都没有过这样的感觉吗？就比如，我很努力地工作，努力做好每一件事情——"

"得了吧，并不是'每一件事情'，"她说，"宝贝，你可是在大学的时候就退学了。"

"那样我才可以得到我梦寐以求的工作，而且事实上我确实得到了。我在一家顶级的旅行杂志社里上班！而且我还有间不错的公寓！我可以坐出租车出门，而且不用为它产生的费用过于担心，可尽管如此，"——我的呼吸有些颤抖，尽管那些即将出口的话像沉甸甸的沙袋一样砸在我身上，但我还是有些犹豫——"我并不快乐。"

瑞秋的表情变得柔和起来，她默默地把手放到我的手上，等着我继续说下去。我花了好一会儿才整理好自己的情绪，我觉得自己会冒出这种想法来，本来就像个不知好歹的浑蛋了，更不用说我居然还要把这种想法大声地说出来。

"一切都和我想象中的差不多，"我终于还是开口了，"各种派对，各种奖项提名，在各大国际机场转机，在喷气式飞机上的鸡尾酒会，还有数不清的海滩、快艇、葡萄庄园……虽然一切似乎都是它们该有的样子，但我就是觉得它们跟我想的不太一样了，老实说，我的感觉似乎和过去不太一样了。你知道吗，我过去会在出发前的好几周都有一种欣喜若狂的兴奋感，而且在我到达机场时，我感觉就像是——就像是血液在我的血管里嗡嗡作响，就像是周围的空气都充满着无限的可能。可现在我也不知道了，我不确定究竟是什么发生了变化，或许是我本身发生了改变。"

她将乌黑的鬓发别到耳后，耸了耸肩说："你很'渴望'它们，宝贝。因为那些是你从前不曾拥有过的，所以你渴望它们，非常迫切地渴望它们。"

我瞬间就明白了她的话，她是对的，她透过我杂乱的叙述一针见血地指出了问题的核心。"这不是很蠢吗？"我怅然地笑了笑，"我的人生变成了我想要的样子，可我却在怀念那种渴望着某种东西的感觉。"

我曾因它的重量而颤抖，大脑因为未来无限的可能而嗡嗡作响，在来《休闲＋娱乐》以前，我住在一栋没有电梯的破旧公寓的五层，当时我还是花园酒店的酒保，我曾无数次在下了晚班后盯着公寓的天花板发呆，幻想着未来——我要去什么样的地方，遇到什么样的人，以及我究竟会成为谁。

瑞秋将她杯子里剩下的酒一饮而尽，然后用饼干蘸了蘸布里奶酪[1]，会意地点了点头："千禧一代的倦怠感。"

"有这样的说法？"我问。

"目前还没有，不过如果你把它再复述三次的话，那么在今晚之前，你就会看到一篇提名候选名单的相关评论文章了。"

像是为了阻止这种邪恶的事情发生，我把一小撮盐从自己肩膀的上方扔了过去（有迷信说法表示撒盐会带来厄运，不过将其中的一部分盐从左肩扔过即可破解厄运），而瑞秋则"哼"了一声，给我们又各添了一杯酒。

"我还以为最让千禧一代困扰的就是我们永远也无法得到的那些我们想要的东西——房子，工作，还有财务自由。我们所能做的就是无休止地待在学校里，然后到死都只能做个酒保。"

"是啊，"她说，"不过你为了追求你想要的东西在上大学的时候就退学了，所以我们才会遇到彼此。"

"可我并不想要千禧一代的倦怠感，"我说，"这让我觉得自己就像个无法从自己的美好生活中得到满足的浑蛋一样。"

瑞秋又哼了一声。"得到满足本身就是资本主义编造的谎言，"艺术生瑞秋如是说，但也许她说的是有道理的，她在很多时候都是有道理的，"想想看所有我发过的那些照片，它们统统都在兜售着某

1　布里奶酪（Brie），是一种柔软的奶酪，以牛奶或者羊奶发酵制成。

种东西，某种类似于生活方式一样的东西。人们看到那些照片后就会想'要是我也能拥有索尼亚·里基尔[1]的高跟鞋和铺着法国人字斜纹橡木地板的豪华公寓，那我就会非常开心了。到时候我会漫无目的地在房子里游逛，给所有的绿植都浇一遍水，然后点燃我那些用都用不完的祖·玛珑[2]香薰蜡烛。我觉得我的生活会变得无比和谐，我终于"爱上"了我的家，我终于能够"享受"我的生活了。'"

"你的兜售相当成功，瑞瑞，"我说，"你看起来非常开心。"

"那是当然，我的确做得不错。"她说，"可我并不觉得满足，你知道为什么吗？"她从桌上抓起手机，飞快地翻出一张她记忆中的图片，然后举了起来。照片里的她斜靠在她那张天鹅绒的沙发上，身边挤满了斗牛犬，它们的下巴上都有着类似的伤疤，那些伤疤都是因为当初要救它们的命，而给它们动了差不多的手术所留下来的。图片中她素面朝天，身上穿着海绵宝宝图案的睡衣。

"因为在那些不为人知的小巷里，那些简陋的狗狗作坊每天都会培育出无数个这样的小家伙！他们让可怜的狗狗一次又一次地怀孕，而一窝又一窝的小狗因为基因的变异，生活会变得更加艰难痛苦。更过分的是他们把所有的比特犬都关在狗舍里，让它们在那样的狗狗监狱里一点点腐烂。"

"你是说我也该养条狗吗？"我说，"不过，我旅行记者的职业属性对我养宠物这件事情多少是个阻碍。"老实说，即使不是因为工作的关系，我也不确定自己是否能应付得了一只宠物。我很喜欢

---

1 索尼亚·里基尔（Sonia Rykiel），是由法国"针织皇后"索尼亚·里基尔于 1968 年在巴黎创立的同名品牌。2021 年该品牌被 DKNY 母公司收购。
2 祖·玛珑（Jo Malone），是设计师 Jo Malone 创立的英国化妆品品牌，属于雅诗兰黛集团，是英国香水和香味蜡烛品牌，以豪华蜡烛、沐浴产品和香水而闻名。

狗，而且从小我家里就养着好几条狗。但一提到宠物，随之而来的就是它们的毛发、吠叫和无尽的混乱。对于我这种相当混乱的人来说，这简直就是个滑坡谬误[1]——如果要我去动物收容所领养一只狗的话，谁也不能保证我到家的时候带回的不会是六只狗和一只野生郊狼。

"我是说，"瑞秋回答说，"目标要比满足更加重要，你有着一大堆的职业追求，这让你拥有了目标。你一个接一个地实现它们，走到今天，反而变得没有目标了。"

"所以我需要的是新的目标。"

她用力地点了点头："我读过一篇相关的文章。据说长期目标的完成往往会导致抑郁。宝贝，重要的不是目的地，而是旅程本身，你管那些抱枕上会写什么呢。"

她的脸再次变得柔和起来，就像她那些被点赞最多的照片里的表情一样："我跟你讲，我的心理医生说——"

"你老妈。"我说。

"但她当时是以心理医生的身份说出这句话的。"瑞秋辩驳道。我明白她为什么会这么说，毫无疑问，桑德拉·克罗恩可以被看作医生桑德拉·克罗恩，就像瑞秋也当然可以被看作艺术生瑞秋，而不是那个实际上正在接受心理治疗的瑞秋一样。尽管瑞秋可能会央求她的妈妈，但她的妈妈拒绝把瑞秋当成病人对待，可瑞秋又坚决不去看别的心理医生，所以她们就这样陷入了僵局。

"好吧，不重要，"瑞秋继续说，"总之她告诉我，当你不快乐的

1　滑坡谬误（Slippery Slope），是一种逻辑谬论，即不合理地使用连串的因果关系，将"可能性"转化为"必然性"，以达到某种意欲之结论。

时候，最好要像寻找其他丢失的东西一样去寻找它。"

"通过一边抱怨一边把沙发靠垫丢得到处都是的方法吗？"我试着问她。

"通过回溯你的每一步，"瑞秋说，"所以，珀比，你所要做的就是努力回想，并问问自己，你上一次真正感觉到快乐是在什么时候。"

可问题是，我根本就不用回想，完全不需要。

因为我很清楚地知道我上一次真正感到快乐是在什么时候。

两年前，在克罗地亚，和亚历克斯·尼尔森在一起。

可我再也无法找到回去的路了，因为从那以后，我们就再也没有说过话了。

"你会好好想想的，对吧？"瑞秋说，"克罗恩医生总是对的。"

"没错，"我说，"我会好好想想的。"

第 2 章

今年夏天

我真的有好好思考这件事情。

坐地铁回家的时候，下了地铁步行穿过四个街区的时候，洗热水澡的时候，涂发膜的时候，敷面膜的时候，还有躺在我新买的硬挺的沙发上的那几个小时里。

我并没有把很多时间花在将这间公寓改造成一个真正意义的家上，况且我是由一个铁公鸡一样的爸爸和情感过于丰富的妈妈结合而来的产物，这也就意味着我是在一栋塞满破烂儿的房子里成长起来的。我的妈妈一直保存着我和哥哥们小时候送给她的破茶杯，我的爸爸则把我们所有的旧车都停在了房前的院子里，因为他总幻想着万一自己哪天学会了修车。尽管我至今都不知道究竟在一栋房子里摆放多少个小摆件才称得上是数量庞大，但从大家对我童年住处的反应来看，似乎选择极简要比极繁要安全得多。

在我的公寓里，除了一堆平时很少穿到的古着衣服（莱特家族的第一准则就是：但凡你能用很少的钱买到的全新的东西，都是不值得你买的），就没什么别的值得一看的东西了。于是我干脆盯着天花板开始回想。

可越是回想那些我和亚历克斯过往共同的旅行，我就越是望眼欲穿。但我并不像之前那样沉浸在愉快的、异想天开的、充满活力的状态里，渴望着在樱花盛开的季节游览东京，或是在瑞士的巴塞尔狂欢节[1]上，去看那些戴着面具游行的人群，以及挥着鞭子在糖果色的街道上跳舞的小丑。

此刻我感受到的，更多的是一种痛苦和悲伤。

比起"我并不想从生活中得到什么东西"的空洞之词，"我期待的是连我自己都没有把握会成真的事情"要更为糟糕。

尤其是在经历了两年的断联之后。

好吧，准确地说也不是"断联"。他还是在我生日的时候给我发来了短信，我也在他生日的时候给他发了条短信。我们回复对方的都是"谢谢"或者"你最近怎么样"之类的内容，不过这些最终都没让对话继续进行下去。

在我们之间发生过那么多事情之后，我一度告诉自己其实他只是需要一些用来平复的时间而已，一切必然能回到从前，我们还是彼此最好的朋友。我们甚至可能还会因为这段时间的分开而向对方打趣。

但日子一天天过去，为了防止漏掉他的信息，我一遍又一遍地关机又开机。等到整整一个月后，我终于不会再因为短信提示音的响起而猛地跳起来了。

少了彼此的陪伴，我们的生活却仍在继续。所有的新鲜和陌生

---

1 巴塞尔狂欢节（Basel Fasnacht），是瑞士最大的狂欢节。

都终将变得稀松平常，这似乎就是亘古不变的道理，所以此刻的我选择在星期五的晚上待在家里放空。

我离开沙发，从茶几上抓过笔记本电脑，走到我的小阳台上，然后一屁股坐进我专门为这儿配的那把椅子里，把双脚搭在护栏上。夜幕已笼罩大地，但太阳的余温尚在。公寓楼下，街角杂货店门上的铃铛叮叮当当地响了起来，在外度过了漫长夜晚的人们正在朝家走去，这附近我最喜欢的那家"乖孩子酒吧"（这个地方的成功并不在于饮品，而在于它允许狗进入，这就是我没有养任何宠物但还能活下来的原因）外，停了几辆等待着客人的出租车。

我打开电脑，一边翻出我过去的博客，一边用手赶走电脑屏幕前的一只飞蛾。《休闲＋娱乐》对这个博客压根儿不感兴趣——我的意思是，在我应聘这个岗位的时候，他们通过博客上的文字对我进行了相应的评估，至于我会不会继续写下去，他们并不在意。他们真正在意的是他们是否能利用社交媒体的影响力去持续获利，而非我用一篇篇穷游的帖子和订阅用户之间建立起的那种客气但却牢靠的关系。

事实上，《休闲＋娱乐》杂志并不是专攻穷游市场的杂志，我原本还计划着在杂志社的工作之余，继续更新"放眼看世界"这个系列，不过那次克罗地亚的旅行之后不久，我的博文就逐渐减少了。

我把光标回滚到那个帖子的位置，并将它点开。我那时已经在《休闲＋娱乐》工作了，这也就意味着，那次旅行中的每一秒都是有偿的。那应该是我们有史以来最棒的一次行程了，其中的一小部分尤为精彩。

但再次浏览我的帖子，即便里面隐去了亚历克斯的所有痕迹，抹掉了发生过的所有事情，我还是能够明显地感觉到当我回家的时候有多么的痛苦。我继续往前翻，检索着每一个关于暑期旅行的帖子。我们都是这么叫它的，我们一整午都在发短信讨论我们的暑期旅行，在"去哪儿"或者"怎么才能凑到钱"等这些问题上，我们通常都会商量很久。

暑期旅行啊。

比如"学校简直太要命了，真希望我们的暑期旅行已经开始了"，还有"来定一下我们暑期旅行的团服"，然后附上一张胸前印有"对，他们很真"的T恤截图，或是一条裤长卡在大腿根部的牛仔背带短裤截图。

一阵灼热的微风吹散了街上混合着一元比萨[1]和垃圾的味道，我的头发也随之被吹到了脸上。我在脖子根部的位置把头发挽成一个团子，接着合上了电脑，飞快地掏出手机。这让人觉得其实我早就按捺不住想要使用它的冲动了。

"你不能这么做，实在太奇怪了。"

虽然心里这么想着，但我已经翻出了亚历克斯的电话号码，它仍旧躺在我的常用联系人列表里。残存的希望让我至今还保留着他的号码，可现在已经过去了很久，再这么下去，可能我最终将会走到把它删除掉的悲惨地步，我真的无法面对那样的结果。

我的拇指在键盘上方盘旋着。

"不断想起你。"我打下这行字。在盯着看了它一分钟后，我按下退格键，光标重新回到初始的位置。

"想去城外走走吗？"我写道。这样似乎不错。问题明确，语气

---

1 一元比萨（Dollar-slice Pizza），美国流行的售价在1美元左右的软饼比萨，通常来说，它的奶酪和酱料比一般比萨更少，味道更咸。

自然，且留有余地。但我越是仔细地斟酌着这句话，就越是觉得它的语气自然到竟然有些古怪了。因为我在假装什么都没有发生，假装我们俩还是可以在深夜短信这种轻松的会话形式中筹划一次旅行的亲密好友。

我删掉这条信息，深深地吸了口气，再次输入"嘿"。

"嘿？"我没好气地说，我对自己很是恼火。人行道上，有个男人听到了我的声音，一时间吓得跳了起来，在抬头看了看我的阳台，确信我并不是在和他说话后，就匆匆地离开了。

我绝不可能发给亚历克斯·尼尔森一条只写着"嘿"的信息。

但当我选中并打算删除这个字的时候，可怕的事情发生了。

我不小心按下了发送键。

信息就那么"咻"的一下被发了出去。

"该死，该死，该死！"我一边从嘴里发出嘶嘶的声音，一边用手晃了晃手机，像是这么做就可以让手机在消化掉那个单薄得可怜的字之前，就能把它吐出来一样，"别啊，别啊，别——"

"叮"。

我怔住了，我大张着嘴巴，心跳突然加快，胃被不停翻搅，直到我的肠子像被扭成了螺丝意面。

一条新信息，屏幕顶部出现一个加粗的名字：亚历山大大帝。

内容只有一个字。

"嘿"。

我简直惊呆了，差点儿就只回他一个"嘿"，仿佛我刚刚发给他的第一条信息压根儿就没有存在过，仿佛他就是那么突如其来地向我打了个招呼。但显然他没有——因为那个人并不是他，而是我。

我才是那个发出全世界最烂的短信息的人，而我现在得到的回复无法让我自然而然地进到一段对话之中。

说点儿什么好呢？

难道要说"你好吗"？是不是太过一本正经了？这会不会让他觉得我是在等他说"好吧，珀比，我想你了。我非常想念你"。

还是发些诸如"最近怎么样"之类的不咸不淡的问候？

不过我还是觉得现在我不应该故意无视那种在过了这么久后，给他发短信时还会有的不自在的感觉。

"很抱歉给你发了一条只写着'嘿'的信息，"我写完又删掉，试着用搞笑的口吻重新写道，"或许你想知道我为什么要找你。"

并不好笑。我站在小阳台的边缘，因为太过紧张而颤抖，也担心自己太久不回信息就得不到他的回复了，于是我按下了发送键，开始来回踱步。只不过我的阳台太小了，椅子又占去了一半的空间，所以我基本上只能像个陀螺一样快速地旋转，身边还跟着一群追着我手机发出的暗光的飞蛾。

手机的提示音再次响起，我猛地坐进椅子里，然后打开信息。

"是因为休息室里的那些三明治不见了？"

一秒钟后，传来了第二条信息。

"我可没拿，除非有监控摄像头，不然我只能说我很遗憾。"

我的脸上绽放出笑容，一股暖流将郁结在我胸口的不安一点点地融化。曾经有那么一段时间，亚历克斯坚定地认为他很快就要丢掉他教书的工作了。因为起床太晚，他错过了早餐，而他又在午餐时间约了医生，在那之后也没有了吃东西的时间，于是他去了教师休息室，盼着刚好有人过生日，那他或许就可以挑些甜甜圈或不太新鲜的玛芬蛋糕来吃了。

但当天是每月的第一个周一，一个姓德拉罗的美国史老师——亚历克斯私下把她当成他工作上的死对头——坚持在每个月的最后一个周五把冰箱和桌面全部清理干净。她总把这当作什么了不起的大事，像是希望所有人都对她感恩戴德一样，可实际上她的同事经常会因为这个大扫除莫名丢掉一些非常好的速食午餐。

好吧，目前冰箱里就只剩一个金枪鱼沙拉三明治了。"德拉罗的在场证明。"亚历克斯后来给我讲这个故事的时候开玩笑地说。

作为对她的报复（其实也是因为他饿了），他吃掉了那个三明治。在剩下的三周里，他坚定地认为这件事会被其他人发现，而且他会因此丢掉自己的工作。虽说在高中教文学并不是他梦想中的工作，但它带来的收入还不错，福利待遇也很好，而且位置就在我们的家乡俄亥俄州——尽管对我来说这绝对是个缺点——意味着他可以和他的三个弟弟及其中两个弟弟开始培养的孩子们离得更近一些。

更何况目前他真正向往的大学老师的工作并不常有，他还承受不了失去这份教学工作所要付出的代价。不过幸运的是，他后来并没有因此丢掉工作。

"那些三明治？居然不止一个？"我打字回复他，"不是吧，不是吧，不是吧！你别告诉我你现在已经变成一个潜艇三明治[1]的惯偷了！"

"德拉罗并不是潜艇三明治的爱好者，"亚历克斯说，"她最近喜欢的是鲁宾三明治[2]。"

"所以你偷了多少个鲁宾三明治？"我问。

---

1 潜艇三明治（Hoagie，Submarine Sandwich，简称 Sub）的另一种说法，是一种意式和美式相混合的三明治，以长条面包（通常为意大利面包或法国面包）为基底，纵切后塞入各种肉类、奶酪、蔬菜、香料和酱汁。
2 鲁宾三明治（Reuben），是一种煎制或烤制的三明治，两片黑麦面包夹着粗盐腌牛肉、德国酸菜和瑞士奶酪。

"为了防止国安局正在监控这条信息，一个都没有。"他说。

"你只是一个俄亥俄州的高中英语老师，而且他们肯定在监控啊。"

他回了我一个难过的表情："你是说要想被美国政府监控，我还不够格对吗？"

虽然我知道他在开玩笑，但事实就是，尽管亚历克斯·尼尔森很高、肩膀很宽，而且热衷于日常锻炼、健康饮食和自我控制，可他长着一张受伤的狗狗脸，或者说最起码他有一种召唤出这张脸的能力。他的眼睛看起来总有点儿睡不醒似的，不过他下眼睑上的褶子却表明他其实并不像我一样喜欢睡觉。他的嘴巴非常丰满，上唇有一个不太对称的 M 状的丘比特弓唇，很是惹眼。所有这些，再加上他那一头乱乱的直发——他对外表的这一部分毫不在意——使得他的脸总显得特别孩子气，如果能善用这张脸，他完全可以激发我不惜一切去保护他的生理本能——

眼见着他那双无精打采的眼睛慢慢睁大并逐渐噙满泪水，那张丰满的嘴巴也张成一个圆润的"O"形，仿佛能让人听到小狗发出呜咽的声音一样。

当其他人发来皱眉的表情时，我会理解为对方略微有些沮丧。

可当亚历克斯用它的时候，我知道这就相当于他委屈狗狗脸的线上版本，是一个专门用来捉弄我的存在。有几次，我们喝醉以后坐在桌边玩儿国际象棋或者拼字游戏，当我马上要赢的时候，他就会摆出那副表情，而我则狂笑到近乎流泪，然后从椅子上跌下去，只为让他停下来或者至少让他遮起他的脸。

"你当然够格，"我在手机上输入，"如果国安局知道了委屈狗狗脸的厉害，你现在就该被抓到实验室里被克隆了。"

亚历克斯输入了一分钟，然后停了下来，接着重新开始输入，我继续等了几秒钟。

就到此为止了吗？他要结束今天的对话了吗？还是会发来一长串精彩的交锋？或者，以我对他的了解，他正在输入的更可能是温和有礼的"虽然聊得很开心，但我得去睡了，睡个好觉"。

"叮！"

我突然大笑，那力道就像有个鸡蛋在我胸口骤然炸裂，从中涌出的暖流将我的神经全都包裹了起来。

亚历克斯发来的是张照片，一张极不清晰而且拍得不太好的自拍照，画面中的他站在街灯下，脸上正是那个令人发指的表情。这照片几乎和他以往拍摄的所有照片一样，都是从略低的位置向上仰拍的，因此他的头会被拉得很长，头顶也显得很尖。我向后仰了仰脑袋，又一次笑到有些眩晕。

"你这浑蛋！"我在手机中输入，"现在已经凌晨一点了，你害我想立刻去流浪动物之家解救那些小生命了。"

"哦？是吗？"他说，"你才不会养狗。"

一种类似于受伤的感觉从我胃部的深处蔓延开来。尽管亚历克斯是我认识的人中最纯粹、最特别，规划性也最强的那一个，但他很爱动物，所以我敢肯定，他会把我无法对小动物做出承诺看作一种人格上的缺陷。

我抬头向阳台的角落看了看，那盆已经脱了水的多肉孤零零地站在那里，我不由得摇了摇头，然后输入了另一条信息："弗兰纳里·奥康纳怎么样了？"

"死了。"亚历克斯回复道。

"那只猫，不是那个作家！"我说。

"也死了。"他答。

我的心脏怦怦直跳。要知道我有多讨厌那只猫（就像它同样很讨厌我一样）亚历克斯就有多宠爱它。然而他却没有将它的死讯告诉我，这无异于干净利落地将我的身体捅穿，像是用铡刀把我从头到脚一劈两半。

"亚历克斯，我真的很抱歉，"我写道，"天哪，对不起。我知道你有多爱它，那只猫有过很精彩的一生。"

他只写下了"谢谢"一个词。

我盯着这个词看了很久，不知道要怎么接下去，就这么过去了四分钟，然后是五分钟，十分钟……

"我现在得去睡了，"他终于还是说了这句话，"睡个好觉，珀比。"

"好，"我写道，"你也是。"

我坐在阳台上，直到所有的暖意从我的身上一点点抽离。

第3章

十二年前的夏天

在芝加哥大学迎新会的第一个晚上，我就注意到了他。进入这所学校已经超过十小时了，但他竟然还穿着芝加哥大学的 T 恤和一条卡其色的裤子。尽管他的样子和当初我在选择这座城市时希望结交的那种想象中的艺术精英完全不沾边，但我当时是孤身一人（事实上，在迎新周的时候，我新认识的室友是和她的姐姐及一些朋友一起来到大学的，所以她在尽可能短的时间里就避开了各种迎新周的活动），而他也处在落单的状态。于是我走到他跟前，用手上的饮料指了指他的 T 恤，开口问道："所以你是芝加哥大学的？"

他茫然地看向我。

我结结巴巴地说我只是开个玩笑。

他也结结巴巴地向我解释说其实是他之前的 T 恤上洒了些东西，这衣服只是他临时换上的而已。他涨红了脸，我也因为替他感到尴尬而脸红起来。

随后他的目光落到我的身上，不过在对我进行了一番打量后，他就变了脸色。我那时穿着的是一条 20 世纪 70 年代早期风格的橙粉交错的荧光大花连体裤，他看到后的反应就像是我手里举着一幅"卡其裤去见鬼"的海报一样。

尽管我们一起晕头转向地在校园里参观了好几个小时，参加了几个同样无聊的城市生活座谈会，也在我们讨厌彼此穿着的这个事实上达成的共识心知肚明，但我却不知道该和这个陌生人聊点儿什么才好，于是我问他是哪里人。

"俄亥俄州，"他答道，"住在一个叫西林菲尔德的小镇里。"

"不是吧！"我非常错愕地说，"我家在东林菲尔德。"

他稍稍变得开心了些，好像这是个好消息似的，而我也不知道是为什么，得知我们都住在林菲尔德，就仿佛我们得了一次同样的感冒——尽管这不是世上最糟糕的事情，但也远远没到值得击掌庆祝的程度。

"我叫珀比。"我对他说。

"亚历克斯。"说着，他握了握我的手。

当你为自己设想出一个关系要好的新朋友时，你绝对不会取"亚历克斯"这个名字给他。当然你也不会设想到他出现的时候，会穿得像个少年图书管理员，你也不会设想到他几乎不会看你的眼睛，说话的时候声音也不够大。

我断定只要我在穿过布满圆球灯串的草坪去找他搭话前，再多观察他五分钟，其实是可以猜出他的名字和他的老家是在西林菲尔德的，因为这两者和他的芝加哥大学 T 恤，以及他那条卡其裤都无比契合。

尽管我敢肯定我们聊得越久他就会变得越发无聊，但反正来都来了，况且我们又都没有各自的同伴，那为什么不把我的猜想坐实呢？

"所以，你到这儿是来干什么的？"我问。

他皱起了眉头："到这儿来干什么？"

"对啊，我跟你讲，"我说，"比如我来这儿是为了见一个有钱的石油大亨，他想找一个年轻一点儿的第二任老婆。"

他再次茫然地看向我。

"你是学什么的？"我向他解释了我的问题。

"哦，"他说，"还不确定。可能是法律预科，也可能是文学。你呢？"

"我也不确定，"我举起我的塑料杯子，"我来这儿主要是为了喝潘趣酒[1]的。也为了离开一直居住的南俄亥俄。"

在接下来那让人煎熬的 15 分钟里，我知道了他是因为获得奖学金来到这里的，他知道了我是靠着贷款来到这里的。我告诉他我是我们家三个孩子里年纪最小的，同时我也是家里唯一的女孩。他告诉我他家一共有四个男孩，他是他们中年纪最大的。他问我在这儿有没有见过健身房，而我下意识的反应却是"为什么会问这个？"然后我们就又都默默地回到了尴尬的状态中，只是不停地把身体的重心从一只脚转移到另一只脚上。

他个子很高，沉默寡言，渴望去图书馆看看。

我个子很矮，吵闹聒噪，希望能有人来邀请我们参加真正的派对。

我可以相当确定，等我们这次分开后，就绝对不会再找对方说话了。

---

1 潘趣酒（Punch），指的是各种各样的饮料，包括不含酒精和含酒精的，通常含有水果或果汁。

显然他也是这么想的。

他没说"拜拜",没说"回头见",也没说"我们要不要交换一下电话号码",他最后只是说了句:"珀比,祝你在大——一切顺利。"

第 4 章

今年夏天

"你认真想过了吗？"瑞秋问。她在我的旁边奋力蹬着动感单车，汗珠一滴滴地从她身上飞快地滚落下来，可她的呼吸却很平稳，简直和我们平时在丝芙兰里闲逛时没什么两样。我们一如往常，在动感单车教室的后排找了两辆单车，这里方便我们聊天，不会因为打扰到其他专心训练的人而受到责备。

"认真想什么？"我气喘吁吁地问。

"让你感到快乐的事。"她抬高身体的重心，以便按照教练的指令加快脚下的动作。而我几乎已经瘫在了车把上，勉强蹬着脚踏板，车就像被糖浆粘住了一样慢吞吞的。我讨厌健身，但我喜欢健身结束时的感觉。

"沉默，"我喘着粗气，心脏怦怦地跳个不停，"让……我……快乐。"

"还有呢？"她鼓励我继续说下去。

"乔氏超市[1]的覆盆子香草奶油雪糕。"我说。

"还有呢？"

"有的时候还有你！"我试着让自己的语气变得凌厉一些，却被急促的喘息削弱了它应有的效果。

"休息一下！"教练对着她的麦克风大喊一声，房间里的三十几个人瞬间都松了口气。有人坐在单车上放松下来，有人滑落到汇聚了一摊汗液的地板上，而瑞秋则像奥林匹克运动员完成自由体操一样，从单车上翻了下来。她将她的水递给我，我跟着她进入更衣室，随后走进了正午刺眼的阳光中。

"我不会硬逼你说出来的，"她说，"那个能让你快乐的东西，可能是你的隐私。"

"其实是亚历克斯。"我脱口而出。

她停下脚步，伸手抓住我的胳膊，于是我也被迫停在了原地，人行道上，我们周围往来穿梭的人突然变多了："什么？"

"不是你想的那样，"我说，"我是指我们的暑期旅行，没什么能比那些旅行让我觉得更快乐了。"

"真的没有了。"我在心中又默念了一遍。

即便我将来结婚生子了，在回顾"我这一生中最美好的一天"时，我还是希望我和亚历克斯在雾霭弥漫的红杉林间徒步的那天，能够成为一个让我难以割舍的选项。当我们把车开进园区的时候，天空突然下起了倾盆大雨，因为雨水的冲刷，所有的小路都消失不见了。整片森林似乎都是我们的，于是在往背包里塞了瓶红酒后，

---

1 乔氏超市（Trader Joe's），是一家总部在美国加利福尼亚州蒙罗维亚的美国本土连锁杂货店。

我们就出发了。

当我们可以确定周围只有我们两个的时候，我们拔出瓶塞，来回传递着酒瓶，一边一人一口地喝着酒，一边在寂静的林子里艰难地向前行进。

我记得他那时说过他希望我们能够睡在那里，就那么躺下来打个盹也好。

接着，我们来到路边一个中空的树干前，树干的内部已经全部裂开，形成了一个木质的洞穴，树干的外缘就像是拢作杯状的巨大双手。

我们溜到里面，蜷缩在干燥又扎人的地上。虽然我们没有睡着，但我们的身体却得到了休息。我是说，我们并没有通过睡眠来汲取能量，我们的能量其实来自阳光雨露，正是在这些世世代代阳光雨露的共同作用下，才有了这个此刻可以为我们提供庇护的巨型树干。

"那显然你得给他打个电话了，"瑞秋说，她成功地把我从记忆里拉了回来，"我一直不明白你为什么不能当面和他说清所有事情，因为一次争吵就失去这么重要的友谊，这实在太傻了。"

我摇了摇头："我之前给他发过短信了，他并不打算和我和好如初，而且他绝对不愿意和我一起旅行了，"我重新跟上她的脚步，向上拽了拽我汗津津的肩膀上的健身包，"或许你该和我一起去，会很有趣的，对吧？我们有好几个月没有一起出门了。"

"你知道的，我一离开纽约就会焦虑。"瑞秋说。

"你的心理医生会怎么说？"我故意逗她。

"她会说'巴黎到底有什么东西是曼哈顿没有的啊，宝贝？'"

"呃，埃菲尔铁塔？"我说。

"我离开纽约，也会让她感到焦虑，"瑞秋说，"新泽西已经算是我们之间的脐带所能延伸到的最远的地方了。眼下我们还是去喝点果汁吧，刚刚那个奶酪拼盘基本上已经像软木塞一样塞住了我的肛门，其他所有的东西都被它挡在里面了，根本没法出来。"

周日晚上十点半，我坐在床上，我那条柔软的粉色羽绒被正堆在我的脚上，笔记本电脑也在大腿上不断地散发热量。我打开了网页浏览器的六个窗口，着手在我的备忘录应用里列出可以用作备选的目的地清单。可到目前为止，我只写下了三个：

1. 纽芬兰
2. 奥地利
3. 哥斯达黎加

正当我开始编写它们各自的主要城市和标志性的自然景观时，边桌上的手机振动起来。瑞秋给我发了一整天的短信息，说她发誓要戒掉乳制品。不过，在我够到手机后，发现弹出的信息顶部写的却是：亚历山大大帝。

突然间，那种眩晕的感觉又回来了，它在我的体内迅速膨胀，简直像要撑爆我的身体一样。

他发来的是一张图片，我轻轻点开，发现那是一张我的高中毕业肖像照，拍得很烂，也很好笑，底部还附着一句我为他们挑选的引文"再见"。

"啊啊啊啊啊啊啊，天哪！"我大笑着输入，然后把笔记本电脑推到一边，扑通一声仰面躺了下来，"你从哪里找到这个的？"

"东林菲尔德图书馆,"亚历克斯说,"我当时正在布置教室,然后想起他们保存着毕业年鉴册。"

"你辜负了我的信任,"我开玩笑道,"我这就联系你的弟弟们,让他们把你小时候的照片发给我。"

很快,他就回传了那张周五发来的"委屈狗狗脸"的照片,他的脸模糊而疲惫,一侧肩膀上方的街灯散发出朦胧的橙色灯光。"太刻薄了。"他写道。

"这是你专门为了这种状况早就存好的照片?"我问。

"不是,"他说,"周五拍的。"

"你那个点儿居然还没回家,就林菲尔德来说,那已经算是很晚了。"我说,"除了弗里希汉堡店[1],街上应该就没有还开着的店了吧?"

"事实证明,一旦你到了 21 岁,就会发现林菲尔德的夜生活是相当多姿多彩的。"他说,"我当时在'小鸟球'[2]酒吧。"

小鸟球酒吧是我高中母校对面的一家廉价的高尔夫主题餐吧。

"小鸟球酒吧?"我说,"呃,所有老师都会去那儿喝上两杯。"

亚历克斯又发来一张"委屈狗狗脸"的照片,不过最起码这张是他新拍的——他穿着一件嫩灰色的 T 恤,头发朝着四面八方支棱起来,身后的纯色木质床头板清晰可见。

他此刻也坐在床上。正给我发着短信。而且周末在教室里工作的时候,他不仅想到了我,还花时间去找了我当年在毕业年鉴上留下的照片。

我笑到嘴巴都要咧到耳根了,整个人也变得兴奋起来。这感觉就

---

1 弗里希汉堡店(Frisch's Big Boy),是一家地区性的连锁餐厅,总部位于俄亥俄州辛辛那提。
2 小鸟球(Birdie),小鸟球是一种高尔夫基本术语,指出球杆数比规定杆数少一杆。

好像回到了我们刚刚成为朋友的那段日子，实在太不可思议了。那时候每一条新的短信似乎都是那么闪闪发光、有趣而完美，每一通本打算匆匆挂掉的电话都会因为我们的滔滔不绝，通话时长一不小心就变成了一个半小时，即使我们距离上次的见面只有短短几天。我还记得我们第一次煲电话粥的时候我还没有把他当成我最好的朋友，我因为想要尿尿，不得不问他能不能等我上完厕所再打给他，而当电话重新接通后，我们又聊了一小时，直到最后他也问了我同样的问题。

我当时突然觉得，为了不让彼此听到尿在马桶里所发出的声音似乎很傻，所以我告诉他如果他想的话，可以边尿边打电话。然而他并没有接受我的建议，之后也没有过，我后来反倒常常在和他打电话的时候尿尿，当然我事先会征得他的同意。

我知道这很蠢，但我还是用手摸了摸照片中他的脸，好像这样就可以真的触碰到他，让他比过去两年中的任何一个时刻都要靠近我。虽说不会被人看到，可我还是觉得自己这么做像个傻子一样。

"你还来！"我回他，"下次我回家的时候，我们应该和劳森海瑟太太一起去吃'邋遢乔'三明治[1]。"

我想都没想就发了出去，看到屏幕上的文字，我的嘴巴突然变得很干。

"下次我回家的时候"。

"我们"。

提出我们一起出去合适吗？会不会显得操之过急？

即便真是如此，他也什么都没说。他只回复道："劳森海瑟现在

---

[1] "邋遢乔"三明治（Sloppy Joe），是一种将碎牛肉、洋葱、番茄酱、伍斯特沙司和其他调味料放在汉堡面包上组成的三明治。

已经不是那副醉醺醺、邋邋遢遢的样子了，而且她信佛，不吃肉。"

不过既然我没有得到他诸如"好"或"不行"之类的正面回答，那我就更想得到一个确切的答案了。"那我们就得换成跟着她一起开悟了。"我写道。

亚历克斯打字打了很久，我全程把中指勾在食指上，试着强行消除紧张的感觉。

啊，老天。

一直以来，我都以为自己过得还不错，我以为自己已经从友情破裂的阴影中走了出来，可此刻却发现我和他聊得越久，我就越想念他。

手机在我手里振动起来。两个字，"大概"。

尽管没有明确表态，但起码说明了一些什么。

我发现自己现在正处于一种很嗨的状态中。想到毕业年鉴上的照片、他的自拍，还有他坐在床上突然给我发短信这件事情，或许我表现得过于步步紧逼了，或许是我想要的太多了，可我就是控制不住自己。

两年来，我一直希望亚历克斯能给我们的友谊一个重新来过的机会，但因为害怕听到他最终的回答，所以我一直都没敢问他。可不问却也没能使我们重归于好，我想念他，想念我们在一起的日子，想念我们的暑期旅行。我终于明白，原来在我的生命当中，仍然有一样东西是我真正想要的，而且要弄清楚我究竟能不能得到它的方法只有一个。

"你开学前有空吗？"在手机上打下这几个字的时候，我浑身抖到牙齿都开始打战了，"我正打算去旅行。"

我盯着这些字深呼吸了三次，随后按下了发送键。

第5章

十一年前的夏天

我偶尔会在校园里看到亚历克斯·尼尔森，却一直没再说过话，直到大一结束的那天……

最开始主导这整件事的是我的室友邦妮。她告诉我她有一个从南俄亥俄州来的朋友想找个人拼车回老家，不过让我没有想到的是，她的这个朋友和我在迎新会上遇到的那个林菲尔德的男孩居然是同一个人。

主要是因为在过去的九个月里，邦妮通常只在宿舍里冲个澡、换身衣服，就会直接回她姐姐的公寓里，所以我基本上对她一无所知。坦白来讲，我都不确定她是怎么知道我是来自俄亥俄州的。

尽管我和同一楼层的其他姑娘都成了朋友——我们一起吃饭，一起看电影，一起参加派对——但邦妮并不在我们新生小队里不可或缺的成员之列。当她给我她朋友的名字和号码，好让我们联系对方的时候，我甚至都没想过那个人就是来自林菲尔德的亚历克斯。我在约定的时间来到楼下，看到他站在他的旅行车旁，从他脸上既镇定又不太自在的表情中，我才明白原来他在等我。

他身上的衬衫和那晚我遇到他时穿着的是同一件，不过也许他买了很多一模一样的，以便他可以替换着穿。我站在街对面冲他喊了句："是你。"

他低下了头，脸红地应了声"对"，然后就默默地向我走来，取下我胳膊上的几个篮子和一个行李袋，一起放到后座上。

在车开动后的前 25 分钟里，我们陷入了尴尬的沉默。然而更糟糕的，却是在拥挤的城市交通当中，我们几乎没怎么向前挪动。

"你有外接音频线吗？"我一边问他，一边在中控台上翻找起来。

他飞快地瞥了我一眼，又夸张地撇了撇嘴巴："你要干吗？"

"想看看我能不能在系着安全带的情况下跳跳绳，"我没好气地说，然后重新放好我在翻找的时候弄乱的消毒湿巾和免洗洗手液，"不然你以为我想干吗？有它我们就能放音乐了。"

亚历克斯耸起肩膀，就像乌龟缩进自己的龟壳一样："在我们被堵在路上的时候？"

"嗯，"我说，"有什么问题吗？"

他的肩膀耸得更高了点儿："我们必须应对所有正在发生的状况。"

"可我们压根儿就没怎么动。"我直言。

"我知道，"他龇牙咧嘴地缩了缩脖子，"但那样就很难集中注意力了，现在到处都是汽车喇叭声，而且——"

"明白了。那就不放音乐了。"我瘫回自己的座位里，重新向窗外望去。亚历克斯忐忑地清了清嗓子，像是有话要说。

我用期待的目光望向他："怎么了？"

"如果你不介意的话……可以不那样吗？"他朝着我这边的车窗努了努下巴，我这才发现原来我正用手指不停地敲着它。于是我把手放到了自己的大腿上，可随后脚又不自觉地打起了节奏。

"我本来就不习惯太过安静！"当他看向我的时候，我不悦地辩解道。

这已经算是我有史以来最为委婉的说法了。从小我家就住着三只大型犬、一只自带歌剧演员巨肺的猫咪、两个吹小号的哥哥和把家庭购物电视网当成"轻柔"背景音的爸妈。

尽管我没用多长时间就适应了邦妮不在的安静的宿舍，但此刻和一个不太认识的人，安静地待在拥堵的车流当中，还是让我觉得不太舒服。

"难道我们不该互相了解一下吗？或者别的什么？"我问。

"我需要专心看路。"他说着，嘴角紧张地绷了起来。

"好吧。"

塞车的根源出现了：两辆车出现了剐蹭。虽然涉事的两辆汽车此时都被拖到了路肩，但很多其他车辆依然堵在这里。亚历克斯叹了口气。

"行吧，"他说，"反正人们也都在放慢速度围观。"他"啪"的一下打开中控台，在里面翻找了一会儿，掏出一根外接音频线。"拿着，"他说，"你来选歌。"

我挑起一根眉毛："你确定？那你可别后悔。"

他皱起眉头："我为什么要后悔？"

我扫了一眼他那人造木材包边的旅行车的后座。他的东西都被整整齐齐地放在几个贴有标签的盒子里，而我那几个脏兮兮的布袋则堆在那些盒子的周围。这辆车虽然老旧，却被收拾得一尘不染。

不知道为什么，车里的味道也和他身上那股淡淡的雪松加麝香的味道一样。

"因为你看起来很像那种一板一眼的人……"我直言，"我不确定我有没有你喜欢的音乐，这里面可没有肖邦的曲子。"

他的眉头锁得更紧了，嘴巴也皱缩起来："或许我没你想的那么紧绷呢？"

"真的吗？"我说，"那你不介意我放玛丽亚·凯莉的那首《你是我最想要的圣诞礼物》吧？"

"现在是 5 月。"他说。

"看来我想的一点儿没错。"我说。

"你这么说未免对我太不公平了吧，"他说，"到底有哪路神仙会在 5 月份听圣诞歌啊？"

"那如果在 11 月 10 号听呢？"我说，"那时候可以吗？"

亚历克斯用力地抿起嘴巴。使劲揪了揪他头顶直直竖起的一撮头发，然后把手重新放回到方向盘上，刚刚被他揪过的头发因为静电的关系还飘在空中。我注意到他真的一丝不苟地把双手分别固定在方向盘上的十点钟和两点钟方向的位置上，而且不管他站着的时候有多驼背，只要到了车里，尽管肩膀很紧绷，可他却一直保持着挺拔的良好坐姿。

"好吧，"他说，"我承认我不喜欢听圣诞歌。如果你不放它，我们就会相安无事。"

我插上手机，打开音响，滑到大卫·鲍伊的《美国青年》。没一会儿，他就明显变得愁眉苦脸起来。

"怎么了？"我说。

"没事。"他固执地说。

"你的脸刚才明明抽了一下，像是控制着你的那个木偶睡着了一样。"

他斜了我一眼："你到底想说什么？"

"你讨厌这首歌。"我控诉道。

"我不讨厌。"他说，但显然没什么说服力。

"你讨厌大卫·鲍伊。"

"一点儿都不！"他说，"问题不在大卫·鲍伊。"

"那问题在哪儿？"我逼问他。

他发出嘶嘶的呼吸声："萨克斯。"

"萨克斯？"我复述了一遍。

"没错，"他说，"我只是……真的很讨厌萨克斯。任何一首歌，只要配上萨克斯，就算是彻底完蛋了。"

"肯尼·基[1]知道这事儿吗？"我说。

"那你说出一首加上萨克斯后就变得更好听的歌来。"亚历克斯向我叫板道。

"那我可得把所有能查到的有萨克斯配乐的歌都列一遍了。"

"你一首都找不出来。"他说。

"想必你不是那种在聚会上让人扫兴的人咯？"我说。

"聚会我还应付得来。"他说。

"不过中学的乐团音乐会应该不适合你。"我说。

他斜眼瞥我："你就这么喜欢萨克斯吗？"

"也不是，不过如果你还是这么激动，我想我会继续假装喜欢下去。你还讨厌什么？"

1　美国萨克斯管演奏家、音乐家。

“没了，”他说，“只有圣诞歌和萨克斯。还有翻唱。”

我放声大笑：“你讨厌翻唱？”

“非常。”他说。

“亚历克斯，这就像是你说你讨厌蔬菜一样，既含糊笼统，又没有道理。”

“可太有道理了，”他坚持道，“如果是忠于原曲的翻唱，那么它基本上就要按照原版进行编曲，所以它翻唱的意义在哪儿呢？但如果是听起来跟原曲不沾边儿的翻唱，那它到底为什么还要翻唱呢？”

“我的老天，”我说，“你真是个对着天空嘶吼的老人家。”

他冲我皱起了眉头：“所以你觉得万物皆可爱咯？”

“差不多吧，”我说，“没错，我喜欢去发现一些美好的东西。”

“我也有喜欢的东西。”他说。

“比如？火车模型和亚伯拉罕·林肯的传记？”我猜测道。

“虽然没那么喜欢，但也绝对算不上讨厌。”他说，“怎么，你讨厌这些？”

“我都跟你说过了，”我说，“我没什么讨厌的东西，而且轻易就能开心起来。”

“怎么说？”

“怎么说呢……”我想了一下，“好吧，我小的时候会在根本就不知道有什么电影在上映的情况下，和帕克哥哥、普林斯[1]哥哥一起骑着自行车去电影院。”

“你居然有个叫‘普林斯’的哥哥？”亚历克斯挑眉问道。

---

1 也有“王子”的意思。

"这并不是重点。"我说。

"这是他的小名吗？"他说。

"不是，"我答道，"他的名字是按照王子[1]的名字取的，我妈是《紫雨》[2]的超级粉丝。"

"那帕克是按照谁的名字取的？"

"没谁，"我回他，"我爸妈只是单纯喜欢这个名字而已。不过，这也不是重点。"

"你们的名字都是以'P'开头的，"他说，"你爸妈叫什么名字？"

"旺达，吉米。"我说。

"原来和'P'没什么关系。"亚历克斯解释说。

"对，和'P'没什么关系，"我说，"他们有了普林斯后又有了帕克，我想他们在那段时间应该过得顺风顺水。不过，这依然不是重点。"

"抱歉，你继续。"亚历克斯说。

"我们骑车去电影院以后，每人会买一张半小时以内开场的电影，然后各自去看不同的片子。"

听到这儿，他皱起了眉头："为什么？"

"这同样不是重点。"

"可我总不可能放着这种问题不问吧，所以你为什么会去看一部自己根本就不想看的电影呢？"

---

1 王子（Prince），全名普林斯·罗杰·尼尔森（Prince Rogers Nelson，1958—2016），音乐家、多种乐器演奏家。艺名王子（Prince），生于美国明尼苏达州明尼阿波利斯。
2 《紫雨》（Purple Rain），1984年由艾伯特·麦格诺利导演，王子和威廉·布林主演的电影。这部半自传体的电影清楚地反映了王子的发展历程和他过人的天分。

我气愤地说："因为这是游戏里的一环。"

"游戏？"

"狗血猜猜猜，"我匆忙解释，"基本上就和'谎话三选一'[1]差不多，只不过我们会轮流地完整描述我们所看到的电影。如果电影里出现了狗血的桥段，也就是发生了过于荒谬的情节转折，你要说出它发生的过程。但如果没什么狗血剧情，你就得自己编一些出来。然后你再去猜他们说的是不是真实的电影情节，如果你猜中他们哪句是撒谎，那你就可以赢得五美元。"不过这是我的两个哥哥发起的，他们只是让我跟着玩儿而已。

亚历克斯盯着我看了一会儿，我觉得自己的脸颊微微有些发烫。我也不知道为什么要把狗血猜猜猜的事讲给他听。这是莱特家族的保留项目，我一般是不会把它拿出来和那些不明就里的人分享的，不过眼下即便亚历克斯·尼尔森因为我的过少出资而茫然地盯着我，或是要告诉我哥哥们最爱的游戏究竟有多蠢，都不会困扰到我。

"总之，"我继续说，"这也不是重点，重点在于，我确实不擅长这个游戏，因为从根本上说，我就是很容易喜欢上各种东西。不管是什么样的电影，我都愿意看，就算是看一个穿着修身西装的间谍，一边在两艘快艇间尽量保持平衡，一边向坏蛋们开枪都可以。"

亚历克斯的目光在我和马路之间来回游移了一会儿。

"林菲尔德电影城？"他问。我分不清他到底是感到吃惊，还是在抗拒。

"哇哦，"我说，"你是真的没跟上这个故事。没错，是林菲尔德电影城。"

1　谎话三选一（Two Truths and a Lie），通常适合一小群人一起玩的一个游戏。

"就是那个不知道为什么影厅里总是漏水的电影城？"他吃惊地说，"我最后去的那一次，过道的一半还没走完，就听到了水溅起来的声音。"

"没错，但它很便宜，"我说，"况且我还有雨靴。"

"可是珀比，我们连那液体是什么都还没有搞清楚，"他说，脸也变得扭曲起来，"你可能会得病。"

我摊开双臂："我这不是活得好好的吗？"

他眯起眼睛："还有什么？"

"什么还有什么？"

"你喜欢的还有什么？"他解释说，"除了自己一个人在沼泽电影城里看随机放映的电影。"

"你还是不肯相信我？"我说。

"不是那样的，"他回答，"我只是想继续听下去，单纯的好奇。"

"好吧，让我想想——"我看向窗外，我们的车此时正在经过一条开有华馆[1]的出口通道，"连锁餐厅！我喜欢那种熟悉的感觉，它们不管在哪儿都是一模一样的，而且还有无限供应的面包棒——啊！"我突然停了下来，因为我想到了自己讨厌的东西，"跑步！我讨厌跑步。我高中有一次体育课得了 C，因为我经常把运动衣'忘在'家里。"

亚历克斯小心翼翼地弯起嘴角，我不禁红起了脸。

"别憋着啊，尽情笑话我体育课得了个 C 啊，我能看出来你有多想笑出声来。"

"不是那样的。"他说。

1　华馆（P.F. Chang's），是一家美国连锁中餐厅，创立于 1993 年。

"那是哪样的？"

他的笑容明显了一些："我就是觉得很好笑，因为我喜欢跑步。"

"你是认真的吗？"我欲哭无泪，"你讨厌翻唱这件事情，却喜欢双脚砸在地面上的感觉？你居然喜欢那种心脏在胸腔里像水泥破碎机打钻似的疯狂跳动、肺部挣扎着拼命吸入空气的同时，全身的骨头也在咯咯作响的感觉？"

"但愿这么说能让你好受一点儿，"他轻声说，他的嘴角仍有笑意，"我讨厌大家把船叫作'她'[1]。"

我突然惊讶地笑了起来。"你知道吗，"我说，"我也讨厌这个。"

"那我们就达成一致了。"他说。

我点了点头："达成一致了。船被女性化这件事从此被推翻了。"

"很高兴我们解决了这个问题。"他说。

"是啊，心里的一块石头算是落地了。那下一个需要我们彻底解决的问题是什么？"

"我倒有个主意，"他说，"跟我说说你喜欢的还有什么。"

"怎么，你想调查我？"我开玩笑说。

他的耳朵略微有些发红："我只不过是因为遇到你这种会为了看一部自己都不知道是什么的电影，而去蹚污水的人觉得大受震撼。那你去告我吧。"

在接下来的两小时里，我们交换了彼此感兴趣和不感兴趣的东西，就像小朋友交换棒球卡一样。而与此同时，背景音则是一首接着一首随机播放着的"我的自驾专属歌单"，虽然里面还有萨克斯很重的曲子，我们也都没再注意。

1　在航海界，通常用"她"来指代船舶，很多官方用语里同样以"她"指代船舶。

我告诉他我很喜欢看那些展现跨族类动物友谊的视频。

他告诉我他很讨厌在公共场合穿人字拖和秀恩爱的人。"人的脚是很私密的部位。"他坚持道。

"你需要进行心理干预了。"虽然嘴上这么说，但我还是笑到停不下来。而当他用他那些怪异独特的喜好来逗我开心的时候，我看到他的嘴角一直藏着一丝笑意。

就像他知道自己很荒谬一样。

就像他一点儿也不介意我被他的古怪逗乐一样。

我向他承认我讨厌林菲尔德，也讨厌卡其裤，为什么不呢？我们都清楚眼下的状况——我们俩本就不该有什么交集，更别说还花大把的时间挤在一辆空间狭小的汽车里了。我们从根本上就是两个完全相处不来的人，所以也完全没有必要给彼此留下什么美好的印象。

于是我毫不犹豫地说："卡其裤既让人看起来像没穿裤子一样，又显得很没个性。"

"但很耐穿，也很百搭。"亚历克斯表示不服。

"我说，其实有的时候，我们穿衣服不应该只考虑它的实用性，也要考虑到它的适配度。"

亚历克斯对我的说法不置可否。"那林菲尔德呢？"他说，"它怎么惹到你了？它是非常适合小孩成长的地方。"

这不是一两句话就能说清楚的，我可不想把原因告诉一个几小时后就会让我下车，并且再也不会想起我的人。

"林菲尔德在中西部城市里，就是像卡其裤一样的存在。"我说。

"舒适，"他说，"又耐久。"

"是下半身全裸才对。"

亚历克斯告诉我他讨厌主题派对、皮革腕带和脚掌瘦长的方头鞋；讨厌当他出现在某个地方时，某些朋友或叔叔们对他开玩笑说"这地方真不错，连你都被放进来了"；讨厌服务生叫他哥们儿或是老板、老大；讨厌有人走起路来像刚下马一样；讨厌人们穿马甲，任何情况下他都无法接受；讨厌在一群人拍照的时候，有人提议说"我们要不要来张搞怪的？"

　　"我超爱主题派对。"我告诉他。

　　"那是当然的，"他说，"而且你应付自如。"

　　我眯起眼睛看向他，把双脚搭到仪表板上，在看到他的嘴角不安地皱起来后，我又把脚放了下去："亚历克斯，你是不是偷偷跟踪我？"

　　他惊恐地瞥了我一眼："你为什么这么说？"

　　他的表情又让我咯咯地乐了起来。"别紧张，我就是开个玩笑。不过你是怎么知道我在主题派对上'应付自如'的呢？我只在一次派对上遇到过你，而且那次也不是主题派对。"

　　"也不是因为那个，"他说，"主要因为你……总打扮得稍显隆重。"然后他又急忙补充道："我没有任何说你不好的意思。我的意思是，你总是穿得相当……"

　　"惊艳？"我从脑子里搜出一个词。

　　"自信。"他说。

　　"还真是出奇意味深长的夸奖呢。"我说。

　　他叹了口气："你成心要误解我的意思是吗？"

　　"没啊，"我说，"这不就是我们一直以来的交流方式吗？"

　　"其实我想说的是，对你来说，主题派对可能就像星期二一样稀松平常，但对我来说，它就意味着我要在衣橱前花上两小时，想办法用我那十件一模一样的衬衫和五条一模一样的裤子把自己打扮成一个已故名人的样子。"

"你也可以……不用批量去买你的那些衣服，"我建议他，"你可以干脆就穿着你的卡其裤，跟大家说你要扮演的是一个暴露狂。"

他做了一个特别嫌弃的表情，并没有理会我的话。

"我讨厌在这些事上做决定，"他说，对我的提议不置可否，"我更讨厌去买礼服。一想到要去商场，我就吓瘫了，我实在不知道如何在那么多商场里挑选一家，更别说还要在里面挑选一个货架了。所以我得在网上买衣服，一旦我发现喜欢的，就会立刻加购五件。"

"好吧，如果你被邀请参加一个没有人字拖，不能秀恩爱，也没有萨克斯的主题派对，"我说，"我会很乐意带你去买衣服的。"

"你说真的吗？"他的目光突然从前方的路上转向我。不知什么时候，天开始慢慢黑了下来，此时喇叭里传出了乔尼·米切尔[1]伤感的声音，正好是她的那首《关于你》。

"当然是真的。"我说。我们或许没有共同点，但我已经乐在其中了。在这一整年里，我都觉得自己必须表现出自己最好的一面，就像为了交到新的朋友、获得新的身份和新的生活而进行的一次又一次的面试一样。

然而令人不可思议的是，此刻和他在一起，我却并没有这样的感觉。况且……我真的很喜欢逛街。

我继续说："太好了，那你以后就是我的活体肯尼[2]了，"我向前探了探身子，把音量调大了些，"说到我喜欢的，还有这首歌。"

---

1 乔尼·米切尔（Joni Mitchell），是一位加拿大裔美国音乐家、制作人和画家。
2 芭比娃娃的男朋友。

"这是我去 KTV 必点的一首。"亚历克斯说。

我哈哈大笑起来，不过他看起来却很苦恼，我很快就意识到原来他并不是在说笑，这让整件事变得更好笑了。

"我并不是在笑你，"我赶紧向他保证，"我只是觉得很可爱。"

"可爱？"我看不出他是在困惑还是在生气。

"我只是想说——"我停下来，摇下一点儿窗户，好让外面的微风吹进车里。我把粘在脖子上的头发撩起来，塞在脑袋和头枕之间。"你可能……"我想着要怎么去解释，"和我想的不大一样。"

他皱起眉头："那你以为我是什么样的人？"

"我不知道，"我说，"一个林菲尔德人吧。"

"我确实是林菲尔德人。"他说。

"一个在 KTV 里唱《关于你》的林菲尔德人。"我纠正他，一想到这个，我就又开心地大笑起来。

亚历克斯一边面对着方向盘微笑起来，一边摇着头说："那你就是一个在 KTV 里唱着……"他想了一会儿，"大秀舞姿的林菲尔德人。"

"你到时候看看就知道了，"我说，"不过我从来都没去过 KTV。"

"真的？"他一脸不可思议地看了看我，半点儿都没有掩饰他的惊讶。

"大部分 KTV 不是只让 21 岁以上的人进吗？"我说。

"不是所有的都需要出示身份证明，"他说，"我们应该去一次。今年夏天。"

"好啊，"我说，既惊讶于他会发出邀请，也惊讶于我会接受邀请，"肯定很好玩儿。"

"那好，"他说，"酷。"

所以我们现在已经有了两套计划。

我想我们会因此成为朋友吧？人概会吧？

一辆车从我们后侧飞驶而来。亚历克斯似乎并没有被它打乱节奏，他打开了信号灯，示意后车自己要变道。我每次看向时速表，上面显示的车速基本都很稳定，而这一点是不会被那个可怜的尾随者改变的。

我早该想到他开车会有多谨慎的。不过话说回来，有时你以为自己已经对某人有了大致的了解，到最后往往才会发现自己当初错得有多离谱。

等到芝加哥绵长的光轨终于消失在我们身后，印第安纳干涸的田野就大片大片地出现在了道路的两侧。我那自驾专属歌单则傻傻地在碧昂丝、尼尔·杨[1]、雪儿·克罗[2]和LCD音响乐队[3]之间来回跳转着播放。

"你可真的是什么都喜欢啊。"亚历克斯揶揄道。

"除了跑步、林菲尔德和卡其裤。"我说。

他那一侧的车窗是关起来的，而我这边的窗子却被我摇了下来，我们飞驰在乡间平坦的道路上，我那被吹起的发丝绕着我的脑袋一圈圈地打转。风太大了，几乎把亚历克斯跟唱红心乐队的《无依无靠》时情感饱满的演绎都盖过去了，直到他唱到高亢的副歌，我们一起挥着手臂，飙着可怕的假声尽情释放。我们的脸很扭曲，而古董旅行车的喇叭则在不停地嗡嗡作响。

那个瞬间的他是那么生动，那么热烈，那么荒唐好笑，仿佛和

1　尼尔·杨（Neil Young, 1945 — ），加拿大民谣摇滚艺人。

2　雪儿·克罗（Sheryl Crow, 1962 — ），美国创作歌手、唱片制作人、音乐家和演员。

3　LCD音响乐队（LCD Soundsystem），是一支来自纽约布鲁克林的美国摇滚乐队，组建于2002年。

之前我在迎新周、在圆球灯串下遇到的那个温文尔雅的大男孩判若两人。

或许，我想，斯文只是亚历克斯出门时套上的大衣。

或许现在的这个是赤裸的亚历克斯。

好吧，我会给他起个更体面的名字。不过重点是，我开始喜欢这个他了。

"那旅行呢？"我在歌曲的间歇问他。

"怎么了？"他说。

"喜欢还是讨厌？"

他思考着，嘴巴抿成了一条直线。"不好说，"他答道，"我没怎么出过远门。虽然在书里看过很多地方，但一个都没有去过。"

"我也是，"我说，"至少目前是。"

他又想了一会儿。"喜欢，"他说，"我想是喜欢的。"

"嗯，"我点了点头，"我也喜欢。"

第 6 章

今年夏天

第二天早上，我大步走进斯瓦娜的办公室，尽管昨晚和亚历克斯发信息发到很晚，但我现在还是觉得非常兴奋。我把她的冰美式咖啡"啪"的一声放到她的办公桌上，她吓了一跳，从她手上正在批改的版面样张中抬起头来，那是为即将上线的秋季专题准备的。

"棕榈泉。"我说。

惊讶的神情在她的脸上停留了一秒钟后，她那边缘锋利的嘴唇弯出一个笑容。她靠回到椅背上，将线条完美的双臂交叉在剪裁合体的黑色连衣裙前，灯光从她的头顶上方射下来，正好照到她那枚硕大的订婚戒指上，镶嵌在戒指中央的红宝石神奇地闪烁起来。

"棕榈泉，"她重复道，"是个四季如春的地方。"她想了想，然后摆摆手："我的意思是，它当然是在沙漠里，不过就《休闲＋娱乐》而言，在美国大陆，基本上没有哪个地方比这里更宁静、更让人放松的了。"

"没错。"我说，就好像我原本就是这么想的一样。但事实上，我选择这个地方可并不是从《休闲＋娱乐》的宗旨出发的，完全是因为亚历克斯最小的弟弟大卫·尼尔森，他即将在下周的这个时候和他一生的挚爱结婚。

地点就在加利福尼亚的棕榈泉。

亚历克斯已经安排好了下周的行程——他弟弟的度假地婚礼——这是我之前没有预料到的。他当时告诉我的时候，我很崩溃，不过我还是说我能理解，让他代我恭喜大卫，然后我放下手机，以为这次对话大概就停在这里了。

但并没有，在又发了两小时的短信后，我终于深吸了一口气，向他提出我的想法，他可以延长他原本三天的假期，再花几天时间和我一起参加《休闲＋娱乐》的旅行。他不仅答应了，还邀请我去参加那场即将到来的婚礼。

计划居然成功了。

"棕榈泉，"斯瓦娜又重复了一遍，她的眼睛闪闪发光，同时在脑中反复斟酌着这个想法的可行性。她突然停止沉思，把手伸向键盘，在键盘上敲了一分钟，看着屏幕上显示的东西搔了搔下巴，"没问题，不过我们要等到冬季专题的时候再用，夏天是淡季。"

"但这样才更好啊，"我有些慌张地脱口而出，"棕榈泉在夏天会有各种各样的活动，而且游客更少，还更便宜。这也许能让我回到我做这行的初衷——把这次旅行做成穷游主题的怎么样？"

斯瓦娜若有所思地嘬起嘴巴："我们的品牌是心想远方。"

"棕榈泉就是我们心想远方的极致体现，"我说，"我们为读者展示远方的美好，然后告诉他们怎样可以得到这些。"

想着我说的话，斯瓦娜黑色的眸子也亮了起来，我瞬间信心倍增。

然后她眨了眨眼，重新看向她的电脑屏幕："不行。"

"为什么？"我想都没想就说出了口，因为我的大脑暂时还无法接受这样的结果。我不允许自己的工作就这么偏离它原本的轨道。

斯瓦娜略带歉意地叹了口气，斜靠到那张流光溢彩的玻璃办公桌上："珀比，我很感谢你能认真思考这件事情，只不过这并不符合《休闲＋娱乐》的理念，这会模糊我们的品牌定位。"

"模糊品牌定位？"显然我已经惊讶到不知道该说些什么了。

"周末我想了整整两天，已经决定送你去圣托里尼。"她的目光重新回到办公桌的版面样张上，瞬间换了张脸，从通情达理的职业经理人变成了专注的天才杂志出版人。她已经向我释放出谈话结束的强烈信号，但我还是站着没动，脑子里不断回旋着"可是，可是，可是！"

"可是这是我们重归于好的机会。"

"可是你不能就这么轻易地放弃。"

"可是这才是你真正想要的。"

而非那漂亮的白色圣托里尼和希腊波光粼粼的大海。

亚历克斯在沙漠，在盛夏。逛店以前，当然要在猫途鹰[1]上事先查看一番。散漫自由的白天，即使很晚都不必睡去的夜晚。他会不顾外面大好的阳光，待在满是灰尘的书店里久久不愿离去，而我会一边看着他因为古着店里的杂乱和可能含有的致病细菌僵硬又耐心地站在门口，一边试着戴上一顶死人戴过的帽子。这就是我想要的。

我站在办公室的门口，心跳开始加速，直到斯瓦娜从样张中抬起头来，好奇地挑了挑眉毛，好像在说："珀比，还有什么问

题吗？"

"让盖瑞特去圣托里尼吧。"我说。

斯瓦娜朝我眨了眨眼睛，显然一头雾水。

"我想我需要休息一段时间，"我脱口而出，然后解释说，"一个假期——真正的假期。"

斯瓦娜抿起嘴唇，尽管不明所以，却也没再多问。这很好，因为反正我也不知道要怎么向她解释。

她缓缓点了点头："那你把日期发给我吧。"

我转身向我的办公桌走去，这几个月来，我第一次感到自己像现在这样平静。可等到坐下来后，我才发现自己必须面对现实。

按照《休闲＋娱乐》的食宿标准——他们出钱——来进行的旅行，和由我自己掏钱能支付得起的旅行，完全是两码事，亚历克斯作为一个高中英语老师，身上还背着因为攻读博士学位所欠的债务，他是不可能和我分摊所有开销。我也不确定他如果知道是我自己出钱，还会不会同意和我一起旅行。

但或许这也是件好事。我们总能在那些靠着拼凑零钱进行的旅行中收获很多快乐。而当有了《休闲＋娱乐》后，我们的暑期旅行才开始慢慢变味。我可以的，我可以计划一次完美的旅行，就像从前一样，我可以让亚历克斯知道一切都会好起来的。

我拿出手机，试着精心编写一条完美的信息。

"一个好玩儿的想法：我们像之前那样旅行吧，身无分文，没有专业的摄影师随行，没有五星级餐厅，就以我们穷学生和网络编辑的身份去参观一下棕榈泉。"

几秒钟后，他回复我："《休闲＋娱乐》那边没问题吗？不用拍照？"

我下意识地来回摇起了脑袋，就像被站在左右肩膀上的小天使和小恶魔反复拉扯。我实在不想对他撒谎。

不过既然我要请一周的假，那我就是自由的，所以他们肯定没有问题。

"没问题，"我说，"只要你没问题，就没什么问题了。"

"当然，"他写道，"听起来不错。"

听起来确实不错。会很不错的，我可以让它变得不错。

第 7 章

今年夏天

全程六小时都在哭闹的四个婴儿终于在飞机着陆时安静下来。

我从手包里掏出手机，关掉飞行模式，等待着来自瑞秋、盖瑞特、妈妈、大卫·尼尔森，最后还有必不可少的亚历克斯的信息轰炸。

瑞秋用三种不同的方式要我在着陆后的第一时间告知她，好让她知道我的飞机没有坠毁，也没有被百慕大三角吸进去，她为我祈祷，希望我能安全降落。

"平安落地，毫发无损，而且已经开始想你了。"我告诉她。接着，我打开了盖瑞特的信息。

"真是太谢谢你把圣托里尼的专题交给我了。"他写道。然后，他又发了另一条信息："不过……恕我直言，你这么决定属实有点儿草率。希望你一切都好……"

"我挺好的。"我告诉他，"只是我要赶去参加一场婚礼，而且去圣托里尼本来就是你的主意。多给我发点儿照片，让我狠狠后悔一下我为自己做出的人生选择。"

接下来，我打开了大卫的信息："真的很开心你能和阿业一起来！得知要见你，谭非常兴奋，这里的一切都为你敞开。"

大卫一直是亚历克斯的兄弟中我最喜欢的一个，只是没想到他竟然已经到了结婚的年纪。

不过，当我和亚历克斯说起这个的时候，他说："大卫今年才24 岁，我无法想象在那样的年纪就做出这种决定。不过，我的弟弟们结婚都很早，而且谭很棒。我爸也在飞机上。他最近买了一个保险杠贴纸，上面写着'我爱上帝，也爱我的同性恋儿子'。"

看到这里，我对着我的咖啡"噗嗤"一声笑了出来。这简直就是为尼尔森先生量身打造的。尼尔森先生也太绝了，而且还完美地开起了亚历克斯和我一直津津乐道的有关大卫是他们家宠儿的玩笑。要知道，亚历克斯直到上了高中才被允许听宗教音乐以外的歌曲，而当他决定去教会大学以外的学校时，尼尔森先生还因此掉过眼泪。

不过，尼尔森终究是深爱着自己的儿子们的，因此他总会在关乎孩子们幸福的事情上做出妥协和让步。

"如果你在 24 岁就结婚了，你的结婚对象就应该是莎拉。"我给亚历克斯发送过去。

"那你的结婚对象应该是吉尔莫。"他说。

我把他那张"委屈狗狗脸"的自拍传给了他。

"你别告诉我你现在还对那个浑蛋余情未了。"亚历克斯说。

他俩一向合不来。

"当然没有，"我回他。"我和阿吉可没有过让人煎熬的分分合合，不像你和莎拉。"

亚历克斯输入了一会儿，然后停了下来，反复输入了很多次后，我开始怀疑他是不是在故意搞我。

但他最后什么都没有发来。转天他再次给我发来的短信却完全不合逻辑。他发来的是一张花花绿绿的照片，照片上有一些背上写着"水疗贱人"的黑色睡袍。

"暑期旅行的团服？"他写道。我们自此就避开了与莎拉有关的话题，这明摆着代表他们之间还存在着某种暧昧的关系。又来了。

飞机此刻还在朝着洛杉矶国际机场的航站楼继续滑行，我坐在逼仄又闷热的机舱里，尽管已经没有了婴儿的哭闹声，但我一想到之前和亚历克斯的对话，就还是感到不太舒服。我和莎拉彼此一向不太喜欢对方。我猜如果他们重新在一起了，那么我和亚历克斯的单独旅行就是经过她的批准的，但如果他们还没复合，正在复合的路上，那这将是我们的最后一次暑期旅行。

他们会组建家庭，生儿育女，然后带着全家一起去迪士尼，而莎拉再也不会让我真正地走进亚历克斯的生活。

我决定暂时不去想这些，转而去回复大卫的信息："我也很兴奋，非常开心来到这里！"

他回了我一个小熊跳舞的动图。然后我点开了妈妈发来的信息。

"代我给亚历克斯一个吻和大大的拥抱。"她写道。她坚持要用符号打出笑脸。她总是忘记怎么使用表情符号，而且每次我努力地教她，她都会很快变得不耐烦起来。"我完全可以用键盘打出来！"她并不愿意妥协。

我的爸妈对于"改变"这件事情并不感兴趣。

"你想让我顺便再抓一把他的屁股吗？"我回她说。

"如果你认为可以的话，"她回复道，"反正我已经等不及要抱外孙了。"

我翻了个白眼，从聊天界面退了出来。我妈妈一直很喜欢亚历克斯，至少有一部分原因是他现在在林菲尔德生活，她希望有一天我们一觉醒来，突然发现原来我们是喜欢对方的，于是我很快就能搬回俄亥俄，那么用不了多久，我就会怀上小孩。我爸爸尽管很宠溺我们，但却令人生畏，亚历克斯一直都很怕他，跟他待在一起的时候，他完全没办法做自己。

我的爸爸身材高大魁梧，声音低沉洪亮，和他那一代的很多男人一样，有着不错的动手能力。而且，他总喜欢问很多犀利又不合时宜的问题，不过往往只是出于他的好奇和一些下意识的反应，并非为了得到某种确切的回答。

和莱特家族的所有成员一样，他也不太擅长控制自己的音量。比如我的妈妈对陌生人大声说："你有没有尝过吃起来像棉花糖一样的葡萄？啊，你会爱上它们的！我来给你洗一点儿！啊，我先把碗洗掉。啊，不是吧，所有的碗都用来盛剩饭了，现在还包着保鲜膜放在冰箱里——来，那就直接抓吧！"可能会让人有种无法拒绝的感觉，但这个时候我爸爸就会皱起眉头，冷不丁地抛出一个类似"上次市长选举的时候你投票了吗"的问题，你很容易就会觉得自己被推进了一个审讯室，而旁边的这个人是美国联邦调查局的便衣。

在我们成为朋友的第一个夏天，亚历克斯第一次去我爸妈家，接我去唱KTV。为了他，也是为了我好，我曾经很努力地保护他，以防他被我家和我的家人吓到。

在我们的第一次公路旅行结束时，我对他已经有了相当的了解，要知道，如果让他走进我们那塞满小摆件、落满灰尘的相框和狗狗皮屑的小房子里，简直就像是让素食主义者去参观屠宰场一样。

我当然不想让他有不舒服的感觉，但同样不想给他任何对我家品头论足的机会。虽然我爸妈既邋遢又奇怪，说话大声又直白，但他们真的很棒，我也是吃了很多苦头才明白了其实只要走进我们家的大门，就会发现里面和大家看到的并不一样。

所以我告诉亚历克斯在我家门前的车道上碰头，但我没向他强调在那里碰头就好。因此，亚历克斯，那个家风很正的亚历克斯·尼尔森，来到我家门口，像20世纪50年代的好男孩那样向我的爸妈介绍了他自己，这样他们就不必担心他们的女儿在日落时分跟着一个"陌生人"驾车离开了。

我一听到门铃声，就马上跑去阻止可能会出现的混乱，但因为脚上穿着粉色羽毛的古着家居鞋，我实在跑不快，所以当我来到楼下的时候，亚历克斯已经站在前厅里了。他夹在两摞堆积如山的储物盒之间，被我们家那两只又老又没礼貌的混种哈士奇来回推搡着，那些挂满墙壁的不怎么美观的家庭照也从四面八方齐刷刷地看向他。

就在我匆匆来到楼梯的拐角处时，爸爸用他洪亮的声音说："我们为什么要担心她和你出去？"接着又说："你说的出去，是不是说你们两个——"

"没有，"我打断了他，然后赶在鲁伯特爬上亚历克斯的腿之前勒住它的项圈，强行把它拽了回来，"我们没有在约会，不是那样的。你绝对不需要担心，亚历克斯是个开车非常慢的人。"

"我刚刚想说的就是这个，"他结结巴巴地说，"我不是说车速的问题，我开车……是按限速来的。我只是想说，你不用担心。"

爸爸的眉头皱了起来。亚历克斯的脸逐渐失去血色，我也不知道吓到他的究竟是我爸爸，还是走廊踢脚板上的那层灰尘。坦白来讲，我也是直到那一刻才看到的。

"爸，你看到亚历克斯的车了没？"为了转移他的注意力，我赶忙说，"年代相当久远了，他的手机也是，亚历克斯有七年都没换新手机了。"

亚历克斯脸红起来，而我爸爸却放松下来，流露出兴致勃勃又赞许的神色："果真？"

虽然已经过去这么多年了，但我对亚历克斯目光闪烁地望向我、从我脸上寻求正确答案时的情形依旧记忆犹新。我向他轻轻地点了点头。

"是的。"他答道。爸爸用力地拍了拍他的肩膀，吓得亚历克斯直往后缩。

爸爸大大咧咧地咧嘴一笑："修补好过换新！"

"什么要换新？"妈妈在厨房里喊道，"有什么东西坏了吗？珀比，你在和谁说话呢？有没有人要吃巧克力味的椒盐卷饼？完蛋了，我得先找个干净的盘子……"

当我们终于完成了离开我家所必需的20分钟的道别，坐到亚历克斯的车里时，他对于刚刚发生的一切，只说了一句："你爸妈看着人很不错。"

"谁说不是呢。"我答道，无意中竟流露出一丝挑衅的意味，就好像我要故意激他说下去，比如那些灰尘、发情的哈士奇、冰箱上吸着的几百张我们小时候的画，又或者别的什么。但他当然什么都没有说，他可是亚历克斯，即使我当时并不明白那背后究竟意味着什么。

在我认识他的这么多年里，他从来都没对那次的事情说过一句不客气的话。在鲁伯特死后，他甚至到我的宿舍送过花。他还在卡片上开玩笑地写道：我一直觉得我们在那晚之后就产生了某种特殊的联结。它不会被忘记。珀比，如果你有什么需要，我一直都在。

倒也不是说我把那张字条背了下来。

倒也不是说我把它保存在我公寓里那个唯一装着值得保存的卡片、信件和纸片的鞋盒子里。

倒也不是说在我们友谊中断的日子里，我一直在纠结要不要把那张卡片丢掉，因为现实就是，我们永远也回不去了。

坐在飞机后部的一个宝宝又开始大喊大叫了，不过马上就可以下飞机了。我一刻也不想耽误。

我要去见亚历克斯。

一阵强烈的兴奋爬上了我的脊椎，一种紧张的激动重新回到我的胸中。

我打开短信箱里最后一条未读信息："刚刚落地"。

"我也是。"我回复他。

再往后，我就不知道该说些什么了。我们已经发了一个多星期的信息，一直都没有把话题引到那次倒霉的克罗地亚之旅上。到现在为止，我觉得一切都很正常，直到我突然意识到：我有两年没有在现实生活中见过亚历克斯了。

两年来，我没有触碰过他的身体，没有听到过他的声音，也没有和他讲过话。实在有太多会让人觉得尴尬的地方了，我几乎可以肯定，我们将会感受到不同程度的尴尬。

能见到他，我当然很兴奋，但除此之外，更多的是恐惧。

我们需要找个会合的地点，我们中至少得有人提出来才行。我在乱成一锅粥的模糊记忆里，搜寻了我过去在《休闲＋娱乐》工作的四年半里，见过的所有铺有深色地毯的大门和每一条电动通道，终于想起了洛杉矶国际机场的布局。

如果我提议在行李传送带那里见，是不是就意味着我们要像白痴一样地朝着对方各自走很久才能真正见到面呢？见了面我该拥抱他吗？

尼尔森家族并不喜欢拥抱，这和我们莱特家族正好相反。众所周知，无论多么普通的对话，我们都会用抓、肘击、拍打、摩挲和轻推等一系列动作以示强调。可以说，身体上的触碰算得上我的第二本能了。有一次，我在送一个洗碗机修理师傅出门的时候，不经意地抱了抱他，被他委婉地告知他已经结婚了，我还顺便对他说了声"恭喜"。

当初我和亚历克斯还很亲近的时候，我们就经常拥抱，但那时候我还很了解他，他和我在一起还很舒服。

我从头顶的行李架上吃力地取下我的手提拉杆箱，把它推到我前面。尽管身上只穿着薄薄的毛衣，可我的腋窝已经冒汗了，而头上那个利落的类似于马尾的发辫也扫过我的脖子。

这是一段漫长的航程，每次当我觉得我们已经飞了几个小时的时候去看一看表，分针却只走了几下。我全程都在我那狭小的座位里心急如焚。可现在似乎是为了中和刚才时间的急剧膨胀，时间走得快到我一瞬间就来到了登机桥的尽头。

我感到喉咙发紧，大脑好像也在脑壳里不停地晃动。我走出到达口，侧身让开那些从登机桥上不断走出的人群，然后从口袋里掏出手机。当我开始打字的时候，我的双手都在出汗……"我们在行李——"

"嘿。"

我循着这个声音转过身去，声音的主人正在避让一辆停在我们之间的婴儿车。

微笑。亚历克斯在微笑。眼睛还是像没睡醒一样有点儿肿。他肩上挎着笔记本电脑包，脖子上挂着他的耳机线，与他身上深灰色的裤子、纽扣衬衫和毫无磨损痕迹的皮靴相比，他的头发简直是一团糟。他向我走来，把他的手提行李箱丢在身后，一把将我拉进他的怀里。

这再正常不过了，我无比自然地踮起脚，用胳膊环住他的腰，把脸埋在他的胸口，大口地吸着他身上的味道。雪松、麝香、柠檬。没有比亚历克斯·尼尔森更让人习惯的生物了。

和之前一样的谜之发型，一样清爽的味道，一样的基本款穿搭（不过随着时间的推移，在衣服的剪裁和鞋子的选择上都有所进步），一样在拥抱的时候喜欢紧紧地搂住我背的上部，把我拽向他的身体，虽然几乎把我拽离地面，但从来不会用力过猛，以至于让我觉得骨头被捏得嘎吱作响。

说起来更像是在重塑我们的样子：来自各个方向的轻微压力将我们短暂地合二为一，让我们成为一个拥有呼吸和两颗心脏的生命体。

"嗨。"我对着他的胸膛微笑地说。他的胳膊滑到我背的中部，把我抱得更紧了点儿。

"嗨。"他说。我听到了他声音中的笑意，我希望他也同样听出我刚才是笑着对他说话的。尽管他很反感在公共场合过分流露自己的感情，但我们都没有马上松开对方，我想我们大概都认为，已经两年没有拥抱过的两个人是可以稍微拥抱得久一点的。

我紧紧闭上眼睛，用来对抗逐渐汹涌的感情，然后把额头压进他的胸膛。他的双臂垂到我的腰上，在那里停留了一会儿。"来的路上还好吗？"他问。

我把脑袋向后撤了一点儿，直到可以看到他的脸。"我想我们的航班上有一些未来世界级别的歌剧演唱家。你怎么样？"

他小小的微笑松动了，笑容变得大大的。"我在遭遇气流的时候差点儿害得旁边的女士心脏病发作"，他说，"我不小心抓住了她的手。"

我笑得花枝乱颤，他笑得更厉害了，抱着我的胳膊也更用力了。

这是赤裸的亚历克斯，我想，但很快就又嫌弃起了这个想法，我当初真的应该给这个版本的他取个更好的名字。

他好像读懂了我的心思，突然手足无措起来。他收敛自己的笑容，松开抱着我的手，还向后退了几步。"你有托运的行李要取吗？"他一边问，一边拉过我的行李，和他的行李放到一起。

"我可以自己拿。"我提出。

"我来吧。"他说。

我跟着他从拥挤的出口向外走，眼睛却一直没有从他身上移开。我不敢相信他此刻就在这里，不敢相信他的样子一点儿都没有改变，不敢相信这一切居然真的发生了。

我们继续走着，他低头看了我一眼，然后撇了撇嘴角。关于亚历克斯的脸，它最让人喜欢的地方，就在于它可以完美兼容两种截然不同的情绪，而读懂这些情绪对我来说简直轻而易举。

就此刻他这个撇嘴的举动来看，它所表达的是"开心"和"略带防备"的意思。

"怎么了？"他用和他表情同样意思的语气说。

"就是觉得你……太高了。"我说。

也很健壮。但这样的评价通常会让他觉得尴尬，好像对他来说，拥有健身房水平的身材是某种程度上的人格缺陷，因为他从小就被教导要尽量保持低调。而我妈妈则恰好相反，她过去常常用白板笔在我浴室的镜子上写很多小小的提示语："早上好，漂亮的微笑。""你好，强壮的胳膊和大腿。""祝你今天开心，让我宝贝女儿吃饱饱的小肚肚。"我有时在洗完澡后站在镜子前梳头，还是能听到这样的话："早上好，漂亮的微笑。""你好，强壮的胳膊和大腿。""祝你今天开心，让我吃饱饱的小肚肚。"

"你这么盯着我看是因为我高？"亚历克斯说。

"相当高。"我说，好像这么一来就能解答他的疑惑。

比起对他说"我想念你漂亮的微笑了，很高兴见到你那强壮的胳膊和大腿，谢谢你紧实的肚子，让我深爱的人可以吃得饱饱的"，这要简单得多。

亚历克斯盯着我的眼睛，他粲然一笑，嘴角都要咧到耳根了："珀比，我也很高兴见到你。"

第8章

十年前的夏天

一年前，当我拎着六袋脏衣服在宿舍楼下看到亚历克斯·尼尔森的时候，我是不敢相信我们会一起去度假的。

一切都是从我搭他的车回家后，我们偶尔互发信息开始的——他在开车经过林菲尔德电影城的时候会拍一张很模糊的照片发给我，并加上一句"别忘记打疫苗"。我会给他发去我在超市发现的十件一包的衬衫的照片，在下面打上一行"生日礼物"——不过大概在三周以后，我们就从互传信息成功晋级到了打电话和出去玩儿的阶段。我甚至还说服他去电影城看了场电影，不过他全程都悬在他的椅子上，尽量不让自己的身体碰到任何东西。

夏天结束的时候，我们一起报了两门必修课，一门是数学，一门是科学。到了晚上的时候，亚历克斯会经常到我的宿舍来，我也会去他的房间赶作业。我的室友邦妮已经正式搬去她姐姐那里住了，现任室友伊莎贝尔是个医学预科生，她有时会一边嚼着芹菜（她说那是她最喜欢的食物），一边从我和亚历克斯的肩膀上方看过来，给我们的作业纠错。

我和亚历克斯都很讨厌数学，可他却很喜欢英语课，他每天晚上都会花好几个小时去阅读课程里的指定读物，而我则会在他旁边的地板上漫无目的地浏览着旅行博客和明星八卦。尽管我的课程都很无聊，但当我和亚历克斯吃完晚饭捧着热巧克力在校园里散步的时候，或者周末我们游荡在城市里，去寻找好吃的热狗摊、好喝的咖啡或者美味的沙拉三明治的时候，我会感到前所未有的快乐。我喜欢在城市里那种被艺术、食物、喧嚣和新鲜的面孔所包围的感觉，这种感觉足以支撑我去忍受我那枯燥的学习生活。

一天深夜，雪花在我的窗台上慢慢堆积，我和亚历克斯正趴在我房间的地板上，为即将到来的考试做着准备，谁知话题却逐渐转到了我们最想去的地方上。

"巴黎。"我说。

"准备我的美国文学期末考。"亚历克斯说。

"首尔。"我说。

"准备我的纪实文学导论期末考。"亚历克斯说。

"保加利亚的索菲亚。"我说。

"加拿大。"亚历克斯说。

我看着他，突然笑得眼冒金星，这引得他脸上再次出现了他标志性的委屈表情。"你最想去度假的地方，"我说着，躺到了地毯上，"居然是两篇论文和一个离我们最近的国家。"

"比巴黎便宜多了。"他认真地说。

"既然是做梦，那就挑个你真正喜欢的呗。"

他叹了口气："好吧，你之前看过的那个温泉怎么样？就是在雨林里的那个，它就在加拿大。"

"温哥华岛[1]。"我点了点头对他说，更准确地说，是在它边上一个更小的岛上。

"我想去的就是那儿，"他说，"当然，是在我的旅伴没有那么讨厌的前提下。"

"亚历克斯，"我说，"我很乐意陪你去温哥华岛，至少比另外两个选项也就是看你写作业要好。我们可以在明年夏天去。"

亚历克斯在我身边躺了下来："那巴黎呢？"

"巴黎可以再等等，"我说，"反正我们现在还去不起巴黎。"

他淡淡地笑了笑。"珀比，"他说，"我们就连一周一次的热狗都要买不起了。"

但此时此刻，经过了一个学期的勤工俭学——亚历克斯在图书馆，我在收发室——我们终于攒够了这次极其廉价的红眼航班（中途经停两次）的机票钱，而当我们终于登上飞机的时候，我简直兴奋到血脉偾张。

不过等到我们刚一起飞，客舱里的灯光就暗了下来，困意来袭，我竟然靠在亚历克斯的肩膀上睡着了，口水流到他的衬衫上湿成一片。不知过了多久，飞机撞上了一团气流突然下沉，我从睡梦中被颠醒，不巧亚历克斯因为飞机的下降，不小心给我迎面来了一个肘击。

"完了！"他喘着粗气。我猛地坐直身体，捂起自己的脸。"完了！"他的指关节失去了血色，紧紧地扣在椅子的扶手上，他胸口起伏的频率也变得越来越快。

"你害怕坐飞机吗？"我问。

---

1 温哥华岛（Vancouver Island），位于加拿大不列颠哥伦比亚省，在太平洋沿岸。

"不！"他悄声说，即使处在恐慌当中，他也会照顾到其他正在熟睡的乘客，"我怕死。"

"你不会死的。"我向他保证。飞机重新回归平稳，但安全带指示灯却亮了起来，亚历克斯一直死死地抓住扶手，就像有人要把飞机翻转过来，再把我们甩出去一样。

"情况似乎不太乐观，"他说，"听起来好像有什么东西从飞机上掉下去了。"

"那是你的胳膊肘撞到我脸上的声音。"

"什么？"他快速查看了一下，脸上同时出现了惊讶和困惑的表情。

"你打到我的脸了！"我对他说。

"啊，该死，"他说，"对不起。能给我看看吗？"

我把手从自己仍在砰砰跳动着的颧骨上拿了下来。亚历克斯凑近我，他的手指在我脸上方的位置停了一下，在还没有触碰到我皮肤的时候就被他抽走了。"看上去倒是没什么大碍。要不我们问问乘务员能不能拿些冰块过来吧。"

"好主意，"我说，"我们可以把她叫来，跟她说明你刚才打了我的脸，但不是你的错——你很惊讶，然后——"

"天哪，珀比，"他说，"我真的非常抱歉。"

"没什么，不是特别疼，"我用我的胳膊肘碰了碰他的胳膊肘，"你怎么没告诉过我你害怕坐飞机呢？"

"我之前并不知道。"

"什么意思？"

他抬起头，把脑袋抵在靠枕上说："今天晚上是我第一次坐飞机。"

"啊，"我的肚皮因为内疚紧绷起来，"要是你早点儿告诉我就好了。"

"我不想看起来大惊小怪的。"

"我也不会表现得大惊小怪。"

他怀疑地看着我："那你现在在干吗？"

"好吧。对，没错，我确实是大惊小怪了。但你看，"我把手慢慢滑到他的手掌下，尝试着和他十指相扣，"我就在这儿陪着你，如果你想睡上一会儿，那我就醒着，帮你看着飞机，确保它不会掉下去。不过它是不会掉下去的，因为飞机要比开车还要安全。"

"我也很讨厌开车。"他说。

"我知道。但我想说的是这要比那个好，好多了。而且我就在你身边，我以前坐过飞机，所以我知道该在什么情况下感到害怕。我可以向你保证，在那种情况下，我肯定会害怕，到时候你一定会知道飞机出了问题。不过在那之前，你尽可以放下心来。"

他在昏暗的客舱里盯着我看了一会儿。我手里握着的那只手逐渐放松下来，他温暖又粗糙的手指也没有那么紧绷了。我从来都没想过，握着他的手竟让我的心中产生了一丝悸动。在 95% 的时间里，我都会以一种纯粹的柏拉图式的方式来看待亚历克斯，而且我猜他在看待我的时候，这个数字还会更高一点儿，但在剩下 5% 的时间里，我就会变得想入非非。

那样的想象不会持续太久，也不会太过火。它就在那里，藏在我们握着的两手之间，这个想法非常轻柔，在它背后没有过多的含义——亲吻他会是怎样的感觉？触摸他又是怎样的感觉？他尝起来会和闻上去的味道一样吗？没有比亚历克斯更在乎口腔卫生的人了，这个想法显然不够性感，但也绝对没有那么不性感。

我对他那方面的想法也就点到为止，这很好，因为我真的太喜欢亚历克斯了，所以我不能和他约会，更何况我们是两个完全相反的人。

飞机剧烈颠簸着又一次快速地穿过乱流，我的手被亚历克斯抓得更紧了些。

"现在是不是该害怕了？"他问。

"还不到时候，"我说，"快睡吧。"

"因为我马上就要死了，所以我终于能睡个够了？"

"因为你睡够了，才能在我觉得累的时候，背着我走完布查德花园里剩下的路。"

"我就知道你带我来是有原因的。"

"我带你来确实没想过让你当我的骡子，"我争辩道，"其实我是带你来当我的替罪羊的。我在下午茶时间跑进皇后酒店的餐厅，从毫无戒心的宾客那里偷走三明治和价值连城的手镯时，你就负责吸引他们的注意。"

他紧紧捏住我的手："那我想我还是睡觉比较好。"

我也用同样大的力气回握他的手："我想也是。"

"到了该害怕的时候你要叫醒我。"

"放心吧。"

他把头靠在我的肩膀上，假装睡着了。

我知道当我们着陆时，他的脖子会扭得厉害，而我的肩膀也会因为长时间保持一个姿势而感到疼痛，但我现在没工夫管那么多了，前面等着我的是美好的五天之旅，而且还是和我最好的朋友一起，我从内心深处感到，这一定会很不错，真的会非常不错。

现在还不是害怕的时候。

第9章

今年夏天

"我们有租车吗？"我们在走出机场，置身在迎面而来的热浪中时，亚历克斯问。

"算是吧，"我一边咬着嘴唇，一边掏出手机叫网约车，"我从脸书的一个群里找了一辆车。"

亚历克斯眯起眼睛。飞机驰过掠起的一阵疾风横扫过机场的出口，把他的头发也拍在了他的前额上："我不明白你的意思。"

"记得吗？"我说，"我们第一次旅行就是这么做的，就是那次温哥华岛的旅行。我们当时还太小，还不到合法租车的年纪。"

他盯着我。

"你知道，"我说，"我加入了那个女人的旅游线上交流群，呃，大概在 15 年前？大家会在那个群里上传自己用来转租的公寓和可供出租的汽车。你还记得吗？为了去城外取车，我们当时得先坐公交车，再拖着行李走五英里[1]的路。"

---

1 1 英里大约等于 1.61 千米。

"我记得，"他说，"我到现在还是不明白为什么会有人把车租给一个素未谋面的人。"

"因为很多住在纽约的人喜欢跑去别的地方过冬，而很多住在洛杉矶的人喜欢去其他地方避暑。"我耸了耸肩，"这姑娘的车已经闲置了大概——呃——一个月了，所以我就付了她一周70美元的车费。现在我们打个车去取就可以了。"

"酷。"亚历克斯说。

"没错。"

我们陷入了这次旅程第一次尴尬的沉默中。即使在过去的一周里，我们一直在互相发送信息，也都无济于事，情况也可能会因此变得更糟。我的大脑一片空白，现在所能做的就是盯着手机上的应用软件，看着汽车图标一点点向我们靠近。

"我们的车来了。"我朝那辆正向我们驶来的商务车扬了扬下巴。

"酷。"亚历克斯又说了一遍。

司机接过我们的行李，我们则和另外两个拼车的人一起挤进车里。他们是一对中年夫妇，戴着亮闪闪的同款空顶帽，荧光粉的那顶上写着"老婆"，荧光绿的那顶上写着"老公"。他们的身上都穿着火烈鸟图案的衬衫，皮肤已经被晒得很黑了，有点儿像亚历克斯鞋子的颜色。"老公"剃成了光头，"老婆"的头发则染成了鲜亮的酒红色。

"嘿，你们好啊！"看到我们往中间那排的位子上坐，"老婆"慢吞吞地说。

"嗨。"亚历克斯在位子上侧身对她露出一个几乎毫无破绽的笑容。

"我们来度蜜月，""老婆"在她和"老公"之间挥了挥手，"你们呢？"

"哦，"亚历克斯说，"呃。"

"我们也是！"我握起他的手，转身对他们笑笑。

"啊！""老婆"尖叫起来，"你看，鲍勃，这一车都是情侣！"

"老公"鲍勃点了点头："恭喜，孩子们。"

"你们是怎么认识的？""老婆"很想知道。

我瞥了亚历克斯一眼，此时他脸上的两种表情分别是害怕和兴奋。我们已经不是第一次玩儿这个小游戏了，即便因为被他的大手缠绕而让我觉得比平时更加尴尬，但能以这样的方式打破我们之间的僵局，像往常那样玩儿起来，也未尝不让人觉得欣慰。

"在迪士尼。"亚历克斯说，然后转向后排座位上的夫妇。

"老婆"睁大了眼睛："太梦幻了！"

"确实非常梦幻。你知道吗，"我饱含深情地看向亚历克斯，用另一只手戳了戳他的鼻子，"他当时是做'人呕勺'的，也就是我们所说的人形呕吐物清理勺。他们的工作就是游走在各项新型的 3D 游乐设施之间，帮助眩晕不适的爷爷奶奶们打扫卫生。"

"珀比是负责扮演大眼仔的。"亚历克斯冷冷地补充道，他开始加码了。

"大眼仔？""老公"鲍勃说。

"是《怪物公司》里的角色，亲爱的，""老婆"解释道，"它是里面的一个主要怪物。"

"哪一个？""老公"问。

"那个矮的，"亚历克斯说，随后他转向我，摆出一副我所见过的最蠢、最谄媚的夸张表情，"我们是一见钟情。"

"哇哦！""老婆"一边说，一边捂住自己的心脏。

"老公"皱起了眉毛："在她穿着玩偶服的时候？"

在"老公"的质疑下，亚历克斯的脸颊渐渐泛红，这时我插话说："我真的有双很棒的腿。"

司机把我们放到高地公园的一条街上，放眼看去，整条街上都是灰泥外墙的房子，道路边栽满了茉莉花。我们从车里爬出来，来到热到发烫的柏油马路上，史黛西和鲍勃深情地向我们挥手道别。网约车刚一走远，亚历克斯就松开了我的手。我扫视了周围房子的门牌号，朝着一排颜色有些发红的围栏点头示意了一下："就是这儿。"

亚历克斯打开大门，我们走进院子，看到一辆四四方方的白色两厢车正停在车道上，这辆车上的所有边缘都有锈迹和裂纹。

"这……"亚历克斯盯着车说，"要 70 美元？"

"可能我确实给多了。"我俯身在驾驶座一侧的前轮四周摸了摸，车主是一个叫萨沙的陶艺师，她说车钥匙就在这个位置的一个小磁吸盒里，"要是让我偷车，我最先就从这里找备用钥匙。"

"我觉得如果偷这辆车需要把腰弯到这么低的话，未免有些不太值得。"亚历克斯正说着，我已经拿出了钥匙，然后整理了一下自己的衣服。亚历克斯绕到了车的后侧，读出后挡板上的字："福特心想[1]。"

我大笑着打开车门："我想说，我们《休闲 + 娱乐》的口号是'心想远方'。"

"来，"亚历克斯拿出手机，向后退了几步，"我帮你拍张你和它的合照。"

---

1 Ford Aspire 是福特汽车公司于 20 世纪 90 年代推出的一款车型。谐音"福特心想"。

我砰的一声打开车门，抬起一只脚，摆了个姿势。亚历克斯紧接着就要蹲下去。

"亚历克斯，别，不要从下面拍。"

"抱歉，"他说，"我忘了你在这件事上有多奇怪了。"

"我奇怪？"我说，"你拍照就像是用平板电脑拍照的老人家一样，要是在你的鼻梁上架一副眼镜，再给你套上一件辛辛那提熊狸队的 T 恤，简直就和我们的父辈一模一样了。"

他故意把手机举高到要够不到的地方。

"你在干吗？现在又要转到 21 世纪初 45°角仰望天空的模式了？"我说，"你折中一下。"

亚历克斯翻起白眼，摇了摇头，但还是在差不多的高度给我拍了几张照片，然后拿过来给我看。划到最后一张照片的时候，我禁不住倒吸一口凉气，然后就像他在飞机上抓住坐在他边上的那个八旬老人一样地抓住了他的胳膊。

"怎么了？"他说。

"你有人像模式。"

"是啊。"他应道。

"你还用了它。"我直言。

"对。"

"你知道怎么使用人像模式。"我说，我仍然处在惊恐当中。

"哈哈。"

"你是怎么知道使用人像模式的方法？是你孙子回家过感恩节的时候教你的吗？"

"哇哦，"他面无表情地说，"该来的还是来了。"

"抱歉，抱歉，"我说，"我真的被你惊艳到了，你变了。"我赶忙又补充道："不是说你变差了！我就是想说，你并不是个喜欢改变的人。"

"可能我现在喜欢了。"他说。

我交叉起双臂。"你还是每天早上五点半起来健身吗？"

他耸了耸肩："那只是锻炼身体，和喜不喜欢改变没有关系。"

"还在之前那家健身房？"我问。

"对。"

"就是每六个月就涨一次价的那家？就是一直重复播放着新世纪音乐[1]CD 的那家？就是两年前你就开始抱怨的那家健身房？"

"我并不是在抱怨，"他说，"我只是不明白那样怎么能让跑步机上的人劲头十足呢？我就是觉得百思不得其解而已。"

"可是你有自己的播放器，他们在喇叭里放什么跟你又有什么关系呢？"

他耸了耸肩，从我手中拿过钥匙，绕过那辆车，打开了车的后门。"这是个原则问题。"他把我们的行李扔到后座，砰的一声把车门关上。

我本来以为我们是在开玩笑，但现在我却不敢确定了。

"嘿。"当他经过我身边的时候，我伸手抓住他的胳膊。他停了下来，扬起眉毛。我内心的自尊就像一个结一样卡在喉咙里，哽住了我想说的话。第一次毁掉我们友谊的就是我所谓的自尊，这一次我不会再犯同样的错误了。我再也不会因为想让他先开口，而把自己本该说出的话憋在心里。

"怎么了？"亚历克斯说。

---

1 新世纪音乐（New Age Music），又译作新纪元音乐，是一种在 19 世纪 70 年代出现的音乐形式。

我把那个结吞了下去："我很开心你并没有改变太多。"

他盯着我看了一会儿，然后——这是我的幻觉，还是他也做了个吞咽的动作？"你也是。"他说着，摸了摸从我马尾辫上散下来的一绺头发的发尾，这绺头发沿着我的脸颊滑落到了我下巴下。他的动作很轻，轻到我的头皮都没有任何感觉，但我的脖子却感到了一阵酥麻："还有，我喜欢你的发型。"

我的脸颊热了起来，肚子也暖暖的，就连腿上的温度也升高了些。

"你学会了手机上的一个新功能，我拥有了一个新发型。"我说，"整个世界都要小心现在的我们了。"

"彻底的转变。"亚历克斯表示赞同。

"真正划时代的转变。"

"那么问题来了，你的驾驶技术有提高吗？"

我挑起一根眉毛，把双臂交叉在胸前："那你有吗？"

"它'心想'着要是有个能用的空调就好了。"亚历克斯说。

"它'心想'着要是它闻起来不像个抽着钝烟的人就好了。"我说。

自从开上通往沙漠的高速公路，我们就一直在玩这个游戏。陶艺师萨沙曾在她的帖子里提到过这辆车的空调是那种时灵时不灵的类型，但她显然忽略了一个事实，那就是她显然已经连续五年都把这车当成吸烟室来用了。

"它'心想'要是活的时间够久，能够看到人类苦难的终结就好了。"我补充说。

"这辆车，"亚历克斯说，"甚至不会活着看到《星球大战》系列的终结。"

"可咱们俩也未必能看到啊。"我说。

因为我的驾驶技术会让亚历克斯晕车，还会让他害怕，所以后来还是换亚历克斯开车了。反正我也不喜欢开车，通常我都会把这个位子推给他。

洛杉矶的交通对他这种谨慎的人来说有着极大的挑战性。我们停在一个停车标志前，打算向右转到一条车流量较大的路上，我们等了——呃，大概有十分钟，直到我们后面的三辆车都按下了喇叭。

不过好在我们出城了，他的车也开得顺了起来。没有空调也不是什么大不了的事，反正我们把窗户都摇下来后，一阵阵伴着甜蜜花香的清风就能从我们身边吹过了。现在最大的问题是没有外接音频线，所以我们只能听车里的收音机。

"电台里怎么总有这么多比利·乔尔[1]？"在亚历克斯第三次要求我在中插广告的时候换台后，内容又切换到了《钢琴侠》[2]上。

"我想应该从开天辟地以来，穴居人造出第一台收音机的时候，就已经在放这首歌了。"

"我不知道你居然还是个历史学家，"他故作严肃地说，"你真应该到我的班级来上课。"

我哼了一声："亚历克斯，就算你用上学校附近方圆五英里内的所有拖拉机，也不可能把我拖进东林菲尔德高中的大厅。"

"我说，"他说，"那些霸凌你的人现在可能已经毕业了。"

"那可真不一定。"我说。

他看向我，神情严肃，嘴巴抿得很小："你想让我揍他们一

1　比利·乔尔（Billy Joel），是一位美国歌手、钢琴家和词曲作者。
2　《钢琴侠》（Piano Man），是美国创作歌手比利·乔尔创作并演唱的一首歌曲。

顿吗？"

我叹了口气："不用了，已经太迟了。唉。他们现在都有了自己的孩子，孩子也戴上了超可爱的大号儿童眼镜。他们中有很多人信了教，或者搞起了一些贩卖唇彩的奇怪传销。"

他看着我。他的脸被晒得通红："要是哪天你改变主意了，和我说一声就好。"

亚历克斯自然是知道我在林菲尔德所经历过的那些痛苦的，但我在大多数情况下，都会尽力不再回想那段日子。一直以来，比起在老家时的那个我，我更喜欢和亚历克斯在一起时的我，这个珀比觉得世界很安全，因为这个世界里还有他，而在他内心深处，也和我有着同样的想法。

不过，他在西林菲尔德高中的经历，却和我在他们高中的姐妹校里的经历截然不同。我觉得这肯定和他喜欢体育运动——在学校和他家教堂的内部联赛里打篮球——和长相帅气有着莫大的关系，可他却一直坚称，最关键的是他足够安静，这个性格特质会让人觉得他很神秘，而不是古怪。

或许如果我的爸妈不那么竭尽所能地在各个方面对我们几个孩子进行支持鼓励，我就不会那么我行我素，运气也就没那么差了。有些孩子在遇到反对的声音时，会学着慢慢适应，让自己变得更加合群，就像普林斯和帕克在学校时一样，他们可以找到自己和别人在个性上相似的东西。

当然还有像我这样的傻子，一直秉持着这样错误的观念——我的小伙伴们到最后不仅会包容我，而且终将因为我选择做我自己而尊重我。

对于某些人来说，没有什么比遇上一个看起来并不在乎能否得到别人认同的人要更令他们恼火了。他们可能是在不满——既然我能为了大局委屈自己遵循这些规则，那你为什么不行？你得在意这些才行。

我当然是在意的，而且非常在意，不过都是在四下无人的时候。如果当初我能在学校里大哭一场，而不是在面对辱骂时，不屑地耸一耸肩后，躲在自己的枕头下抹眼泪，那结果或许会更好一点儿。如果我在他们第一次嘲笑妈妈在我喇叭背带裤上缝的绣花补丁后，能像一个 11 岁的圣女贞德那样誓死保卫我的牛仔裤，一直昂首挺胸地穿着它，那后来会不会就能变得不太一样？

重点是，亚历克斯很早就知道游戏的规则了，而我却经常觉得自己像是在倒着阅读游戏说明，而结果就是整个游戏都被我搞得一塌糊涂。

不过当我们在一起的时候，这个游戏就不见了，世界上所有其余的部分都消失了，而我也终于相信了事情本该如此。我好像从来都不是那个被孤立、被误解的女孩，而是一直被亚历克斯·尼尔森懂得，被他爱着，并被他全然接纳的人。

在我们相遇之初，我并不希望被他当成那个林菲尔德的珀比——我并不确定这个外部元素的入侵是否会改变我们二人世界的状态。我至今还记得，我终于把这件事情告诉他的那个夜晚，是大三的最后一个晚上，我们从派对上跌跌撞撞地回到他的宿舍时，发现他的室友已经去过暑假了，我就向亚历克斯借了件 T 恤和几条毯子，睡在他房间里空出来的那张单人床上。

我大概从 8 岁以后就没有像那样在外面留宿了，就是闭着眼睛一直聊天，然后聊着聊着就睡着了的那种。

我们把所有的事情都讲给了对方。那些都是我们从来没有说起过的话题。亚历克斯告诉我，他妈妈已经去世了，他说在他妈妈去世后的好几个月里，他爸爸基本上就没有换过睡衣，也是从那时起，亚历克斯学会了给他的弟弟们做花生酱三明治，也学会了冲泡婴儿配方奶粉。

尽管我们在过去的两年里都玩儿得非常开心，但在那天晚上，我觉得在我心里，那个从来都没有人进去过的地方被打开了。

接着他问我在林菲尔德究竟发生了什么，为什么我会害怕回去过暑假，听到他刚才说的一切，再去讲我的那些小委屈，本该让我觉得很傻很尴尬，可亚历克斯却从来都没有让我觉得我是那种渺小又愚蠢的存在。

当时已经很晚了，天都快亮了，好像在这样的迷离时分，说出自己的秘密也并不会有什么危险。所以我把从七年级起经历过的一切都告诉了他。

那倒霉的牙套、金·利德斯粘在我头发上的口香糖，以及由此出现的锅盖头。可金没有就此罢手，她对全班同学说，要是谁再和我说话，就不可以参加她的生日派对，尽管当时距她的生日还有整整五个月的时间，但她向大家承诺，可以去她家的泳池滑梯和地下室影院玩儿，那绝对值得等待。

后来到了九年级，我脸上终于没有了雀斑，胸部也几乎一夜之间就耸起来了，有那么三个月的时间，我居然成了"抢手货"。后来杰森·斯坦利突然亲了我，但我并不喜欢他，为了报复我，他对所有人诬称是我勾搭他。

在那之后的一年里，整个足球队的人都叫我"骚婆珀比"。没人愿意和我做朋友。后来就到了最糟糕的十年级。

起初事情是有所好转的，因为当时我的二哥在上高中，他和他那帮戏剧社的朋友会带着我一起玩儿。但那样的状况只维持到我生日在外留宿的那天，我就是在那个时候发现别人眼里的我爸妈是多么令人尴尬，而我也突然意识到我并没有我想象中的那么喜欢我的朋友。

我同样告诉了亚历克斯我有多爱我的家人，我有多想保护他们。不过有时即便跟他们待在一起，我还是不免觉得孤单。他们每个人都有匹配的另一半，爸爸和妈妈，帕克和普林斯，就连哈士奇也是成对儿的，而我们的混种狗和猫在大部分时间里也都会一起蜷缩着晒太阳。在遇到亚历克斯之前，我的家人是我唯一的港湾，可即使和他们在一起的时候，我也是那个落单的存在，就像你在宜家买书柜时，那颗莫名多出来的螺钉，它似乎只是为了增加你的紧张感。自从上了高中，我就尽我所能地逃避那种感觉，逃避那样的自己。

我把这一切都告诉了他，唯独没有对他说其实我们是天生的一对儿，因为即使我们已经有了两年的友情基础，但要说出那样的话，还是显得太过了。我以为在我说完的时候，他就已经睡着了，不过让我没想到的是，几秒钟后，他翻过身来，在黑暗中凝视着我，然后轻轻地说："我敢打赌，你梳锅盖头的时候一定很可爱。"

我当时是真的、真的不可爱，但不知道为什么，他的话却抚平了那些记忆的刺痛。他确实把我放在心上，他是爱我的。

"珀比？"亚历克斯把我拉回这辆又热又臭的车和这片沙漠当中，"你在想什么呢？"

我把手伸出窗外，想抓住周围的风："在想东菲尔德中学，大厅里一遍一遍地响起'骚婆珀比！骚婆珀比！'"

"好吧，"亚历克斯柔声说，"我不会让你去我的班级教他们比利·乔尔广播史。但你要知道……"他看向我，表情认真，声音冷峻："如果我的学生叫你骚婆珀比，那我一定会做掉他们。"

"这绝对是，"我说，"别人对我说过的最火辣的话了。"

他笑了，然后把脸别了过去。"我是认真的。我绝对不会容忍他们的霸凌行为，"他歪头沉思了一会儿，"除非对象是我，他们经常欺负我。"

尽管并不相信他，可我还是笑了。亚历克斯是教大学先修课程和尖子生的，他年轻帅气，喜欢不动声色地搞笑，而且还出奇聪明，他们不可能不喜欢他。

"那他们有叫你骚货亚历克斯吗？"我问。

他做出愁眉苦脸的表情："老天，我希望不要吧。"

"抱歉，"我说，"骚货先生。"

"拜托，骚货先生是我爸才对。"

"我敢说有很多学生都喜欢你。"

"有个女孩跟我说我长得像瑞恩·高斯林 [1]……"

"天哪。"

"……被蜜蜂蜇了以后的样子。"

"哦呦。"我说。

"我知道，"亚历克斯表示认同，"残酷但是公正。"

"你才像瑞恩·高斯林风干了的样子呢，你有想过这么回击吗？"

"嗯。看招，杰西卡·麦金托什。"他说。

"你这个贱人，"我说完，立刻摇了摇头，"不行，叫一个孩子贱人感觉很糟。这是个烂玩笑。"

亚历克斯又做出愁眉苦脸的表情："如果我这么说能安慰到你的

1　瑞恩·高斯林（Ryan Gosling），是加拿大演员、导演、歌手。

话……杰西卡并不是我很喜欢的学生。不过我想她会慢慢长大的。"

"嗯,我的意思是,你知道的,她可能一辈子都无法和粘过口香糖的锅盖头和解了。你能给她一个机会实在是太好了。"

"你和杰西卡完全不一样。"他笃定地说。

我挑起眉毛:"你又怎么能肯定?"

"因为,"他的目光紧紧地盯着前方被太阳晒到褪色的道路,"你一直都是珀比。"

"沙漠玫瑰"公寓楼是一栋泡泡糖粉色外墙的灰泥建筑,大楼名字的浮雕是 20 世纪中叶风格的花体字母设计。环绕在大楼周围的花园里,长满了低矮的仙人掌和硕大的多肉植物,透过白色的尖桩栅栏看去,一个闪闪发光的蓝绿色泳池里漂着几个皮肤被晒黑的人,泳池的周围栽种着高大的棕榈树,边上还放着一些躺椅。

亚历克斯把车熄了火。"看着不错。"他如释重负地说。

我刚从车上下来,就透过脚上的凉鞋,感受到了柏油马路的灼热。

在经历过纽约的夏天被困在鳞次栉比的摩天大楼之间,被像弹球一样来回跳跃的太阳无休止地反复烘烤,以及早年俄亥俄夏天时河谷的天然湿气洼地,我以为我知道什么是热。

但现在看来,我从前并不知道。

在沙漠无情的阳光下,我觉得我的皮肤在刺痛,双脚也因为站着没动而变得火辣辣的。

"该死。"亚历克斯大口大口地喘着气,将前额的头发向后捋了捋。

"我想现在是淡季的原因找到了。"

"大卫和谭要怎么在这儿生活啊？"他说，语气里充满了嫌弃。

"就和你住在俄亥俄一样呗，"我说，"苦涩地靠着酒精麻痹自己。"

我只是想开个玩笑，但亚历克斯却面无表情，没有给我任何反应，径直走向了车的后边。

我清了清嗓子："开个玩笑。况且，他们大多时候是住在洛杉矶的，对吧？那里远没有这么热。"

"拿着。"他递给我第一袋行李，我接了过来，感觉是在受罚。

给自己的小贴士：不要再调侃俄亥俄。

当我们拿出所有的行李（还包括我们在 CVS[1] 休息站里买的两纸袋食物）并艰难地提着它们爬了三层楼来到我们的公寓前，我们已经汗流浃背了。

"我觉得我要热化了，"亚历克斯说，我在门边的钥匙盒上按下密码，"我得洗个澡。"

钥匙盒弹开了，我把钥匙插在门把手上，按照房东发给我的详细说明，先是晃了晃，然后再转了下钥匙。

"我们一到外面就又会热化的，"我直言，"你最好还是睡前再洗澡吧。"

锁终于开了，我撞开门，拖着脚走了进去。突然间我停了下来，身体里的两个警铃同时发出了刺耳的警报。

跟在后面的亚历克斯随即撞在我这堵被汗水浸湿的"高温墙"上："什么——"

他的声音逐渐变小。我不确定他所指的是哪个可怕的状况——是这里实在热得要死，还是……

---

1 CVS，是美国最大的药品零售商。

这个单间公寓的中间只摆放着一张床（除此之外，都很完美）。

"不。"他轻轻地说，好像并不想声张。我肯定他确实没有。

"上面写的是两张床。"我脱口而出，然后慌忙找出预定信息，"确实写着两张。"

因为我是不可能把事情搞成这样的，我不可能搞砸。

曾经有那么一段时间，睡在同一张床上对我们来说可能并不是什么了不起的大事，因为当时我们的关系还没有这么敏感和尴尬。但这次旅行不一样，我们需要通过这次机会来修补我们之间的裂痕，因此不能出现任何差池。

"你确定？"亚历克斯说，他语气中的恼火要比伴随着的怀疑更加让我讨厌，"你看过图片了？有两张床？"

我的视线从收件箱转移到他身上："当然了。"

不过我真的看了吗？这间公寓便宜得离谱儿，主要是因为有人刚刚取消了预订。我知道这是一个单间，但我当时看到的是闪闪发光的绿松石一样的泳池和快乐地跳着舞的棕榈树，还有说房间很干净，厨房小巧别致的评论，还有——

我真的有看到两张床吗？

"这个房东在这里有一堆这样的公寓，"我觉得自己有些头昏脑涨，"可能他把房间号弄错了。"

我找到那封邮件，点开里面的图片。"在这儿！"我大叫起来，"看！"

亚历克斯凑了过来，越过我的肩膀看了看那几张照片——一间色调为白色和灰色的明亮公寓，房间的一角摆放着两盆茂盛的琴叶榕，而正中间则放着一张白色的大床，在大床的边上是一张稍小一点的床。

好吧，这些照片可能是经过了一些艺术加工的，因为照片中的那张大床看起来宽度按近两米，而实际上它的宽度只有一点五米，这也就意味着另一张床不可能是张双人床，可至少，它应该是存在的。

"我搞不懂了。"亚历克斯看了看照片里本该放着床的地方。

"哦。"我们异口同声地说。

他走到那张宽大的珊瑚色仿羊羔皮的沙发前，扯掉上面的靠枕，把手伸到沙发的缝里。他把沙发底部折叠出来，压下它的靠背，这样一来它就展开了，变成了三块垫子拼成的一张又长又窄的小床："这是……折叠沙发。"

"我来睡这个。"我主动提出。

亚历克斯看了我一眼，道："珀比，不行。"

"为什么？难道因为我是女人，如果你无法在面对任何性别规范时乖乖就范，你就会失去西部老爷们儿的阳刚之气吗？"

"不，"他说，"要是你睡在这儿，醒来以后会偏头痛的。"

"确实有过一次，"我说，"可我不知道那次究竟是因为睡在了充气床垫上，还是因为前一天喝了红酒。"嘴上这么说着，我的身体已经在搜寻着空调了，因为如果现在还有什么能让我头疼的话，那一定是在这样的高温下睡觉了。终于，我在小厨房里找到了空调调节器："啊，我的老天，他把房间的温度设在了 80 ℉。"

"认真的吗？"亚历克斯用一只手捋了捋他的头发，抹了抹他额头上的汗珠，"老实说，我觉得这里的温度不会低于 200 ℉ [1]。"

我把空调调到了 70 ℉[1]，扇叶加大了运转的力度，但温度还是没有立马降下来。"不过至少我们有扇可以看到泳池的窗户。"我说着，走到房间后部的门前，掀开遮光的窗帘，然后定在了那里。我那剩余不多的好心情开始逐渐消解。

这个阳台比我家的那个大得多，里面摆放着一张可爱的红色咖啡桌和两把配套的椅子。可问题是，它有四分之三的部分都被塑料布阻隔住了，而且从我们的头顶上方传来了某种机器发出的刺耳的声音。

亚历克斯走到我旁边："装修？"

"我只觉得自己像被装在自封袋里一样，顶着别人的身体。"

"还是一个发了烧的人的身体。"他说。

"而且还着着火。"

他笑了笑，试图用快乐掩饰他的苦涩。但亚历克斯的心情却并不轻松。他可是亚历克斯，他的精神随时处在高度紧绷的状态。他爱干净，喜欢有自己的空间，而且他会把自己的枕头装进行李箱里，就因为他的"脖子已经习惯了"——尽管这意味着他得放弃一部分原本想带的衣服——而我们这次旅行最不需要的就是在我们的穴位上再做多余的挤压了。

突然间，这次六天的旅程似乎显得无比漫长。要是我们只玩儿三天就好了，卡在婚礼庆典结束的时间就可以。婚礼期间会有各种活动作为缓冲，还会有免费的酒水，亚历克斯也会有和我分开的时间，比如去参加他弟弟的派对或一些别的事情。

"要去游泳吗？"我说，我的声音多少有点儿大了，因为我已经

1　相当于 21℃。

感到自己的心跳正在加速，需要大声说话才能将它盖过。

"好啊，"亚历克斯说，他转身走到门口的时候突然僵住了，张着嘴斟酌着自己要说出口的话，"我去洗手间换衣服，要是你换完了喊我一声就行，好吗？"

好吧。这是一个单间，是一个除了洗手间以外就没有别的门的开间。

如果我们俩都没有这么尴尬的话，情况也不会像现在这么尴尬。

"嗯，呃，"我说，"好的。"

第 10 章

十年前的夏天

我们在维多利亚[1]的街上到处闲逛，一直逛到我们的腰和脚都感到疼痛。由于在飞机上没怎么睡觉，所以我们在身体逐渐沉重的同时，脑袋也变得轻飘飘的。我们来到一家饭馆，坐在角落里吃起了饺子，那里的窗户上贴了层暗色的薄膜，红色的墙壁上装饰着一圈金色的插画，画中有群山、森林，以及在圆形山顶的低矮山丘之间蜿蜒的河流。

我们是店里仅有的客人——现在是下午三点，还没到晚上的饭点儿。这里的空调开得很足，食物也非常好吃。我们实在太累了，忍不住一直讲起那些搞笑的蠢事：

今天一大早飞机着陆的时候，亚历克斯发出从嘶哑到声音劈叉的叫声。

一个穿着西装的男人张着双臂以百米冲刺的速度从餐厅中穿了

1　维多利亚位于温哥华岛最南端。

过去。

皇后酒店的那个画廊小妹花了 30 分钟劝我们买下一个价值两万一千美元的十五厘米高的小熊雕塑，完全没有考虑我们身后拖着的破破烂烂的行李。

"我们真的……没钱……去买那个。"亚历克斯说，听上去很官方。

女孩充满热情地点了点头："虽然不是每个人都会花钱买这个，但当艺术向你开口时，你会找到让它发挥作用的方法。"

不知怎的，我们谁都没有鼓起勇气告诉那个女孩，那个两万一千美元的熊并没有向我们诉说任何东西。但从那之后的一整天里，我们都在淘货——一张在旧音像店里找到的后街男孩的签名专辑；在鹅卵石街边的一家低矮的小书店里，找到的一本名叫《我的G 点在告诉你什么》的小说；一家情趣用品店里的一件漆皮紧身衣，我带他到这里主要就是为了让他感到尴尬，我问他："它有向你开口吗？"

"有啊，珀比，它正在说'拜拜'。"

"不是这样的，亚历克斯，让你的 G 点出来说话。"

"好吧，我要花两万一千块买下它，保证一分不少。"

我们轮流进行着提问和回答。而此刻，我们正疲惫地趴在我们那张涂着黑漆的桌子上，略带恍惚地拿起勺子和餐巾纸，让它们彼此对话。

服务员和我们年纪相仿，因为打了唇钉而有些口齿不清，她人很幽默。"要是那瓶酱油说了什么咸湿的话，麻烦告诉我说一声，"她说，"这附近它在这方面是出了名的。"

亚历克斯给了她三成的小费，在去公交站的一路上，我都在笑他每每在她看向他的时候脸都会变得通红，而他也反过来笑我对着音像店的收银员抛了个媚眼。不过我没什么好反驳的，因为我的确这么做了。

"我从来没有见过有这么多花的城市。"我说。

"我从来没有见过这么干净的城市。"他说。

"我们应该搬来加拿大吗？"我问。

"我不知道，"他说，"加拿大有'向你开口'吗？"

我们坐了几趟公交，步行转了几次车，一共花了两个小时才取到我在"女游网"（"女性旅游网"）上通过并不合规的方法租到的车。

当看到这辆车真的存在时，我终于如释重负地鼓起掌来。而且就像车主艾丝美拉达说的那样，车钥匙就放在车后座的脚垫下。

"哇哦，"亚历克斯说，"这辆车真的向你开口了。"

"对啊，"我说，"它说'别让亚历克斯开车'。"

他耷拉着嘴角，眼睛睁得大大的，装出一副很受伤的样子。

"少来！"我大叫一声，从他身边跳开，钻进驾驶座里，像是要躲开他这个"手榴弹"一样。

"少来什么啊？"他弯下腰，把那张委屈狗狗脸凑到我的面前。

"不要！"我尖叫着推开他，在座位上侧过身去，像是要躲开一大群从他身上倾斜而下的蚂蚁。我扑向副驾驶座，而他则从容地爬到了驾驶座上。

"我讨厌那张脸。"我说。

"你才不。"亚历克斯说。

他说的没错。

我很喜欢那张蠢脸。

而且，我也讨厌开车。

"哪天你要是知道了逆反心理学，那我就完蛋了。"我说。

"嗯？"他说着向旁边看了一眼，然后发动了车。

"没什么。"

我们向北开了两小时，来到我在小岛东部找到的一家汽车旅馆。这是一处云雾缭绕的"仙境"，宽阔而整洁的道路排列在古老而茂密的森林当中。镇上倒是没什么可玩儿的，不过距离我们住处不远的红杉林里，有几条小路可以通向山里的瀑布，在离我们旅馆几英里远的地方，还有一家蒂姆·霍顿斯[1]。我们住的汽车旅馆是一座低矮的乡间小屋，屋前是一片砾石停车场，屋后有一堵被大雾笼罩着的植被墙。

"我都有点儿爱上这里了。"亚历克斯说。

"我也有点儿。"我附和道。

就算这里的雨下整整一周，我们每次结束徒步的时候全身都会湿透；就算我们只能找到两家便宜的餐馆，而且每家都要吃上三顿；就算我们逐渐开始意识到我们所在的这个地方绝对是个养老村，因为我们遇到的其他人，年纪几乎都在 60 岁以上；就算我们汽车旅馆的房间一直都是潮湿的；就算我们在无所事事的时候，都会在附近的查普特思书店[2]里消磨一整天的时间（我们的早餐和午餐都会在那里的咖啡店里解决，亚历克斯会读村上春树的书，而我则会钻在一堆《孤独星球》中，把我觉得将来会用得到的东西都摘抄下来）。

可又有什么关系？我这一周都在思考。这里的一切真的有在对我诉说。

这就是我余生想要的。去看新的地方，认识新的朋友，尝试新

1　蒂姆·霍顿斯（Tim Hortons），是加拿大一家快餐连锁店。

2　查普特思书店（Chapters Bookstore），是加拿大的超级广场书店。

的事物。我在这里没有迷失或格格不入的感觉。这里没有让人想要逃离的林菲尔德，没有让人害怕重返的无聊课堂。我在这一刻，找到了一种归属感。

"你不觉得我们应该一直旅行下去吗？"我问亚历克斯。

正在看书的他抬头看向我，他一侧的嘴角微微上扬："那样就没空读书了。"

"如果我能向你保证每到一个城市我就带你去书店呢？"我问，"那你会退学，然后和我住在一个面包车里吗？"

他歪着头想了想。"可能不会。"他说。其实亚历克斯会这么说，我也并不奇怪，因为他超爱他上的那些课，而且他已经在看英语的研究生课程了。而我呢，我只能拿着全 C 勉强进入下一个学年。

"好吧，我必须试一下。"我叹了口气。

亚历克斯放下手里的书，说道："我跟你讲，我可以在暑假的时候陪你去。我会把暑假的时间都留给你，只要我们负担得起，我们就可以去任何你想去的地方。"

"真的？"我半信半疑地说。

"我保证。"他伸出手，我们就这件事情握了握手，随后坐在那里咧嘴笑了一会儿，感觉就像我们刚刚签署了一份改变人生的重大合约。

在旅行结束的倒数第二天，我们在太阳升起时徒步穿过宁静的教堂雨林[1]，金色的阳光化作点点露珠洒满了整片森林。我们随后离开了这里，一路把车开到一个叫作库姆斯的小镇，这里最吸引人的是几间房顶是茅草的农舍和一群站在上面吃草的山羊。我们把这些

1　教堂雨林（Cathedral Grove），位于温哥华岛中部艾伯尼港附近。

拍了下来，还把我们的脑袋伸进为拍照设置的纸板模型中，将我们的脸和画得很粗糙的山羊身体拼在一起。我们又在摆满饼十、糖果和果酱试吃的市场里心满意足地逛了两小时。

在行程的最后一天，我们开车穿过小岛到达托菲诺[1]，如果不是为了尽我们所能地省下每一分钱，我们是会住在这个半岛上的。我给亚历克斯准备了一个惊喜（可能便宜得愁人），是一张能把我们送到我在书里看过的那个岛上的出租船票，坐着它穿过一片雨林就到温泉了。

我们的出租船的船长名叫巴克，比我们大不了几岁，从他的网眼棒球帽里，伸出一绺被阳光晒得发白的金色头发。他有一种邋遢的帅气，身上散发着一种掺杂了广藿香的海滩的味道，这味道本该让人恶心，但在他身上却完全行得通。

这段行程本身充满了暴力的感觉，出租船的发动机声音很大，我不得不朝着亚历克斯的耳朵大声喊叫的同时，头发也随风疯狂地拍打在他的脸上。"这感觉就和打水漂一样，只不过我们成了那块被扔出去的石头。"我的声音随着幽暗又汹涌的浪峰撞击在我们小船上的节奏时隐时现。

在整个航程（也过于漫长了）当中，巴克一直在向我们挥手，仿佛他一直都在和我们说话，可我们却听不见他到底说了什么。在经历了他20分钟让人无法听清的自言自语后，我和亚历克斯近乎歇斯底里地大笑起来。

"万一他现在是在向我们承认自己犯下的罪行呢？"亚历克斯大喊。

---

1 托菲诺（Tofino），是加拿大温哥华岛西部太平洋沿岸的一个区域自治体。

"也有可能是从后往前背诵字典呢？"我提议道。

"解复杂的数学方程式？"亚历克斯说。

"和亡灵交流。"我说。

"这比——"

巴克关掉引擎，亚历克斯的声音立刻显得非常突兀，于是他压低声音，在我耳边小声说："坐飞机还糟糕。"

"他停下是准备来灭我们的口吗？"

"所以他刚才说的是这个吗？"亚历克斯发出了嘶嘶的声音，"到了该害怕的时候没？"

"看那边。"巴克说着，坐在椅子上的身体朝左转去，然后伸手向前指了指。

"他就是要在那里把我们解决掉？"亚历克斯小声嘀咕，我大笑到咳嗽了起来。

巴克转回身来，咧开嘴笑了笑，虽然嘴巴有点儿歪，但不可否认，这个笑容是帅气的："水獭一家。"

我摇晃地站起身来，俯身看到一个个毛茸茸的小毛团在海面上漂浮着，它们的爪子牵在一起，组成了一整张可爱的海洋生物网。我嘴里猛地冒出一声百分百真实的尖叫。亚历克斯在我身后站了起来，他将双手轻轻地搭在我的胳膊上，探着身子向外张望。

"好吧，"他说，"到害怕的时候了，它们真是可爱得要命。"

"我们能带一只回家吗？"我问他，"它们向我开口了！"

那天晚些时候，尽管我们徒步观光了雨林中郁郁葱葱的蕨类植物，感受了热气腾腾的温泉水，但这些的惊艳程度远远比不上给我们带来紧张和刺激的水上出租之旅。

当我们脱掉泳衣，滑进蒸汽弥漫的岩石泳池时，亚历克斯说，

"我们见到水獭牵手了。"

"宇宙爱我们，"我说，"今天圆满了。"

"这次旅行圆满了。"

"还没真正圆满，"我说，"还有最后一晚。"

当天晚上，巴克开着他的出租船把我们安全地送回港口后，我们一起挤到了他们公司收费处的小棚屋里。

"你们住哪里？"巴克一边问，一边接过我打印好的优惠券单证，将上面的编码手动输进电脑。

"岛的另一边，"亚历克斯说，"过了纳努斯湾。"

巴克抬起他蓝色的眸子，来回打量着我和亚历克斯："我爷爷奶奶住纳努斯湾。"

"看起来纳努斯湾里住着不列颠哥伦比亚省所有人的爷爷奶奶。"我说。巴克发出了犬吠一样的笑声。

"你们为什么会住那儿？"他说，"那里对年轻夫妻来说可不是个好地方。"

"哦，我们不是……"亚历克斯不自在地倒了倒脚。

"我们就像是没有血缘关系，也没有法律关系的亲人。"我说。

"就是朋友的意思。"亚历克斯翻译了一下，似乎在为我感到尴尬。其实也可以理解，因为当巴克的目光落在我身上时，我能感到我的脸颊就像龙虾一样红，胃也紧张地不断翻搅。

而当那两只眼睛重新落在亚历克斯的身上时，他笑了笑说："要是你们今晚不想开车回老人院，可以到我那里过夜，我和我室友有个院子和备用帐篷。我们那儿总会有很多人住。"

虽说我想，但亚历克斯必然不想睡在地上。不过他看了我一眼，他一定能看出我有多喜欢这个主意——这正是我在这次旅行中一直希望出现的意外之喜——因为他发出了一声几不可闻的叹息，然后换上他的招牌微笑转向巴克说："那太好了，谢谢。"

"酷。你们是我今天的最后一拨客人，所以我也收工了，我们这就出发吧。"

随后我们就沿着码头往回走：亚历克斯想要个地址，好输进导航系统里。"哥们儿，不需要，"巴克说，"你不需要开车。"

原来巴克的住处就在一条又短又陡的车道的上面，距离码头只有半个街区。那是一栋有些压抑的两层楼建筑，二楼的阳台上晾着几条干毛巾、几件泳装，还有几件破旧的折叠式家具。前院正燃烧着篝火，尽管现在才下午六点，但还是有几十个穿着凉鞋、登山靴，或者直接光着大脏脚的和巴克一样不修边幅的人聚集在这里，他们在草地上喝着啤酒，做着杂技瑜伽，门廊上一对裹着胶布的喇叭正放着出神音乐[1]。这里充斥着钝烟的味道，就像是个预算严重缩水的小型火人祭[2]。

"各位，"巴克一边领着我们往小山丘上走，一边大声宣布："这是珀比和亚历克斯。他们来自……"他回头看向我，等待着我们的回应。

"芝加哥。"我说。与此同时，亚历克斯说："俄亥俄。"

"俄亥俄和芝加哥。"巴克重复了一遍。人们大声问候并倾了倾他们手上的啤酒。一个身材精瘦、拥有健美肌肉、穿着编织风露脐上衣的女孩给我和亚历克斯每人拿来一瓶酒。亚历克斯非常努力地

1　出神音乐（Trance Music），或称"恍惚""劝世"或"迷幻"音乐，是一种起源于20世纪90年代德国一种电子舞曲的音乐类型。
2　火人祭（Burning Man），是一个专注于社区、艺术、自我表达和自力更生的活动，每年在美国西部举行。

不去看她的肚子。这时巴克已经走开了，他加入围坐在篝火周围的人群，和他们　　　拍背拥抱。

"欢迎来到托菲诺。"女孩说，"我叫黛西[1]。"

"珀比[2]！"我说，"不过至少你不会被做成鸦片。"

亚历克斯咳嗽起来，插话道："黛西，谢谢你的啤酒。"

她眨眼示意了一下："我的荣幸，我是这里的迎宾和向导。"

"啊，那你也住在这儿吗？"我问。

"偶尔。"她说。

"住在这儿的还有谁？"亚历克斯问。

"呃，"黛西转过身，在人群中寻找着，她粗略地指了指，"迈克尔，奇普，塔拉，卡比尔，卢，"她拢起背后的头发，拉到脖子的一侧，接着说："莫和昆西偶尔住一下，丽塔在这儿已经住了一个月了，不过我觉得她很快就要走了，她在科罗拉多找了一份漂流向导的工作。那儿离芝加哥远吗？如果你去那儿的话，可以去找她。"

"酷，"亚历克斯说，"也许吧。"

巴克重新出现在我和亚历克斯之间的位置上，他嘴里叼着根钝烟，漫不经心地把手臂搭在我们的肩膀上："黛西带你们参观了没？"

"正要去呢。"她说。

不过也不知道是什么原因，我并没有参观完这栋湿漉漉的房子，而是坐到篝火边上的一把快要裂开的阿迪朗达克椅上，和巴克、奇普，还有即将成为漂流向导的丽塔一起，按照不同的标准对尼古拉

1　Daisy 在英文中有雏菊的意思。

2　Poppy 珀比在英文中有罂粟花的意思。

斯·凯奇的电影进行排名。黄昏时分的那抹蓝紫色逐渐变得幽暗深邃，群星闪耀的夜空向我们大片大片地铺展开来，像是一条有些扎人的巨型盖毯。

丽塔是一个笑点很低的人，我一直觉得这是一种被严重低估的人格特质。巴克懒洋洋地抽着钝烟，我因为和他同坐在一条凳子上，得到了一阵二手钝烟的快感，又因为和他同吸一支钝烟，第一次亲身体验到了快感。

"你难道不喜欢吗？"我刚吸了几口，他就急切地问我。

"太喜欢了。"我说。说实话，我觉得其实还好，如果身在别处，我觉得我甚至会讨厌这东西，但今晚很圆满，今天很圆满，这趟旅行很圆满。

亚历克斯在"参观"结束后回来看我，当时，没错，我正蜷缩在巴克的大腿上，他的运动衫正盖在我冰冷的肩膀上。

"你没事儿吧？"亚历克斯在火堆的另一边用唇语对我说。

我点了点头："你呢？"

他也点了点头，然后不知道黛西问了他些什么，他就转过身去，和她聊了起来。我侧了侧脑袋，越过巴克没有刮胡子的下巴，望向我们头顶的星空。

如果夜晚能一直继续下去，我想就算再这样过个三天三夜都没有问题，只可惜天空渐渐变色，太阳从遥远的地平线上探出一丝光亮，嘶嘶地驱散着晨间潮湿草地上的淡淡薄雾。很多人都已经进入了梦乡，亚历克斯也睡着了。当火堆燃尽时，巴克问我要不要进屋，我回他说要。

我差点就对他说"里屋在向我开口"了，可想了一下，才意识到这并不是个大家都知道的笑话，只有我和亚历克斯才能听得懂，况且我也并不打算把它讲给巴克听。

当我发现他有一个属于自己的房间时，我感觉松了口气，不过房间只有一个壁橱那么大，地板上只放着一个床垫，上面没有被褥，只有两个没系拉链的睡袋。他吻了我，感觉很糙，很痒，味道就像钝烟和啤酒，不过因为在此之前，我只亲过两个人，而且其中一个还是杰森·斯坦利，所以在我看来，这个吻还是相当不错的。他的双手有力，但还是透着一种满不在乎的感觉，就像他身体的其他部分一样，我们很快就爬上了床垫，抓住彼此如海水般缠绕的头发，后背也紧紧地贴在一起。

"他有一副好身材。"我想。积极的生活方式塑造了他紧绷的肌肉，而沉迷于各种恶习则使他局部的位置有些发福。他和亚历克斯不同，亚历克斯的身材是经过多年健身房的训练精心练就的。并不是说亚历克斯的身材不好，相反，他的身材很棒。

倒不是说我有什么要把他们或把他们的身材放在一起比较的理由，只不过我的脑子里突然冒出了这样的想法，这让我觉得有些混乱。

只是因为我对亚历克斯的身体已经熟悉到不能再熟悉了，而且我也希望自己永远都不要碰亚历克斯这种认真谨慎又保守内敛的健身狂魔，他还是最适合莎拉·托沃——和亚历克斯一样认真谨慎又热爱瑜伽的图书馆爱好者。

而我这种人最终则更有可能和巴克这样的人，和他们在铺在地板的床垫上，以及他们没有拉好拉链的睡袋上亲热。

能亲吻一个近乎完全陌生的人，能感受到这个人热情的回应，并能伸手触摸他，是一件很有趣的事情。就像一项练习，一项完美的、有趣的练习，对象是一个我在度假时认识的男人，他今后不会出现在我的真实生活中，他只需要认识当下的这个珀比就好，其他的一切都不重要。

我们一直接吻，直到我感觉自己的嘴唇都肿了起来，我们身上的衣服也都褪了下去。我在黎明的昏暗中坐起身来，抑制住自己的呼吸："我不想做爱，行吗？"

"哦，好啊，"他轻声说着，坐起来靠在墙上，"这很好，完全没问题。"

他对此似乎并不感到尴尬，也没有把我拉回到他的身边继续吻我。他只是坐在那里待了一会儿，好像在等着什么似的。

"怎么了？"我说。

"哦，"他朝门口瞥了一眼，然后又重新看向我，"我只是在想，如果你不想继续了……"

我终于明白了他的意思："你是想让我走？"

"呃……"他难为情地（或者他为自己感到难为情）笑了笑，笑声还是像犬吠一样，"我的意思是，如果我们不做爱，那么我可能就……"

他的声音渐渐变小，现在换我被自己的笑声吓到了："你打算和别人做吗？"

他似乎真的非常关心地问我："你会感觉不舒服吗？"

我盯着他足足看了三秒。

"你看，如果你想做的话，你会，呃，我也愿意，呃，我肯定是愿意的。不过既然你不想……你生气了吗？"

我突然大笑起来。"没有，"我说着，重新穿上我的上衣，"事实上，我真的，真的没有生气。我欣赏你的坦诚。"

"好的，酷。"他说着，懒洋洋地咧着嘴笑了起来，在这样的黑暗中似乎在发着光，"我们没事那就太好了。"

"我们没事，"我表示了赞同，"不过……你之前说过有个帐篷？"

"啊，对，"他拍了一下自己的脑门，"前院有个红黑相间的，你拿走就行，姑娘。"

"谢谢你，巴克，"我说着，站了起来，"谢谢这所有的一切。"

"嘿，等一下。"他俯身从床垫旁边的地板上抓起一本杂志，然后找出一支马克笔，他在其中一页的空白边缘上飞快地写了些东西，接着将它撕了下来。"如果你有机会再回来，"他说，"别再住我爷爷奶奶的社区了，好吗？直接来这里，我们这儿有你住的地方。"

我拿着那张纸溜了出去，途中经过了好几个已经，或者还在播放音乐的房间，还有几扇传出几声轻柔的喘息和呻吟声的门。

我小心翼翼地走下沾满露水的门廊台阶，走向那顶黑红相间的帐篷。我很确定几个小时前，我看到亚历克斯和黛西消失在房子的某个角落，但当我打开帐篷的拉链时，发现他已经在里面睡着了。我小心翼翼地爬进去，躺在他的身边，他勉强睁开他那双好像永远都睡不醒的眼睛，发出沙哑的声音："嘿。"

"嘿，"我说，"抱歉把你吵醒了。"

"没事，"他说，"昨晚过得怎么样？"

"还行，"我对他说，"我和巴克过了夜。"

他的眼睛瞬间睁大了一下，随即又变回了榛子色的一条细缝。"哇哦。"他用嘶哑的声音说，努力咽下带有一丝困意的笑声。

我笑着踢了一下他的腿："我告诉你不是为了让你笑话我的。"

"他有没有告诉你，他当时在出租船上说的是什么？"亚历克斯边问边咯咯地笑了起来，"吊床上除了你，还有多少人？"

我笑到眼泪都从眼角流了出来。"他……在……"尽管在笑到几乎抽搐的时候是很难说出话的，但我终于还是做到了，"在我告诉他我不想做爱以后，他把我踢了出来。"

"啊，我的老天，"亚历克斯说，他用手肘撑起身体坐了起来，睡袋从他赤裸的胸膛上滑了下去，他的头发也随着静电跳起舞来，"他真是个浑蛋。"

"不，"我说，"没事的，我走以后，这半英亩的下沉森林里，很快就会再出现 400 个等着她的姑娘。"

亚历克斯重新倒在他的枕头上："是啊，好吧，我还是觉得这有点儿糟糕。"

"说到姑娘……"我说着，得意地笑了起来。

"我们……不是正在说吗？"亚历克斯说。

"你是不是和黛西过了夜？"

他翻起白眼："你以为我和黛西过了夜？"

"你要不这么说，我还真的以为你们一起了。"

亚历克斯调整了一下枕头下的胳膊，说："黛西不是我的菜。"

"没错，"我说，"她一点儿都不像莎拉·托沃。"

亚历克斯又翻了个白眼，然后彻底闭上眼睛。"睡觉吧，怪咖。"

我打着哈欠说："睡眠在对我开口。"

第 11 章

今年夏天

"沙漠玫瑰"公寓游泳池边有很多空着的躺椅——这个时候所有人都是泡在水里的——于是我和亚历克斯拿着我们的浴巾,朝着角落里的两张躺椅走了过去。

他在弯腰坐下的时候,不由得龇了龇牙:"这塑料太烫了。"

"这里的一切都很烫,"我一屁股坐进他旁边的椅子里,脱下我的罩衫,"你觉得到现在为止,池子里有百分之多少的尿液?"我一边问,一边转头望向一群戴着太阳帽咯咯笑的小孩,他们正和父母一起在泳池的台阶上玩耍。

亚历克斯的五官都扭在了一起:"你可别再说了。"

"为什么?"

"因为天气这么热,我是无论如何都要下水的,我可不愿意去想这个。"他移开了视线,把他的白 T 恤从头上拽下来,叠好后转身放在他身后的空地上。他胸部和腹部的肌肉在这一整套动作中都保持着紧绷的状态。

"你的肌肉是变得更大了吗？"我问。

"没有。"他从我的沙滩包里掏出防晒霜，在手里倒了一些。

我低头看了看自己被包裹在亮橘色紧身比基尼泳衣里的肚子，我一直属于偏瘦的身材，而且平时相当好动，但最近几年，我生活中没完没了的飞行、鸡尾酒，还有深夜的墨西哥卷饼、希腊旋转烤肉和意大利面条都在不断地使我肿胀发福。"好吧，"我对亚历克斯说，"你看上去和原来一模一样，可我们这些普通人的眼睛、胸部和脖子都在下垂，将来还会出现妊娠纹、痘疤，还有伤疤。"

"你真的想看上去像自己 18 岁时的样子吗？"他一边问，一边把一大团防晒霜涂到自己的胳膊和胸膛上。

"是啊，"我拿起那个香蕉船[1]的瓶子，往我的肩膀上抹了一些，"不过我想把时间点定在 25 岁的时候。"

亚历克斯摇了摇头，然后低下头，又在脖子上厚厚地涂了一层防晒霜："珀比，你现在看上去要比以前更好。"

"真的？我照片墙[2]的评论区里可不是这么说的。"我说。

"别听他们胡扯，"他说，"照片墙上有一半的人都活在每张图片都要精修的世界里。要是他们在真实的生活中见到你，肯定会被你美晕的。我的学生现在对一个 Ins 上的虚拟网红特别着迷，是个动漫女孩，就像一个电子游戏里的角色，这个账号每次更新，他们都会被她的美貌惊到。"

"啊，对，我知道那个女孩，"我说，"我的意思是，我并不认识她，她不是个大活人。但是我知道这个账号，下面的某些评论真的

1　香蕉船（Banana Boat），澳大利亚一个专做防晒霜的品牌。
2　照片墙（Instagram），是一款图片分享社交应用。

让我觉得匪夷所思。她还有个竞争对手，也是一个虚拟网红……你需要我的帮忙吗？"

"什么？"他困惑地抬起头来。

我举起那瓶防晒霜："你的后背啊，还在被太阳晒着。"

"啊，对，多谢。"他转过身去，把头低了下来，不过对我来说，他还是太高了，为了可以够到他肩胛骨之间的位置，我只好跪坐起来。"总之，"他清了清嗓子，"孩子们知道我是非常符合'恐怖谷理论[1]'特征的那种人，所以他们为了看到我浑身难受的样子，总想骗我去看那个虚拟人的照片。想到这么多年来我一直对你做那个委屈狗狗脸的表情，我突然有点儿不太好受了。"

我的手仍然放在他布满斑点的温暖的双肩上，心里感到一阵疼痛："如果你再也不做那个表情，我可是会伤心的。"

他转头看我，太阳从另一边照射过来，把他的侧影投在那片凉爽的蓝色之中。我和他靠得实在太近了，我可以真切地感受到他肩膀的肌肉在我手中的触感，闻到他身上混合着古龙水和防晒霜的气味，看到他用他榛子色的眼睛紧紧盯着我的样子。在那短暂的一瞬间里，我突然觉得自己整个人都变得轻飘飘的。

这短暂的一瞬间属于那剩下的百分之五的时间，也就是想入非非的那一部分——我是不是可以探身亲吻他的肩膀，然后轻咬他的下唇，用手抱住他的脑袋，直到他转身把我拉进他的胸膛？

但我不能再想下去了，我想我心里很清楚，而且显然他也很清楚，因为他清了清嗓子，然后看向了别处："你需要我来帮你吗？"

---

1 恐怖谷理论（Uncanny Valley），与真人不完全相似的类人物体会引起观察者的一种神秘、奇怪不安和厌恶的感觉。

"呃，嗯。"我支支吾吾地说，我们俩都转过身来，我让自己背对着他，并努力不去在意他放在我身上的手。当他用手掌轻轻擦过我身体的时候，我竭尽全力不去留心藏在我肚脐后面那股比棕榈泉的太阳还要灼热的暖流。

不远处尽管有小孩在尖叫、大人在说笑，还有几个少年在狭小的泳池边上向里跳，可对我来说却都是没有用的，在这个嘈杂的泳池里，根本就没有足以分散我注意力的东西，所以我匆忙地制订了我的第二套计划。

"你联系过莎拉吗？"我想都没想，话就出口了，音量比平时整整高了八度。

"嗯，"亚历克斯把手从我的身上移开，"偶尔。好了，已经抹完了。"

"酷，谢谢。"我转身回到我的躺椅上，和他拉开了三十厘米左右的距离，"她还在东林菲尔德教书吗？"如今的教师岗位竞争是非常激烈的，所以他们当初能在同一所学校找到工作，并且一起搬回俄亥俄州，简直就像做梦一样不可思议。然而后来他们还是分手了。

"对，"他把手伸进我的包里，掏出两瓶我们事先灌好的从 CVS 买的玛格丽塔雪泥鸡尾酒，把其中一瓶递给我，"她还在那儿。"

"所以你们还会经常见面咯。"我说，"会尴尬吗？"

"不，不大会。"他说。

"是你们不会经常见面，还是你不会觉得很尴尬？"

他咕咚咕咚地喝了好几口，似乎是想争取一点儿时间："呃，我想都有吧。"

"她……有在见别的人吗？"我问。

"干吗问这个？"亚历克斯说，"我记得你好像根本就不喜欢她吧。"

"确实，"我说，尴尬就像是一种快速起效的毒品，瞬间流遍我全身的血管，"可你不是喜欢她吗？所以我只想确认一下你有没有事。"

"我没事。"他说，但他的声音听上去却不像没事的样子，所以我没再继续说下去。

不要再调侃俄亥俄，不要再谈论亚历克斯健壮得过于夸张的身材，不要在十五厘米以内的距离直视他的眼睛，不要再提起莎拉·托沃。

你能做到的！也许能做到吧？

"我们要下水吗？"我问。

"好啊。"

但在我们小心翼翼地穿过一群婴儿，走下刷着白漆的泳池台阶后，我们很快就发现这样做其实并不能缓解我们之间那种让人觉得后果不堪设想的尴尬。因为首先，水里站着很多人（有的还有可能正在水里撒尿），这让我觉得里面似乎和外面一样热，甚至还有一种更加令人不适的感觉。

另一方面，泳池里非常拥挤，我们不得不站得很近，因此上半身几乎有三分之二的部分都要贴在一起。当一个戴着迷彩棒球帽的矮胖男人从我身边挤过时，我和亚历克斯撞到了一起，感受到我的身体贴在他光滑的肚皮上，恐慌就像闪电一样瞬间传遍我的全身。他扶住我的屁股，迅速地帮我稳定了重心，然后把我放回到离他五厘米远的位置。

"你没事儿吧？"他问。

"呃，嗯。"我说，因为我现在的注意力都集中在他放在我髋骨处的那双手上。我希望这样的情况会不断地出现在我们的这次旅行中，当然我指的是"呃，嗯"这种反应，而非亚历克斯放在我屁股上的巨大的双手。

他放开我，伸长脖子转头向我们的躺椅望去："也许我们可以先看会儿书，等到人没有这么多的时候再下来。"他提议。

"好主意。"我说，随后跟着他绕过拥挤的人群，大费周折地回到泳池的台阶上，走上被晒得发烫的泳池边沿，坐在铺着我们小号浴巾的躺椅上，我们准备先在这里待上一会儿。他拿出一本萨拉·沃特斯[1]的小说。而我则拿出最新一期的《休闲＋娱乐》，打算快速浏览一遍所有不是出自我手的文章。或许我可以从中找到一些灵感，把它们带给斯瓦娜，那样她就不会生我的气了。

我假装全神贯注地看了两小时，泳池还是一样人头攒动。

在我们打开公寓门的瞬间，我就意识到情况正在往更糟的方向发展。

"搞什么鬼？"亚历克斯说，他跟在我身后走了进来，"是不是比之前更热了？"

我赶紧跑到空调调节器前，上面显示的数字是——"82℉[2]？"

"可能是我们用力过猛了？"亚历克斯站到我旁边提议说，"我们看看能不能先把它降回到 80℉。"

"亚历克斯，我知道从严格意义上说，80℉确实要比 82℉好那么一点儿，"我说，"但如果让我们在 80℉的高温下睡觉，我们还是

1　萨拉·沃特斯（Sarah Waters），是一位威尔士小说家。
2　相当于28℃。

会想要杀掉对方的。"

"我们要不要找人帮忙？"亚历克斯问。

"对！我们绝对得打个电话求助！好想法！"我快速从沙滩包里翻出我的手机，打开邮箱搜索房东的电话号码。我按下拨出键，在响了三声后，从对面传来一个粗哑的烟嗓发出的声音——"喂？"

"尼古莱？"

对方顿了两秒。"你是哪位？"

"我是珀比·莱特。是 4B 的房客。"

"好吧。"

"我们的空调出了点儿问题。"

这次他顿了三秒："你有没有试着谷歌一下？"

我忽略了他的问题，自顾自地继续说下去："我们进来的时候，上面显示温度是 80 ℉，所以我们试着把它调到 70 ℉，但过了两个小时，它变成了 82 ℉。"

"啊，好吧，"尼古莱说，"是你用力过猛了。"

我猜亚历克斯也能听到尼古莱的声音，因为他赞同地点了点头，就像在说"我就跟你说吧"。

"所以……能把它调到……78 ℉[1] 以下吗？"我说，"因为你在网站上没有明确说明，而且你也没写外面正在装修——"

"亲爱的，一次只能调 1 ℉，"尼古莱无计可施地叹了口气，"你不能一下把空调调到 70 ℉！再说了，谁家公寓的温度能有 70 ℉ 那么低呢？"

---

1 相当于 26℃。

亚历克斯和我交换了一个眼神。"我家是 67 ℉[1]。"他小声说。

"65 ℉[2]。"我指着自己用唇语对他说。

"我说——"

"听我说，亲爱的，"尼古莱又一次打断我，"先把它调到 81 ℉，等它降到 81 ℉[3] 以后，再把它降到 80 ℉，然后再把它调到 79 ℉，等它降到 79 ℉[4] 以后，你再调到 78 ℉，一旦它降到 78 ℉——"

"——你就去把自己的脑袋砍下来。"亚历克斯小声说，我趁自己还没有笑出声前，把电话拿远了一点儿。

在我把电话重新放到脸边的时候，尼古莱还在向我解释如何从 82 ℉ 往下调空调。"懂了，"我说，"谢谢。"

"那就好，"尼古莱说着又叹了口气，"住得开心，亲爱的。"

我挂掉电话，亚历克斯走到空调调节器前，把温度调到了 81 ℉。"看来只能死马当活马医了。"

"要是它实在不好用的话……"我的声音渐渐变小，现在的处境让我有些不知所措。我想说的是，要是它实在不好用的话，我就拿《休闲 + 娱乐》的卡订一个酒店的房间。

但我们必然不能这么做。

我也可以用我自己的信用卡，但住在纽约一间对我来说过于高档的公寓里，我其实没有太多可以让自己随意支配的收入。可以说，津贴算得上我很大一部分收入来源。我可以试着通过为酒店做广告来换取一个他们的房间，但我对自己的社交媒体和博客都疏于打理，

---

1 相当于 20℃。
2 相当于 18℃。
3 相当于 27℃。
4 相当于 26℃。

所以我也不太确定自己是否仍然拥有足够大的影响力。况且，很多酒店都不会和网红做这样的交易。有些人甚至会在网上晒出你提出申请的邮件截图来羞辱你。我又不是乔治·克鲁尼，我只是一个会拍漂亮照片的女孩——我最多能争取到一个折扣，但想要免费入住，却是不大可能的。

"我们总能想出办法的，"亚历克斯说，"你想先洗澡吗？还是我先？"

从他稍稍抬起胳膊，以避免它们黏在身体上的动作来看，他对干净清爽有着特别的渴望。而且要是他先去洗，说不定我还能趁着这段时间把温度再弄低几度。

"你先去吧。"我对他说。他很快就溜进了洗手间。

从洗手间里传出哗哗的水声时，我就开始在房间里踱步——从那张冒充床的折叠沙发，再到那个用塑料布包裹起来的阳台。最后，室温终于降到了 81 ℉。我将目标温度设为 80 ℉后，继续焦躁地走来走去。

我决定把这件事记录下来，这样我就可以向爱彼迎[1]提交举报，并拿回一些钱来，于是我拍下了沙发床和阳台的照片——好在楼上白天的装修工作已经结束了，所以至少现在还算安静，不过从楼下的泳池还是传来了嘈杂的交谈声和水花的泼溅声——接着我又回到空调调节器旁拍了张照片，现在温度已经降到了 80 ℉。

就在我把温度调到 79 ℉的时候，淋浴的水声停止了，于是我拎起我的手提箱，把它平放在折叠沙发上，拉开箱子的拉链，翻找一些适合穿着去吃晚饭的便服。

1　爱彼迎是美国一家联系旅游人士和家有空房出租的房主的服务网站。

亚历克斯带着一团蒸汽从浴室走出来，他的腰上缠了一条浴巾，一只手在髋部固定他的浴巾，另一只手则捋了捋他还没擦干的头发，放任它们乱糟糟地支棱着。"到你了。"他说。但我却盯着他颀长精瘦的躯干和左侧突出的髋骨看了一秒钟。

为什么一个人围着浴巾的样子和穿着泳衣的样子会有这么大的差别？从严格意义上说，亚历克斯在30分钟以前穿的可比现在少多了，但此时他身上流畅的线条却莫名多了几分暧昧。我觉得我的血气上涌，仿佛要冲破最外层的表皮，我的每一寸肌肤都变得更加警觉。

我以前从不这样的。

都是因为那次克罗地亚之旅。

都怪你，还有你那些美丽的岛屿，克罗地亚！

"珀比？"亚历克斯提醒我。

"呃，嗯，"我说，又记起起码再加上一句，"好。"我飞速转回身去，随便抓起裙子、胸罩和内裤："好吧，现在卧室归你了。"

我匆匆走进充满蒸汽的浴室，关上门，就在我脱下比基尼上衣的时候，我一下子呆住了，震惊地看着占据了一整面墙的超大淡蓝玻璃淋浴房，它的两侧各有一个可以斜着躺下的座椅，就像《杰森一家》[1] 里的集体淋浴一样。

"我的老天。"我敢肯定，这绝对是照片里没有的。事实上，整个浴室都和网站上显示的相去甚远，它从原来图片上淡淡的海滩灰色，变成了此刻我眼前这幅由珊瑚蓝[2] 和无菌白构成的超现代景象。

---

1 《杰森一家》（The Jetsons），是一部美国动画情景喜剧，由 Hanna-Barbera Productions 制作。
2 珊瑚蓝（Glowing Blue），是美国专门开发和研究色彩而闻名全球的机构潘通推出的 3 种全新的珊瑚色，是珊瑚死亡前最后用力散发的色彩，推出这些颜色旨在唤起人类保护环境、自然和珊瑚的意识。

我一把扯下架子上的浴巾，裹到自己身上，然后推开门。"亚历克斯，你为什么没告诉我——"亚历克斯抓起他的浴巾，绕在自己腰间，而我则尽自己最大的努力捡起我刚刚掉落的话头，并假装什么都没有看到，"——飞船浴室的事？"

"我以为你知道，"亚历克斯说，他声音嘶哑，"毕竟是你订的房间。"

"他们肯定在拍完照片后重新装修了浴室，"我说，"你到底是怎么弄明白那东西要怎么使用的？"

"老实说，"亚历克斯说，"最难的部分就在于从《2001 太空漫游》[1]式的人工智能系统中夺回掌控权。在那之后，最大的问题就只有我一直弄混第六个淋浴头和足底按摩的控制按键了。"

这足以打破我们之间紧张的氛围。我笑了起来，他也笑了，似乎我们各自裹着浴巾站在彼此面前也没什么大不了的。

"这地方简直就是炼狱。"我说。一切都在往好的方向发展，我们正在更加心无旁骛地讨论浴室的问题，

"尼古莱就是个虐待狂。"亚历克斯附和道。

"没错，不过他至少是个散发出'新车味道'的虐待狂。"我把上身探进浴室，又仔细看了看那个多头多座的淋浴房。

我又大笑起来，把身子探了出来，发现亚历克斯正站在那里咧嘴笑着。尽管他湿漉漉的上身已经套了一件 T 恤，但他还是没敢冒险换掉那条浴巾。

我转身回浴室："好吧，那我就不打扰你自己在公寓里光着身子

---

1 《2001 太空漫游》(2001: *A Space Odyssey*)，是 1968 年上映的美国科幻电影，被誉为"现代科幻电影技术的里程碑"。

跳舞了。合理规划时间。"

"你就是这么做的？"亚历克斯大声说，"我在另一个房间的时候，你就会在公寓里光着身子跳舞。你是这么做的，对吧？"

在我把门关上的那一瞬间，我突然转过身来，说："你想知道吗？骚货亚历克斯？"

第 12 章

九年前的夏天

尽管在大三的那一年里,亚历克斯一有空就会去图书馆兼职(因此,我一有空就会坐在咨询服务台里的地板上一边吃着扭扭糖,一边在莎拉·托沃害羞地经过他时开他的玩笑),但我们还是没有攒到足够的钱去完成一次远途的暑期旅行。

他弟弟布莱斯明年就要上社区大学了,但他没有奖学金,而作为我们凡人当中的大圣人,亚历克斯准备把他的所有收入都用来给布莱斯缴纳学费。

当亚历克斯告诉我这个消息的时候,他说:"如果你想一个人去巴黎,我会理解的。"

我几乎是秒回他的:"巴黎可以再等等。我们倒是可以去美国的巴黎看看。"

他皱起眉头:"在……?"

"这还用问？"我说，"纳什维尔[1]。"

他开心地笑了起来。我喜欢逗他开心，并为此而快活。每当看到他这个不苟言笑的人的脸上出现各种表情，我就觉得非常激动，只是最近这样的快乐变得少了一些。

纳什维尔距离林菲尔德只有四小时的车程，而且神奇的是，亚历克斯的旅行车居然还能开得动。那么，纳什维尔，我们来了。

我们出发的那天早上，他开车过来接我。他到我家的时候，因为我还没有收拾完行李，于是我爸爸就让他进屋坐下，问了他一堆奇奇怪怪的问题。与此同时，我妈妈溜进了我的房间，她把手背在身后，手里似乎拿着什么东西，对着我唱了起来。"嗨，宝贝。"

我从包里那堆像布偶吐出来的彩色衣服中抬起头来："嗨？"

她坐到我的床上，双手依然背在身后。

"你在干吗？"我说，"你的手被铐上了吗？家里进强盗了？要是你被挟持说不了话，就眨两下眼睛。"

她刚把手里的盒子往前一拿，我就马上大叫着把那个盒子拍到了地上。

"珀比！"她大喊起来。

"珀比？"我问她，"才不是珀比！妈！你为什么要把一大盒安全套放在身后？"

她弯腰把盒子捡了起来。它还没开封（不幸中的万幸），所以里面的东西没有撒出来。"我只是觉得我们该谈谈这件事了。"

"呃，呃，"我摇了摇头，"现在是上午九点二十分，还不到谈这个的时候。"

---

1 纳什维尔（Nashville），是美国田纳西州的首府，也是美国乡村音乐的发源地。

她叹了口气，把那个盒子放在我那个装得满满当当的行李袋上，"我只希望你们安全，对你来说，还有很多东西都是值得期待的，我们希望你能实现所有你最疯狂的梦想，宝贝！"

我的心怦怦直跳，并不是因为妈妈对我和亚历克斯即将发生性关系的暗示——现在我反应过来了，她当然会往这个方面去想——因为她在向我强调完成大学学业的重要性，我到现在还没有告诉她，我并不打算上完大学。

关于明年不回去上学的事情，我只告诉了亚历克斯。至于爸妈，我打算在旅行结束后再告诉他们。我之所以做出这样的决定，就是为了防止我们家的世纪大战影响到这次旅行。

我爸妈非常支持我的学业，有一部分原因是当初他们两个都想上大学，却没有足够的资金帮助他们完成这件事情。他们总觉得只要我有了学位证，就可以实现任何梦想。

但在过去的整个学年里，我把大部分梦想和精力都放在了旅行上。周末的观光还有放假时的短途，我通常会一个人去，但有时也会和亚历克斯一起（去露营，那是我们可以负担得起的），或者也会和克拉丽莎一起。我们是在去年年底的一次海外留学项目的信息发布会上认识的，她是个很富有的嬉皮女孩（我参观过他父母各自拥有的湖边别墅）。她明年会去维也纳读大四，她正在为此修艺术史的学分，但我发现我对这些项目研究的时间越久，就越觉得自己渐渐对它们失去了兴趣。

我去澳大利亚不是为了整天待在他们的教室里，我也不想为了增加在柏林的学习经历给自己背上更多的债务。对我来说，旅游就是随心而行，遇见你没遇过的人，做你没做过的事。而且除此之外，我所有的周末观光已经开始给我带来回报了，尽管我八个月前才开始写博客，但到现在为止，我的社交媒体上已经有几千个粉丝了。

而当我发现因为挂掉了生物学考试，我不得不推迟一个学期毕业时，我想这就是那最后一根稻草了。

我会把这些告诉我的爸妈，而且我无论如何都会想办法让他们知道学校其实并不适合我，像亚历克斯那样的人才有必要在学术这条路上继续深造。但今天不行，今天是我出发去纳什维尔的日子，经过了一个学期的校园生活，我现在唯一想做的就是放松一下。

只不过不是以我妈暗示的那种方式。

"妈，"我说，"我不会和亚历克斯上床。"

"你不需要把所有事情都告诉我，"她的语气沉着镇定，然后冷静地点了点头，不过再往下说的时候，她就完全不镇定了，"我只需要知道你是对自己负责的就可以。天哪，真不敢相信你已经长这么大了！只要一想到这个我就想哭。但你还是得对自己负责！不过我相信你会的。你是如此聪明的一个孩子！你一直都很了解自己。宝贝，我真的为你感到骄傲。"

在这一点上，她完全可以放心，我比她想象的要更对自己负责。尽管在过去的一年里，我吻过好几个男人，而且还和其中一个男人有过除接吻之外更加亲密的举动，但我始终都很安全地待在慢车道上。有一次我和克拉丽莎去她妈妈远在密歇根的湖边别墅里玩儿，我就在微醺的状态下向她坦白了这件事情。她瞪大眼睛，就像盯着一个魔法占卜池一样地看着我，然后用她独有的轻快语气说："那你还在等什么？"

我只是耸了耸肩。事实就是，我也不知道自己究竟在等待什么。我只是觉得到那个时候，我自然就知道了。

有时我觉得我是一个极端信奉"行动大于一切"的人，这本来是没什么好被指责的，但在这件事上，有的时候，我觉得我似乎在为我的第一次，等待着一个完美的时机。

而在其他时候，我觉得这可能和"骚婆珀比"有着莫大的关联，好像在经历了这一切之后，我就失去了沉迷于某个瞬间，或是沉迷于某个人的能力。

或许我需要的只是做出一个选择，从我和亚历克斯经常参加的派对上，选出一个有感觉的人，或选一个他们英语系的男生，再或者从我们传播系，或一个经常出现在我们生活中的人中选择一个就可以。

但到目前为止，我还是抱着某种希望，我还在期待着那个魔法般的时刻，那个遇到对的人的时刻。

那个对的人，不会是亚历克斯。

事实上，如果要我随便选一个人的话，亚历克斯可能会成为我的选择。我会直截了当地告诉他我想做的事情，以及我为什么想做这件事情，也许还需要我们双方歃血为盟，保证我们只做一次，而且事后永远不再提起此事。

但我暗暗在心里发誓，即使事情发展到那样的地步，我也不会使用妈妈塞进我行李袋里的那一大盒安全套里的任何一个。

"我真的非常郑重地向你发誓，我不需要这些。"我说。

她站起身来，轻轻拍了拍那个盒子，说："就算你现在不用，也是可以带着的，以防万一嘛。对了，你饿吗？饼干正在烤箱里烤着，还有——哎呀，我忘了开洗碗机了。"

她匆匆离开我的房间。我收拾好行李，拽着我的包来到楼下。妈妈正站在岛台前切着为做香蕉面包准备的变黑的香蕉，旁边放着正在冷却的饼干，而亚历克斯则笔直地坐在我爸身边。"准备出发？"

我说，他马上就从凳子上弹了起来，像是在说"我自出生的那刻起，就为逃离你那令人生畏的父亲做好了准备"。

"好的。"他的双手在他腿部前侧的裤子上搓来搓去，"好啊。"就在这时，他发现了那盒被我夹在腋下的安全套。

"这个？"我说，"这不过是我妈担心咱们发生什么，事先准备好的 500 个安全套。"

亚历克斯的脸唰的一下就红了。

"珀比！"我妈大叫起来。

爸爸震惊地回过头来："你们俩是什么时候开始谈恋爱的？"

"我不……我们不……做那个，先生。"亚历克斯试着解释。

"爸爸，喏，你能帮我把这些拿到车上吗？"我把手里的东西甩到岛台上，"光是拿着它们，我的胳膊都要累死了，希望我们的旅馆有那种大的行李车。"

亚历克斯还是不大敢看我的爸爸："我们真的不是……"

妈妈双手叉腰说道："你不该公开谈论这件事。听着，你让他很难堪。珀比，你别让他尴尬。亚历克斯，你别难为情。"

"看来不公开也不行了，"我说，"如果后备箱里放不下那个盒子，我们就得把它绑在旅行车的车顶上了。"

爸爸把盒子拿到边桌上，皱着眉头开始阅读盒子上的文字："这些真的是小羊皮做的吗？它们可以重复使用吗？"

亚历克斯被吓到哆嗦起来。

妈妈主动接过话头："我买的时候不知道他们会不会对乳胶过敏！"

"好啦，我们得出发了，"我说，"来和我们拥抱道别吧。等你们下次看到我们，说不定你们就变成外公——"我没再说下去，当我看到亚历克斯脸上的表情时，我决定不再故意逗他了，"开玩笑的！我们只是朋友关系。老妈再见，老爸再见！"

"哦，你们会玩儿得非常开心的。我已经等不及要听你们旅行的所有细节了。"妈妈从岛台后走出来，把我拉进她的怀里。"乖乖的，"她说，"到了那里，别忘了给你的哥哥们打电话！他们都盼着收到你的消息呢！"

我越过她的肩膀，向亚历克斯做了个"真要命"的嘴型，他的脸上终于有了笑意。

"爱你，小姑娘。"爸爸艰难地从凳子上爬下来，给了我一个拥抱。"照顾好我的小宝贝，好吗？"他对亚历克斯说，紧接着把他拉进自己怀里，拥抱他，不断地拍着他的后背，亚历克斯每次都被吓一大跳，"别让她和乡村歌手订婚，也别让她在玩儿机械斗牛的时候摔断脖子。"

"当然。"亚历克斯说。

"到时再看吧。"我说。然后他们把我们送出门，那盒安全套则被安全地留在了岛台上。他们挥着手，看着我们走到车道上，作为回应，亚历克斯咧嘴笑着向他们挥手，直到我们最终消失在他们视野的时候，他才转头看向我，直截了当地说："我真的生你的气了。"

"那我要怎么补偿你呢？"我像卡通里的美女猫一样眨着眼睛对他说。

他翻了个白眼，不过当他重新看向前方的道路时，他的嘴角露出一丝得意的微笑："首先，你肯定得去骑一下机械斗牛。"

我把脚抵在控制台上，自豪地向他展示我几周前在一家二手店里淘到的牛仔靴："早就准备好了。"

他将目光滑向我，顺着我的腿向下，在看到我那双鲜红色的皮靴后说："这东西要怎么把你固定在机械斗牛上？"

我"咔嗒"一下把两个鞋跟扣在一起："确实无法做到，它们的真正任务是吸引酒吧里帅气迷人的乡村歌手，让他们把我从那块垫子上拉下来，好投入他们农夫般健壮的臂弯。"

"农夫般健壮。"亚历克斯哼了一声，对我这个想法不以为然。

"健身达人般健壮。"我逗他说。

他皱起眉头："我锻炼是为了缓解焦虑的。"

"没错，我很确定你一点儿都不在意你漂亮的身材。那只不过是无心插柳。"

他的下巴在颤动，眼睛再次看向路面。"我确实喜欢看起来不错的样子。"听他的语气，他的话里似乎还隐含着一句没说出口的"这难道有罪吗？"

"我也一样，"我的一只脚沿着控制台滑去，直到我的红色靴子进入他的视野，"很显然。"

他的目光越过我的腿，落到控制台的中间，他的外接音频线就被摆放在那里，整齐地盘成了一个圈。"拿着，"他把它递给我，"你怎么还不开始放歌？"

最近一段时间，我们总会在旅行车里轮流放歌，不过亚历克斯总是让我先放，因为他是亚历克斯，伟大的亚历克斯。

我坚持在我们开车的全程都播放乡村歌曲。我的歌单里是仙妮亚·唐恩、瑞芭·麦肯泰尔、凯莉·安德伍德和多莉·帕顿的歌。而他的歌单里则都是帕特西·克莱恩、威利·纳尔逊、格伦·坎贝尔、约翰尼·卡什、塔米·温妮特和汉克·威廉斯的歌[1]。

1　此段提到的 10 位均为美国有名的乡村歌手。

旅馆是我们几个月前在高朋网[1]上找到的，它是那种俗气的、挂着粉色霓虹灯牌（由"空房"这两个字和字上方的一顶卡通牛仔帽组成）的一次性场所，这让我对"纳什维加斯"这个昵称终于有了最为直观的感受。

我们办理了入住，把行李都拿进了房间。这里的每个房间看起来都是以某个著名的纳什维尔音乐家为主题的，也就是说，房间里到处都是这些艺术家的照片，而且所有的床上都有同样难看的大花被和笨重的棕色绒毯。我当时想订的是基蒂·韦尔斯[2]的房间，不过要在高朋网上预定的话，那就显然没得选了。

我们最终住进了比利·雷·赛勒斯[3]的房间。

"你觉得旅馆会付钱给他吗？"我问亚历克斯，他正拉起床上的被褥，检查床垫下面有没有藏着臭虫。

"不好说，"他说，"可能他们偶尔会丢给他一些高朋网上的酸奶冰淇淋的团购券之类的。"他拉开窗帘，盯着窗外闪烁的霓虹灯牌，疑惑地说："这里是不是还有钟点房？"

"不要担心，"我说，"我已经把安全套留在家里了。"

他抖了一下，倒在其中一张床上，对于床上没有虫子这件事情，他感到非常满意。"要是我不用看那个就好了。"

"可我还是得看啊，亚历克斯，我看就没关系吗？"

"但你是她的女儿。我爸对我们进行的最接近性教育的引导是在我们每人13岁的时候，他在我们的床上放了一本关于'纯洁'的书。所以我直到大概，呃，16岁的时候才知道原来自慰是不会得癌

1 高朋网（Groupon，由"Group + coupon"衍生出的一个新词），是全球最大的团购网站。
2 基蒂·韦尔斯（Kitty Wells, 1919—2012），是美国乡村音乐先驱女歌手。
3 比利·雷·赛勒斯（Billy Ray Cyrus, 1961 —），美国乡村音乐歌手、词曲作者、演员及慈善家。

症的。"

一时间，我觉得自己的胸口很闷。有时我会忘记亚历克斯一路走来有多不容易。他的妈妈在生大卫时难产而死，从那时起，尼尔森先生和尼尔森家的四个男孩就分别失去了妻子和母亲。他的爸爸终于在去年的时候开始和一个教会里的女人约会，但三个月后他们还是分手了，尽管是尼尔森先生提的分手，但他还是非常伤心，伤心到亚历克斯不得不在周中的时候从学校开车回家，陪他度过那段难熬的日子。

如果亚历克斯的弟弟们出了什么问题，他们也会给他这个大哥打电话，他是个情绪树洞一样的石头型人格。

我有时觉得这就是我们会被彼此吸引的原因——他习惯做个坚定稳妥的大哥，而我则习惯了做那个无理取闹的小妹。我们的互动基本上是这样的：我总喜欢招惹他，但他会为我撑起一整个让人安心的世界。

不过，在接下来的这个星期里，我不需要他为我做任何事情。我会尽力帮他放松下来，把那个傻瓜亚历克斯从繁重的工作和心无旁骛的状态当中剥离出来。

"要知道，"我坐在床上说，"如果你想拥有一对霸道蛮横的爸妈的话，那我爸妈绝对可以和你进行双向奔赴。我的意思是，很显然，我妈希望第一次和我做的人是你。"

他把脑袋枕到自己的双手之间，侧身看向我："你妈妈觉得你还没有发生过性行为？"

我犹豫了一下说："到现在为止，我确实没有。我还以为你知道呢。"我们看似无话不谈，不过这么看来，我们之间还是有些从未提及的东西。

"不是吧，"亚历克斯咳嗽了几下，"我的意思是，我不知道。你之前不是有几次在派对上跟人走了吗？"

"虽然是事实，不过都没什么实质性的进展。我又没跟他们任何一个人约会过。"

"我还以为那只是因为你不，呃，不想约会。"

"并不是我不想，"我说，至少到目前为止我还没有，"我也不知道。我只是希望它能特别一点儿，不过也不是非得等到满月或者非得发生在玫瑰庄园的那种特别。"

亚历克斯的脸皱成一团："在户外做爱可并不像大家说得那么好。"

"你这小贱人！"我大叫，"有所隐瞒的其实是你吧。"

他耸耸肩，耳朵却红了起来："我只是不愿意聊这个，和谁都不想聊。我就连说起这个的时候，都会觉得羞耻，就像这是对她某种程度上的亵渎。"

"你都没有说过她的名字，"我探着身子，压低声音，"莎拉·托沃？"

他用膝盖撞了撞我的膝盖，微微一笑道："是你喜欢莎拉·托沃吧？"

"不，老兄，"我说，"是你。"

"我不喜欢她，"他说，"我喜欢的是图书馆另一个叫莉迪亚的女孩。"

"我……的……天……哪，"我激动地说，"就是那个长着洋娃娃一样的大眼睛，和莎拉·托沃同款发型的女孩？"

"别，"亚历克斯开始求饶，他的脸颊泛红，抓起一个枕头朝我扔来，"别再让我尴尬了。"

"可很有趣啊！"

他强行放松自己的脸部肌肉，摆出一副快要哭出来的委屈狗狗脸。我尖叫着向后倒在床上，用枕头挡住我的眼睛，我感觉自己整个人都要笑瘫了。我身边的床垫因为他的重压陷了下去，他把枕头从我脸上拽了下去，将双手撑在我脑袋的两侧，俯身朝我做出委屈狗狗脸的表情。

"我的天哪，"我喘着粗气说，简直笑到眼泪都流了出来，"为什么这个表情对我有这么奇怪的杀伤力啊？"

"我不知道，珀比。"他说着，表情变得更委屈了。

"它向我开口了！"我笑着大喊，而他也终于咧嘴笑了。

也就是在那个时候。

我第一次想要亲吻亚历克斯·尼尔森。

这种窒息的感觉在两秒之内传遍了我的全身。但很快我就把这几秒钟紧紧捆绑，藏在我的胸口。我对自己保证，它们将永远成为我心中的秘密。

"来吧，"他温柔地说，"我带你去骑机械斗牛。"

第 13 章

今年夏天

我们把空调的温度降到了 79℉，在出发去一家名叫"山姆之家"的餐厅吃饭之前，又把温度调到 78℉。这家餐厅在猫途鹰上的评分很高，而且在价格那里只显示了一个美元符号。

食物的确美味，不过今晚真正让我们觉得不虚此行的，却是这里的空调。亚历克斯一直闭着眼睛靠在卡座上，不断地发出满足的唏嘘声。

"你觉得山姆会让我们睡在这里吗？"我问。

"我们可以试着藏进厕所，在里面一直等到他们关门。"亚历克斯提议说。

"我怕喝多了会中暑。"我说着，又喝了一口我们点的那扎墨西哥麻辣玛格丽塔。

"我反而怕我喝得不够多，一整晚都睡不着。"

光是想想，我就觉得自己的脖子上已经沾满汗珠了。"关于民宿，我真的很抱歉，"我说，"评论里没有提到过空调有故障的事。"不过我现在很想知道有多少人是在盛夏的时候来到这里的。

"这又不是你的问题，"亚历克斯说，"我觉得尼古莱要负全部责任。"

我点了点头，尴尬的气氛在我们的沉默中蔓延开来，于是我问："你爸爸怎么样了？"

"嗯，"亚历克斯说，"挺好的，他还不错。我给你讲过他保险杠贴纸的事吧？"

我微笑起来："讲过。"

他局促地笑了笑，抬手捋了捋他的头发。"天哪，人变老了还真是会越来越无聊。我能给你讲的故事居然就只剩一个我爸爸的新保险杠贴纸了。"

"是个相当不错的故事。"我很肯定地说。

"你说得没错，"他歪过头来，"那你接下来还想听我讲洗碗机的故事吗？"

我吸了一大口气，抓住自己的心口："你有了自己的洗碗机？呃，它和你叫一样的名字吗？"

"呃，大家一般在注册洗碗机品牌的时候不大会用人名，不过没错，我买了。就在我有了自己的房子之后。"

一股莫名的情绪刺进我的胸膛："你……买了栋房子？"

"我没和你说过？"

我摇了摇头。他肯定是没有告诉过我的。他要怎么告诉我呢？到现在还是会心痛，这两年里我错过的每一件关于他的事情都让我感到心痛。

"是我姥姥、姥爷的房子。"他说，"我姥姥过世后，她的房子就留给了我爸，我爸想把房子卖掉，但需要修整一下，可他没有时间，也没有钱去装修，所以我就住了进去，一直在修缮它。"

"贝蒂？"我咽下喉咙里涌起的那股复杂的情绪。虽然我只和亚历克斯的姥姥见过几次面，但我却很喜欢她。她的身形比我瘦小，但却非常强悍，她是个神秘谋杀事件、钩针编织、辣味食品和现代艺术的爱好者。她和她的神父坠入了爱河。为了娶她，他放弃了他的神职（"我们就是这样成为新教徒的！"），后来（"八个月后。"她说话的时候朝我眨眼使了个眼色），亚历克斯的妈妈就出生了，她有着一头和她一样浓密的黑发，以及一个和亚历克斯姥爷（愿他安息）一样出挑的鼻子。

她的房子是一栋20世纪60年代初期时髦的四层楼建筑，客厅里原本贴着的是橙色和黄色碎花的壁纸。不过自从几年前，她因为滑倒摔断了髋骨，就不得不在家里的木地板和地砖上都铺上了难看的棕色地毯，即使是浴室也不例外。

"贝蒂走了？"我小声问。

"走得很安详。"亚历克斯说，他没有看我，"你知道的，她年纪真的很大了。"他开始折起我们的吸管包装纸来，小心翼翼地把它们折成一个个小小的方块。他没有流露出任何情绪，但我知道贝蒂是他最爱的家人，可能和大卫一样并列第一吧。

"天哪，对不起。"我努力不让自己的声音颤抖，但我的情绪就像潮水一样翻涌起来，"弗兰纳里·奥康纳和贝蒂的事，你应该早点儿告诉我的。"

他抬起他榛子色的眼睛盯着我说："我不知道你是不是还想听到我的消息。"

我眨了眨眼睛，把眼泪憋了回去，移开视线，趁着假装撩头发的时候，擦了擦自己的眼角。等到我再次回头看他，他仍在盯着我。

"我想。"我说。该死，我已经开始颤抖了。

大厅最里面那支原本热闹的墨西哥街头乐队，在我听来似乎也变成了安静的哼唱，仿佛全世界只剩下这个小小的红色隔间里的我们，还有我们之间的那张手工雕刻的彩色桌子。

"嗯，"亚历克斯轻声说，"我现在知道了。"

我想问问在过去的两年里，他有没有想过要找我聊聊，有没有编辑好但没有发出的短信，有没有在考虑了很久之后，真的开始拨打我的号码。

倘若他也觉得我们的断联让他错失了两年本该美好的生活，那他为什么会让这一切发生呢？我想听他亲口对我说，我们会回到从前无话不谈、习惯彼此陪伴的日子。

然而就在这时，服务员拿来了我们的账单，我本能地抢在亚历克斯前伸出了手。

"用的不是《休闲＋娱乐》的卡？"他说，听起来像是在提问。

我顺嘴向他撒了个谎："他们现在改报销了。"我的手因为说谎而有些发麻，但想要收回刚刚说出的话，却已经晚了。

当我们走出餐厅的时候，漆黑的天幕上已经缀上了点点繁星。白天的暑气已经退去，尽管现在的温度还在 70 ℉左右，但比起早些时候的106℉[1]，显然已经好很多了。我甚至还感受到了一阵微风。我们静静地穿过停车场，找到我们的"心想"，自从那次克罗地亚的事情后，我们之间的氛围就变得沉重起来。

我曾经试着说服自己就把那件事情留在过去，但直到现在我才意识到，在过去的两年里，每当我学到新东西的时候，它们都会反

1　相当于41℃左右。

复地向我心中的同一个痛处捅去。

他也必然受到了一定的影响，但只要他愿意，他就能隐藏好自己的情绪，一向如此。

开车回家的整整一路，我都在思考要怎么说出那句"我会收回，如果问题能够解决，我会收回"，可我终究还是没说出口。

我们回到公寓时，觉得屋里比屋外的温度还要高。我们直奔空调调温器。"81℉？"他说，"温度又升高了？"

我揉了揉自己的鼻梁，不知是因为太热了，因为酒精，因为精神压力过大，还是所有因素的共同作用，我的头痛从眼睛后侧开始蔓延。"好吧。好吧。我们得把它调回80℉，对吧？在它降到80℉以后继续调低？"

亚历克斯盯着空调调温器，就像盯着一个刚从他手里掉落的甜筒一样。那个委屈狗狗脸似乎在无意之中又浮现出来。

"一次调1℉，尼古莱是这么说的。"

他把温度调到80℉，我推开阳台的滑动门。

但那堵塑料布搭起的透明墙挡住了外面的新鲜空气。我去小厨房的抽屉柜里找出了一把剪刀。

"你要干吗？"亚历克斯一边问，一边跟着我来到阳台。

"我实在忍不了了。"我说着，把剪刀放到塑料布的中间。

"啊，尼古莱肯定会生你的气的。"亚历克斯打趣道。

"正好我对他也非常不满。"我说，然后在塑料布上剪了一道长长的口子，把它拉到一边，松松地打了个结，这样，空气就能从这个缺口吹进来了。

"他要告我们了。"他故作严肃地说。

"那就放马过来吧，小尼。"

亚历克斯轻声笑了笑。沉默了几秒钟后，我说："我想我们明天可以去艺术博物馆看看，再去搭一班有轨电车。风景应该很棒。"

亚历克斯点点头："听着不错。"

我们又陷入了沉默中。现在才十点半，可一切都已经足够尴尬了，我想着今天就到此为止吧，或许这对我们来说都好："你需要先用洗手间吗……"

"不，"亚历克斯说，"你去吧。我要去检查一下邮件。"

自从来到这里，我就没再看过我的工作邮件。同样没被我翻看的，还有瑞秋发来的几条短信息，我和哥哥们的短信群组里多到快要溢出来的信息，内容基本上是他们俩不会有什么实质性进展的头脑风暴。我上次点开的时候，看到他们两个正在自创一个叫作《圣诞大战》的桌游，还让我给他们想几条双关语。

所以至少当我晚上躺在沙发床上无法入睡的时候，我还有点儿可以做的事情。

我的头痛仍在加重。我把头发扎成了我平时最常梳的小马尾辫，穿过磨损的木地板，来到太空时代的淋浴房前。我在诡异的蓝光下洗了把脸，然后撒了一些凉水在脸上，用手揉了揉自己的脖子和太阳穴，这一次我并没有使用瑞秋送我的高档面霜和精华液。

看着镜中的自己，我的样子如实地反映着我内心的痛苦焦虑。我必须扭转眼前的局面，让亚历克斯回想起我们过去的一切，现在只剩五天了，而这五天里的最后三天还是接连不断的婚礼庆典。

明天一定会很精彩。我要做有趣的珀比，不要做那个古怪的、悲伤的珀比。这样亚历克斯就会放松下来，所有的事情都会得到顺利解决。我换上一条光滑的睡裤和一件紧身背心，刷了牙，走回客厅。亚历克斯已经关掉大灯，只留了床头的一盏台灯，他躺在那张沙发床的垫子上，身上穿着T恤和运动裤，手里拿着那本之前没有看完的书。

我知道业历克斯·尼尔森睡觉的时候是不穿上衣的，就算在气温没有现在这么高的时候，也是不会穿着T恤睡觉的，但这不是重点，重点是那张沙发床本来是我要睡的。

"从我的床上下来！"我说。

"你付的钱，"他说，"所以应该你睡床。"

《休闲+娱乐》付的。"我就这样在自己的谎言里越陷越深，尽管是个善意的谎言，但还是要一直编下去。

"我想睡在这儿，"亚历克斯说，"珀比，对于一个成年人来说，能有几次睡在折叠沙发上的机会呢？"

我在他旁边坐下，装出一副想要推开他的样子，但他对我来说实在太壮了，我根本就推不动他。我转过身来，双脚抵在地板上，膝盖顶住床沿，双手推着他右边的屁股，咬紧牙关，想一鼓作气把他推到床下。

"住手，你这怪咖。"他说。

"我才不是怪咖。"我侧过身来，试着用我的屁股和侧边的整个身体把他挤下去，"你才是那个想偷走我生命里唯一乐趣的人。这张怪床是我的。"

就在我把身体全部的重量都压在屁股上的那一刻，他停止了抵抗，向旁边挪了挪。不知怎的，我的一半身体已经上了沙发床，而另一半身体则压在他的胸口上，他的书也被我弄得掉到地板上。他大笑起来，我也跟着笑了，但与此同时，我总有一种刺痛和沉重的感觉，而且老实说，我就这样躺在他身上了。

最糟糕的是，我好像动都动不了。他的胳膊正搂着我的背，松松地搭在我的腰上，当他的笑声渐渐平息下来，我抬头看向他的眼睛，用下巴抵住他的胸膛。"你要我，"我哼道，"我敢说你根本就没有什么邮件可回。"

"对对对，我可是个连电子邮箱都没有的人。"他开玩笑地说，"你生气了？"

"简直火冒三丈。"

他的笑声让我浑身战栗，鸡皮疙瘩顺着我的脊柱向下蔓延，公寓里的高温渗进我的皮肤，在我的两腿之间汇聚起来。

"反正到最后我都会原谅你，"我说，"我是个宽容的人。"

"你是。"他附和道，"我一直以来都喜欢你这点。"

他的手刚好轻轻擦过我背心和短裤之间露出的皮肤。我转过身，感觉我们正紧紧地贴在一起。

"我在干吗？"我问自己。

我突然坐起来，把头发放了下来，然后又重新扎起来。"你确定你睡在沙发床上没关系吗？"我的声音大得有些刻意。

"当然了，没关系。"

我站起来，向床上挪去："好吧，那好吧……晚安。"

我关掉灯，爬上床，因为太热了，我没有钻到毯子里，而是直接睡在了毯子上。

第 14 章

今年夏天

当我从梦中惊醒的时候，天还是黑的，我当时确信，我们遭遇到了打劫。

"该死，该死，该死。"不知为什么，"劫匪"是这么说的，他的声音听上去还很痛苦。

"警察来了！"我下意识大喊，想先吓唬吓唬他，随后我爬到床边，打开台灯。

"什么？"亚历克斯仿佛受到了惊吓，因为突然亮起的光眯起了眼睛。

他站在黑暗中，腿上仍然是睡觉时穿着的那条黑色短裤，上身的 T 恤已经不见了踪影。他微微弯着腰，双手紧紧地抓着他的下背部。此时睡意彻底已经从我的脑中消散，我意识到他眯起眼睛并不仅仅是我突然开灯的缘故。

他喘着粗气，好像很痛苦。

"怎么了？"我大叫起来，连滚带爬地下了床朝他跑去，"你还好吗？"

"背抽筋了。"他说。

"什么？"

"我后背抽筋了。"他说。

我还是不能确定他说的到底是什么，但我看得出他现在非常痛苦，所以我没有继续追问下去，只问他要不要坐着休息一下。

他点了点头，我把他领到床边，他龇着牙慢慢屈腿，直到终于坐了下去，疼痛似乎减轻了些。

"你想躺下吗？"我问。

他摇了摇头说："发生这种情况的时候，起身和躺下都是很困难的。"

发生这种情况？我很疑惑，却没有宣之于口。我的胸口再次被内疚的感觉刺痛，显然这是在过去珀比缺席的两年里他的又一个变化。

"来，"我说，"我给你背后垫几个枕头。"

他点了点头，在确定了这么做应该不会让事情变得更糟之后，我把枕头拍蓬松，把它们摞在床板边，他慢慢地靠上去，脸部因为疼痛而变得扭曲。

"亚历克斯，出什么事了？"我瞥了一眼床头柜上的闹钟。现在是早上五点半。

"我本来打算起床跑步，"他说，"但我猜是我坐起来的姿势太怪了，或者起来太快了还是怎么的，我的背就抽筋了——"他把头靠在身后的枕头上，然后闭起眼睛，"该死，珀比，对不起。"

"对不起？"我说，"你为什么要说对不起？"

"都是我的错，"他说，"我没考虑到那个折叠床离地有多近，我早该知道那样从床上跳下来是会出问题的。"

"你怎么可能预先知道呢？"我难以置信地说。

他搓了搓他的额头。"我早该知道的，"他重复道，"这种情况已经持续了，呃，差不多一年了。我每天醒来以后都得走动半个来小时，才能弯下腰去够我的鞋。我只是没有想到。而且我不想你因为睡在沙发床上最后偏头痛发作，而且——"

"所以你就不该逞英雄的。"我温和地调侃他，但他脸上的痛苦却丝毫没有减少。

"我真的太蠢了，"他说，"我不是故意要搞砸你的旅行的。"

"亚历克斯，嘿，"我轻轻地摸了摸他的手臂，很小心地不去碰到他身体的其他部位，"你并没有搞砸这次旅行，好吗？罪魁祸首是那个尼古莱。"

他的嘴角泛起一个勉强的微笑。

"你有什么需要的？"我问，"我要怎么帮你？"

亚历克斯叹了口气。如果说有什么东西是他讨厌的，那就是被帮助。和被帮助一样，他同样讨厌被照顾。那还是在上大学的时候，一次他得了链球菌咽喉炎，于是跟我玩儿起了消失，我有一周都没有见到他的人影（那是我第一次真的对他生气）。还是他的室友告诉了我。亚历克斯因为发烧卧床不起，我当时在宿舍的厨房里做了一碗很难吃的鸡汤面，给他送了过去。但因为害怕把链球菌传染给我，他把门锁了起来，不肯让我进去，所以我在门口大喊："无论如何我都要留下这个孩子！"他这才终于不再坚持。

他很不习惯别人的过分关心。如果换位思考一下，这和我看到那张可怕的委屈狗狗脸时的不知所措应该是一样的。爱意的升腾不太像是浪涌，而更像是一座瞬间拔地而起的摩天钢铁大楼，从我的体内直冲而上，把其他的一切统统赶走。

"亚历克斯，"我说，"你得让我帮你，求你了。"

他败下阵来，叹了口气说："我电脑包前面的口袋里有肌松药。"

"这就去。"我拿起那个瓶子，在小厨房里倒了一杯水，把这两样都递给他。

"多谢。"他略带歉意地说，然后把药吃了下去。

"别客气，"我说，"还要做什么？"

"你什么都不要做了。"他说。

"你看，"我深吸了一口气，"你越快告诉我要怎么做，你就能越快好起来，这一切就能越早结束，对吧？"

他的牙齿轻轻擦过他丰满的下唇，我被他的这个动作迷住了。当他的目光再次回到我的身上时，我被吓了一跳。"要是有冰块儿的话，就会好很多。"他终于松口，"我通常会交替使用冰袋和电热垫，不过最重要的是坐着不动。"

他故作轻松地说。

"好的。"我穿上凉鞋，拿起钱包。

"你要去哪儿？"他问。

"去药店。那个冰箱连制冰盒都没有，更不用说冰袋了，而且我觉得小尼这儿也不会有电热垫。"

"不用那么麻烦，"亚历克斯说，"真的，坐着不动就行，你回去睡觉吧。"

"放你一个人直挺挺地坐在黑夜里？想都别想。首先，那太诡异了，其次，我已经起床了，况且我也没有那么没用。"

"可你是在度假。"

我向门口走去，因为他现在是无法阻止我的。"不，"我说，"这是我们的暑期旅行。我回来之前，别光着身子跳舞，好吗？”

　　他叹了口气，道："坦比，谢谢，真的。”

　　"别急着谢我，我已经在想着怎样让你给我当牛做马了。”

　　他终于笑了笑："好的，我等着。”

　　"嗯，"我说，"我一直都知道你非常好用。”

第 15 章

八年前的夏天

我们带着醉意回到市中心的酒店房间时，已经是凌晨两点半了。通常来说，我们是不会喝那么多的，但这趟旅行不一样，这是一趟欢庆之旅。

我们这次是为了庆祝亚历克斯从大学毕业，很快他就要去印第安纳大学的创意写作学院继续攻读艺术硕士学位了。

我告诉自己那里并不是很远。事实上，这个距离比我辍学在家之后我们之间的距离还要近。

尽管我一直都在旅行，但我还是渴望从我爸妈在林菲尔德的房子里搬出去。我已经着手寻找其他城市的公寓了，然后找些像是酒吧或是餐厅服务员之类的工作时间弹性较大的工作。我疯狂工作一段时间，就能花几周的时间去旅行。

和父母在一起的时光是美好的，但家乡其余的一切都让我觉得喘不过气来，我们所在的城郊就像一张巨大的网，我越是挣扎，它就把我绑得越紧。

我遇到过从前的老师，他们问我现在在做什么，而在听到我的回答后，他们都会不以为然地撇撇嘴。我看到过之前霸凌过我的或者对我非常友好的同学，但我都躲了过去。我在辛辛那提往南走40分钟的一家高档酒吧工作。当我的"初吻对象"杰森·斯坦利笑着露出他那一口矫正得很好的牙齿，穿着那种全职白领的衣服走进酒吧时，我立刻冲进了洗手间，并告诉老板我在厕所吐了。

　　在那之后的几周里，她总是问起我的状态怎样，听她的语气，显然以为我怀孕了。

　　我并没有怀孕。我和朱利安在这方面一直都很小心。或者至少我很小心。从大体上讲，朱利安天生就是一个粗枝大叶的人。不管世界对他提出怎样的要求，他几乎都会毫不迟疑地说"好"。当他在我上班的时候来找我时，他会喝掉别的客人留在吧台上的酒。他总喜欢在周末的时候到红河谷[1]或者霍金山[2]去玩儿，再或者去稍远一点的像纽约之类的地方，乘坐往返只需要60美元的夜间巴士就可以，只不过这种车是没有厕所的。他和我一样，有很多可以随意支配的时间，他也是从大学里中途辍学的，他当初在辛辛那提大学读完大一就没有再读下去了。

　　朱利安修的是建筑设计专业，但实际上他想成为的是艺术家。他会在城市的各个DIY画廊里展示他的绘画，他和另外三个画手共同住在一栋白色的老房子里，这让我想起了巴克和那些在托菲诺和我有过一面之缘的人们。我有的时候喝多了坐在门廊上，看着他们一边抽着钝烟或者丁香烟，一边谈论着他们的梦想，我就会想起从

1　红河谷（Red River Gorge），是美国肯塔基州中东部红河上的一个峡谷群。
2　霍金山（Hocking Hills），是美国俄亥俄州阿勒格尼高原的一个州立公园。

前，那种悲喜交加的情绪让人想哭，而至于其中悲喜各占多少，我似乎永远都无法厘清。

朱利安身材瘦削，面颊凹陷，眼神机敏。他在注视着你的时候，你仿佛能感觉到他的眼睛可以将你穿透。他最喜欢的是一家位于市中心的酒吧，酒吧很破旧，后面有个自行车修理店。我们在那个酒吧外第一次接吻后，他告诉我他从没想过结婚，也不想要孩子。

"没关系，"我告诉他，"反正我也没想过要嫁给你。"

他粗声粗气地大笑起来，又亲了我一下。他的味道总是和烟酒很像。他在镇子边上的快递公司的仓库里工作，当他休息的时候，就会废寝忘食地沉浸在他的艺术海洋里。到了我们见面的时候，通常来说，他在前几分钟心情都会有些烦躁，但在他吃些零食之后，就又变成了那个体贴又感性的男朋友，总是饱含热情，因此我常常会想"我敢说把我们放进电影里一定非常唯美"。

我考虑过要不要在这种时候，让他支起相机给我们拍几张照片，但我很快就为自己会冒出这样的想法而感到尴尬不已。

他是和我发生关系的第二个男人，不过他却对此一无所知，他从来都没有问过我。第一个男人现在还是会偶尔来酒吧和我调调情，不过很快我们也就明白，其实我们对彼此已经没什么吸引力了。算是有些尴尬的经历，不过也还好，后来我终于不再自寻烦恼了，因为从另一个角度想想，如果朱利安知道我是个没什么经验的菜鸟，他可能会吓到不敢接近我。他也可能会担心我过于黏人，也许我真的很黏人吧，可我觉得他也一样，所以我们现在就算在空闲的时候形影不离也没什么问题。

亚历克斯第一次见到朱利安，是在他圣诞节放假来我工作的酒吧里找我的时候，第二次是他放春假时，在朱利安喜欢的那个破自行车酒吧里，第三次是我和他在华夫饼屋[1]吃早餐时。而后，我就和亚历克斯出来旅行了。

我看得出朱利安对亚历克斯有点儿看法，这让我略感失望，而与此同时，我也注意到亚历克斯也很看不起朱利安，我对这一点倒是并不意外。

亚历克斯认为朱利安行事鲁莽草率，他不喜欢他总是迟到，不喜欢他总是无故消失几天，然后又在接下来的几周里天天和我在一起，也不喜欢他尽管和我住在一个城市，也从来不去见我的父母。

"还好吧，"几天前，亚历克斯在我们飞旧金山的时候跟我说起这些，我还在维护朱利安，"我本来也不想让他去见我爸妈。"

"我只能说他还不明白。"亚历克斯说。

"不明白什么？"我问。

"你，"他说，"他还不明白他有多幸运。"

听他说出这样的话，真是既暖心又伤人啊。尽管不能确定亚历克斯的说法是否中肯，但他对我感情的看法还是让我感到很尴尬。

"其实我也很幸运，"我说，"亚历克斯，他真的很特别。"

他叹了口气道："也许我还是需要更多地了解他吧。"但听他的语气，他明显是在撒谎，他认为那根本就无法解决这个问题。

我总幻想着他们会成为亲密无间的好友，那样我们就可以让朱利安加入我们的暑期旅行。不过，在看过他们的互动状态后，我觉得最好还是打消这样的想法。

所以，最终前往旧金山的依然是我和亚历克斯两个人。我用信用卡的积分免费兑换了往返的双程机票，而剩下的费用是我和亚历

---

1 华夫饼屋（Waffle House），是美国的一家连锁餐厅，主营美式早餐。

克斯平摊的。

我们先是在加州葡萄酒之乡[1]待了四天。我在我拥有两万五千粉丝的社媒上给索诺马县的一家新开的客栈打了广告，作为回报，他们为我们提供了两晚免费的住宿。亚历克斯欣然接下了给我拍摄各种古怪照片的任务——

像是头戴一顶巨大的草帽，坐在这间客栈提供给顾客使用的复古红色自行车上的照片，车把上还挂着装满鲜花的柳条篮子。

或是走在灌木丛生的草地和杂乱扭曲的树丛中的小径上的照片。

又或者坐在露台上喝咖啡，还有坐在客厅里慵懒的复古照片。

我们在品酒时运气也好得出奇。我们去的第一个酒庄是可以免费品酒的，只要我们在他们那儿任意买上一瓶酒就可以，好在我去之前就在网上查过他们酒庄里最便宜的是什么酒。亚历克斯给我在酒庄里拍了照片——我在一排排葡萄藤之间，拿着一杯亮闪闪的粉红葡萄酒，抬起一条腿踢向一边，露出我那条好笑的黄紫条纹的复古连体裤。

我当时已经略带醉意，而当他穿着浅灰色的裤子跪在干燥的土地上拍照时，我几乎要笑翻了。"酒太多了。"我气喘吁吁地说。

"酒，太，多了？"他重复了一遍，既开心又怀疑，我蹲在过道中间，笑得前仰后合，他又从极低的位置拍了几张照片，照片里我看起来就像是一个穿着时髦皮肤的三角形。

他成心不想好好拍，并不是为了抗议，而是为了逗我开心。

这就是委屈狗狗脸的另一面，这场表演是他单独和我在一起时为我准备的。

1　加州葡萄酒之乡（Wine Country），是美国加州北部的一个以盛产高级葡萄酒而知名的地区。

当我们到达第二个酒庄时，我们已经在酒精和阳光的作用下有些昏昏欲睡了，我的脑袋耷拉在他的肩膀上。我们沿着路走了进去，从技术层面来说，这座建筑的整个后部是一大扇带着玻璃窗的车库门，门是可以拉起来的，人们可以自由地从盛开着大片大片叶子花的露台，走到一个带有六米高的顶棚的酒吧。酒吧明亮又通透，头顶那个缓缓旋转着的巨大吊扇像在唱着咿咿呀呀的摇篮曲。

"你们在一起多久了？"那位亲切的中年女招待一边问，一边端着我们的下一杯清淡爽口的霞多丽[1]酒向我们走来。

"呃。"亚历克斯说。

我打了个哈欠，捏了捏他大臂上的肌肉，回道："我们是新婚。"

女招待很高兴。"如果是这样的话，"她眨了眨眼说，"这杯我请了。"

她叫玛蒂尔德，是个法国人，她是在网上认识了她的爱人后搬来美国的，他们住在索诺玛，去旧金山的周边度了蜜月。"叫鹈鹕旅舍，"她对我说，"那里是我见过的最田园的地方，既浪漫又温馨，炉火总是烧得很旺，还有一个可爱的露台，而且只要走几分钟就能到缪尔海滩了。你们俩一定要去看看，这对新婚夫妇来说绝对是完美的选择。到时候你们就说是玛蒂尔德推荐你们过来的就可以。"

作为免费品尝的答谢，我们在离开以前，给玛蒂尔德留下了一些小费，甚至要比平时更多一点儿。

在接下来的几天里，我会时不时地发放一下我们的"新婚卡"，有的人会给我们一些折扣，或送我们一个免费的杯子，有的人则会

---

1 霞多丽（Chardonnay），原产自法国勃艮第，中早熟酿酒葡萄品种，是当前全球最受欢迎的白葡萄品种，有 20 多个国家引种栽培。

对我们报以微笑，他们的微笑中充满了真诚和祝福。

"我觉得这样不太好。"当我们在一个葡萄园里散步的时候，亚历克斯这么对我说。

"要是你想结婚的话，"我说，"我们随时都可以。"

"可是我觉得朱利安应该也不太能够接受。"

"他不会介意的，"我说，"朱利安是个不婚主义者。"

亚历克斯停了下来，低头看向我，然后，都怪这些葡萄酒，我哭了起来。他捧着我的脸，抬起我的下巴。"嘿，"他说，"珀比，没关系。反正你也不是很想和朱利安结婚，对吧？你比那家伙好那么多。他根本配不上你。"

我本想把眼泪憋回去，却涌出了更多。我的声音变得很尖。"只有爸爸妈妈会爱我，"我说，"我最后一定会孤独地死掉。"

亚历克斯摇了摇头，把我拉进他的怀里。他紧紧搂住我，像是要把我融进他的身体里一样。"我爱你，"他说着，吻了吻我的头，"如果你想，我们可以一起孤独终老。"

"我连我自己想不想结婚都搞不清楚，"我说着，笑着擦掉眼泪，"我想可能是我要来例假的关系吧。"

他低头看向我，脸上又露出了难以琢磨的表情。并不像朱利安那种能够把人穿透的眼神，我此刻的的确确就在他的眼中。

"也可能是我喝太多酒了。"我说，他的嘴唇终于浮现出了一丝笑意，我们继续散着步，离开了葡萄园。

第二天一大早，我们就从客栈退了房，在返回旧金山的路上，我们给鹈鹕旅舍打了个电话。因为当时是周中，所以他们有很多间空房。

"你不会刚好就是我亲爱的玛蒂尔德口中的那个要来这里的珀比

吧？"服务台的女士问。

亚历克斯神情复杂地看了我一眼，于是我重重地叹了口气："是的，不过我想解释一下，我们之前对她说我们是新婚夫妇，但其实只是个玩笑。所以我们不，呃，不想再因为这个受到你们额外的照顾了。"

电话那头的女人干咳了一声，然后大笑起来："哦，亲爱的，玛蒂尔德又不是3岁的小孩。很多人都喜欢玩儿这种小把戏。她就是单纯的很喜欢你们两个而已。"

"我们也很喜欢她。"我说，然后咧着嘴傻傻地看向亚历克斯，他也傻傻地咧嘴看了看我。

"况且我也没有让任何人免费入住的权力，"女人继续说，"不过我有几张年票，如果你们想去缪尔森林的话，可以拿着它们去观光。"

"那太棒了。"我说。

这样我们就可以省下30美元了。

旅舍非常可爱，是一栋白色的都铎式建筑，坐落在一条狭窄的小路上。屋顶是木瓦搭就的，倾斜的窗户边排列着花箱，炊烟从烟囱里升起，在薄雾中一点点弥漫开来。当我们把车开进停车场的时候，从旅舍的窗户中透出柔和的暖光。

在接下来的两天里，我们往返于海滩、红杉林、温馨的旅舍书房，以及摆放着深色木桌和壁炉的餐厅之间。我们一起玩了"UNO""红心大战"，还有一个叫"短字快打"的游戏，喝了泡沫绵密的啤酒，还吃了无比丰盛的英式早餐。

我们一起拍了很多照片，但我没有把它们发到我的社媒上。也许是出于自私的考量，我并不想让我的两万五千名粉丝到这里来，我只想让它一直保持原本的样子。

这趟行程的最后一晚，我们在一家现代酒店里订了一个房间，这家酒店是我的一个粉丝的爸爸开的。当时我发帖预告这次旅行，并向大家征求建议，她给我发来了私信，说可以为我提供免费的住宿。

"我很喜欢你的博客，"她写道，"我很喜欢读关于你那个特别的男闺蜜的文章。"我在文章中提到亚历克斯的时候，我就是这么称呼他的。我其实尽量不让他参与进来，因为他就像鹈鹕旅舍一样，是我不愿和成千上万人一起分享的存在。可有的时候，他说的话有趣到我不能不提，显然他被我提及的次数已经在不知不觉中比我想象的多得多了。

虽然我已经决定把他剔除得更彻底一些，但我还是接受了免费的房间，既是为了省下住宿钱，也是为了这个酒店为客人提供的免费停车场。在寸土寸金的旧金山，这简直相当于为我们提供了免费的"肾脏移植"。

我们一进城，就去酒店放下行李，然后重新直奔旧金山的市中心，我们要充分利用我们在这里的最后一天。我们把车放进车场里，改乘的士出行。

我们步行通过金门大桥，那感觉很棒，不过桥上要比我想象的更冷一些，风也更大一些，我们根本听不到对方的声音。我们有大概十分钟的时间都在假装交谈，我们夸张地挥舞着手臂，在拥挤的人行道上扯着嗓子说着些根本就不知道是什么的话。

这让我想起我们在温哥华岛的水上出租之旅，巴克一边不知道在比画着些什么，还一边漫不经心地和你说着话，就像那些把手伸进你嘴里，还要不停问你开放性问题的整牙医生一样。

幸运的是，天终于变晴了，否则再这样下去，我们可能就真的要患上低温症了。我们在走到桥中间的时候停了下来，我假装要翻越栏杆。亚历克斯的脸上出现了他标志性的搞怪表情，他摇了摇头。他抓住我的手，把我拽离栏杆。他紧靠着我，为了让我在大风中听得到他的话，他贴着我的耳朵说："这让我觉得我真的要拉肚子了。"

我大笑起来，我们继续往前走着，他走在靠近车道的位置，而我更靠近栏杆。我抑制住了想要继续逗他的强烈冲动，因为或许我真的会不小心摔下去，那样不仅会让我丢掉小命，也会让可怜的亚历克斯受到精神创伤，我可不想看到那样的结果。

大桥的另一端有家餐厅，叫"圆屋咖啡馆"，顾名思义，它是一个带有窗户的圆形建筑。我们躲进去喝了杯咖啡，耳朵终于不再被风吹得嗡嗡作响。

尽管旧金山有几十家书店和古着店，但我们最终决定还是各逛两家就好。

我们先是打车去了城市之光[1]，这家同时是出版商的书店从"垮掉的一代"[2]风头正盛的那几年就已经存在了。虽然我们俩都不是"垮掉派"的拥趸，但这正好是亚历克斯非常喜爱的那类书店，古色古香，又可以尽情漫步其中。我们从那里出来，在一家名叫"再一次古着"的商店门口停了下来。我在里面发现了一个20世纪40年代的亮片包，我花了18美元把它买了下来。

在那之后，我们计划去海特-阿什伯里[3]的史密斯书店[4]，不过当时我们胃里鹈鹕旅舍的英式早餐已经被消化光了，而圆屋咖啡馆的那杯咖啡更是让我们微微有些颤抖。

1　城市之光（City Lights），是一家位于美国旧金山的独立书店和出版社。
2　"垮掉的一代"（Beatnik），是大众媒体创造出来的一种刻板印象，盛行于20世纪50年代至60年代中期，展现的是20世纪50年代"垮掉的一代"文学运动中肤浅的一面。
3　海特-阿什伯里（Haight-Ashbury），是加利福尼亚州旧金山的一个区。
4　史密斯书店（Booksmith），是一家位于旧金山海特阿什伯里街区的独立书店。

"看来我们得回去了。"当我们离开商店，准备去吃晚餐的时候，我对亚历克斯说。

"我看也是，"他表示赞同，"那就等我们结婚 50 周年纪念日的时候再来吧。"

他笑着看向我，我觉得我的心脏一点点地膨胀起来，直到它足够轻盈巨大，载着我的身体漂浮起来。"你要知道，"我说，"亚历克斯·尼尔森，我愿意再嫁你一次。"

他把头歪向一边，摆出那副委屈狗狗脸："是为了喝到更多免费的葡萄酒吗？"

要知道，在一个有着非常多饭店的城市里，从其中挑选一家是相当困难的，我们当时已经饿到没有力气去研究我事先列好的清单了，于是我们就简单地选择了一家最具当地特色的餐厅。

法拉隆并不是一家便宜的餐厅，不过因为在酒庄品酒的第二天，我们都玩到了兴头上，亚历克斯又点了一杯酒，并大喊了一句"来都来了！"所以从那之后，每当我们其中的一个人犹豫着要不要买下某个东西时，另一个就会劝对方说"来都来了！"

到目前为止，这句话的适用范围主要包括：超大号的蛋卷冰淇淋，二手平装书，还有各种各样的红酒。

但法拉隆却比这些都要华丽，是旧金山不可错过的打卡地。我们一走进去，就看到了富丽堂皇的拱形天花板、镀金的灯具和镶着金边的用餐位。我当下就说："绝不后悔。"然后强迫亚历克斯和我击了个掌。

"你这一掌让我觉得自己身体里长了毒葛[1]。"他喃喃地说。

---

1 毒葛（Poison Ivy），北美植物，如果叶子接触到人体，会导致人的皮肤变红和发痒。

"还是要早点儿解决这个问题，万一你又发现自己海鲜过敏了怎么办？"

过分奢华的装饰简直让我欣喜若狂，以至于在去往我们餐桌的路上我被绊了三次。我觉得自己好像走进了《小美人鱼》里的那个城堡，只不过这不是卡通，而且每个人也都穿着衣服。

当服务生留下菜单并离开后，亚历克斯表现得像老人家一样：他打开菜单，被里面的价格吓到瞪大眼睛向后仰，活像一匹受惊的马。

"真的？"我说，"有那么吓人？"

"要分人。你想来份超过半盎司的鱼子酱吗？"

虽说这不是那种让林菲尔德的中上阶层也感到望而却步的昂贵，但对我们来说，没错，这很贵。

我们两个分着吃了一份带有一杯鸡尾酒的双人拼盘，拼盘里有牡蛎、螃蟹和虾。

服务生肯定恨死我们了。

在离开的时候我们从他身边经过，我好像听到亚历克斯小声说了句"抱歉，先生"。

出来以后，我们径直来到街边的一家比萨店，吃了一大张芝士比萨。

"我吃撑了，"我们吃完后走在街上的时候，亚历克斯说，"我坐在那个饭店看着他们端上来的是那么小的一个盘子的时候，作为一个流淌着淳朴血液的中西部人，我顿时就觉得自己非常罪恶。我脑子里甚至出现了我爸爸的声音，'这可太浪费钱了'。"

"我也是。"我无比赞同，"吃到一半的时候，我就想，呃，让我出去吧，我得去趟开市客，买包够一家人吃一个礼拜的五美元的面条。"

"我想我并不擅长度假，"亚历克斯说，"这些挥霍让我感到内疚。"

"你还是挺擅长度假的，"我反驳他，"这世界上就没有什么不让你内疚的东西，所以不要把这归咎到挥霍上。"

"好吧，我承认，"他表示赞同，"不过要是你和朱利安一起旅行，可能你会玩儿得更开心些。"尽管这并不是个问句，但他飞快地瞟了我一眼，然后又看向前面的路上，所以我看出他其实是在向我提问。

"我有想过叫他来。"我直言。

"是吗？"亚历克斯的一只手抽出了口袋，捋了捋自己的头发。不知为什么，在黑暗的人行道上，路灯从他头顶掠过，让他显得比平时更高了几分。即使他此刻有些无精打采，但仍旧比我高出很多。我想他一直如此，只是我平时没怎么注意，因为他总把自己降到和我一样的水平线上，或是把我拉到和他一样的高度。

"是的，"我挽起他的胳膊，"但我很高兴我没有，我很高兴这次旅行只有我们两个。"

他扭头看了看我，然后放慢脚步。我也跟着他慢了下来："那你打算和他分手吗？"

这个问题着实让我猝不及防，而他皱着眉头，抿着嘴巴看着我的样子也让我猝不及防。我觉得我的心脏漏跳了一拍。

"是的。"我几乎毫不犹豫地在心里对自己说。

"我不知道，"我说，"可能吧。"

我们继续往前走，无意中发现前面有家海明威主题的酒吧。作为一个主题来说，它本来其实是相当模糊的，但他们通过光滑的深色木材和琥珀色的灯光，以及悬挂在天花板上的渔网（不是网袜，而是真实的渔网），成功营造出这个主题。这里的饮品都是以海明威的书名和各种短篇的名字命名的朗姆鸡尾酒。在接下来的两小时里，我和亚历克斯每人喝了三杯，外加一小杯烈酒。在此期间我一直不停地说着："我们来庆祝吧！来吧，亚历克斯！"但说真的，我感觉自己当时是想忘记什么东西的。

此刻，我们跟跟跄跄地回到酒店房间，我突然发现我已经不记得自己要忘记什么了，所以我想我成功了。

我踢掉脚上的鞋子，瘫倒在离我最近的那张床上，而亚历克斯进了浴室，回来的时候，手上多了两杯水。

"把这个喝掉，"他说。我哼了一声，试着拍开他的手。"珀比。"他更加坚持地说，我调皮地伸直胳膊，撑起身体，接过他手里的水。他和我并排坐到床上，看着我把杯子里的水喝光，接着又把两个杯子都接满水。

我不确定他这样来回了几次，因为我当时实在太困了。我唯一能记起来的，就是当他终于把杯子放到一边，准备起身离开的时候，我在半梦半醒的状态下伸手抓住了他的胳膊："不要走。"

他回到床上，在我身边躺了下来。我就那样蜷缩在他的体侧睡着了。而当我第二天早上被我的闹钟叫醒时，他已经在洗澡了。

那一瞬间，让他和我睡在同一张床上的羞耻感令我的脸上火辣辣的。我不能回家后就立刻和朱利安分手，我必须得等等，等到我不再觉得混乱的时候才可以，等到亚历克斯不会把这两件事情联系起来才可以。

"这两件事并没有任何关联。"我想，它们没有任何关联，我相当确定。

第16章

今年夏天

我搜到棕榈泉一家二十四小时营业的药店，迎着第一缕阳光驱车前往，并且赶在大部分药店开门之前就折返。当我到达"沙漠玫瑰"的停车场时，地表的热气又开始蒸腾起来，而在我拎着购物袋爬上台阶的时候，黎明前的清爽时光已经成为遥远的记忆。

"你怎么样了？"我一边关上身后的门，一边问亚历克斯。

"好点儿了，"他勉强地挤出一个微笑，"多谢。"

撒谎。他的痛苦明明白白地写在他的脸上，比起隐藏情绪，他在隐藏痛苦方面要糟糕得多。我把买来的两个冰袋放进冰箱，然后走到床边，插上加热垫。"身子往前一点儿。"我说。亚历克斯往前挪出一块空间，我把垫子从一堆枕头上移下来，卡在他中背部的位置，然后扶着他的肩膀，让他慢慢向后靠。他的皮肤很温暖，我知道加热垫会让他觉得不舒服，但没办法，我只希望它能起到放松肌肉的作用。

半小时后，我们会换冰袋来继续缓解他的炎症。

我在闪着荧光灯的安静的药房过道里，已经仔细阅读过背部痉挛的相关信息了。

"我还买了外敷镇痛膏，"我说，"会有用吗？"

"也许吧。"他说。

"嗯，那就试试。不过刚才我应该在你向后靠好之前就想到这个的，现在还要让你再遭一次罪。"

"没事，"他的脸部抽搐了一下，"反正对我来说每次疼起来后都很遭罪。我现在就是等着药效起来以后，睡上一觉，等我睡醒了，通常就会好很多。"

我从床边滑下来，把剩下的袋子拿给他："一般会持续多长时间？"

"如果我保持不动的话，通常只需要一天。"他说，"我明天得小心点儿，不过应该就能下床走动了。你真该去做些我会讨厌的事。"他强撑着笑了笑。

我不去理会他的话，从袋子里找出镇痛膏："需要我帮你往前挪挪身子吗？"

"不用，我可以。"但他脸上的表情却并不像他嘴里说的那样，所以我移到他身边，用手握住他的双肩，帮他慢慢地直起身子。

"我现在觉得你就像我的护士一样。"他痛苦地说。

"呃，性感火辣的那种？"我说，我尽力让他放松下来。

"是面对一个不能自理的可悲的老人的那种。"他说。

"你可是拥有一栋房子的人，"我说，"而且我敢说你把浴室里的地毯都丢出去了。"

"确实。"他说。

"显然你完全可以自理，"我说，"可我甚至连一盆花都养不活。"

"那是因为你从来都不在家。"他说。

我拧开镇痛膏的盖子，挤了一团到我手指上："我不这么觉得。我买了一些好养的诸如绿萝、金钱树和虎尾兰之类的盆栽，就是，呃，那种在昏暗的商场里一待就是好几个月也不会死掉的植物，可它们一旦被我搬到家里，马上就会放弃自己的生命。"我用一只手固定他的胸腔，使他不必那么晃动，再用另一只手把药膏仔细地涂抹在他的背上。

"是这个地方吗？"我问。

"稍微往上、往左一点儿，我的左边。"

"这里？"我抬头看向他，他点了点头。我把目光重新落到他的背上，用手指在那个地方轻轻打圈。

"我真的不想让你做这些。"他说。我再次看向他的眼睛，在他紧锁的眉头下，他低垂的目光显得无比严肃。

我的心脏瞬间沉了下去，紧接着又上升到原本的位置。"亚历克斯，你有没有想过，或许我是喜欢照顾你的呢？"我说，"我的意思是，我肯定是不想看到你受苦的，我也讨厌让你睡在那张破沙发床上，但如果非要有人做你的护士的话，我很庆幸那个人是我。"

他抿起嘴巴，好一会儿，我们谁都没再说话。

我把手从他身上拿开。"饿了没？"

"还好。"他说。

"好吧，那可太糟了。"我走到厨房，洗掉手上残留的镇痛膏，接着拿出几个杯子，往里面装满冰块，然后回到床边，把剩下的几个购物袋排成一排，"因为……"我动作十分夸张地取出一盒甜甜圈，就像魔术师从帽子里变出一只小兔子一样。亚历克斯看起来有些疑惑。

他并不是个甜食爱好者。我想除了因为他的洁癖，这也是他闻起来很香的其中一个原因，他嘴巴和身体的味道总是很好，我猜可能是因为他不像 10 岁的孩子那样，或者不像莱特家的成员那样吃东西吧。

"还有给你的。"我说着，倒出几个盒装酸奶，一盒格兰诺拉[1]，浆果，还有一杯冷萃咖啡，因为考虑到公寓里的高温，我觉得我们需要它。

"哇哦，"他咧着嘴笑着说，"你真是个大英雄。"

"我知道。"我说，"我是说，谢谢夸奖。"

我们坐在床上，摆出吃野餐的架势。我吃掉了大部分甜甜圈，喝了几口亚历克斯的酸奶。他喝掉了大部分酸奶，不过也吃掉了半个草莓甜甜圈。"我从来都不吃这种东西。"他说。

"我知道。"我说。

"味道还不错。"他说。

"它在向我开口。"我说，我不知道他是否听出这是我们第一次旅行时的玩笑，但他并没有接话，我的心沉了下去。

或许那些对我来说有着重要意义的瞬间，对他来说从来都无足轻重的。而他整整两年都没有主动联系过我，也或许正是因为他与我不同，他并不觉得我们的断联会让他的心里空落落的。

算上今天，这次的行程一共还有五天，尽管除去婚礼的那几天，我们就只剩今、明两天单独相处的时间了，可此刻比起尴尬，我突然觉得还有更为可怕的东西。

我想是心碎吧。我现在真切地感受到了心碎最为完整的形态，

---

1 格兰诺拉（Granola），是一种健康的即食产品，由多种坚果、果干和滚压燕麦烘焙而成。

几天来，这种感觉都在无休止地四处蔓延，逼得我逃无可逃。在接下来的五天里，即便我能装出一副感觉良好的样子，可我的内心却会土崩瓦解，直到最后，被彻底撕成碎片。

亚历克斯把他的冷萃咖啡放到边桌上，然后看向我："你真的该出去逛逛了。"

"我不想去。"我说。

"你必须想去，"他说，"珀比，这是你的旅行，我知道你还没有为你的文章收集到足够多的素材。"

"文章可以再等等。"

他疑惑地歪过脑袋。"珀比，求你了，"他说，"如果你因为我一整天都被困在这里，我会很难受的。"

我想要告诉他，如果放着他不管，我也会很难受的。我想对他说"我这次旅行的目的就是整天和你寸步不离地待在一起"，或者"谁要在超过 100 ℉[1] 的天气下逛棕榈泉啊"，又或者"我真的爱你，爱到有时都感觉到疼了"。但我最终说出口的却是："好吧。"

然后，我起身走向洗手间为出门做准备。走之前，我取出亚历克斯背后的加热垫，给他换上一个冰袋。"你自己做得来吗？"我问。

"你走后我会睡一觉，"他说，"珀比，你不在，我也没什么问题。"

而这，是我最不想听到的。

尽管我无意冒犯棕榈泉艺术博物馆，但我真的不怎么在乎。或许在其他情况下还好，但在目前的状况下，包括我和所有那里的工

1　相当于 38℃。

作人员都很清楚，我只是在消磨时间而已。我一直都不知道要怎么在没有向导的情况下去欣赏那些艺术品。

我的第一个男朋友朱利安过去总是说"所谓艺术，要么它能让你有所感触，要么你就对它无动于衷"，但他从来都没带我去过纽约现代艺术博物馆和大都会艺术博物馆（我们当初坐夜车去纽约的时候，完全跳过了这些地方），即便是辛辛那提艺术博物馆，我们也没有一起去过。他只带我去过 DIY 画廊，那里的艺术家们赤身裸体地躺在地板上，胯部涂着柏油，沾着羽毛，同时伴随着从华馆传来的超大声录音。

在这样的环境下，似乎更容易"感受"到一些东西——尴尬，厌恶，焦虑，乐在其中。你可以从一些近乎于荒诞的东西中感受到许多，就算最微小的细节都能给你指点一二。

但绝大多数视觉艺术是不会激起我最本能的反应的，而且我从来都不知道自己应该在一幅画前站多久才算合适，我同样不知道我要做出怎样的表情，不知道我是不是选择了这些画中最乏味的那一幅，不知道一旁的讲解员会不会在心底里评判我。

我相当确定我并没有花足够的时间去凝视这里的艺术品，因为我用了不到一小时就逛完了。除了回公寓，我什么都不想做，但如果亚历克斯特别不想让我回去，那我就不会回去。

于是，我在里面转了第二圈，然后是第三圈，这一次我把所有的指示牌都细细地读了一遍。我还从前台接待处拿了一份宣传册，这样我就有别的可以认真学习的资料了。一个皮肤像纸一样薄的光头讲解员极不友善地看了我一眼。

他可能以为我在这里待了这么久，一则是为了闲逛，一则是为了踩点儿，不过我可能确实是这么做的，反正也是顺便的事情。

我终于接受了自己已经不再受这里欢迎的现实，于是动身前往棕榈泉的峡谷大道，那里应该有些很棒的古玩店。

　　事实证明，这里确实应有尽有，画廊、体验店、古玩店整齐地一字排开，不乏几抹中世纪现代主义的亮色点缀其中——知更鸟蛋蓝、亮橘色、酸性绿，鲜艳的芥末黄的灯具，看着就像是图画里的一样，还有人造卫星团的沙发，以及骨条朝向四面八方的精致金属灯组。

　　我仿佛置身于 20 世纪 60 年代，对未来满是憧憬。

　　这里吸引了我整整 20 分钟的注意力。

　　我终于还是咬了咬牙，拨通了瑞秋的电话。

　　"哈喽——"电话提示音在响到第二遍的时候，对面传来了她的大叫声。

　　"你喝大了？"我惊讶地问。

　　"没啊，"她说，"你呢？"

　　"我倒希望是这样。"

　　"哎呀，"她说，"我还以为你不回我的信息是因为你玩儿得太嗨了！"

　　"我不回你的短信，是因为我们住在一个高度只有 1.2 米、温度却直接爆表的鞋盒里，所以我既没有空间，也没有勇气告诉你目前的情况有多糟糕。"

　　"哦，亲爱的，"瑞秋叹了口气，"那你要回家吗？"

　　"还不行，"我说，"最后几天还有一场婚礼，记得吗？"

　　"你可以的，"她说，"我可以帮你制造一个'紧急情况'。"

　　"不用了，没关系。"我说。我不想回家，我只想事情往好的方向发展。

"我打赌，你现在肯定希望自己是在圣托里尼。"她说。

"我只希望亚历克斯不要因为后背抽筋而躺在房间里。"

"什么？"瑞秋说，"你说的是那个充满活力、性感健壮、身材出众的亚历克斯？"

"就是他。他不让我帮他，真的。他还把我赶了出来，我今天已经在美术馆里逛了……呃……有四圈了。"

"四……圈？"她说。

"我的意思是，"我说，"并不是，呃，出来又回去的那种，而是像一连进行了四次七年级的校外实践活动一样。要不你问问我关于爱德华·鲁沙[1]的事吧。"

"哦！"瑞秋说，"他在《艺术论坛》[2]杂志做版面设计的时候用的笔名是什么？"

"好吧，你还是别问了，"我说，"事实证明，我并没有真的在读那本我一直在盯着的宣传册。"

"艾迪·卢西亚，"艺术生瑞秋脱口而出，"我根本就不记得这是为什么。我是说，这名字听起来和他的本名也太像了，那他为什么不用自己的本名呢？"

"对啊。"我附和道，然后打算回到车上。我的腋下和膝盖后侧都是汗，即便站在咖啡店的遮阳棚下，我也觉得自己马上会被晒伤："那我是不是也该把我的名字写成波普·赖特？"

"你可以成为一个90年代的DJ，"瑞秋果断地说，"DJ波普·赖特。"

1　爱德华·鲁沙（Edward Ruscha, 1937 — ），是一位与波普艺术运动有关的美国艺术家。

2　《艺术论坛》（*Artforum*），是一本专门研究当代艺术的国际月刊。

"对了，"我说，"你还好吗？纽约那边怎么样？狗狗们还好吗？"

"还好，"她说，"很热，也很好。奥蒂斯今天早上做了个小手术。肿瘤切除，是良性的。感谢上帝。我现在要去接它。"

"替我亲亲它。"

"没问题，"她说，"我马上就要去动物医院了，所以我得走了。不过如果你需要我帮助或者别的什么的，一定要告诉我，到时候你就能早点儿回家了。"

我叹了口气："多谢。如果你需要什么昂贵的摩登家具，也要让我知道。"

"嗯，好的。"

我们挂掉电话后，我看了一眼时间。我终于成功地把时间拖到了下午四点半。我觉得现在已经够晚了，应该可以买些三明治，向"沙漠玫瑰"进发了。

当我回到公寓的时候，看到阳台的门是关着的，显然这样做是为了阻隔外面的高温，不过公寓里仍然热得让人心烦。亚历克斯穿了一件灰色的 T 恤，还坐在我早晨离开时的那个位置看书，他身旁的床垫上还有两本书。

"嘿，"他说，"玩儿得开心吗？"

"嗯。"我撒了谎，我朝门那里努了努下巴，"你起来走了走？"

他有些愧疚地皱起眉头，说："稍稍走了走，反正我也得下床去上厕所，又吃了片药。"

我爬上床，把装三明治的袋子放在我们之间，然后用手把我的腿盘在身下："你感觉怎么样？"

"好多了。"他说，"我的意思是，虽然还不怎么能动，但没那么疼了。"

"不错。我给你带了个三明治。"我把塑料袋翻倒过来，用纸包起来的三明治从里面滑了出来。

他接过自己的三明治，一边打开它，一边淡淡微笑："鲁宾三明治？"

"我知道这个和你从德拉罗那儿偷的那个不一样，"我说，"不过如果你想的话，我可以把它放进冰箱，然后躲进洗手间里，等着你一瘸一拐地走过去把它拿走。"

"没关系，"他说，"只要我觉得这是从德拉罗那里偷来的就可以了，有人会说这才是最重要的。"

"这次旅行真是让我们学到了不少东西。"我说，"另外，我在回家的路上给尼古莱的邮箱发了条语音，跟他说了一下空调的情况。他肯定对我的电话设置了屏蔽。"

"啊！"亚历克斯高兴地说，"我忘了告诉你，我把温度调到78 ℉了！"

"真的？"我跳下床去查看，"亚历克斯，这也太神奇了！"

他大笑起来："我们为这种事开心成这样也真是太可悲了。"

"我知道这次旅行的主题了，'知足常乐'。"我说着，又在他身边坐了下来。

"我还以为是'心想'呢。"亚历克斯说。

"'心想'着把温度降到75 ℉[1]。"

"'心想'着多会儿才能钻进游泳池里。"

"'心想'着逃脱谋杀尼古莱的罪名。"

"'心想'着离开这张床。"

1　相当于24℃。

"可怜的小家伙，"我悲叹道，"这简直就是你的噩梦——被困在床上，陪你的只有一本书，而且还得让我在你的背上擦薄荷，给你送来你喜欢的早餐和午餐。"

亚历克斯做了个狗狗脸。

"这不公平！"我说，"你知道我现在不能用我的防御术来对付你！"

"好吧，"他说，"那在你觉得可以对我动手之前，我就不做了。"

"你是从多久之前开始疼的？"我问。

"我也不知道，"他说，"大概是在克罗地亚那次之后的几个月？"

因为这个词，我的胸口就像炸开了一样。我想努力做到面不改色，但自己完全没有把握。而他看起来却完全没有表现出任何的忐忑和不安。"那你知道原因吗？"我平复了一下自己的情绪。

"我总驼背？"亚历克斯说，"尤其在我看书或者用电脑的时候。一个按摩师告诉我，我屁股上的肌肉可能正在萎缩，它会拉扯我的背。我也不知道，我的医生只是给我开了点儿肌松药，我还没来得及问他问题，他就走了。"

"会经常发作吗？"我说。

"倒也不经常，"他说，"有个四五次。我在运动比较规律的时候，这种情况出现得就会少一些。可能这次是因为我坐了飞机，又开了车……然后又睡在沙发床上。"

"嗯，有道理。"

过了一会儿，他问："你还好吧？"

"我想我只是……"我的声音慢慢小了下来，感觉心中有千言万语，却不知道怎么开口，"我觉得我错过了好多。"

他把头向后仰，靠在了枕头上，随后把目光落在我的脸上："我也是。"

我心不在焉地笑了笑："不，你没有。因为我的生活和以前一模一样。"

"才不是，"他说，"你把头发剪短了。"

我这才由衷地笑了笑，亚历克斯的嘴唇也弯出了一条很克制的弧线。"没错，好吧。"我说。我尽量让自己不要脸红，因为我能感受到他的目光正从我裸露的肩膀，沿着我的胳膊下移到我放在他膝盖边上的手上："可我没有房子，也没有买到属于自己的洗碗机，也没有别的那些东西，而且我怀疑我可能永远也不可能拥有这些了。"

他挑了挑眉毛，重新看向我的脸。"因为你并不是真的想要。"他轻声说。

"好吧，或许你是对的。"我说。不过说实话，其实我也并不确定。所以问题就在这里。我已经不再向往从前渴望的东西，就是那些促使我做出人生所有重大决定的东西。即便我已经为自己省下了一年半的学费，但我至今还在为那个我没有拿到的学位偿还着贷款。最近这些日子，我发现自己开始思考我当初做下的决定会不会其实并不明智。

我逃出了林菲尔德，逃出芝加哥大学，而且如果实事求是地说，在发生了那一切后，我似乎也算从亚历克斯的身边逃走了。尽管他也逃跑了，但我不能把事情全都怪在他的头上。

我当时吓坏了，所以就那么一走了之，留他自己去解决问题。

"记不记得我们去旧金山的那次，每次在我们想买东西的时候，我们都会说'来都来了'？"我问。

"大概吧，"他说。但听上去不太确定。我猜我脸上必然是一副很挫败的表情，因为他带着歉意地补了一句："我记性一向不好。"

"嗯，"我说，"可以理解。"

他咳嗽了几下。"你是想看点儿什么，还是要继续出门逛逛？"

"不，"我说，"咱们来看点儿东西吧。我怕我再去一趟棕榈泉艺术博物馆，联邦调查局就真的会上门找我了。"

"为什么？你偷了什么无价之宝吗？"亚历克斯问。

"那要等我找人估价以后才能知道。"我开玩笑道，"希望这个叫克劳德·莫昂－奥伊的家伙是个了不起的大人物。"

亚历克斯大笑着摇了摇头，好像就算一个小小的动作，也会让他感到疼痛。"该死，"他说，"你可别再逗我笑了。"

"那你就别把我打劫博物馆的事当成笑话听就好了。"

他闭上眼睛，嘴巴抿成一条直线，把笑憋了回去。过了一会儿，他睁开眼睛："好了，我要去撒尿了，希望这是今天的最后一次，然后我再吃一片药。如果你愿意的话，可以从我包里拿出我的笔记本电脑，打开网飞[1]。"他小心翼翼地转过身去，双脚放到地面，然后站了起来。

"好的，"我说，"我帮你把包里的黄色杂志也一起拿出来吗？"

"珀比，"他求饶道，并没有回过头来，"别再开玩笑了。"

我起身下床，把亚历克斯的电脑包拽到沙发上，从里面翻出电脑，然后把它拿回到床上，我一边走着，一边就打开了电脑。

他没有关机，我在鼠标触摸板上划了一下，屏幕瞬间亮了起来，登录需要——"密码是什么？"我朝着洗手间大喊。

"弗兰纳里·奥康纳。"他大喊着回我，然后响起了马桶的冲水声和洗手池的水流声。

---

1 网飞（Netflix），美国奈飞公司，简称网飞。是一家会员订阅制的流媒体播放平台。

我把密码输了进去，登录界面消失了，取而代之的是一个打开的浏览器的网页。在我还没有意识到的时候，就已经看到了……

我的心跳在加速。

洗手间里的水停了，门被打开，亚历克斯走了出来，尽管我知道如果装作自己没有看到亚历克斯打开的招聘启事可能会更好，但某种东西莫名涌上我的心头，把本该被我大脑过滤掉的那些话剥离出来。

"你在申请伯克利卡罗尔学校[1]的教师职位？"

他脸上的困惑很快就变成了一种类似于愧疚的东西。"啊，你说那个啊。"

"那是在纽约的学校。"我说。

"是网站上推送的。"亚历克斯说。

"在纽约市。"我向他强调。

"等等，你是说'那个'纽约吗？"他故作严肃地说。

"你要搬到纽约？"我说，虽然我知道自己的声音很大，但在肾上腺素的作用下，我觉得整个世界都被塞满了棉花，所有的声音都变得像低沉的虫鸣。

"不一定，"他说，"我只是看了看那个招聘启事。"

"但你会爱上纽约的，"我说，"我是说，纽约的那些书店。"

他露出一个既开心又伤感的微笑。他回到床边，慢慢向下，坐到了我的身边。"我不知道，"他说，"我就是看看。"

"我不会去烦你的，"我说，"如果你是在担心我会，呃，在每次遇上麻烦的时候出现在你家门口，那我可以向你保证，我不会那么

1　伯克利卡罗尔学校（Berkeley Carroll），是纽约市的一所男女同校的综合学校。

做的。"

他挑了挑眉，显然他并不相信："如果你发现我背部抽筋了，那你会带着甜甜圈和镇痛膏冲进我的公寓吗？"

"不会？"我心虚地提高音调，他的笑意更明显了，但还是有些隐隐的忧伤，"你怎么了？"

他盯着我的眼睛看了好一会儿，我们仿佛是在进行某种较量，看谁会率先败下阵来。随后，他叹了口气，用一只手抹了一下他的脸。"我不知道，"他说，"我还在努力处理一些事情，林菲尔德的事情，之后我才能再做决定。"

"房子的事情？"我猜测。

"也包括在内，"他说，"我很爱那栋房子，我不知道我能不能忍心把它卖掉。"

"你可以把它租出去，"我提议说，亚历克斯看了我一眼，"好吧，你总是容易紧张兮兮的，不适合当房东。"

"我就权当你是想说其他人都太散漫了，所以不适合做房客。"

"你可以把它租给你的某个弟弟，"我说，"或者你只要留着它就好。我是说，反正那是你姥姥留下来的，对吧？你还要为它交什么钱吗？"

"就是一些财产税。"他从我这里拿过电脑，关掉了招聘启事，"不过也不只是房子的事，当然也不只是我爸爸和弟弟们的事。"看到我正要开口，他补了一句："我的意思是，我当然也会非常想念我的侄子和侄女们，但让我留在那里的，还有别的事情。或者，我也不知道，可能有吧。我只是多少会有些期待……看看究竟会发生什么。"

"哦，"我恍然大悟，"那么，可能是因为一个……姑娘。"

他再一次盯着我的眼睛，好像在试探，看我会不会继续推进。但我没有眨眼睛，是他先绷不住的："我们别说这个了。"

　　"哦，"刚刚所有兴奋的感觉似乎都在此刻郁结了，瞬间降回到我肚子的底部："果然是莎拉。你们要复合了。"

　　他低下头，搓着他的眉骨："我不知道。"

　　"是她想复合？"我说，"还是你？"

　　"我不知道。"他又重复了一遍。

　　"亚历克斯。"

　　"你别，"他抬起头，"别骂我。恋爱真的太难了，而且我和莎拉也有很多过去。"

　　"没错，不堪的过去，"我说，"你们分手是有原因的，而且你们还分过两次。"

　　"我们在一起也是有原因的，"他反驳道，"并不是每个人都能做到像你一样头也不回。"

　　"你这话是什么意思？"我质问他。

　　"没什么意思，"他飞快地说，"我们本来就不一样。"

　　"我知道我们不一样，"我生气地说，"我当然也知道恋爱很难。亚历克斯，我也是单身。而且还经常有些莫名其妙的人发来他们老二的照片来骚扰我。可这并不意味着我就要和我的某个前任复合。"

　　"可这是两码事。"他依然很坚持。

　　"怎么就是两码事了？"我怒气冲冲地说。

　　"因为你想要的和我想要的根本就不一样。"他近乎于吼了出来，可能这是我认识他以来，他说话最大声的一次，但这并不是出于愤怒，他的声音里满是绝望。

　　我向后和他拉开距离，他好像突然泄了气，略微有些尴尬。

他重新压低自己的声音，这一次他变得克制了许多。"我也想和我的弟弟们拥有同样的生活，"他说，"我想结婚，生孩子，看着孙子长大，陪着我的妻子慢慢老去，我们一起住在属于我们的房子里，住得久到房子里都是我们的味道。我想亲自去挑家具，亲自粉刷墙壁，我想去做所有那些你认为很蠢然而林菲尔德人都会去做的事，可以吗？那是我想要的，我不想再等下去了。没有人能预知自己的寿命，我不想十年后，在发现自己得了该死的睾丸癌的时候，才后悔一切都已经来不及了。对我来说，这些非常重要。"

尽管他燃尽了身上剩余的怒火，但我的身体却因为紧张、难过和羞愧而抖个不停。我是在气我自己，气我从前总是不明白他为什么要一次又一次地为我们那个偏远的家乡说话，也气我总是不明白，为什么我一提到莎拉，他就会转移话题。

"亚历克斯，"我的泪水在眼眶里打转，我摇了摇头，想要驱散聚集在心头的乌云，"我并不觉得那些是愚蠢的，一点儿都不蠢。"

他缓缓地抬眼看向我，然后又移开了视线。我在保证不撞到他身体的情况下，慢慢向他靠近，接着拉起他的手，和他的手指交叉在一起："亚历克斯？"

他低头看着我。"对不起，"他悄声说，"对不起，珀比。"

我摇了摇头。"我喜欢贝蒂的房子，"我说，"想到你能拥有它，我很高兴。虽然我讨厌学校，但想到你在那里教书，想到那些孩子是多么幸运，我就很高兴。我爱你，因为你是一个好哥哥，一个好儿子，还是一个——"我的话哽在了喉咙里，此时的我已经泣不成声，"可我不想你和莎拉结婚，因为她并不珍惜你，不然当初她就不会甩了你。而且除此之外，其实我不想和她结婚，是因为她一直都不喜欢我，如果你和她结了婚……"我无法再说下去，只是不停地抽泣。

如果你和她结了婚，那么，我就会永远失去你了。

不过，或许你无论和谁结了婚，我都将永远地失去你。

"我知道我很自私，"我说，"但这都不是最重要的，重要的是，我真的觉得你能找到一个更好的人。莎拉是个很棒的女朋友，但她不适合你。亚历克斯，你别忘了，她可不喜欢 KTV。"

最后这段是我可怜巴巴地边哭边说的。当他低头看向我的时候，他极力掩饰着嘴角的笑意。他松开我的手，用胳膊搂住我，轻轻地把我拉到他怀里，但我担心伤到他，所以并没有结结实实地倒在他身上。

虽然这次受伤让他非常痛苦，但它却成了一个缓冲器一样的存在，因为我们所有有过接触的地方都变得酥酥麻麻的，就好像我的每一根神经都想拼命地感受他。他在我的头顶落下了一个吻，那感觉就像是有人在那里敲开一颗鸡蛋，温热而黏稠的液体就顺势滑落下来。

我的脑中隐约浮现出这张嘴巴在克罗地亚做过的所有事情，但很快，我就把这模糊的记忆压了下去。

"可我不确定我能找到更好的。"亚历克斯的话把我从那个令人面红耳赤的场景中拽了回来，"有的时候，我会打开 Tinder[1]，可它每次却朝我竖起中指。"

"真的假的？"我坐了起来，"你居然有 Tinder 账号？"

他翻了个白眼："没错，珀比，老人家还会上 Tinder 呢。"

"给我看看。"

---

1 （Tinder），是国外的一款手机交友 APP。

他的耳朵红了起来："不用了，谢谢，我现在没心情被那些人粗暴地问这问那。"

"亚历克斯，我可以帮你："我说，"我是个异性恋，我知道怎样的个人介绍能被更多的女生喜欢。我能帮你搞清楚你是在哪个环节出了问题。"

"我最大的问题，就是试图在一个约会软件上寻找一份真正的爱情。"

"好吧，这个暂且不提，"我说，"我们先来看看别的方面。"

他叹了口气。"行吧，"他从口袋里掏出手机，然后递给我，"不过不要那么认真，珀比，我现在非常脆弱。"

话毕，他就又做了那个狗狗脸。

第17章

七年前的夏天

新奥尔良。

亚历克斯对这里的建筑充满了好奇——一栋栋带有锻铁围栏阳台的老式建筑，颜色像是用绘儿乐[1]的彩色蜡笔画上去的一样，古木的枝条参天而上，蜿蜒着穿过人行道，树根则向着各个方向伸展开去，连同地上的水泥地面也变得支离破碎。这些树木在道路铺设前就盘踞在这里了，而它们也将见证往后世代的变迁。

我因为发现了冰沙酒和令人目不暇接的超自然商店而感到无比兴奋。

而幸运的是，这里最不缺的，就是我的这两样发现。

我很庆幸自己找到了一套离波旁街不远的单间公寓，里面是深色的地板，摆放着厚实的木质家具，不加修饰的砖墙上悬挂着不同爵士音乐家的彩色画像。两张床和床上用品看着倒是都很廉价，不

---

1 绘儿乐（Crayola），是一家美国艺术笔制造公司，其产品遍布全球80多个国家。

过每张床都有 1.5 米宽。整个房间都很干净，而且空调很足，我们必须重新调整温度，才能让经过了一天的暴晒回到这里的我们不至于被冻得牙齿打战。

在新奥尔良，人们真正要做的似乎只有逛、吃、喝、听、看，虽说这基本上也是我们每次出游都会做的事情，但这一切在这里却被愈加放大。狭小街巷两旁的餐馆、酒吧鳞次栉比，人群熙熙攘攘，每个人的手上都拿着造型新奇的彩色杯子，而杯子里插着的往往是和杯子完全不搭的吸管。这座城市的味道会在不同的街区之间发生转换，上一分钟还是香喷喷的油炸食物的味道，没走几步，你就会闻到令人作呕的腐臭，污水在潮湿的空气中不断扩散，会给每一个置身其中的人都留下难忘的记忆。

和其他的美国城市相比，这里的一切都显得过于古老了，以至于让我觉得我仿佛闻到的是产自 18 世纪的垃圾。这么想来，我竟然觉得这味道也没有那么难以忍受了。

"我觉得我们就像在人的嘴巴里走来走去。"亚历克斯不止一次地提起这里有多么潮湿。从那以后，每当我闻到这种气味，都会想到食物被卡在后槽牙的画面。

不过它并不会持续很久。一阵微风、我们路过的一家敞着门的餐馆，或者我们无意中拐进的一条漂亮的小巷两边住户阳台上紫色的鲜花，都足以立刻将它驱散。

对了，我目前到纽约已经有五个月了。在夏天的最后两个月里，纽约的地铁站里是没有玫瑰花香的，我看到过三个人在站里的台阶上撒尿，一周后，我再次看到其中的一个人在地铁里撒尿。

我喜欢纽约，但漫步在新奥尔良街头，我突然好奇如果我搬来这里，是不是也会过得开心，是不是会比之前更加开心，亚历克斯是不是也能多来看我几次。

时至今日，他只去过一次纽约，那是在他研究生一年级结束后的几周。他拉着一车我从父母家收拾出来的东西，来到我在布鲁克林的公寓里。在他要走的前一天里，我们交换了彼此的日程安排，讨论了我们下次见面的时间。

很显然，下次就要等到暑期旅行了，可能还有（不过大概率不行）感恩节。圣诞节的话，如果我工作的餐厅允许请假也是可以的，但所有人都想出城过圣诞节，所以我提出了在纽约过圣诞节的想法，我们决定之后再商量这件事。

来到新奥尔良后，我们还没有谈过这些事情。我不想在和亚历克斯在一起的时候，就开始思考想念他这件事情，这么做似乎完全是种浪费。

"要是今后没什么意外，"他开玩笑地说，"我们的暑期旅行可以一直进行下去。"

我只好自行把这视作一种安慰。

我们会一直从早晨逛到夜深，从波旁街、法国人街，逛到运河街和滨海大道（亚历克斯特别迷恋这条街上庄严古朴的房子，栽满鲜花的花坛，还有在嶙峋的橡树边上拔地而起的、被晒到褪色的棕榈树）。

我们在一家露天咖啡馆吃了撒着糖粉的松软可口的贝涅饼[1]，然后花了几小时在法风集市里挑选摊位上的小玩意儿（鳄鱼头钥匙链和镶有月光石的银戒指），新鲜出炉的面包，冷藏的当地农产品，还有点缀着猕猴桃、草莓、浸过波旁威士忌的樱桃和胡桃糖（以所有你能想象到的方式）的绵密的小蛋糕。

---

1 贝涅饼（Beignet），是一种古罗马无孔甜甜圈。它的弹性口感类似于油条。

我们不论去哪儿，都会点萨泽拉克鸡尾酒[1]、飓风鸡尾酒[2]或黛绮丽[3]来喝，因为当我准备点杯金汤力时，亚历克斯非常夸张地说了句"保持主题，必不可少"，从那之后的一周，我们不仅有了共同的咒语，还被激发出了第二人格。

　　我们决定扮演一对在百老汇颇具盛名的表演艺术家，然后给这两人分别取名叫格蕾蒂丝和基斯·维翁，他们是由内而发的真正的表演者，正如他们的情侣文身所刺的那样：世界是个舞台[4]。

　　他们每天要从一些表演训练开始，每次坚持使用一个提示词，一次要坚持一周，他们每次的互动都要围绕这个提示词展开，只有这样，才能让他们更好地融入所要扮演的角色。

　　当然了，主题是至关重要的。

　　或者，你也可以说它是必不可少的。

　　"主题必不可少！"我们一遍又一遍地大喊，每当我们想让对方做一些对方不喜欢的事情时，我们就会跺脚。

　　我们走进很多家看着像是从来都没有打扫过的古着店，亚历克斯并不愿意试穿我为他挑选的一条麂皮裤子，就像我也不愿陪他在艺术博物馆里待上六小时一样。

　　"主题必不可少！"当他拒绝走进一家酒吧时，我向他大喊。我绝对没在开玩笑，这家酒吧拥有一支会在中午演奏萨克斯的乐队。

　　"主题必不可少！"当我不想在迪士尼的商店里购买印刷着"大

1　萨泽拉克鸡尾酒（Sazeracs），是一种苦味威士忌鸡尾酒。

2　飓风鸡尾酒（Hurricane），是一种甜味酒精饮料，由朗姆酒、柠檬汁和百香果糖浆制成。

3　黛绮丽（Daiquiri），一种鸡尾酒，其主要成分是朗姆酒、柑橘汁（通常是酸橙汁）和糖或其他甜味剂。

4　世界是个舞台（All the world's a stage），是威廉·莎士比亚的田园喜剧《如你所愿》中独白的开场白。

傻"和"二傻"¹的T恤类似的"酒疯子1号"和"酒疯子2号"T恤衫时，他大喊道。而我们最终是把那件 T 恤套在衣服的外面走出商店的。

"我超喜欢你变得奇怪的样子。"我对他说。

他斜了一眼走在他身旁的我："这不都得拜你所赐？我和其他人在一起的时候就不会这样。"

"你也让我变得怪怪的。"我说，然后想了一下，"我们要不要真的在身上文个'世界是个舞台'？"

"格蕾蒂丝和基斯才会那么做。"亚历克斯说，他拿起手里的瓶子喝了一大口水，然后把瓶子递给我，我一口气喝掉半瓶。

"这么说，你同意了？"

"别逼我，求你了。"他说。

"可是，亚历克斯，"我大喊，"主题必不——"

为了堵住我的嘴，他把水瓶塞了进去："等你清醒了，你就不觉得好玩儿了，我敢保证。"

"虽然我不觉得我会有讲笑话不好笑的那一天，"我说，"但这次就先听你的。"

我们在一个又一个挂着"优惠畅饮"牌子的店家间游走，喝到的酒也是各种各样的，有的又淡又难喝，有的又烈又好喝，不过大部分都是又烈又难喝。我们去了一家旅馆楼下的酒吧，吧台上有一个传送带，我们每人买了一杯 15 美元的鸡尾酒。我们还去了一家据说是路易斯安那州流传下来的第二古老的酒吧，似乎是个古早的铁匠铺，里面的地板黏糊糊的，撇开角落里那台巨大的知识问答机不

1　"大傻"和"二傻"（Thing one and Thing two），是《帽子里的猫》一书中的双胞胎角色。

说，这里活脱脱就是一个不太像样的生活博物馆。

我和亚历克斯在排队的时候，一人一口地慢慢喝掉了同一杯饮料。虽然我们没有打破纪录，但我们成功挤上了积分榜。

我们的第五晚是在一个兄弟会的 KTV 酒吧度过的，里面有超级夸张的舞台和镭射灯光秀。两杯火球威士忌下肚后，亚历克斯同意以维翁的身份上台演唱桑尼和雪儿[1]的《宝贝，你是我的》。

唱到一半的时候，我们拿着麦克风假装吵了起来，因为我从化妆这件事上发现他已经和雪莉搞在了一起。"基斯，贴那个该死的假胡子根本用不了一个小时！"我大喊。

大家用沉默和不安代替了掌声，我们又喝了一杯，向着一个吉尔莫跟我说过的地方进发，他说那里有冰咖啡鸡尾酒。

我们去过的地方有一半都是吉尔莫推荐的，那些地方我都很喜欢，尤其是那个招牌菜是穷小子三明治[2]的苍蝇馆子。找个厨师做男朋友还是有好处的。

当我告诉他我要和亚历克斯来这里玩儿的时候，他拿出一张纸，在上面写下他能记起的他上次来这里旅行的所有事情，还附上了相关的费用和必吃的东西。尽管他在所有必吃的东西旁边都标注了星号，但我们是不可能都去吃一遍的。

我在搬到纽约的两个月后认识了吉尔莫。我的新（第一个纽约本地的）朋友瑞秋受邀去一家新开的餐厅免费用餐，作为交换，她会在她的社交媒体上发布几张照片为其宣传。她经常会做这样的事情，而因为我也是个互联网人，所以我们就一起去了。

1　桑尼和雪儿（Sonny & Cher），是 20 世纪六七十年代的美国流行和娱乐组合。
2　穷小子三明治（Po' boy），一种最初来自路易斯安那州的三明治。

"这样不会那么尴尬，"她很坚持，"还有助于我们的交叉推广。"

她每发一张和我的合照，我的订阅人数就会增加好几百。六个月来，我的粉丝数一直卡在三万六千上下，但通过和她账号的频繁互动，如今我的粉丝已经迅速上涨到了五万五千人。

所以我和她一起光顾了这家餐厅。饭后，厨师还从后厨出来和我们聊了聊天。他长得很好看，人也很可爱。他有一双温柔的棕色眼睛和一头向后梳的黑发，而且他的笑声听上去轻柔而谦和。那天晚上，我还没来得及把我拍的照片发布到我的照片墙账号上，就收到了他发来的私信。

他是通过瑞秋找到我的，我喜欢他坦率的开场白，不会让人觉得尴尬。因为他的工作时间一般都在晚上，所以我们在第一次约会的时候去吃了早餐，他并没有等到送我回去的时候再吻我，而是在接我的时候就这么做了。

起初，我们各自都还有一些别的约会对象，不过几周后，我们就决定不再见其他人。当他告诉我他的决定时，他大笑起来，我也跟着笑了起来，似乎在他身边，我已经养成了用笑声给予他鼓励的习惯。

这和朱利安在一起时的感觉很不一样，这样的感情不需要随时做好全力以赴的准备，也没有那么多的情绪起伏。我们约定每周见面两到三次，这很好，给我生活中的其他事情留出了时间。

比如和瑞秋去上动感单车课，或者拿着正在融化的甜筒冰淇淋，在中央公园的商场漫无目的地闲逛，还可以看看画廊开幕，又或者去社区的酒吧里度过特别的电影之夜。其实纽约人似乎比外面传说的要友好得多。

当我把我的发现告诉瑞秋时，她说："这里的大部分人都不是浑蛋，他们其实只是太忙了。"

而当我把同样的话说给吉尔莫时，他轻轻地捧起我的下巴，大笑着说："你真是太贴心了，我只希望你不要因为这个地方改变自己才好。"

他同样是贴心的，不过我也因此感到不安。或许阿吉最喜欢的并不是我天生独有的那一部分，而是一些可以轻易改变的东西，一些在几年后就会消失的、在某些环境下就会褪去的东西。

当我们走在新奥尔良的街道上闲逛时，我有很多次都想把吉尔莫的话讲给亚历克斯听，但每次话到嘴边，就被我咽了回去。我想让亚历克斯喜欢吉尔莫，我担心他会因为我而生吉尔莫的气。

所以我告诉他的都是一些别的事情，比如吉尔莫的情绪很稳定，比如他很喜欢大笑，比如他有多热爱他的工作和食物。

"你会喜欢他的。"我说，而且在这一点上，我相当确信。

"我当然会，"亚历克斯接过我的话，"因为你喜欢他，所以我也会喜欢他。"

"很好。"我说。

接着他给我讲起了莎拉，就是他大学时暗恋的那个女孩。他几周前在回芝加哥大学找朋友玩儿的时候偶遇了她，他们去喝了一杯。

"然后呢？"

"没有然后了，"他说，"她现在住在芝加哥。"

"她又不是住在火星上，"我说，"离印第安纳大学也不是很远。"

"她是给我发了一些短信。"他还是承认了。

"她必然会啊，"我说，"你这么抢手。"

他的微笑腼腆而可爱。"我不知道，"他说，"或许下次我去那儿的时候，我们会再见面的。"

"你们确实该见面。"我怂恿他。

我和吉尔莫很幸福，亚历克斯也应该有属于他的幸福。我们关系当中那让人紧张的5%，也就是我想入非非的那个部分，似乎就这么解决了。

我当初在爱彼迎上预订房间的时候，觉得法国区是个最理想的选择，但我们来了之后，才发现这里的夜晚非常喧闹。外面的音乐会一直播放到凌晨三四点钟，而出人意料的是，他们在一大早就又会开始大声放歌了。我们试着爬到爱思酒店顶层的泳池，这里在工作日是免费开放的，我们找了两张躺椅，晒着太阳小睡了一下。

这可能是我这一整周里睡得最好的一觉了，所以最后一天在进行我们的墓地之旅时，我表现得格外高兴。我和亚历克斯都期待听到把我们吓得屁滚尿流的恐怖故事，但我们最终听到的，却是天主教会是如何精心打理其中那些在这里购买了"永久看护"服务的坟墓，至于其他坟墓，随它们怎么破碎都好。

这也太无聊了，我们被太阳炙烤着，我穿着凉鞋已经走了整整一周，感觉背上很疼，再加上睡眠不足，我现在已经精疲力尽了。讲解过半的时候，亚历克斯意识到了我有多惨，于是每当我们停在下一座坟墓前听他们讲述那些乏味的事情时，他就会举手提问，"这座坟墓有没有闹过鬼？"

刚开始，我们的导游还会对他的问题一笑置之，但他每多问一次，就越觉得不那么好笑了。亚历克斯问到了一个巨大的金字塔状的白色大理石坟墓，它显然有别于周围那些法式—西班牙式的堆叠状方形墓碑，导游终于生气了："我希望绝对不要！因为这一座是尼古拉斯·凯奇的！"

我和亚历克斯咯咯地笑了起来。

但事实证明他并不是在开玩笑。

这本来应该是这次墓地之旅的爆点，或许他们还为此提前设计好了一个幽默的揭秘方式，却这样被我们毁了。"抱歉，"亚历克斯说，还在我们离开的时候给导游塞了一点儿小费。按理说，我才是那个在酒吧工作的人，可他却是那个总是随身携带现金的人。

"你其实私下是个跳脱衣舞的吧？"我问他，"这就是你身上总有现金的原因？"

"那叫脱衣舞者。"他说。

"所以你是个脱衣舞者？"我说。

"不，"他说，"身上带钱是有好处的。"

太阳就快下山了，尽管我们累得骨头都要散架了，但这是我们的最后一晚，所以我们决定休整一下，继续出发。当我坐在地板上对着全身镜化妆时，我又仔细地看了一遍吉尔莫给我列好的清单，然后我向亚历克斯大声说出上面的建议。

我每说一条，他都会"嗯"一声，我念了几条之后，他走过来站在我身后，眼睛看向镜子里的我说："要不我们就随便逛逛？"

"没问题。"我应声道。

我们先是去了几家又暗又脏的酒吧，然后来到了一个叫"地下城"的地方，这是一间位于小巷尽头的暗黑哥特酒吧。在我们进入发着红光的前厅之前，门口的保安告诉我们进到里面后是绝对不能拍照的。里面的人实在太多了，所以在上楼的时候我只好抓住亚历克斯的胳膊肘。墙上挂着几副塑料骨架，还有一个里面铺了红绸的棺材立在那里等着你拍照，但你却不能把它拍下来。

尽管我用咒语迫使亚历克斯做了很多他不喜欢的，诸如让他试穿我为他挑选的个人服饰等事情，但他还是抑制不住自己对主题派对、大型活动，以及各种酒吧的厌恶。

"这地方太可怕了，"他说，"就是你喜欢的那种，对吧？"

我点了点头，他咧嘴一笑。我们站得很近，所以我得一直仰着头才能看到他，他拨开挡在我眼睛上的头发，用手从后面护住我的脖子，像是要起到稳定的作用。"抱歉啊，我长得太高了。"他在酒吧里响起的金属音乐中插话道。

"对不起，是我长得太矮了。"我说。

"你矮点儿挺好的，"他说，"别再因为这个道歉了。"

我靠向他，给了他一个没有手臂的拥抱。"嘿。"我说。

"嘿，怎么了？"他问。

"我们能去刚才路过的那个西部乡村酒吧吗？"

我敢肯定他并不想去，他一定觉得这一切都太丢脸了，但他却说："我们必须去，珀比，主题必不可少。"

所以我们接下来就去了那里，它就在"地下城"的对面，是一个摆放着马鞍座位的开放式酒吧，里面放着肯尼·切斯尼[1]的歌，除了我们，这里几乎没有别人。

亚历克斯一想到要坐在马鞍上就觉得很懊恼，但我跳了起来，试着对他做了一个委屈狗狗脸。

"你怎么了？"他说，"你还好吧？"

"我太悲伤了，"我说，"所以你要把我变成整个路易斯安那州最开心的女人，并且坐在这里的马鞍座上。"

"我真搞不清你是太好取悦，还是太难取悦了。"他说着，跨坐在我旁边的马鞍座上。"你好，"他对着一个身穿黑色皮马甲的壮汉

1　肯尼·切斯尼（Kenneth Chesney，1968—），美国著名乡村音乐歌手。

酒保说，"给我来点儿能忘掉这一切的东西。"

他一边擦着手里的杯子，一边转身瞪着他说："我不会读心术，小子。你想要什么？"

亚历克斯的脸一下子就红了。他清了清嗓子："啤酒就可以。什么样的都行。"

"我要一杯和他一样的，"我说，"来两杯那种酒，多谢。"

当酒保转身去准备我们的酒时，我向亚历克斯探过身去，差点儿从马鞍上摔下去，他伸手抓住我，把我扶正，我小声对他说："他是懂我们的咒语的。"

虽然我们离开的时候才十一点半，但我已经累到精疲力尽了，而且我觉得自己这辈子从来没有喝得这么饱过。于是我们和其他狂欢的人群一起走到街道中央，人群中，有穿着亲子 T 恤的几家人，有戴着写有"单身女郎"的粉色丝质绶带、穿着高跟鞋的白衣新娘，还有几个挑逗着戴"单身女郎"绶带女孩们的中年醉汉，他们在她们经过时，把钞票塞进了她们裙子的肩带里。

在我们的头顶上方，餐馆和酒吧楼上的住户也来到阳台上，他们手中挥舞着紫色、金色和绿色的珠子，一个男人向我吹着口哨，并朝我挥了挥他手上的一把项链，我伸出双臂去接，但他却摇了摇头，顺势撩起了他的衬衫。

"他真讨厌。"我对亚历克斯说。

"确实讨厌。"亚历克斯表示同意。

"但我得承认，他懂我们的咒语。"

亚历克斯大笑起来，我们继续漫无目的地往前走。人群的速度逐渐慢了下来，就在前方的街道中央，有一个铜管乐队（里面没有萨克斯），喇叭伴着鼓声响了起来。我们驻足观看，有几对情侣和着音乐跳起舞来，在这种难得一见的场合下，亚历克斯向我伸出手来，我握住他的手，转了个圈，他把我拉向他，一只手放在我的背上，另一只手握住我的手。他前后摇晃着我，尽管很困，但我们还是不停地傻笑着。我们的舞步根本就没有跟上节奏，不过没关系，不会有人在意的。

也许这就是他可以在公共场合释放自己的原因，或许他和我一样，当我们在一起的时候，就能忽略掉身边的所有人，他们似乎只是我们想象世界中的幻影。

即使杰森·斯坦利和所有之前霸凌过我的人都在这里，拿着扩音喇叭嘲笑我，我想我也会和亚历克斯在大街上笨拙地继续跳下去。他推我出去，又拉我回来，搂着我下腰，却差点儿把我摔了。我尖叫起来，当他揽起我把我扶正又开始摇晃我时，我笑得非常大声。

一首曲罢，我们重新分开，在掌声中回到了人群里。亚历克斯蹲了下去，等他站起来的时候，手里多了一串有些破损的紫色狂欢节珠子。

"都掉在地上了。"我说。

"那你不想要吗？"

"想要，"我说，"但它掉在地上了。"

"是啊。"他说。

"上面沾了土，"我说，"可能洒上了酒，还有可能沾上呕吐物。"

他龇了一下牙，准备丢掉珠子。我一把抓住他的手腕。"谢谢你，"我说，"谢谢你给我拿起这串脏了的珠子。亚历克斯，我太喜欢啦！"

他翻了个白眼，微笑起来，我低下头，他把那串珠子戴在了我的脖子上。

当我再次抬头看向他的时候，他一脸开心地看着我，我在心里对他说"我比从前更爱你了"。为什么这种事情会一直发生在他身上呢？

"我们来合个影吧？"我问，但我真正想说的是，我想把这一刻装进瓶子里，当成香水来使用，我会一直随身携带着它。无论我走到哪里，他都会寸步不离地跟着我，那样我就随时能感受到我最真实的模样。

他拿出手机，我们靠在一起，他按下了拍照键。我们翻看刚才拍下的照片，他发出一声极为克制的惊叹。大概是为了不让自己看上去那么困，他在最后一秒把眼睛睁得大大的。

"闪光灯灭掉的那一瞬间，你好像看到了什么可怕的东西。"我说。

他想从我手中抢过手机，但我转身躲开了他，一边向前跑，一边把照片发到我的手机上。他强颜欢笑地跟在我后面，我把手机递还给他说："好了，现在我也有一张了，你可以把它删掉了。"

"我是不会删的，"亚历克斯说，"我打算一个人在家的时候再拿出来看，保证不会有别人看到这张照片里我的样子。"

"可我会看。"我说。

"你不算。"他说。

"好吧。"我说。我喜欢做那个不被算作"别人"的人，那个被允许看到完整的亚历克斯的人，那个让他变得奇怪的人。

我们回到公寓，我问他什么时候可以让我看看他最近在写的那几个短篇小说。

他说他不能让我看，因为如果我不喜欢的话，他会觉得非常尴尬。

"你可是被一个很棒的艺术硕士学院录取的人，"我说，"显然你是很厉害的。如果我觉得你的小说不好的话，那一定是我的问题。"

他说如果我认为它们不好，那一定是印第安纳大学的问题。

"求你了。"我说。

"好吧。"他说着，拿出了他的电脑，"那你在我洗澡的时候再看，好吗？我不想看到你看它。"

"好吧。"我说，"如果你写的是本小说就更好了，因为只有那样才能填满亚历克斯·尼尔森的洗澡时间。"

他朝我扔了个枕头，然后钻进浴室。

故事真的很短，一共九页，主角是一个生来就长着一对翅膀的少年，人们总是对他说既然他有翅膀，那就应该试着飞行，但他一直都很害怕。而当他终于从两层楼上纵身一跃的时候，他却掉了下来。他的腿和翅膀都被摔断了，但他没有将断掉的骨头重新接好。随着他身体的康复，他的骨头也以畸形的方式愈合了。人们终于不再对他说他生来就该飞行的话了。他也因此得到了快乐。

亚历克斯洗完澡出来的时候，我正在房间里大哭。

他问我出什么事了。

我说："我也不知道，可能是我感觉到它在向我开口了。"

他以为我在和他开玩笑，就跟着笑了起来。但这一次，我并不是在说那个想以两万一千美元卖给我们小熊雕塑的女孩。

我突然想起朱利安从前跟我说过的关于艺术的那句话："要么它能让你有所感触，要么你就对它无动于衷。"

我在读到这个故事的时候哭了，但我也不知道自己为什么会哭，我也不知道要怎么向亚历克斯解释清楚。

我小的时候也曾有过这样的恐惧，我总想着怎么才能变成别人。我不能变成我的妈妈，也不能变成我的爸爸，我这一辈子都得活在这个永远都无法真正了解别人的身体里。

这让我感到无比孤独，甚至绝望。我把这件事告诉了我的父母，希望他们能理解我所说的那种感觉，然而他们却并不明白。

"但这并不意味着这样的感觉有什么错，宝贝。"妈妈安慰了我。

"你想成为谁？"我的爸爸还是带着他独有的直率的魅力。

尽管这种恐惧有所缓解，但它却从未消失过。我每隔一段时间就会将它翻出来剖开看看。我想知道在从来没有人真正了解我，而我也无法看到别人的脑子里在想什么的情况下，我要怎样做才能不再孤独。

我哭是因为这个故事让我第一次觉得自己不再受困于这副躯壳，我觉得有些气泡在我和亚历克斯的周围漫延开来，我们就像熔岩灯[1]里两个颜色不同的泡泡，可以自由地融合，也可以互不打扰地绕着彼此舞蹈。

我哭是因为我终于松了口气，因为我再也不会像小时候那样，孤独地度过无数个漫漫长夜。只要有他，我就再也不会孤单。

1　熔岩灯（Lava lamp），又称为蜡灯、水母灯。

第 18 章

今年夏天

"亚历克斯!"我一看到他 Tinder 上的个人资料就尖叫起来,"不!"

"怎么了?怎么了?"他说,"你绝对不可能一下子就看完所有东西!"

"呃,首先,"我说着,挥了挥他的手机,"你的主页就像求职的简历一样。我之前都不知道 Tinder 的个人介绍可以写这么长!难道上面没有字数限制吗?没有人会看完这一整篇的。"

"他们如果真的有兴趣,就会看完。"他说着,从我手中抽走他的手机。

"如果他们对摘掉你的器官有兴趣,那他们才有可能划到最底下,去确定你究竟是什么血型——你不会连这个也写进去了吧?"

"没有,"他说,他似乎受到了伤害,接着又补充说,"我只写了身高、体重、体重指数,还有社保号码,至少这些没什么问题吧?"

"啊,这些我们待会儿再说,"我重新从他手里夺过手机,把手机屏幕转向他，放大他的头像，"我们得先说说这个。"

他皱起眉头，说："我很喜欢这一张。"

"亚历克斯……"我平静地说，"这张照片里有四个人。"

"所以呢？"

"所以我们找到了第一个，也是最底层的问题。"

"就是我有朋友？我还以为这是一个加分项。"

"你这天真又可怜的小怪物，欢迎来到地球。"我柔声说。

"难道女人不想和有朋友的男人约会吗？"他语气生硬，显然充满怀疑。

"她们当然是想的，"我说，"她们只是不想玩约会软件轮盘赌。她们要怎么才能知道哪个人是你？左边那个家伙看着有，呃，80岁了。"

"那是生物老师。"他说，他的眉头锁得更紧了，"我平时不怎么自拍。"

"可你发了我一堆委屈狗狗脸。"我直言。

"那不一样，"他说，"那是专门发给你的……那你觉得我可以用那些照片吗？"

"天哪，当然不可以，"我说，"你完全可以拍张不做那种脸的照片，或者你可以把那三个上了年纪的老师裁掉，那样照片里就只有你了。"

"我在那张照片里的表情很奇怪，"他说，"我总会在拍照的时候做出怪表情。"

我大笑起来，但一股暖流正在我的肚子里慢慢升起。"你的脸适合拍电影，不太适合拍照。"我说。

"什么意思？"

"意思就是你在现实生活中特别帅，但当你的脸在动的时候，尤其是在被相机捕捉到的那一毫秒，就会变得奇怪了。"

"所以总的来说，我就应该删掉 Tinder，然后把我的手机丢到海里。"

"等等！"我跳下床，从床头柜上一把抓起我的手机，然后爬回亚历克斯身边，盘起腿来，"我知道你该用什么了。"

他疑惑地看着我打开我的手机相册。我正在翻找一张我们在托斯卡纳的照片，也就是在克罗地亚之前的最后一次旅行。

我们当时正坐在屋外的露台上吃晚餐，但他突然一言不发地溜走了，我以为他是去了洗手间，但当我回屋拿甜品的时候，却发现他在厨房正咬着嘴唇阅读手机上的邮件。

他似乎正在为什么担心着，并没有注意到我的出现，直到我碰了碰他的胳膊，叫了一声他的名字，他的脸才在抬起头的同时放松下来。

"怎么了？"我问。我脑子里突然冒出的第一个念头是这和贝蒂姥姥有关，她的年纪一天比一天大了。事实上，在我认识她的时候，她的年纪就已经很大了，但从我们最后一次一起去看望她的时候，她就几乎没有从她平时做钩针编织的椅子里站起来过。在那之前，她一直都是个闲不下来的人，她总会忙着去厨房给我们准备柠檬水，还会在我们坐下之前，跑到沙发前帮我们把靠垫拍蓬松。

但我还没来得及细想，就看到亚历克斯的脸上出现了一抹他一直按捺着的、不易被察觉的微笑。

"锡皮房子[1]，"他说，"他们准备出版一个我的短篇。"

他说完后，惊喜地大笑一声，我张开双臂抱住他，他也抱住我，

---

1 锡皮房子（Tin House），是一家位于波特兰、俄勒冈和纽约市的美国图书出版商。

把我紧紧贴在他的身上。我毫不犹豫地亲了一下他的脸颊，或许和我比起来，他不是特别习惯这样的表达方式，但他并没有表现出不适。他抱着我转了半圈，然后笑着把我放下来，继续去看他的手机。他忘了隐藏自己的情绪，任由它们在脸上肆意张扬。我从口袋里掏出手机，拿出相机叫了一声亚历克斯。

而当他抬头看向我的时候，我拍下了那张我最喜欢的亚历克斯的照片。

不加掩饰的、快乐的、赤裸的亚历克斯。

"这张。"我说着，把照片拿给他看。他站在托斯卡纳一间散发着暖黄色灯光的厨房里，头发像往常一样支棱着，手机被他松散地握在手里，眼睛正对着镜头，嘴巴微张，带着一抹笑意，"你应该换上这个。"

他落在手机上的目光重新在我脸上聚焦，我们的脸和之前一样贴得很近，他的脸总会在我脸的上方，他的嘴唇很软，带着一丝微笑。"我都不记得这张了。"他说。

"这张是我最喜欢的。"好一会儿，我们谁都没动，默默感受着这安静而亲密的片刻，"我发给你。"我有些退缩，避开了他的眼神。我打开我们的短信对话框，把图片放了进去。

亚历克斯的手机在他的大腿上响了一下，一定是刚刚我给他发的那条。他拿起手机，咳了一声道："谢谢。"

"还有，"我说，"关于你的个人主页。"

"我们要不要把它打印出来，再找支红笔？"他开玩笑说。

"老兄，不行。我们的星球正在衰亡，所以不能浪费那么多纸。"

"哈哈哈，"他说，"我只是想说要做就做的严谨一点儿。"

"像陀思妥耶夫斯基一样严谨。"

"被你说得好像很糟糕一样。"

"嘘，"我说，"继续看。"

说实话，在我已经认识亚历克斯的情况下再看他的个人简介，是会觉得很吸引人的，主要因为里面展现出他可爱的像老人家的那一面。不过如果我之前并不认识他，而这份简介是我的某个朋友读给我听的话，那么我会觉得这个人可能是个连环杀手。

这么说对他不公平吗？或许吧。

但事实就是如此。他列出了他之前就读过的学校，具体的毕业时间，深入地说明了他的研究内容，他近些年做过的几份工作，他在这些工作中的优势，他想要结婚生子的愿望，以及他"和他的三个弟弟、他们的配偶和孩子们很亲近"，还有"很喜欢向有天分的高中生教授文学"。

我想一定是我做了个鬼脸，因为他叹了口气说："真的有那么烂吗？"

"没有？"我说。

"这是一个疑问句？"他问。

"不！"我说，"我的意思是，没有，没那么烂，甚至有点儿可爱。不过，亚历克斯，要是你和一个把这些都读过一遍的姑娘出去约会，你们要说点儿什么呢？"

他耸了耸肩说："我不知道。可能我会问些关于她们自己的问题。"

"那就像面试一样了。"我说，"我的意思是，没错，如果可以遇到一个愿意关心对方的 Tinder 的约会对象，是件很棒的事情，但你不可能完全不说自己的事情。"

他搓了搓自己额头上的皱纹："老天，我真的很讨厌做这个。为什么在真实的生活中，和人见面是这么难的事情？"

"也许在另一个城市……会简单一点儿。"我意有所指地说。

他斜了我一眼，然后翻了个白眼，不过他是微笑着的："好吧，那如果你把自己当成一个想追你的男人，你会怎么写？"

"呃，我和一般人不太一样，"我说，"你这招对我来说就非常受用。"

他笑着说："你没必要这么挖苦我。"

"我没有，"我说，"你听起来就像一个性感的机器人保姆，和《杰森一家》里的女仆一样，不过和她不一样的是你有腹肌。"

"珀比——"他哀号着笑出声来，用一只小臂挡住自己的脸。

"好吧，好吧。那我试试吧。"我重新拿起手机，删掉他之前写的东西，但尽可能把它们记在脑子里，以防他又想换回去。我思考了一会儿，打好字，然后把手机交还到他手上。

他盯着屏幕看了很长时间，大声地读了起来："'我有份全职工作，一个真正的床架。我并没有在房子里贴满塔伦蒂诺的海报，我会在几小时内回复消息。而且我讨厌萨克斯'？"

"哦？我有加问号吗？"我问，然后趴到他的肩膀上看，"最后应该是个句号。"

"确实是个句号，"他说，"我只是不确定你到底是不是认真的。"

"我当然是认真的！"

"什么叫'我有一个真正的床架'？"他又说。

"这能说明你有责任心，"我说，"而且很幽默。"

"事实上这只能说明你很幽默。"亚历克斯说。

"可你确实很幽默啊，"我说，"只不过你总是想得太多了。"

"你真的认为女人会因为一张照片和一个床架就和我约会吗？"

"哦，亚历克斯，"我说，"我还以为你是知道恋爱有多难的，就像你之前说的那样。"

"可我想说的是，我整天都顶着这张脸，做着我的全职工作，睡着我的床架，但都没有让我在恋爱这条路上走得太远。"

"没错，那是因为你很吓人。"我一边说着，一边把修改过的简介保存下来，然后回到女性照片的界面。

"是这样没错。"亚历克斯说。我抬头看向他。

"是的，亚历克斯，"我说，"就是这样。"

"你在说什么？"

"你记不记得克拉丽莎？我在芝加哥大学的室友？"

"那个信托基金的嬉皮女孩？"他说。

"那我大二的室友伊莎贝尔呢？还有我传播系的朋友杰克琳？"

"珀比，我记得。我记得你的朋友。又不是已经过去二十年了。"

"你知道她们三个有什么共同点吗？"我说，"她们三个人都很喜欢你。"

他的脸红了："你胡说八道。"

"没有，"我说，"我没胡说。克拉丽莎和伊莎贝尔总是试图挑逗你，还有杰克琳，只要你在房间里，她的'沟通技巧'就彻底不好用了。"

"好吧，我又怎么能知道这些呢？"他质问道。

"肢体语言，还有长时间的眼神接触，"我说，"找各种借口接近你，让你帮忙修改论文。"

"可我们都是通过邮件完成的。"亚历克斯说，像是找到我逻辑上的漏洞一样。

"亚历克斯，"我平静地说，"那是谁提出来的呢？"

他脸上得意的表情渐渐消失了："等等，你说真的吗？"

"真的，"我说，"我话都说到这儿了，所以你愿意用你的新照片和简介试一试吗？"

他看起来很吃惊："珀比，我是不会在我们旅行期间去约会的。"

"我当然不是要你现在就去约会，"我说，"但你至少可以试一试。再说了，我也想看看你到底喜欢什么样的女孩。"

"修女，"他说，"还有救援工作者。"

"哇哦，你可真是个好人。"我用玛丽莲·梦露的口吻对他说，"为了表达我的谢意，请允许我——"

"好吧，好吧，"他说，"你别把自己搞到哮喘发作。我来划，你可要对我温柔一点儿，珀比。"

我用肩膀轻轻地碰了碰他的肩膀说："一向如此。"

"从没有过。"他说。

我皱起眉头："如果我有让你难过的话，请让我认识到这个问题。"

"你才不会，"他说，"不过无所谓了。"

"我知道有时候我会开些粗俗的玩笑。但，我从来都没想过要伤害你，以后也不会。"

他并没有笑，只是眼神坚定地看向我，就像他在花时间来消化这些话一样："我知道。"

"嗯，好。"我点了点头，把目光落到他的手机屏幕上，"哇哦，这个怎么样？"

屏幕上的女孩很漂亮，有着被太阳晒过的好看皮肤，她跪在地上，正对着镜头飞吻。"不要亲嘴的脸。"他说着，就把她划走了。

"有道理。"

接下来，一个戴着唇环、画着烟熏妆的女孩出现在了屏幕上。她的简介上写着"狂爱金属乐"。

"太多金属乐的元素了。"亚历克斯说着，也把她划走了。

再下一个姑娘，头上戴着绿色的爱尔兰帽，身上穿着绿色的背心，手里握着一杯绿色的啤酒，她的胸部很大，但笑容比她的胸部还要夸张。

"啊，这是个漂亮的爱尔兰姑娘。"我开玩笑说。

亚历克斯不做评论就直接划走了。

"嘿，她怎么了？"我问，"她很美啊。"

"不是我的菜。"他说。

"号把[1]，继续。"

他划掉了一个攀岩者、一个猫头鹰餐厅[2]的女服务员、一个画家，还有一个身材堪比亚历克斯的嘻哈舞者。

"亚历克斯，"我说，"我越来越觉得问题不在简介本身，而在于简介所介绍的人了。"

"她们都恰好不是我的菜罢了，"他说，"而且我敢肯定，我也不是她们的菜。"

"你怎么知道？"

"看，"他说，"这个，她很可爱。"

"我的老天哪，你一定是在开玩笑吧？"

---

1 口音模仿，即'好吧'。
2 猫头鹰餐厅（Hooters），是一家连锁波霸餐厅。

一个草莓金色头发的女孩正坐在一张锃亮的红木桌子后朝我微笑。她梳着半扎马尾，穿着一件藏青色的西装上衣。她的简介上写着她是一个热爱瑜伽、阳光和纸杯蛋糕的平面设计师。"亚历克斯，"我说，"她就是莎拉。"

他的头向后仰："这个女孩一点儿都不像莎拉。"

我哼了一声："我没说她长得像莎拉"——尽管她确实很像——"我说的是她就是莎拉。"

"莎拉是老师，不是平面设计师，"亚历克斯说，"她比这个女孩高，发色也要更深些，而且她最喜欢的甜品是乳酪蛋糕，不是纸杯蛋糕。"

"她们的打扮完全一样，就连微笑也一模一样。为什么所有的男孩好像都喜欢像是用肥皂雕刻出来的姑娘？"

"你在说什么？"亚历克斯说。

"我是说，你对那些看着很酷、很性感的女孩都没兴趣，却偏偏喜欢这种要立志成为幼儿园老师的姑娘，她甚至还是你的首选。这也太……有代表性了。"

"可她不是幼儿园老师，"他说，"你对这个女孩有什么不满吗？"

"没有！"我说，但听起来却好像并不是我说的那样。我的声音中带着愤怒，我张开嘴，希望自己不要有过度的反应，可事实却恰恰相反："问题不在这个女孩，而是——而是你们男孩。你们都以为自己喜欢的是性感独立的嘻哈舞者，可当那样的人出现在你们面前，当她们作为一个真实的人存在时，你们就接受不了了，你们不会对她们有任何兴趣，反而还是继续去找那些穿着高领毛衣的可爱的幼儿园老师。"

"你为什么一直说她是幼儿园老师？"亚历克斯大叫。

"因为她就是莎拉。"我不假思索地说。

"我并不想和莎拉约会，好吗？"他说，"莎拉教的是几年级，不是幼儿园。而且她——"他继续说，并逐渐加大马力，"珀比，虽然你说得很有道理，但我敢保证，如果你打开 Tinder，你右划的也大多是消防员、急诊外科医生和那些该死的职业滑板运动员。我并不觉得我把那些可能看上去很甜美的女孩当作目标会有什么不好，虽然对你来说，没错，可能有些无趣。况且你可能还没有意识到，或许像你这样的女人也会觉得我很无聊。"

"去你的。"我说。

"什么？"他说。

"我说，去你的。"我又说了一遍，"我不觉得你无聊，所以你的整段论证都不成立。"

"可我们只是朋友，"他说，"你看到我出现在上面是不会向右划的。"

"我会右划。"我说。

"你不会的。"他争辩道。

我本来不该继续和他争论下去了，但我还是太过激动，太过生气，我不想让他认为他是对的。

"我——会。"

"你要这么说，那我也会右划你。"他反驳我，好像他这么说完全是为了赌气。

"你别口是心非了，"我警告他，"我可不会穿着西装上衣坐在桌子后面微笑。"

他紧闭双唇，吞了吞口水，下巴上的肌肉跳动了一下："好吧，那把你的给我看看。"

我打开自己的 Tinder 软件，把手机交给他，让他看我的照片。我懒洋洋地微笑着，像个外星人一样，穿着一件银色的裙子，脸上涂着油彩，发带上粘着热铝天线。显然一副万圣节的装扮，或者，等等，那是瑞秋的《X 档案》主题生日会吗？

亚历克斯对着这张照片认真考虑了一会儿，然后往下翻了翻我的简介。过了有一分钟的时间，他把手机还给我，双眼死死地盯着我说："我会。"

我突然觉得浑身发麻。"啊，"我说，然后勉强地小声挤出一句，"好吧。"

"所以，"他说，"你现在不生我的气了？"

我想要说些什么，但感觉自己的舌头太沉了。老实说，我的整个身体都很沉，尤其是我屁股上紧挨着他的那个部分。所以我只是点了点头。

"多亏了他的背部痉挛。"我想。否则我真的不能保证接下来会发生什么。

亚历克斯认真地打量了我几秒钟，然后伸手去拿那个被忘在一边的笔记本电脑。他的声音很低沉："你想看什么？"

第 19 章

六年前的夏天

当科罗拉多的韦尔度假村提出可以向我提供免费住宿的时候，我和亚历克斯都很缺钱。

那个当下，我们都不知道这次旅行是否能够提上日程。

一方面，在我有些冒进地搬进吉尔莫公寓的六周以后，他为了一个他餐厅里新来的女迎宾（一个瘦小的蓝眼睛女孩，她几乎是刚从内布拉斯加州飞过来的）和我分手了，所以我不得不尽快找到一个新的住处。

不得不在我能承受的价格范围内找到一套公寓。

不得不在两个月内第二次支付搬家公司的车费。

不得不重新购置当初因为觉得多余而丢弃的家具——因为比起我的那些东西，阿吉的要更好些，比如沙发、床垫、丹麦风格的餐桌。不过由于他的置物柜有一个柜腿断了，所以留下了我的置物柜，还有我的床头柜，因为他只有一个。除此之外，家里的东西基本上都是他的。

不久前，我们刚回林菲尔德给我妈妈过完生日就分手了。

而在那之前的几周内，我一直纠结着要不要提前告诉阿吉他会经历些什么。

像是我们家门前的那块《贝弗利山人》风格的垃圾场，或者被我们兄妹称作"妈妈的回忆展览馆"的我们家的房子。我们当初都住在里面的时候，妈妈就喜欢在厨房里堆满烘焙好的食物，上面往往还撒着又厚又躺的糖粉，让莱特家以外的人吃得直咳嗽。还有我们塞满杂物的车库，爸爸会把用过的管道胶布也存放在里面，因为他觉得总有一天他还会用到。或许还有我们期待的一款我们小时候根据《杀人番茄》发明的桌游。

我的父母最近还收养了三只老猫，其中一只已经失禁到了不得不穿尿布的地步。

他也很有可能听到我父母亲热的声音，因为我们家的墙都很薄，如我之前所说，莱特家是一个吵闹的大家庭。

或者他在刚到的时候，就能见证一场全新的周末才艺秀，每个人都要表演一些他们新学的技艺。（我上次回家，普林斯就为我们表演了如何根据六度理论[1]把我们任意说出的一部电影和尼古拉斯·凯奇联系起来。）

所以我应该把吉尔莫将要经历的这一切提前告诉他，但这么做又会让我有种背叛家人的感觉，就像我觉得他们有问题一样。当然，他们确实又吵又乱，但他们同样也是很棒的，他们既善良又有趣。我讨厌自己有这种认为他们很丢脸的想法。

我告诉自己，阿吉一定会喜欢他们的，阿吉很爱我，而我的家

1　六度理论（Six Degrees），世界上任何互不相识的两人，只需要很少的中间人就能够建立起联系。

人都是造就了如今的我的人。

回到家的第一个晚上，我们睡在了我儿时的卧室里，他说："我想我要比之前更加了解你了。"

他的声音温柔暖心，一如既往，但比起爱，我听到的更多是同情。

"我明白你为什么要逃到纽约了，"他说，"你在这里的时候一定很辛苦。"

我的心沉了下去，被痛苦地挤压着，但我并没有反驳他。我只是再次讨厌自己有那种认为他们很丢脸的想法。

因为就算我逃到了纽约，也没有从我的家庭逃离出来，而且如果在往后的人生中，我还要和他们保持分开的状态的话，那也是为了保护他们免遭他人的挑剔，为了让我从这种熟悉的被嫌弃的感觉中解脱出来。

接下来的几天依旧让人很不自在。阿吉对我的家人很好，他对人总是很好，但从那以后，我就有种置身事外的感觉，而他们的每一次互动都让我觉得很可怜。

我努力想要忘记那次旅行。在真实的纽约的生活中，我们快乐地在一起。就算他不理解我的家人，那又怎么样？他爱我就可以了。

几周后，他的某个朋友邀请我们去他家的联排别墅里参加一个晚宴。那是他在寄宿学校里认识的朋友，拥有信托基金和一幅挂在餐桌上方的达米恩·赫斯特[1]的画，我之所以对此印象深刻，并且永远不会忘记，是因为当时有人说出了一个和它完全不相干的名字，而我问了一句"谁？"，笑声随之而来。

---

1 达米恩·赫斯特（Damien Hirst, 1965 — ），是英国青年艺术家的主要代表人物之一。

他们并不是在嘲笑我，他们真的以为我在开玩笑。

四天后，吉尔莫就终止了我们的关系。"主要是我们太不一样了，"他说，"我们在一起只是因为一时的化学反应，但从长远来看，我们想要的是完全不同的东西。"

我不是说他因为我不知道达米恩·赫斯特是谁而甩了我，不过也并不是没有这个意思。

当我搬出他的公寓时，我从他的高级烹饪厨具里偷了一把刀。

其实我本来可以把它们都偷走的，但我就是想从他到处找刀的想象中得到些许报复的快感，我要让他绞尽脑汁地思考他究竟把刀落在了哪个晚宴，或者究竟是不是把它掉进了他巨大的冰箱和厨房岛台之间的空隙里。

坦白来讲，我想让那把刀成为他心中永久的困扰。

我并不想成为《致命诱惑》[1]里格伦·克洛斯[2]一样的前任，我想成为的是用这把消失的刀向他昭示某种强烈的隐喻，但他无论如何都参不透其中含义的那种前任。

但我在搬到新公寓的一周后，就开始感到内疚了。这时我已经不怎么哭了，我开始考虑把这把刀寄回去，但又担心这会给他传递出错误的信号。我想象着阿吉拿着包裹出现在警察局的场景，随后我就决定还是让他自己再买一把好了。

我也想过把偷来的刀挂到网上卖掉，可又担心那个匿名的买家就是他本人，于是，我留着它继续哭到三周后流干了眼泪。

重点是分手这件事本来就很糟。而在物价过高的城市里，同居

---

1 《致命诱惑》(Fatal Attraction)，是1987年美国的心理惊悚电影。
2 格伦·克洛斯 (Glenn Close, 1947 —)，美国电影、电视剧以及舞台剧演员。

伴侣之间的分手就显得更糟一些，所以我不能确定我是否可以负担得起今年的暑期旅行。

另一方面，是莎拉·托沃的事。

可爱、苗条但紧实、脸部清透洁净、画着棕色眼线的莎拉·托沃。

亚历克斯已经和她认真交往九个月了。他们的第一次偶遇发生在亚历克斯去芝加哥看朋友的时候。那之后，他们很快从互发短信的阶段进入了到了互通电话，后来他们又见了一次面。他们见面后，很快就认真起来，在经历了六个月的异地恋后，她在印第安纳找到一份教书的工作，一直陪他到他艺术硕士毕业。她很乐意在他攻读博士学位的时候留在那里，而且无论之后他去哪里，她都可能会一直跟随他的脚步。

如果不是因为我越来越怀疑她讨厌我的话，我是会为他们开心的。

她每次上传类似自己抱着亚历克斯刚出生的侄女的照片，并配文"亲子时光"或"我的小情人"时，我都会点赞评论，但她却从来没有回关我，我甚至取消并重新关注过她，就是为了防止她没有注意到我。

"我觉得她认为这次旅行有点儿奇怪。"在我和亚历克斯的一次通话中（我们现在的通话频率越来越低了），他向我坦白道。我很确定他只有在开车去健身房的时候才会打给我。我很想告诉他，只在她不在的时候给我打电话根本无济于事。

不过事实是，我也不想在他身边有别人的情况下和他说话，所以我们的友谊就变成了现在这个样子——每隔几周打15分钟的电话，不发短信，不发即时消息，除了他在公寓大楼后面的垃圾箱里发现的那只小黑猫的照片，以及偶尔的单行短句，我们基本上也不发电子邮件。

那只猫看起来像个小奶猫，但兽医说它已经是只成年猫了，只是个头很小而已。他给我发它坐在鞋里、帽子里、碗里的照片，总是配上一句"猫咪量尺"，但我真的能感受到不管它做什么，他都觉得它可爱得要死。猫咪钻进不同的东西里当然是非常可爱的……但更可爱的，是亚历克斯忍不住一直给它拍照这件事情。

亚历克斯还没有给它取好名字，他正在慢慢考虑。他说在不了解一个小动物的情况下就贸然给它一个名字是不对的，所以到目前为止他还是叫它"咪咪""小可爱"或者"小朋友"。

莎拉想叫它"莎蒂"，但亚历克斯觉得这个名字并不适合它。这只猫变成了我们最近谈论的唯一话题。我很惊讶亚历克斯会如此直率地告诉我，莎拉觉得这次暑期旅行非常奇怪。

"她当然会有这种感觉，"我告诉他，"换作是我，我也会。"我一点儿也不怪她。如果我的男朋友也有一个关系像我和亚历克斯一样好的女生朋友，我也会像《黄色壁纸》[1] 中的主人公那样走向终结。

我终究没有办法相信会有完全柏拉图式的关系，尤其是这段友谊已经久到我可以牺牲掉想入非非的那 5%（到 15%）作为交换。

"那我们该怎么办？"他问。

"我不知道。"我说，我努力让自己的声音听上去没有那么痛苦，"你想邀请她一起吗？"

他沉默了一会儿，"我觉得这不太好。"

"好吧……"我在经过一阵最漫长的停顿之后说，"我们应该……取消吗？"

---

1 《黄色壁纸》(*The Yellow Wallpaper*)，是美国作家夏洛特·珀金斯·吉尔曼的短篇小说。

亚历克斯叹了口气。他一定是开了免提，因为我听到了他转向灯的"咔哒"声："我不知道，珀比，我不确定。"

"好吧，我也不确定。"

虽然没有挂断电话，但在他接下来的行程当中，我们谁都没有再说别的。"我到家了，"他终于说，"我们过几周再讨论这个问题吧。可能到时候事情还会发生变化。"

我很想问他到底什么事情会发生变化，但我没有问，因为一旦你最好的朋友变成了别人的男朋友，那么"你能说什么"和"不能说什么"这之间的界限就会非常明确。

打完电话后，我整晚都在想，他打算和她分手吗？还是她打算和他分手？

他打算和她讲道理吗？

还是他打算和我一刀两断？

当我收到韦尔度假村的免费住宿邀请时，我给他发去了几个月来的第一条短信：嘿！有空的时候给我回个电话！

我是在第二天早上五点半的时候被我的手机吵醒的。我隐约在黑暗中看到屏幕上他的名字，我摸索着接通手机，听到他的转向信号灯有节奏地响了起来。他正在去健身房的路上。"怎么了？"他问。

"我笑死了。"我呻吟道。

"还有呢？"

"科罗拉多，"我说，"韦尔。"

第 20 章

今年夏天

我在亚历克斯的身边醒来。他坚持说尼古莱民宿里的床很大，我们谁都不该继续冒险睡到那张折叠床上过夜，没想到第二天早上的时候，我们都躺到了床垫的中间。

我正朝右侧卧面向他，而他正朝左侧卧，面向着我。我们之间只隔了十五厘米的距离，而且我的左腿正搭在他的身上，大腿还勾着他的屁股，而他的手则高高地搭在上面。

公寓里热得要命，我们身上都被汗浸湿了。

我需要在亚历克斯醒来之前，把放在他身上的腿挪下来，但我大脑中却出现一个愚蠢的声音，它告诉我就待在原地别动。我的脑袋不停地回放着他昨晚看我的眼神，还有他在评估了我约会软件上的资料后说的那句"我会"。

就像接受了一项挑战一样。

不过话说回来，或许当时这是在肌松药的作用下也不一定呢？

如果他今天能回想起他昨天说过的话，我估计他很可能会尴尬后悔。

或者他可能只记得他坐在我旁边，看了一部关于奇想乐团[1]的极其乏味的纪录片，他就像一根带电的电线，每次我不小心碰到他的手臂，仿佛都能看到四溅的火花。

"你总是看着看着就会睡着。"他的声音里带着温和的笑意，把他的腿抵在我的腿上，但当他低头看向我的时候，他榛子色的眼睛似乎完全是另一种表情，他的眼神犀利，甚至还带着几分饥渴。

我耸了耸肩，说了些诸如"还没有很累"的话，然后努力把注意力集中到电影上。时间好像被浸在了油里，艰难地向前走着，我在他身边的每一秒都会感受到全新的冲击，我们像是刚刚开始一遍又一遍地触碰，就那样持续了将近两个小时。

电影放完后，时间还早，所以我们又打开一部枯燥无趣的纪录片，只是为房间制造一些声音，好让我们没有压力地继续待在这样的环境中。

至少现在想起来，我们昨晚做的就是这些。

他把手摊开罩在我大腿上的样子，让我猛然出现一股冲动，我脑子里那个愚蠢的声音告诉我，我想和他靠得更近些，直到我们的身体都紧紧地贴在一起，然后等他醒来，看看接下来会发生些什么。

关于克罗地亚的所有记忆都浮现在我的脑海中，绝望的画面就那么一帧一帧地闪回。

我把腿从他身上移开，他就像条件反射一样地抓紧了我，而当我从他的手里去拽我的腿时，他的手就松开了。我翻了下身子，坐了起来。亚历克斯恰好也醒了，他睡意蒙眬地睁开眼睛，头发乱蓬

1　奇想乐团（The Kinks），是一支英国摇滚乐团。

蓬的。"嘿。"他的声音粗哑。

我的声音也很沙哑："你睡得怎么样？"

"很好，我想。"他说，"你呢？"

"很好。你的背怎么样了？"

"我看看。"他慢慢地撑起自己的身体，转身把他的大长腿滑到床边，小心翼翼地站起来，"好多了。"

与此同时，我似乎注意到他硕大的勃起。他双手交叉，放在身前，眯着眼睛在公寓里环顾了一周，说："我们睡觉的时候明明没有这么热的。"

他说的也许没错，不过我真的不记得昨晚有多热了。

我当时的脑子完全是蒙的，根本无法顾及室内温度的问题。

今天不能再重蹈覆辙了。

不能再在公寓里晃来晃去了，不能再和他一起坐在床上了，不能再说 Tinder 的事了，不能再睡在一起，也不能再迷迷糊糊地骑在他身上了。

明天大卫和谭的一系列婚礼庆典就要开始了（单身派对、彩排晚宴、婚礼），而我和亚历克斯只要能没有负担地轻松过完今天就可以了，这样当我们各自回家以后，就再也不用断联两年之久了。

"我会再打电话和尼古莱说空调的事，"我说，"不过我们应该行动起来了，我们今天有很多事情要做。"

亚历克斯把手从额头伸进头发里："我有时间洗个澡吗？"

我的心怦怦直跳，想象着和他一起洗澡的情景。

"如果你想的话，"我强撑着说，"只不过过不了几秒，你就又会全身是汗。"

他耸了耸肩："我只是不想就这么脏兮兮地从这里出去。"

"反正你已经比以前脏了。"我开玩笑说，因为我把已经出现故障的过滤器放错了地方。

"只在你面前。"他说着，揉了揉我的头发，向浴室走去。

我的双腿软得像果冻一样动弹不得，我待在原地，等着从浴室传来喷头的水声。水声终于响起，我才感觉自己能再次活动起来，于是我赶忙走到空调调节器前。

"85？"

这间公寓的温度竟然高达 85 ℉[1]，可我们昨晚明明把它调到了 79 ℉。所以就此，我们可以正式判定这台空调是彻底坏了。

我走到阳台上，拨通尼古莱的电话，但电话响了三声后，被直接转接到了语音信箱，于是我留下一条口信，语气中带着一丝愤怒，紧接着又给他发了一封电子邮件和一条短信，然后转身进屋从我带来的衣服里翻找出最薄的那件。

一条格子背心裙，它罩在我身上，就像个纸袋一样。

水声停止了，亚历克斯没有犯上次那个只裹着浴巾就出来的错误。这一次他穿得整整齐齐，头发披散在脑后，额头和脖子上还挂着（如果要加个修饰词，我想那个词应该是"性感的"）水滴。

"所以，"他说，"你今天打算做什么？"

"保证让你惊喜，"我说，"反正有很多事要做。"我试着用夸张的投掷动作把钥匙丢给他。但钥匙躺在了离他半米开外的地面上。他低头看了看掉在地上的钥匙。

"哇哦，"他说，"这……也是其中一个惊喜？"

"是的，"我说，"没错，这就是其中一个。但其他的要比这个好，

1　相当于 29℃左右。

所以，把它捡起来，我们开始吧。"

他撇了撇嘴："我可能……"

"哦，对了！你的背！"我跑过去，捡起钥匙，像个正常的成年人那样把钥匙交给他。

当我们走到"玫瑰沙漠"外的檐廊时，亚历克斯说："至少今天不只我们的公寓热得像撒旦的肛腺一样了。"

"是啊，整个城市都热得邪门儿，这让我觉得好多了。"我说。

"你就会觉得既然有这么多有钱人都来这里度假，那他们就可以给这座城市都装上空调了。"

"那么，我们第一站就去市议会，向他们游说这个烂点子。"

"议员女士，您有没有考虑过建一个大的穹顶？"他在我们沿着台阶向下走时，语气生硬地说。

"嘿，有人在史蒂芬·金[1]的小说里这么干过。"我说。

"那我可能就会把它排除在游说的内容之外了。"

"我想到办法了。"当我们穿过停车场的时候，我又试着朝他做了一次狗狗脸，他大笑着推开我的脸。

"你不擅长这个。"他说。

"可看你反应这么大，说明并不是你说的那样。"

"你看起来很像在上厕所。"

"我上厕所的时候不是这样，"我说，"这个才是。"我摆出了玛丽莲·梦露经典姿势，两腿张开，一只手放在大腿上，另一只手捂在我张大的嘴上。

"这个不错，"他说，"你应该把它放到你的博客上。"

---

1 斯蒂芬·金（Stephen King, 1947 — ），美国畅销书作家。

他偷偷地快速掏出手机，拍下一张照片："嘿！"

"也许会有卫生纸公司会找你接洽。"他提议说。

"那也不错。"我说，"我喜欢你思考事情的方式。"

"我想到办法了。"他学着我刚才说话的语气，帮我打开车门，然后在我上车时绕到驾驶座上，深深地吸了一口一直无法散去的钝烟味。

"谢谢你一直不用我来开车。"我说，他坐进车里，在感受到座椅的灼热后，发出了嘶嘶的声音，随后"咔哒"一声系上安全带。

"谢谢你讨厌开车，让我从这个不可预知的天地中找回一些对自己生命的掌控感。"

我朝他挤了挤眼睛说："不用客气。"

他大笑起来。

奇怪的是，此刻的他展现出这趟旅行中最放松的模样。也或许是因为我变得像往常那样有趣又健谈了，这正是珀比和亚历克斯暑期旅行成功的关键。

"那么，你是要告诉我某个目的地呢，还是我们就这么迎着太阳的方向走呢？"

"都不是，"我说，"我来导航。"

即便是开着所有的车窗全速行驶，我们都感觉自己像站在一个敞开的火炉前一样，里面强劲的暖流穿过我们的头发和衣服。比起今天的高温，昨天就显得像春天一样舒爽。

我们今天要在户外待上很长时间，我默默在心里告诉自己，我们一有机会就要买上几大桶瓶装水。

"下一个路口向左转，"我说，当路牌出现在我们的前方时，我大叫着说，"这里！"

"沙漠野生动植物园。"亚历克斯读出路牌上的字。

"世界上最好的十大动物园之一。"我说。

"好吧，那得我们来评判一下了。"他回我说。

"没错，要是觉得我们会因为中暑而对他们放宽标准，那他们就大错特错了。"

"不过如果他们售卖奶昔的话，那我会倾向于给他们一个偏正面的评价。"亚历克斯悄悄快速说，然后熄掉引擎。

"好吧，我们也不至于那么铁面无情。"

我们其实并不是动物园爱好者，但这个地方专门饲养生活在沙漠里的动物，他们为了把动物重新放回野外，为它们做了很多康复治疗。

而且你还可以在这里给长颈鹿喂食。

我没有提前告诉亚历克斯，是因为我想给他一个惊喜。虽说他内心是个年轻又性感的猫奴，但他也很喜欢别的动物，所以我希望今天能够一切顺利。

投喂会一直持续到上午十一点半，所以我想，在我找到长颈鹿的具体位置前，还可以稍微闲逛一下，不过如果我们能在闲逛的时候恰巧看到它们，那就再好不过了。

亚历克斯的背还没有完全恢复，所以我们要走得慢些。我们从一场内容丰富的爬行动物表演，来到一个与鸟类相关的节目，期间亚历克斯俯身低声说："我想我决定从此要害怕鸟类了。"

"能找到新的兴趣点很好！"我发出嘶嘶的声音，"这说明你并不是止步不前的。"

他平静而不加节制的笑声顺着我的手臂而下，我感到一阵眩晕。当然也可能是天气过热的缘故。

鸟类表演结束后，我们去了萌宠乐园，我们站在一群 5 岁的孩子中间，用特制的毛刷给尼日利亚矮山羊梳理皮毛。

"我刚才把指示标上的'山羊'错看成了'鬼魂'，所以现在非常失望。"亚历克斯压低声音说。他还用表情再次强调了他的失望。

"现在要想找到一个好的鬼魂展览真的是太难了。"我直言。

"说得太对了。"他表示同意。

"还记得我们去新奥尔良时的那个墓地导游吗？他恨死我们了。"

"嗯，"亚历克斯用一种暗示着他不记得的语气说。我那个已经翻腾了一天的胃碰到我身体的内壁，又重重地沉了下去。我希望他记得。我希望他能像我一样珍惜我们在一起的每一个瞬间。可是如果过去的那些都被他忘记了，那我希望他至少可以记住我们这次的旅程。我下定了决心。

我们在萌宠乐园里看到了几头西西里矮脚驴和一些其他非洲牲畜。

"沙漠里确实有很多袖珍的小家伙。"我说。

"那你应该搬来和你的家人一起住？"亚历克斯揶揄道。

"你就是想把我赶出纽约，好霸占我的公寓。"

"别开玩笑了，"他说，"我可住不起那套公寓。"

从萌宠乐园出来后，我们去买了些奶昔——尽管我极力恳求，亚历克斯还是买了香草口味的。

"香草根本不能算是一种口味。"

"可它确实是。"亚历克斯说，"这是香草豆的味道，珀比。"

"你还不如直接喝全脂冻奶油。"

他想了一下，说："可以试试。"

"至少买个巧克力口味的吧？"我说。

"你买就可以了。"他说。

"我不。我要买草莓的。"

"看到了吧？"亚历克斯说，"就像我昨晚说的一样，你觉得我很无聊。"

"我只是觉得香草奶昔很无聊，"我说，"我觉得是你自己想歪了。"

"给，"亚历克斯把他的纸杯递给我，"来一口？"

我叹了口气。"好吧，"我往前探了探身子，吸了一口，他挑起眉毛，等着我的反应，"还可以。"

他大笑起来："没错，说实话，它没有那么好喝，但问题并不在香草。"

我们喝完奶昔扔掉杯子后，我决定乘坐一下现在的濒危物种旋转木马。

但等我们到了那里，才发现它因为高温被关闭了。

"全球气候变暖真的对濒临灭绝的物种造成了严重的影响。"亚历克斯若有所思地说着，抬起小臂，擦了擦他的头上的汗。

"你要喝点儿水吗？"我问，"你看起来不太好。"

"嗯，"他说，"有一点儿。"

我们买了几瓶水，坐到一张阴凉的长椅上。但在喝了几口后，亚历克斯看起来更糟了。"该死，"他说，"我很晕。"他弯起腰，垂下了头。

"要我帮你弄点儿什么来吗？"我问，"也许你需要些真正能填饱肚子的东西？"

"也许吧。"他表示同意。

"你待着别动，我给你去买。呃，三明治，可以吗？"

我知道他肯定非常难受，因为他并没有提出异议。我走回我们经过的最后一个咖啡店。因为快到午餐时间了，这里已经排起了长队。

我看了一眼手机，十一点零三分，给长颈鹿投喂的时间还有不到 30 分钟。

我排了十分钟的队，买了一个预先做好的俱乐部三明治[1]，然后一路小跑回到刚才的地方，看到亚历克斯正坐在那里，用双手托着脑袋。

"嘿，"我说，他抬眼看向我，"感觉好些了吗？"

"我也不知道，"他说着，接过了三明治，他打开包装纸，"要来点儿吗？"

他给我分了一半，我咬了几口，在他慢慢咀嚼着他那一半的时候，我努力抑制住想给他计时的冲动。已经十一点二十二分了，我问："吃了有好些吗？"

"我觉得有。现在已经不那么晕了。"

"那你现在还能走路吗？"

"我们在……赶时间吗？"他问。

"没，当然没有，"我说，"只不过你的惊喜很快就要结束了。"

尽管他点了点头，但看起来还是有点儿不太舒服，所以我在让他振作起来和让他待在原地这两者间犹豫不决。"我没事，"他说着爬了起来，"只要记得多喝点儿水就行。"

我们赶在十一点三十五分到达了长颈鹿园。

---

1 俱乐部三明治（Turkey Club），传统的制法是用火鸡肉、烟肉、生菜及番茄等材料，配上经烘烤的面包。未经烘烤的面包也可以，火腿可用来取代烟肉，鸡肉也是火鸡的良好替代品。

"抱歉，"一个十几岁的小员工告诉我，"今天的长颈鹿喂食已经结束了。"

她走开后，亚历克斯茫然地看着我："珀比，对不起。我希望你不会太过失望。"

"我当然不会。"我强调道。我不怎么在乎喂长颈鹿这件事（至少没有那么在乎）。我真正在乎的是保证这次旅行的顺利，那样我们就应该继续进行下去，那样我们就可以挽回我们的友谊。

这才是我失望的原因，因为我今天第一次感到了挫败。

我的手机响了起来，是条新消息，至少是个好消息。

尼古莱写道："收到了你（他少写了一个"的"）信息。我看看我能做点儿什么。"

好的，我回复他，随时告诉我们最新的情况。

"走吧，"我说，"在去下一站之前，我们先去个有空调的地方。"

第 21 章

六年前的夏天

我不知道亚历克斯是怎么让莎拉同意他来韦尔的，但他就是来了。

我觉得向他询问事情的原委，对我来说是件很危险的事情。我们这些天都在大大方方地谈论着所有不涉及任何敏感内容的话题，而亚历克斯则尽量小心地避开那些会让莎拉难堪的事情。

没有妒忌一说。也许没有吧。也许莎拉最初不喜欢我们的这次旅行还有其他原因。不过她已经改变了主意，而且旅行已经开始，只要我和亚历克斯在一起，我就不用再为这种事情感到困扰。我们之间的关系又恢复到了从前，而那 15% 想入非非的部分也缩小到了可控的 2%。

我们租了两辆自行车，车轮碾过鹅卵石铺成的街道，发出隆隆的声响。我们乘坐缆车登上山顶，站在无垠的蓝天下摆了各种姿势拍下照片，山间的清风在我们的笑声中吹拂着我们的头发。我们坐在露台上，趁着时间还早、温度还没有升起来的时候，喝着手里的冰镇绿茶或咖啡，我们会在白天脱下最外层的卫衣系在腰间，沿着山间的小路徒步走上很久，然后来到另一个露台，一边喝着红酒，一边就着蒜泥和新鲜的帕尔玛奶酪屑，共同瓜分掉三份薯条。我们会在室外一直坐到浑身泛起鸡皮疙瘩、冷到瑟瑟发抖的时候，再重新套上我们的卫衣。每当我把膝盖抱在自己胸前的时候，亚历克斯都会弯下身子，把我卫衣上的帽子拉起来套在我的脑袋上，然后拉紧抽绳，只露出我脸最中间的部分，而其余的大部分都被风吹乱的金发遮了起来。

"小可爱。"他咧嘴笑着说，尽管这是他第一次这么说，但总有一种哥们儿之间的感觉。

有天晚上我们在外面吃饭的时候，一支现场乐队演奏了范·莫里森[1]的几首热门歌曲，他们身后的圆球灯串突然让我想起了我们大一初次相遇的那个夜晚。我们跟着一些中年夫妇手牵手走上舞池。我们的动作就像在新奥尔良时一样，笨拙又合不上拍子，但我们依然笑得无比开心。

尽管那个晚上已经过去很久了，但我坚定地认为那晚是有所不同的。

那座城市似乎有种魔力，在音乐、香气和灯光闪烁的共同作用下，我突然对亚历克斯产生了一种从未有过的感觉。而比这更吓人的是他看我的眼神，他抚摸着我的手臂，然后把脸轻轻地贴在我的脸上，我知道他也感受到了异样的情愫。

但随着《棕眸姑娘》一曲的响起，我们的舞步让我们拉开了距离，而随之消失的，是由于他的触碰而产生的热度。不过我是开心的，因为我并不想失去这个。

1　范·莫里森（Van Morrison，1945 —），是一名北爱尔兰创作型歌手和多乐器演奏家。

我宁愿永远只拥有他的一小部分，也不愿在知道我们有朝一日会因为分手而失去他的前提下，瞬间拥有他的全部。我不能失去亚历克斯。我不能。所以这很好，这平和的、没有火花的舞蹈，这趟没有火花的旅行。

亚历克斯会给莎拉在每天早、晚各打一次电话，但从来都不会当着我的面打。早上我还没起床的时候，他会一边慢跑，一边和她聊天。他回来的时候，会用从度假村会所咖啡店里买来的咖啡和点心叫我起床。等到晚上的时候，他就走到阳台，关起门来和她通话。

"我不想你因为我讲电话的声音取笑我。"他说。

"天哪，我真是个浑蛋。"我说。尽管他笑了，但我却感觉很糟。开玩笑一直是我们互动的重要组成部分，我们一直都是这么做的。但他现在却会背着我做某些事情，而这来源于他对我的某种不信任，我不喜欢这种感觉。

在他第二天结束慢跑，并且打完晨间电话回来找我时，我睡眼惺忪地坐了起来，在接过他递来的咖啡和牛角面包时说："亚历克斯·尼尔森，无论如何，我都很肯定你讲电话的声音很棒。"

他脸红了，挠了挠自己的后脑勺回道："并不是。"

"我敢说肯定是像黄油一样丝滑的、温热的、甜蜜的，以及完美的。"

"你到底是在和我说话，还是在对牛角包说话？"他问。

"我爱你，牛角包。"我说着，撕下一块牛角包塞进嘴里。他站在那里，两手插进口袋，笑眯眯地看着我，我的心以格林奇[1]的方式肿胀起来。我看向他，说："但我说的是你。"

1　格林奇（Grinch），《圣诞怪杰》里的主人公。

"珀比，你人真的很好。"他说，"但不管是像黄油一样丝滑、温热，或者别的什么，我还是愿意在自己一个人的时候打电话。"

"听到啦。"我说着，点了点头，把我手里的牛角包递给他。他撕下小小的一块放进嘴里。

那天晚些时候，当我们坐在一起吃午餐的时候，我想起一件了不得的事情。"丽塔！"我大叫，不知怎的，我脑子里突然冒出了这个名字。

"保佑你？"亚历克斯说。

"记得丽塔吗？"我说，"就是和巴克一起住在托菲诺那栋矮房子里的？"

亚历克斯眯起眼睛，道："就是在带我'参观'的时候试图把手伸进我裤子里的那个人吗？"

"呃，第一，你没有和我说过这件事情；第二，不是她。丽塔当时和我，还有巴克在一起。她当时就要离开那儿了，记得吗？她要搬到韦尔，成为一个漂流向导！"

"啊，"亚历克斯说，"没错。对。"

"你觉得她还会在吗？"

他斜眼看着我，说："你是说还在这个世界上吗？那群人还真不好说。"

"我有巴克的电话号码。"我说。

"你居然有这个？"亚历克斯直勾勾地看了我一眼。

"但我从来没有联系过他，"我说，"我只是保存着他的号码。我给他发个短信，看看他有没有丽塔的电话。"

"嘿，巴克！"我写道，"不知道你还记不记得我，你用水上出租船载过我和我的朋友亚历克斯去温泉。呃，大概五年前吧，刚好是在你的朋友丽塔搬到科罗拉多之前？总之，我现在在韦尔，想看看她还在不在这里！希望你一切都好，托菲诺仍然是这个世界上最美的地方。"

在我们吃完饭的时候，巴克已经回复了我。

"该死的，小妞，"他说，"这是性感的小珀比吗？你花了这么长时间才用上这串数字。看来我不该把你赶出我房间的。"

我噗嗤一声笑了出来，亚历克斯探过身子来，倒着去看这条信息。他翻了个白眼，说："是啊，你觉得呢，小子？"

"不，不，不要为这个担心，"我告诉巴克，"那是一个美好的夜晚。我们都玩儿得非常开心。"

"那就好，"他说，"我已经很多年没和丽塔联络了，不过如果你想的话，我可以把她的联系方式发给你。"

"那太棒了。"我告诉巴克。

"你下次上岛的时候会告诉我吗？"巴克问。

"必须的，我说，谁让我不会驾驶水上巴士呢，不能少了你。"

"哈哈，他说，你真是个怪咖，我喜欢。"

到晚上的时候，我已经和丽塔订好了漂流的行程，她显然已经不记得我和亚历克斯了，但在电话里，她还是坚持说我们当时玩儿得很开心。

"老实说，我当时头脑不行，"她说，"我总是玩儿得非常开心，不过我也总是记不起发生过什么。"

亚历克斯无意中听到了这句话，一脸焦虑地想要向她寻求某个答案。我很清楚他想要问的是什么问题。

"所以，"我尽量用漫不经心的语气说，"你现在好点儿了吗？"

"戒了有三年了，老妹，"她回我，"不过如果你想买点儿什么的话，我可以把我之前那个老伙计的电话发你。"

"不，不用了，"我说，"没关系。我们只做……这些就可以了……我们从家里……带了。"

眼见现在骑虎难下，亚历克斯摇了摇头。

"那好吧，我们明天一早见。"

我挂掉电话，亚历克斯说："你觉得巴克驾驶水上出租船的时候头脑清楚吗？"

我耸了耸肩道："我们一直都没有弄清他当时是在对谁大吼着什么，或许他觉得吉姆·莫里森[1]就悬停在他前方的水面上呢？"

"我庆幸我们活了下来。"亚历克斯说。

第二天早上，我们在橡皮艇租赁处见到了丽塔，她的样子和我记忆中的几乎一模一样，只是手上多了一个结婚戒指图案的文身，小腹微微隆起。

"四个月了。"她说着，两只手在上面轻轻地揉了揉。

"那你做这个……安全吗？"亚历克斯问。

"第一个宝宝就是这么过来的，"丽塔向我们保证道，"要知道，在挪威，人们会把婴儿放在外面睡午觉。"

"好……吧。"亚历克斯说。

"那我倒想去挪威看看了。"我说。

"你必须去一趟！"她说，"我'爱人'的双胞胎妹妹就住在那里，她和一个挪威人结婚了。盖尔有时会说她可以先和我离婚，然后付钱找一对不错的挪威人，分别和他们结婚后，我们就能拿到挪威的公民身份，搬去那里生活。你可以说我保守，可我就是不愿意

1　吉姆·莫里森（Jim Morrison，1943—1971），是一位美国创作歌手和诗人。

为我的假婚姻买单。"

"好吧，那我想你只能去挪威度假了。"我说。

"大概吧。"

出于谨慎，我们选择了适合新手的路线，不过我们很快就发现，这也就意味着我们的"漂流之旅"变成了地地道道的日光浴，我们只要顺着水流漂浮就可以了，如果我们和石头靠得太近，就伸出船桨划上几下，如果前面出现了急流，我们就把力度稍微加大一些。

事实证明，丽塔对巴克和其他那些住在托菲诺那栋房子里的人的记忆，要比她所说的要多得多。她给我们讲了很多发生在那里的事情，比如，大家会从屋顶直接跳到下面的蹦床上，还会醉醺醺地用红墨水给彼此刺青。

"结果发现有人对红墨水过敏，"她说，"可谁又能事先知道呢？"

她讲的故事一个比一个好笑，当我们把皮划艇拖上线路尽头的河岸时，我都笑到肚子疼了。

她擦去眼角刚刚泛起的皱纹上笑出的眼泪，心满意足地叹了口气。"因为我挺过来了，所以才能像现在这样大笑，而且我很高兴巴克也这么做了。"她揉了揉她的肚子，"你知道吗，每当发现原来世界这么小的时候，我都很开心。就像，我们当时一起出现在那个地方，现在又同时出现在这里。我们在生命的不同时刻居然还能产生关联，比如量子纠缠什么的。"

"每当我在机场的时候就会有这样的想法，"我告诉她，"这也是我喜欢旅行的原因之一。"我顿了顿，想着要怎样用形象的词语诠释出我在漫长的岁月中一点点淬炼出的思想。"我从小就是个独来独往的人。"我解释道，"我一直觉得自己长大后会离开家乡，在另外的地方找到我的同类，而我真的做到了。你知道吗？但每个人都有孤独的时候，每当我感到孤独，我就会买张机票，直奔机场，我就不再觉得孤单了，因为不论大家何其不同，一旦来到了机场，他们就都会为了到达某个地方、奔向某个人而努力着。"

亚历克斯向我投来异样的眼神，而我并没有看懂其中的含义。

"啊，该死，"丽塔说，"你说得我都要哭了。这该死的孕期激素变化，这比烟草对我的影响还要大。"

丽塔在我们临别前给了我一个长长的拥抱。

"如果你哪天来纽约……"我说。

"如果你想来次真正的漂流。"她向我眨眼使了个眼色。

在开车回度假村的路上，我们陷入了沉默。亚历克斯担心地皱起了眉头，然后开口打破了沉默："一想到你会孤单，我就觉得心里不是滋味。"

"但我再也不会那么孤单了。"我说。

我和帕克、普林斯建了一个短信群组，我们一直以来都在策划着一部没有预算的《大白鲨》音乐剧。然后是每周和我爸妈的免提电话。再加上瑞秋，她在我和吉尔莫分手后真的帮了我很多，她叫我一起上健身课、去红酒吧、参加狗狗收容所的志愿活动。

虽然亚历克斯和我联系得不像之前那么频繁，但他还是会在便利贴上写些小故事，再把它们邮寄给我。他本可以用电子邮件发送给我的，可他却没有这么做。我一页一页地读完复印件上的内容后，会把它们放进一个鞋盒，我最近有了把重要的东西收集起来的习惯。（不过就只有一个鞋盒，这样我就不用像我爸妈那样，到最后会把未来小孩画的龙也装到一个巨大的塑料箱里。）

我读着他写下的句子，就不会感到孤单，手里拿着那些便利贴，想着写下那些便利贴的人，我就不会感到孤单。

"对不起，我之前没有陪在你身边。"亚历克斯轻声说。他张了张嘴，好像要继续说下去，然后又摇了摇头，合上嘴巴。我们回到度假村，把车开进了停车位，当我在座位上转向他的时候，他也朝我转了过来。

"亚历克斯……"我花了好几秒，才能继续说下去，"自从我认识你以后，我就没有真正孤单过。只要你在，我想我在这个世界上，就再也不会真正地感到孤独。"

他的目光变得温柔，不过就只那一瞬："我能告诉你一件很难启齿的事吗？"

我这一次没有开他的玩笑，也没有任何想要挖苦他的想法："你说。"

他深吸了口气，手在方向盘上缓缓地来回移动着。"直到遇见你，我才知道自己是孤独的，"他再次摇了摇头，"在家里，自从我妈过世，爸爸就垮了，我希望大家都能好好的，我想成为爸爸的好儿子，也想成为弟弟们的好哥哥。在学校里，我想成为所有人都想成为的人，所以我努力保持冷静，努力做到有担当、情绪稳定，不过我想在我 19 岁的时候，第一次意识到或许有些人并不是这样生活的。我第一次意识到或许自己并不是那个我一直想努力成为的人。"

"老实说，我一开始……见到你的时候，我不知道你究竟在演哪一出。你的衣服和笑话都让我大受震撼。"

"你什么意思？"我轻声笑他，他的嘴角短暂地泛起一丝微笑，就像蜂鸟拍打翅膀一样短暂。

"在第一次开车回林菲尔德的路上，你问了我很多关于我喜欢什么、讨厌什么的问题，我感觉你是真的很想知道。"

"当然了。"我说。

他点了点头："我知道。你问我是谁，然后——答案就突然冒了出来。有时候我觉得自己从前好像压根儿就不存在，就像是你创造了我一样。"

我觉得自己脸颊泛红，于是调整了一下自己在座位上的姿势，把膝盖缩到胸前："我还没有聪明到可以创造你的程度。没人能聪明到那种程度。"

他考虑着接下来要说的话，下巴上的肌肉也快速地移动起来，他从来不是那种不经思考就冲口而出的人。"我的意思就是，在你之前，没有人真正地了解过我，珀比。即使……我们之间的关系发生了改变，你也不会孤单的，好吗？我会一直爱着你的。"

泪水模糊了我的双眼，但我眨了眨眼，眼泪就奇迹般地消失了。不知怎的，我的声音平稳而轻快，并不像有人把手伸进我的胸腔，将我的心脏攥起来，时间长到足以用拇指在上面划下一个隐秘的伤口。

"我知道，"我对他说，"我也爱你。"

我说的事实，却不是全部的事实。没有任何语言能清楚地表达出我此刻看着他所感受到的狂喜、疼痛、爱恋和恐惧。

但这一刻转瞬即逝，我们的旅行仍在继续，我们的关系并没有发生任何改变，只是我身体的某个部分开始悄悄觉醒了，就像从几个月的冬眠中醒来的熊一样，如今已是饥肠辘辘，就算再多一秒，也会让它无法忍耐。

隔天早晨，也就是旅行的倒数第二天，我们徒步上山口。在接近山顶的地方，我走到小路的边缘，在看到从树丛的开口处透出的山涧中深蓝色的湖面时，我想拍张照片，但我踩空了。我只感觉自己的脚踝迅速猛烈地翻折起来，骨头像是刺穿我的脚，砸在地面上。我躺卧在堆满树叶的泥地上，嘴里发出嘶嘶的咒骂声。

"不要动。"亚历克斯说着，在我身边蹲了下来。

起初我几乎无法呼吸，所以根本哭不出来，喉咙像哽着什么东西似的："我的骨头是不是露出来了？"

亚历克斯低头看了看我的腿，说："没有，我想你这是扭伤了。"

"该死。"一阵剧痛让我一时喘不过气来。

"要不然你就握紧我的手。"他说，我尽我最大的可能握紧他的手，我的手在他巨大而强壮的手中显得格外小，我手上的关节也格外明显。

此时疼痛有所缓解，取而代之的是抓狂。我的眼泪夺眶而出，我问："我的手像懒猴的手吗？"

"什么？"亚历克斯不解地问。他一脸担心，脸部有些颤抖，他笑着笑着就咳嗽起来，"懒猴的手？"他认真地重复道。

"不要笑我！"我尖声大叫，完全退化成了一个 8 岁的小妹。

"对不起，"他说，"不，你的手不像懒猴的手，虽然我也不知道懒猴的手是什么样的。"

"和狐猴的类似。"我噙着泪说。

"珀比，你的手很漂亮。"尽管他非常、非常努力，有可能是他尽了这辈子最大的努力着笑，但最后还是没忍住，我也满脸是泪地笑了起来。"你想试着站起来吗？"他问。

"我能不能直接滚回山下？"

"还是别了，"他说，"如果不从山路下去，你可能会沾上一身毒葛。"

我叹了口气："好吧。"他扶我站起来，但只要我把身体的重量压在右腿上，右脚就会感到一阵剧痛。我停下蹒跚的脚步，又开始大哭，我用手捂住脸，挡住我糊得到处都是的鼻涕。

亚历克斯伸出双手，在我的手臂上来回摩挲了一会儿，这让我哭得更厉害了。每当有人在我难过的时候对我这么好，都会产生这样的效果。他把我拉进他的怀里，两手抱住我的背。

"我下山是不是得，呃，花钱雇一架直升机？"我说。

"我们很快就到了。"他说。

"我没有开玩笑，我的脚完全使不上劲儿。"

"接下来，"他说，"我会把你抱起来，然后带着你沿着山路慢慢地走下去。我可能会经常停一下，放你下来，但你不可以叫我'海饼干'[1]，也不能冲着我的耳朵喊'快点儿！再快点儿！'"

我在他怀里大笑起来，对着他的胸膛点了点头，把泪痕留在他的 T 恤上。

"但如果被我发现你假装不能走路，就是为了看我会不会背着你走半英里的路下山，"他说，"我可是会非常生气的。"

"愤怒指数有多高？从 1 分到 10 分的话？"我说着，仰头向他看去。

"至少 7 分。"他说。

"那你真是太好了。"我说。

"你是说像黄油一样丝滑的、温热的、完美的？"他调侃道，他站得更开了些，"准备好了？"

"准备好了。"我向他确认，然后亚历克斯·尼尔森就横着把我抱起来，朝着山下走去。

不可能。我是真的不可能把这样的他创造出来的。

---

1 海饼干（Seabiscuit），美国 20 世纪 30 年代一匹著名的赛马。

第 22 章

今年夏天

两瓶水下肚后，我们又在塞满骆驼的动物园纪念品店里待了40分钟，在终于给身体充满电后，开始前往下一个目的地。

卡巴松恐龙就像这个名字一样——在加州一条偏僻的高速公路旁，伫立着两只巨大的恐龙雕塑。

这些钢铁怪兽起初是一个主题公园的雕塑家建造的，他希望这能帮他的路边餐馆带来生意。他过世以后，这块地被卖给了一个公司，他们在其中一只恐龙的尾巴里建造了起源博物馆和纪念品店。

这是那种你在开车经过的时候会停下来看一看的地方，也是那种当你想竭尽全力把一整天的时间都填满的时候，会开车来的地方。

"就是这儿了。"我们下车后，亚历克斯说。满身都是沙尘的霸王龙和雷龙正俯视着我们，在它们的脚下，点缀着几棵尖尖的棕榈树和几丛不规则的灌木。时间的流逝和日光的暴晒，使得恐龙身上的颜色基本都掉光了。它们看上去口干舌燥，好像已经在这样的地方，在这样刺眼的阳光下，蹒跚着行走了几千年之久。

"就是这儿了，没错。"我附和道。

"我想我们该拍照片了？"亚历克斯说。

"当然。"

他拿出手机，等我在恐龙前摆好姿势。在拍了几张适合上传到照片墙的常规照片之后，我为了逗他开心，蹦跳着挥舞起手臂。

他是笑了，但还是有些憔悴，于是我决定我们还是去阴凉的地方比较好。我们漫步穿过前面的一大片空地，近距离地拍了几张照片。还有些后来添加的小恐龙，在两只大恐龙周围的灌木丛中，我们同样也拍了些。然后我们爬上了台阶，进入里面的纪念品店。

"你基本上看不出我们是在恐龙的身体里。"亚历克斯开玩笑地抱怨道。

"是吧？那些巨大的脊椎骨呢？还有血管和尾巴上的肌肉在哪儿呢？"

"这在 Yelp 上是无法获得好评的。"亚历克斯嘟囔着。我大笑起来，不过他没有笑。我突然意识到这里的空调有多差劲，根本比不上动物园纪念品店的冷气，甚至还不如尼古莱那鬼地方。

"要不我们走吧？"我问。

"老天，赶紧的。"亚历克斯边说边放下手里的恐龙雕像。

我看了一下手机，现在才到下午四点，可我认为今天计划的一切都已经泡汤了。我打开手机上的记事本，看看还有什么是我之前列出来，但还没有去做的事情。

"好的，"我努力掩饰着自己的焦虑，"我们去下一站，走吧。"

是莫顿植物园，但也在室外，但那里的制冷系统肯定会好一些，至少比钢铁恐龙内部的纪念品店里的要好。

只不过我们忘了查那里的营业时间，等我们一路开车过去，才发现门已经关了。"夏季一点闭园？"我读出告示牌上的公示，觉得不可思议。

"你觉得和这里凶险的高温有关吗？"亚历克斯说。

"大概吧，"我说，"大概吧。"

"或许我们应该直接回家，"亚历克斯说，"看看尼古莱有没有修好空调。"

"还不行，"我绝望地说，"我还有别的事情要做。"

"行吧，"亚历克斯说。我们重新上车，这时，我把他挡在驾驶位的门口。他问："你干什么？"

"这一段儿要我来开。"我说。

他挑起一根眉毛，不过还是坐到了副驾驶的位子上。我打开导航，输入"棕榈泉建筑自助之旅"列表里最上面的那行地址。

"这是……一家酒店。"当我们把车停在一栋带有石板外墙和橙色轮廓的时髦又棱角分明的建筑旁边时，亚历克斯一脸困惑地说。

"德尔·马科斯酒店。"我说。

"这里面……是有一只钢铁恐龙吗？"他问。

我皱起眉头："并没有。不过这一整个社区，这个网球俱乐部社区，应该到处都是这种莫名其妙的神奇建筑。"

"啊。"他说。他仿佛用尽了所有力气来表现他的热情。

我的心沉了下来，继续输入下一个地址。我们开车转了两小时，然后停下来吃了一顿便宜的晚餐（因为想要蹭冷气，我们在里面多待了一小时）。我们回到车上，亚历克斯在驾驶位的门前拦住了我。"珀比。"他恳切地说。

"亚历克斯。"我说。

"如果你想继续开的话，也不是不可以，"他说，"但我有点儿晕车，我不知道今天还能不能去看更多陌生人的豪宅了。"

"可你不是很喜欢建筑吗？"我有些委屈地说。

他皱起眉头，眯起眼睛，说："我……什么？"

"在新奥尔良，"我说，"你一直在街上闲逛，然后会指着，呃，窗户之类的。我还以为你喜欢这些东西呢。"

"指着窗户？"

我甩了甩身体两侧的胳膊。"我也不知道！你就，呃……以前喜欢看建筑！"

他发出疲惫的笑声。"我相信你，"他说，"可能我确实喜欢建筑。或许吧。只不过我现在真的很累，也很热。"

我急忙从包里掏出手机。尼古莱还没什么消息。我们还不能回那个公寓："要不去航空博物馆？"

当我抬头看向他时，他正在细细端详着我，他侧着头，仍旧眯着眼睛。他伸出一只手捋了捋自己的头发，眼神也飘走了一秒，然后把那只手放在自己的屁股上。"现在，呃，已经七点了，珀比，"他说，"我觉得它已经关门了。"

我叹了口气，瞬间泄了气："你说的没错。"我绕回副驾驶的座位上，彻底瘫了下来。在亚历克斯发动汽车的那个瞬间，我觉得无比挫败。

在开了 15 英里[1] 后，我们的车胎爆了。

"啊，老天哪。"我呻吟着，亚历克斯此时已经把车停在了路边。

"可能会有备胎。"他说。

"你会换备胎？"我说。

1　约 24 千米。

"没错，我会换。"

"不愧当上房东的人。"我说。我本来想努力让自己听上去很俏皮，结果我却用我的声音展现出我暴躁的脾气。亚历克斯下了车，并没有理会我说的话。

"需要帮忙吗？"我问。

"可能需要你用灯帮我照一下，"他说，"天黑了。"

我跟着他来到车的后部。他打开后备箱，挪了挪里面的几块垫子，然后咒骂了一声："没有备胎。"

"这辆车'心想'着要毁掉我们的生活，"我说着，踢了一下车的侧面，"该死，看来我得给这个女孩买个新轮胎了，对吧？"

亚历克斯叹了口气，然后捏了捏他的鼻梁，说："我们一人一半。"

"不，我不是说……我不是那个意思。"

"我知道，"亚历克斯恼火地说，"但我是不可能让你一个人负担全部的费用的。"

"那我们现在怎么办？"

"打电话给拖车公司吧，"他说，"我们叫个网约车回家，剩下的明天再说吧。"

所以就按照他说的，我们给拖车公司打了电话，然后静静地坐在车的后挡板上等着他们的到来。拖车司机是一个叫斯坦的男人，他的每条胳膊上都文着一个裸女。他带我们来到两辆拖车正对着的一个商店里，我们签了一些文件，在优步上叫了一辆车，然后站到外面去等着。

网约车司机是一位名叫玛拉的女士，亚历克斯小声说："她长得和德拉罗一模一样。"至少这是一件值得笑出声的事情。

接着玛拉的应用软件就出了问题，她迷路了。

当我们原本 17 分钟的车程延长到了 29 分钟时，我们俩再也笑不出来了。我们谁都没再说话，也没再发出一点儿声音。

我们终于还是快要回到"沙漠玫瑰"了，外面已经漆黑一片。我敢说如果不是因为被困在玛拉那辆起亚锐欧的后座上，大口大口地吸入满车浓郁的洗护工坊[1]喷雾的糖果曲奇味，那么头顶上的星星看上去一定会更令人心旷神怡。

在离"玫瑰沙漠"还有半英里的地方，所有的车辆都停了下来，我真的很想尖叫。

"前面一定是出事故了，"玛拉说，"不然根本没有理由会堵成这样。"

"你想下去走走吗？"亚历克斯问我。

"为什么不呢？"我说。我们下了玛拉的车，看着她把她的起亚转了一个 15° 的弯，沿着漆黑的路肩向家驶去。

"我今晚要睡在那个泳池里。"亚历克斯说。

"可能已经关了。"我咕哝着。

"我可以从栅栏翻进去。"亚历克斯说。

一阵混着气泡的、疲惫的笑声轻轻地穿过我的胸膛："好吧，带我一个。"

1　洗护工坊（Bath&Body Works）。美国地区沐浴类产品的最大品牌。

第 23 章

五年前的夏天

我们在萨尼贝尔岛的最后一晚，我睁着眼睛躺在床上，听着雨点打在屋顶上的嘀嗒声，回看过去的一周，一切都像被罩上了一层朦胧厚重又不断泛起涟漪的光泽，我每每伸出手去，想要抓住其中的瞬间，不过终是枉然：

我看到了暴风海滩。我看到我和亚历克斯窝在沙发上看《阴阳魔界》的剧集连播一直看到睡着。我看到那个叫"酒吧"的酒吧，还有里面黏糊糊的地板和茅草顶棚的吊扇。我从洗手间出来，看到他正坐在吧台看书，我觉得我对他的爱是那么浓烈，然后我试图用一句夸张的"嘿，水手"把他从和莎拉分手的悲伤中拉出来。

我们冒着倾盆大雨从酒吧跑进我们的车里。我们穿行在倾泻而下的大雨中，雨刷器刮着玻璃发出"嘎吱嘎吱"的声响，一路回到我们租住的被大雨浸湿的小屋。

我离那个瞬间越来越近了，就是那个我一直想要伸手去抓，但终于还是什么都没有抓到的瞬间，仿佛它只是反射在地板上的一抹跳跃的光。

我看到亚历克斯要求和我一起拍照，当刚刚数到"二"，还没数到"三"的时候，突然亮起的闪光灯吓了我一大跳。我们俩都笑得喘不过气来，为我们那张令人发指的照片哀号，争论着要不要删掉它。亚历克斯说照片上的人一点儿都不像我，而我也对他说了同样的话。

然后他说："明年我们去个冷的地方吧。"

我说："行，我们去个冷的地方。"

就是这个瞬间，它不断地从我的指缝中溜走，就像即时回放中那个改变剧情走向的关键细节，但我却似乎无法按下暂停键，也无法改为慢速播放。

我们就只能眼睁睁地看着彼此。没有可以供人抓取的有形的边缘，没有明显的标记划定这一刻的开始和结束，没有任何东西能将它和其余数百万个瞬间区分开来。

这一刻，我第一次觉得：

我爱上你了。

这个想法非常吓人，它甚至可能并不是真实的。这绝对是个危险的想法。我将手放开，静静看它溜走。

只有我掌心那些灼热发烫的点点印迹，证明我曾把它握在手里。

第 24 章

今年夏天

公寓已经变成了地狱的第七层，没有证据显示尼古莱曾经来过。我在浴室里换上了我的比基尼，并在外面套上一件超大号的 T 恤，然后又发出一条表达愤怒的短信，要求尼古莱更新空调的修理进度。

亚历克斯在客厅换完衣服后敲了敲门，我们手拿浴巾，悄悄溜到泳池附近。我们先是偷偷检查了一下大门。"锁了。"亚历克斯确认后说，但就在这时，我发现了一个更大的问题。

"什——么——鬼。"

他抬起头，看到空空如也的混凝土泳池。

从我们身后传来了气喘吁吁的声音："哦，宝儿，我就跟你说是他们！"

我和亚历克斯转过身去，发现一对皮肤晒得黝黑的中年夫妇一蹦一跳地朝我们走来，一个穿着闪亮的软木底高跟鞋和白色紧身七分裤的红发女人旁边，是一个后脑勺上挂着墨镜的粗脖子光头男。

"你说对了，宝贝。"那个男人说。

"刚结婚的小夫妻！"那个女人的声音飞了起来，她一把抱住我，"你们为什么没跟我们说你们要来棕榈泉？"

我这时才反应过来，他们是"老公"和"老婆"，那对从洛杉矶国际机场和我们一起搭车的夫妇。

"哇哦，"亚历克斯说，"嗨，你们这几天还好吗？"

女人亮橙色的指甲终于将我松开，她挥了挥手，说："啊，直到发生泳池闹剧之前都还挺好的。"

"老公"嘟囔了一声，表示赞同。

"发生什么事了？"我问。

"有个孩子在里面拉了肚子！我猜拉了很多，因为他们不得不把所有的水都抽干了。不过他们说明天就能恢复运行了！"她皱起眉头，"可我们明天要出发去约书亚树国家公园。"

"啊，酷！"我说，当我的灵魂在我身体的空壳里悄悄萎缩时，欢快而爽朗的声音就会显得用力过猛。

"我们赢得了那里的免费住宿，"她向我眨眼使了个眼色，"我很幸运。"

"那可不。""老公"说。

"不是我吹牛，"她继续说，"我们几年前中了乐透，虽然不是那种亿万美元级别的，但也是一笔相当不错的奖金，我发誓，从那以后，像是福利彩票、体育彩票什么的，只要我看上的，就都可以中奖。"

"真的很棒。"亚历克斯说。听起来他的灵魂也像被抽走了。

"不管怎样！我们要走了，你们继续做你们的事吧。"她又向我使了个眼色，也或者是她的假睫毛粘在了一起，这很难说，"这是多么神奇的运气啊，我们居然会住在同一个地方！"

"运气，"亚历克斯说，他的声音听上去有种被霉运缠身的恍惚，"没错。"

"世界真小，对吧？""老婆"说。

"的确。"我附和道。

"总之，祝你们接下来玩儿得开心！"她在我们每个人的肩膀上捏了捏，"老公"向我们点了点头，随后就离开了，只剩我们两个站在空荡荡的泳池前。

在静默了三秒钟后，我说："我再试着给尼古莱打个电话。"

亚历克斯没有说话。我们重新回到公寓。此时房间里的温度是90 ℉ [1]。这并不是比喻，而是事实上的90 ℉。

除了浴室里的那盏灯，我们什么灯都没有开，好像再多一个发光的灯泡，房间里的温度就能达到100 ℉。

亚历克斯站在房间中央，看起来非常痛苦。这里热到让人不想坐下，也不愿意触碰房间里的任何东西。空气像木板一样僵硬，没有丝毫流动的迹象。我一边踱步，一边反复地拨打尼古莱的电话。

在尼古莱第四次拒接我的电话后，我尖叫一声，跺着脚去厨房拿来剪刀。

"你在干吗？"亚历克斯问。我冲到阳台上，刺穿了那块塑料布。"这没什么用，"他说，"今晚外面和屋里一样热。"

但跟我讲道理是没有用的。我正大刀阔斧地裁剪着那块塑料布，它被我剪成一个个破烂的长条，被我丢到地上。晚风终于可以穿过那半个阳台了，但亚历克斯说得没错，今晚根本没有风。

我快被热化了，于是大步走回屋里，往脸上泼了几捧凉水。

1　相当于32℃。

"珀比，"亚历克斯说，"我想我们应该找一家酒店。"

我摇了摇头，沮丧得说不出话来。

"我们必须去。"他说。

"事情不应该是这样的。"我说，眼睛突然感到一阵刺痛。

"你在说什么？"他说。

"我们应该像以前一样！"我说，"我们应该保持最低的花费，而且能游刃有余地处理各种问题。"

"可我们已经游刃有余地处理了一大堆问题了。"亚历克斯坚持说。

"住酒店是要花钱的！"我说，"我们现在还得花 200 美元给那辆破车买个新轮胎呢！"

"可你知道真正要花钱的是什么吗？"他说，"住院！如果我们继续待在这里，我们是会死的。"

"事情不应该是这样的！"我几乎吼了起来，我像卡住的唱片一样不停重复着同样的话。

"但事情就是这样！"他回击道。

"我只是想让它回到从前的样子！"我说。

"再也回不去了！"他厉声说，"我们无法回到过去，知道吗？时间在往前走，我们没法改变这一点，停手吧！不要再试图强迫我们的友谊回到从前的样子了，因为这是不可能的！我们都变了，所以别再装作我们还像以前一样了！"

他突然停了下来。他的眼眸深邃，下巴紧绷。

泪水模糊了我的视线，我感觉自己的胸口被锯成了两半，我们面对面，静静地站在黑暗中，呼吸已经变得艰难。

远处传来低沉的轰隆声打破了我们之间的沉默，接着是"啪嗒、啪嗒、啪嗒"的声音。

"你听到了吗？"亚历克斯的声音浑浊又刺耳。

我犹豫地点了点头，然后又是一声颤抖的轰响。我们互看一眼，我们的眼睛都睁得大大的，里面充满了绝望。我们跑到阳台边上。

"天哪。"我伸手去接从空中落下的雨水，开始大笑起来，亚历克斯也跟着笑了起来。

"这里。"他开始撕扯剩下的塑料布，我从咖啡桌上拿起剪刀，剪下剩余的那部分，然后拿着它在我们的肩膀上方甩动起来，大雨倾盆而下，最后大到我们不得不从原来站的地方移开。我们往后退了几步，仰起脸，感受着雨水的洗涤。快乐的泡泡又从我身体里冒了出来，当我看向亚历克斯的时候，发现他正看着我，只一瞬，他脸上的微笑就变成了忧虑。

"对不起，"他说，他的声音在大雨中显得很安静，"我只是想说……"

"我懂你的意思，"我说，"你说得没错。我们是无法回到过去的。"

他轻咬了一下他的下唇，说道："我的意思是……你真的那么想吗？"

"我只是想要……"我耸了耸肩。

"你。"我想。

"你。

"你。

"你。说啊。"

我摇了摇头："我不想再次失去你。"

亚历克斯向我伸出手来，我向他走去，他抓着我的两髋，把我拉进他怀里。我紧紧贴在他潮湿的 T 恤上，他用胳膊搂住我，把我抱了起来。我踮起脚，他将我固定住，然后把他的脸埋进我的颈窝，我身上那件超大号的 T 恤已经湿透了。我用双臂搂住他的腰，他的手划过我的后背，抓住我 T 恤里泳衣系带打结的地方，我感到了一阵颤抖。

尽管这一整天他都在出汗，但他的身上还是散发出好闻的味道，不管是贴在他身上，还是用手触摸他的身体，都让我觉得非常舒服。再加上沙漠雨水给人带来的强烈舒缓，我突然觉得一阵头晕目眩，于是放任自己的手掠过他的脖子，滑进他的头发。他向后缩了一下，看着我的脸，但我们谁都没有放开对方，所有的紧张和不安就像从我的身体里蒸发掉一样，也从他的下巴和眉宇之间消失了。

"你永远都不会失去我，"他说，他的声音在大雨中变得模糊不清，"只要你需要，我就会在你身边。"

我咽了咽哽在喉咙里的东西，但它又升了起来。我努力想把这些话藏在心里，一旦说出来，就会铸成大错，对吧？我们向来无话不谈，可有些话说出去，就再也无法挽回了，就像有些事情，一旦迈出那一步，就再也无法回头了。

他拨开挡在我眼前的一缕湿漉漉的头发，帮我别在耳后。卡在我喉咙里的东西似乎已经融化，就像我一直憋着的一口气一样，我想说的那句话就这样从我嘴里溜了出来。

"亚历克斯，我一直都想要你，"我向他耳语，"一直。"

在昏暗的灯光下，他的眼睛闪闪发光，嘴唇也显得无比柔软。他弯下腰，把额头抵在我的额头上，我突然觉得自己的身体变沉，像是有条重力毯将我的周身紧紧包裹起来，而他的手温柔地拂过我的肌肤，就像阳光轻轻照在我身上的感觉。他的鼻子从我鼻子的一侧滑了下来，我们的嘴巴跟随心跳搏动着，中间只隔着两三厘米的距离。

到了这一步，我们貌似还是有悬崖勒马的机会的，我们有机会把一切停在这一刻，不去突破那最后的一道防线。但听着他紊乱的呼吸，感受着他微启的双唇逐渐犹豫着靠近对我产生的牵引，我彻底抛开所有想要放弃的念头。

我们好像两块磁铁，即使小心翼翼地保持着距离，也终将慢慢靠近彼此。他的手轻触我的下巴，轻轻地调整着它的角度，好让我们的鼻子尝试着抵在一起，我们感受着彼此间的微小缝隙，然后张开嘴巴，吞咽着我们之间稀薄的空气。

他的每一次呼吸都仿佛在我的下唇低语，我的每一次颤抖的吸气都试图将他拉得离我更近。"事情不应该是这样的。"我意识模糊地想。

然后，一个更大的声音将它盖了过去——事情早该这样了。

事情一直都是这样。

事情必须是这样。

第 25 章

四年前的夏天

今年和往年有所不同。我已经在《休闲 + 娱乐》杂志社工作六个月了。在这六个月的时间里，我已经去过：

马拉喀什和卡萨布兰卡（摩洛哥）。
马丁堡和皇后镇（新西兰）。
圣地亚哥和复活节岛（智利）。

当然还有他们送我去的一些美国国内的城市。

这些旅行和过去我和亚历克斯的旅行完全不同，但当我提出要将我们的暑期旅行和我的工作旅行合二为一时，我故意向他省略了这两者之间的差距，因为我很想看看当我们拖着从廉价百货公司买来的破行李箱，出现在我们的第一个度假村却受到香槟迎接时，他会做何反应。

我们会在瑞典待上四天，然后去挪威再待四天。

那里并不寒冷，确切地说，至少应该说凉爽。自从我联系了漂流向导丽塔那个定居国外的"小姑子"达妮后，她每周都会给我发邮件，向我提供奥斯陆的游玩建议。与丽塔不同的是，达妮有着超强的记忆力——她似乎能回忆起她吃过的每一家好吃的餐厅，并且能准确地告诉我们具体该点什么菜品。在某封电子邮件中，她甚至还根据一系列标准（景色的优美程度、拥挤程度、规模大小、位置的便利程度、自驾沿途风光如何）对各个峡湾进行了排名。

当丽塔告诉我她的联系方式时，我认为她会给我一个列表，上面可能会具体列出一些国家公园和酒吧的名字，而达妮也的确是这么做的——在她的第一封邮件里。但每当她想到一些我们"在离开之前绝对不能错过的"事情，她就会再次给我发来邮件。

她很喜欢用感叹号，虽然在我的认知里，感叹号通常会用来表达"友好"和"我完全没在生气"，但放在她身上，就让我觉得她的每句话似乎都是在对我下达命令。

"你一定要喝阿夸维特[1]！"

"确保在室温下喝，或许可以配上啤酒！"

"在前往海盗船博物馆的途中品尝你的室温阿夸维特！千万不要错过！"

达妮每封邮件里的感叹号都深深地刻在了我的脑海里，如果不是因为她在每封邮件的末尾都会加上一个"亲亲抱抱"的话，我很可能会害怕见到她，但有了她这个可爱的小动作，我就能确信我们会很喜欢她，或者我很喜欢她而亚历克斯会很害怕她。

总之，这是我这辈子最期待的一次旅行。

1　阿夸维特（Aquavit），是主要生产于斯堪的纳维亚地区的一种加味蒸馏酒。

在瑞典，有一家完全由冰块筑成的旅馆，名字叫（出于某种神秘的原因）冰雪酒店，它绝对是靠我和亚历克斯的薪水都负担不起的酒店。在和斯瓦娜开提案会的那一天，我整个早晨都汗流浃背地坐在办公桌前，但我敢肯定那不是正常的出汗，而是因为焦虑产生的可怕臭气。并不是说亚历克斯不想来一个火热的滨海假期，但自从我发现了这个冰雪酒店后，我就知道这对他来说，绝对是个超级完美的惊喜。

我把这次文章的专题定为"清凉一夏"，斯瓦娜的眼中透出了赞许的光芒。

"不落窠臼。"她说。我见过一些更有名气的作家也喜欢在他们的圈子里说这个词。我来这里的时间并不长，这是我第一次听她使用这个词，不过我知道她是如何看待"热门"的，所以我认为在她看来，"不落窠臼"和"热门"是截然相反的。

她完全赞成这个点子。就这样，我得到了一大笔经费。严格来说，我是不可以为亚历克斯支付餐食和机票的费用的，甚至不能把维京博物馆的准入许可分享给他，但当你以《休闲＋娱乐》的名义去旅行的时候，就会有人为你开门，你没有下单的香槟也会自动飘到你的餐桌上，主厨们也会带"一点儿做多了的"食物给你，你的整个旅途生活都变得更加闪闪发亮了。

还有就是随行的摄影师的问题。不过到目前为止，和我一起工作的所有人就算没有感到享受，但至少也不会有不舒服的感觉。他们和我是彼此独立的，我们碰面、拍照，然后分开。尽管我还没有和这次即将搭档的新摄影师一起工作过——我们在办公室的排班时间正好是错开的——但另一个新来的特约撰稿人盖瑞特说，摄影师特瑞是个很棒的人，所以我在这方面并不觉得担心。

虽然我和亚历克斯在旅行前的几周里都在不间断地互发短信息，但我们从来不去讨论这次旅行本身。我告诉他一切交给我就好，反正这是一个惊喜，而就算失控对于亚历克斯来说就像是杀掉他一样的存在，他也没有表达过任何不满。

他一直在短信里讲他的小黑猫弗兰纳里·奥康纳。他给我发来它的各种照片——有它躲在鞋子里、橱柜里的，也有它躺在书架最顶部的。

"它让我想起了你。"他有时会说。

"是因为它的爪子？"我问，"还是因为它的牙齿？或者因为它身上的跳蚤？"不管我每次拿什么做对比，他都只会回我"一个小小战士"。

这让我心里暖暖的同时，也感到了一丝悸动。我想起他把我头上卫衣帽子的抽绳拉紧，在微凉的黑暗之中对我咧嘴笑了笑，小声地嘟囔了一句："小可爱。"

在我们出发前的最后一周，我要么是得了重感冒，要么就是得了我有史以来最严重的一次夏季性过敏。我的鼻子总是堵塞和（或）流鼻涕，我的嗓子又痒又涩，我的整个脑袋都很沉，在那段时间里，我每天刚一起床就已经觉得精疲力尽了。不过我并没有发烧，我去了趟急诊，发现我没有得链球菌性咽喉炎，于是我尽力不去放慢节奏。旅行前有很多事情要做，我只好一边咳嗽着一边完成。

我们出发前的倒数第三天，我做了一个梦，梦里亚历克斯对我说他和莎拉复合了，所以他这次去不了了。

我醒来后觉得心里很不舒服。我一整天都在努力忘掉那个梦。下午两点半的时候，他给我发了一张弗兰纳里的照片。

"你会想莎拉吗？"我回他说。

"有时吧，"他说，"不过不是很经常。"

"拜托不要退出我们的旅行。"我说。因为这个梦真的、真的很困扰我。

"我为什么要退出我们的旅行？"他问。

"我不知道，"我说，"我就是总担心你会这么做。"

"暑期旅行是我一年中最期待的事情。"他说。

"我也一样。"我告诉他。

"你现在不是一直都在旅行吗？你不会厌倦吗？"

"我永远都不会厌倦的，"我说，"不要退出。"

他又给我发了一张弗兰纳里·奥康纳坐在已经打包好的行李箱上的照片。

"小小战士。"我写道。

"我爱它。"他说。虽然我清楚地知道他说的是那只小猫，可即便如此，那种温暖、激动的感觉却又再次在我的身体里苏醒。

"我已经等不及要见到你了。"我说，突然觉得，好像说这种再正常不过的话是一种冒失又危险的行为。

"我知道，"他回复道，"我脑子里也只有这一个想法。"

那天晚上，我花了好几个小时才真正入睡。我躺在床上，脑子里不停地重复着刚刚的那些话，我不由得觉得自己像在发烧。

隔天醒来的时候，我意识到自己昨晚真的发烧了，而且到此时烧还没退，我的喉咙比之前更加肿痛，头也像是遭到了重击，我觉得自己的胸口闷闷的，两条腿也很疼，不管我盖了多少条毯子都暖和不起来。

我打电话请了病假，希望能一觉睡到第二天下午两点直接去机场。但到了深夜的时候，我知道我可能无法登上那架飞机了，因为我当时是高烧 102 ℉ [1]。

因为日期临近的关系，我们预定的大部分东西到现在都已经无法退款。我裹着毯子，瑟瑟发抖地躺在床上，拿起手机，起草了一封给斯瓦娜的电子邮件，向她说明情况。

我不知道要怎么办才好，不知道会不会因为这个而被辞退。

如果我感觉没这么糟糕的话，我可能会大哭一场。

"明天早上起来先去看医生。"亚历克斯告诉我。

"可能现在正是最严重的时候，"我说，"或许你可以准时起飞，我过几天就能和你碰头了。"

"你这么晚还感冒着一定特别难受，"他说，"珀比，答应我，一定要去看医生。"

"我会的，"我写道，"我真的觉得很抱歉。"

然后我就哭了。因为如果我没能参加这次旅行，那我很可能一年都见不到亚历克斯了。他一边在上他的艺术硕士，一边还要教书，而我因为在《休闲＋娱乐》工作的关系，很少有在家的时间，回林菲尔德的次数就更少了。妈妈之前非常兴奋地告诉我，她说服了爸爸今年圣诞节来城里过。我的哥哥们甚至也同意了来我这里待上一两天，不过他们坚称，一旦他们搬到加州以后，就再也不会这么做了（帕克在洛杉矶从事电视的编剧工作，普林斯则进了旧金山的一家电子游戏开发公司），就好像在他们签署租约之日，就是他们在两个州之间抉择的尘埃落定之时。

每当我生病的时候，我就好希望自己是在林菲尔德的家里，躺在儿时卧室的床上，看着满墙的老式旅行海报，身上裹着妈妈在怀

1　相当于39℃。

着我的时候做的淡粉色被子。我好希望她能给我拿来热汤和温度计，检查我有没有及时喝水，是不是有吃布洛芬来退烧。

我第一次开始讨厌我极简风格的公寓，开始讨厌窗外传来的这座城市从未间断的喧嚣，开始讨厌当初自己挑选的嫩灰色亚麻床上用品，和我找到这份"大姑娘的工作"以后开始收集的那些线条流畅的丹麦风家具。

我好希望此刻被各种小摆件环绕。我想要花朵图案的灯罩，和格纹沙发完全不搭的抱枕，以及搭在沙发靠背上的粗糙的阿富汗盖毯。我想拖着脚走到一个米白色的旧冰箱前，看到上面从加特林堡、国王岛和抢滩登陆乐园买来的丑陋的冰箱贴下固定着的我小时候画的画和已经泛白的家庭照片。我好像看到一只穿着尿布的猫悄悄从我身边经过，却撞在一堵没有被它注意到的墙上。

我不想孤身一人，不想为每一次呼吸付出如此巨大的努力。

早上五点半的时候，斯瓦娜回复了我的电子邮件。

有时是会发生这样的事情。不必为此自责。关于退款，你说得对，不过如果你想让你的朋友使用你预订的住宿，是没什么问题的。把你重新制订的行程转发给我，我们会派特瑞去拍摄，等你病好了再来吧。

还有，珀比，如果再发生这样的事情（将来也可能发生），不用急于道歉。你并不是你免疫系统的主人，而且我能向你保证，当你的男同事遇到这种不得不取消行程的情况时，他们并不会向我表达出任何愧疚。不要鼓励别人因为一些你无法控制的因素而去责怪你。你是个很棒的作家，你的加入，是我们的荣幸。

现在去找你的医生，然后真正地去休闲＋娱乐。接下来的事情，等你病好了我们再谈。

如果不是我的整个公寓都笼罩在阴霾之中，如果不是我的身体极度不适，我可能真的会松一口气。

我把邮件截图发给了亚历克斯。"玩儿得开心！"我写道，"我尽量在下半场和你会合！"

我当下只要一想到要起床，就会觉得头晕目眩。我把手机放到一边，闭上眼睛，任凭汹涌的睡意将我吞没。我仿佛掉进一口井里，我在急速地下降，周围的一切却在不断向上，向上……

我睡得并不安稳，一直处在半梦半醒的状态，梦里的对话总在一遍又一遍地重复，但刚一开始就会被打断。我在床上不停地翻着身，朦胧中我可以意识到自己有多冷、我的身体和床有多不舒服，然后就再次回到令人不安的梦中。

我梦到一只身形硕大的黑猫，它的眼神犀利，不停地追着我转圈，直到我累到喘不过气，再也跑不动了，它就趁机猛扑过来，我被吓醒，几秒之后，我又重新闭上了眼睛。

"我该去看医生了。"我不时会这样提醒自己。但我知道自己根本坐不起来。

我没有吃东西，没有喝水，甚至也没有起来撒尿。

就这样过了一天后。我再次睁开眼睛，看到日落时分，金色的阳光洒在我卧室的窗户上，但一眨眼的工夫，它就变成了深紫色。我头疼得厉害，感觉脑袋里有"砰砰"的声音。声音如此真切，以至于我整个身体都感受到这声音的冲击波。

我翻了个身，用枕头捂住自己的脸，但这个声音并没有停下来。

反而越来越大了，变得越来越像我的名字。当人累到迷迷糊糊的时候，似乎耳边就会传来某种歌声，像是：

"珀比！珀比！珀比，你在家吗？"

床头柜上，我的手机"咔哒、咔哒"地振动起来。我不去管它，任由它继续响下去，之后它又响了起来，然后是第三次，于是我翻了个身，尽管整个世界都在融化，就像掉进一个快速旋转的双色冰淇淋形成的旋涡，但我还是试着去看了看我的手机屏幕。

"亚历山大大帝"发来了几十条信息，最后一条是："我到了！让我进去！"

我完全不明白这是什么意思，我真的很困惑，没有办法把它放到一定的语境里去理解，而且我浑身发冷，根本不想去理会它们。这时他又打来了电话，但我并不确定自己还能不能说得出话，因为我的喉咙实在太紧了。

"砰砰"的声音又响了起来，有人在叫我的名字，房间上空的阴霾消散到了足以将所有碎片拼凑完整的程度。

"亚历克斯。"我喃喃道。

"珀比！你在里面吗？"他在门外大喊。

我又在做梦了，这是我能走到门口的唯一理由。我又在做梦了，也就是说可能当我真的走到门口并将门拉开的瞬间，就能看到那只身形硕大的黑猫站在那里，而骑在它身上的，正是莎拉·托沃。

不过也可能不是那样，也许站在那里的只有亚历克斯，我可以把他拉进屋里，然后——

"珀比，拜托，快和我说你没事！"他在门的另一边说。我从床上滑下来，把我的亚麻羽绒被绕在肩膀上，拖着自己又软又湿的腿来到门口。

我摸索着找到门锁，终于将它打开。像被施了魔法一样，门就这样敞开了，梦里都是这样的。

但当我真的看到他站在门的另一侧，一只手放在门把手上，身后拖着那个破旧的行李箱时，我还是不敢肯定我是不是在自己的梦里。

"我的老天，珀比，"他说着，走了进来，将我上下检视了一番，然后把他冰凉的手背按在我湿漉漉的额头上，"你在发烧。"

"你不是在挪威吗？"我勉强发出嘶哑的声音。

"我当然没去，"他把行李拖进来，关上了门，"你最后一次吃布洛芬是什么时候？"

我摇了摇头。

"没吃？"他说，"该死，珀比，你应该去看医生的。"

"我不知道要怎么去。"这个说法听起来也太蠢了。我 26 岁，有一份全职工作，有医疗保险，有公寓，有学生贷款账单，而且一个人住在纽约，但有些事情，你就是不想独自去做。

"没事的，"亚历克斯说着，轻轻把我拉进他的怀里，"你先回到床上，我看看能不能帮你退烧。"

"我要撒尿，"我泪流满面地坦白道，"我可能已经尿了。"

"好的，"他说，"去撒尿吧，我去给你找些干净的衣服。"

"我需要洗澡吗？"我问。因为我现在真的很无助，我需要有人像妈妈之前那样，告诉我现在该做什么，因为我从中学的时候就总是待在家里，一整天什么都不做，只是待在电视机前看卡通频道，这时她就会过来告诉我，我该做些什么。

"我不确定，"他说，"我先谷歌一下，现在你先去撒尿。"

我费了很大的力气才走到洗手间，我把身上的毯子丢到门外，上厕所的时候也没有关门。尽管我全身都在颤抖，但听到亚历克斯在我公寓里走动的声音，我还是感到了一丝安慰——他静静地打开抽屉，在煤气灶的上方按了一下，然后把茶壶放到上面。

他在做完手头上的事后过来看我，但我仍然坐在马桶上，睡裤还堆在脚踝的位置。

"我想如果你愿意洗澡的话，是可以洗一下的。"他说着，开始放水，"可能不要洗头会比较好。我也不知道是不是真的，不过贝蒂姥姥说头发湿了会让你觉得恶心，不过你确定你不会摔倒之类的？"

"如果洗得快一点儿，应该就没什么关系。"我说。我突然意识到自己身上究竟有多黏，我基本上可以肯定我尿裤子了。或许过后我会感到丢脸，但此刻，没有任何可以让我难堪的事情。他在这里，我就放心了。

他像是犹豫了几秒钟："进去吧，我会在这里陪着你，要是你觉得不舒服，就告诉我，好吗？"在我挣扎着站起来，脱下身上的睡衣时，他将身子转了过去。我爬进热水里，拉上浴帘，当水打在我身上的时候，我觉得浑身都在发抖。

"还行吗？"他立刻问道。

"呃，嗯。"

"我待在这里可以吗？"他说，"如果你有什么需要的，直接告诉我就可以。"

"呃，嗯。"

但仅仅几分钟后，我就坚持不下去了。我关掉水龙头，亚历克斯递给我一条浴巾。我好像比刚才更冷了，我浑身都是水，走出去的时候牙齿都在打战。

"来，"他将另一条浴巾像斗篷一样裹在我的肩膀上，尽量不让我的肩膀着凉，"你先在房间里坐一会儿，我给你换一床被褥，好吗？"

我点了点头，他领着我来到卧室角落里的那把二手孔雀藤椅前。"换洗的被褥在哪儿？"他问。

我指着衣橱告诉他："在最上面那层。"

他把它拿了下来，递给我叠放着的运动裤和T恤，因为我平时没有叠衣服的习惯，所以这肯定是他从收纳柜里拿出来的时候，本能地将它们叠好的。我从他手上接过衣服，他转身走开，去整理床铺，我把浴巾丢在地板上，穿上了衣服。

亚历克斯把床铺好后，拉开一角，我钻了进去，他给我掖好被子。厨房里的水壶开始鸣叫。他刚转身要走，我因为重新回到温暖而干净的被窝里，晕晕乎乎地抓住他的胳膊说："我不想你走。"

"珀比，我马上就回来了，"他说，"我得给你拿些药。"

我点点头，松开我的手。他回来的时候，手里拿着一杯水和他的笔记本电脑。他坐在床边，拿出几个药瓶和几盒美清痰[1]，把它们放在边桌上一字排开。"我还不知道你的具体症状。"他说。

我摸着自己的胸口，试图向他解释这里现在有多紧。"明白了。"他说，然后选了其中一个盒子，剥了两颗药出来，连同水一起递给我。

"你吃饭了吗？"我把药吞下去后问他。

"没怎么吃。"

他浅浅一笑，道："我在来的路上买了些吃的，这样就不需要再去买了。你想来点儿汤吗？"

"你怎么这么好？"我低声说。

他细细端详了我一会儿，然后弯下腰，在我额头上吻了一下：

---

1 美清痰（Mucinex），主要成分是愈创甘油醚，系美国常见的一种感冒清痰药。

"我想茶应该好了。"

亚历克斯给我端来了鸡汤面、水和茶。他给我定了下次吃药的闹钟。那天晚上,他每隔几个小时就会起来给我测量体温。

我这次睡着后没再做梦,每次醒来,我都会看到他在边上,始终半睡半醒的。他打了个哈欠,醒了过来,看向我,问:"感觉怎么样?"

"好点儿了。"我答他。我不确定从生理上来说是不是这样,但至少从精神上和感情上来说,有他在这里,我确实感觉好了很多,由于我每次只能说几个字,所以也没办法向他做进一步的说明。

到了早晨,他扶着我下了楼,我们打了辆出租车来到医院。

"只要你盯着她吃完这些抗生素,她就会没事了。"医生嘱咐的是亚历克斯,而不是我,我想大概是因为我现在看起来不像是那种能听得懂人说话的样子。

亚历克斯在送我回家的时候,告诉我让我自己上去,尽管我很想恳求他让他留下来,但我实在是累到没有力气去这么做了。而且他已经在我家陪护了我整整一晚,他确实需要好好地休息一下。

没想到半小时后,他回来了,同时被他带回来的还有吉露果冻、冰淇淋、鸡蛋、汤、各种维生素,还有我此前从没想过会出现在我公寓里的香料。

"贝蒂极其信赖锌片,"他说着,给我拿来一把维生素、一个吉露果冻杯和一杯水,"她还让我在你的汤里放些肉桂,所以如果味道不好,你就怪她好了。"

"你怎么会来这儿的?"我费力地说。

"我去挪威的联程航班在纽约中转。"他说。

"所以呢?"我说,"你在匆忙中没有赶上下一班飞机,所以离开了机场？”

"不，珀比，"他说，"我是专门来这里陪你的。"

顷刻间，我的眼泪喷涌而出："我原本打算带你去一家冰块筑成的旅馆的。"

他的嘴角掠过一丝微笑："老实说，我不知道这是不是你发烧说的胡话。"

"不是，"我闭上眼睛，眼泪顺着我的脸颊往下流，"是真的，我真的很抱歉。"

"嘿，"他拨开我脸上的头发，"我并不在乎这个，你知道的，对吧？我在乎的只有能不能和你一起。"他用拇指轻轻地抚摸我的泪痕，沿着鼻子旁边的脸颊滑下来，赶在眼泪流到我上唇的时候将它拦截，"我很遗憾你要错过你的冰块酒店了，但我在这里也觉得很好。"

想到这个男人替我更换了一床被尿湿的被褥，我就觉得自己的颜面已经荡然无存。我伸手去够他的脖子，把他拉向我。他躺到我身边，我伸出双手示意他靠过来，他灵巧地挪过来，用一只胳膊勾起我的背，将我揽进他的怀抱。我也一手搂住他的腰，我们就这样纠缠着躺在一起。

"我能感受到你的心跳。"我对他说。

"我也能感受到你的。"他说。

"对不起，我尿床了。"

他大笑起来，紧紧搂住我。就在这个时候，我觉得我爱他爱到胸口发疼，而且我想我肯定是大声说了什么，因为我听到他低声说了句"这肯定是你发烧说的胡话"。

我摇了摇头，和他贴得更近了一点，直到我们之间已经没了任何空隙。他用手轻柔地抚摸着我的头发，当他的手指碰到我的脖子时，一阵战栗瞬间从上到下划过我的脊柱，这让我在一大片凄凄惨惨的海洋当中感受到了极致的美好。我的身体微微弓了起来，紧紧抓住他的后背，他的心跳正在加速，使得我的心跳也莫名快了起来。他把手移到我的大腿上，让我盘在他的屁股上，我用手指抓紧他，然后把嘴埋进他的颈窝，他脖子上的脉搏此时正急促地跳动着。

"你现在舒服了吗？"他含混地问，好像我们这样躺着只是为了把身体对齐，好像我们正在编造出某种说法来掩饰正在发生的事情的真相。这个真相就是，即便在我生病不清醒的情况下，我也能感觉到他就像我想要他一样想要我。

"呃，嗯，"我喃喃道，"你呢？"

他的手紧紧抓着我的大腿，点了点头。

"嗯。"他说，我们都保持着这个姿势，谁都没动。

不知道我们就这样躺了多久，但感冒最终战胜了我体内因激情而敏感的神经末梢，我还是睡了过去。当我再次醒来的时候，发现他已经平静地躺在床的那一边了。

"你在梦里找妈妈。"他告诉我。

"我生病的时候就会很想她。"我说。

他点了点头，把一缕头发别到我的耳后，说道："有时我也这样。"

"给我讲讲她的事吧？"我问。

他挪动了一下身子，靠着床头板坐起来一些："你想知道什么？"

"她的一切，"我小声说，"你在想她的时候会想到什么？"

"好吧，她去世的时候我只有 6 岁。"他说着，又将了将我的头发，我没有任何想要和他争辩或要他继续说下去的意思，但他终于还是继续说了下去，"她过去常常会在晚上给我们盖被子的时候给我们唱歌，我那时觉得她的声音很动听，我的意思是，呃，我会告诉班上的同学，她是个歌手，或者要不是她做了全职妈妈，她就会去做个歌手之类的话。你知道的……"他的手仍然放在我的头发上，"我爸是没办法谈论她的，呃，提都不能提，我的意思是，他现在说起她，情绪还是会崩溃。所以从小到大，我和我的弟弟们都没有谈论过她。大概在我十四五岁，我去贝蒂姥姥家帮她清理她的排水沟、修剪她的草坪的时候，她正在看我妈妈的家庭录像带。"

我认真看着他的脸、他嘴唇饱满的弧度，外面的街灯透过窗子照在他的眼睛上，仿佛他的眼睛本身就发着光。"我们从来没有在家里放过任何她的影像，"他说，"我甚至都不记得她的声音了，但我们一起看了她抱着婴儿时期的我的视频，唱着艾米·格兰特[1]的老歌，"他的目光转向我，嘴角的笑意变得更明显了，"没想到她的声音却非常可怕。"

"有多可怕？"我问。

"糟糕到贝蒂不得不关掉它，以免被笑到心脏病发作的程度，"他说，"而且你能看出我妈妈知道她自己唱得有多烂。我的意思是，你可以听到贝蒂在拍摄的时候发出的笑声，而我妈妈则一直咧嘴笑着回头看她，但她还是不停唱着。我想起的大概就是这个。"

"她听上去是我会喜欢的那种姑娘。"我说。

"在我生命中的大部分时间里，"他说，"她就像个恶魔。就是，她在我生命中扮演的最重要的角色，就是让我爸因为她的离去而崩溃，就是让我爸因为要独自抚养我们而害怕。"

我点了点头，觉得他说得有道理。

---

1 艾米·格兰特（Amy Grant, 1960 —）是一名美国当代基督教音乐歌手。

"很多时候，当我想到她的时候，就，呃……"他顿了顿，"与其说她是一个真实的人，不如说她是个具有警世意义的传说。不过当我想到那个视频的时候，我就会想我爸为什么那么爱她。把她当成一个人来看待，似乎感觉会更好。"

我们陷入了沉默。好一会儿，我伸出手，握住亚历克斯的手。"她一定是个很棒的人，"我说，"才能生出这样的你。"

他把我的手攥紧了些，但没有再说什么，之后我就又睡着了。

接下来的两天我还是浑浑噩噩的，从那之后，我的身体就越来越好了。尽管没有完全恢复，但我的头脑是清醒的，感觉也轻快了不少。

我们没有再抱在一起，只是会一起坐在床上看从前的卡通片。我们早上会坐在屋外的逃生梯上吃早餐，每当亚历克斯的手机闹铃响起，我就会吃下药片，到了晚上，我们就一边播放着"挪威传统民间音乐"，一边坐在沙发上喝茶。

我们就这样过了四天。然后是五天。而当我已经恢复到理论上可以出国的时候，一切似乎都太迟了。我们谁都没再提起这件事情，也再没有了更多肢体上的触碰，只有在很偶然的情况下，我们会撞到彼此的胳膊或腿，有时他也会因为担心我将东西洒到我的下巴上而下意识地把手伸到桌子的对面。但到了晚上，当亚历克斯躺在床的另一侧时，我会听着他起伏不均的呼吸，久久无法入睡，我觉得我们就像两块磁铁一样，拼命地想要吸在一起。

在我内心深处，我很清楚这是不对的。发烧降低了我对他的抵抗力，他也一样，但说到底，我和亚历克斯并不适合彼此。或许我们之间相互吸引，彼此相爱，也有共同的回忆，但这也意味着倘若我们将这份友情引入歧途，那我们失去的也就更多。

亚历克斯想要的是在一个地方定居，然后结婚生子。他想要的是莎拉那样的人，想要一个能够帮他重新构筑他六岁以后就失去的生活的人。

　　而我想要的是一种无拘无束的生活，充满了说走就走的旅行和令人兴奋的新恋情，不同的季节里有不同人的陪伴，而且我大概率永远都不会让我的生活归于平静。我们一直通过柏拉图式的友谊来维持我们之间的关系。尽管那5%的部分这几年里一直呈现出上涨的趋势，但现在是将其进行压制的时候了，我必须彻底粉碎我所有的幻想。

　　在这一周结束的时候，我送他到机场，给了他一个我所能想到的最纯洁的拥抱。尽管他把我举起来时，还是让我有种脊背拱起的战栗，而且我身上所有他没碰过的地方也都像被热浪冲刷过一样。

　　"我会想你的。"他凑到我耳边，字字铿锵。我强迫自己和他拉开一段合适的距离。

　　"我也是。"

　　回到公寓的那一整晚，我都在想他，我梦到他把我的大腿拉到他的腿上，就在他要吻我的时候，我就醒了。

　　我们四天没有说话，他终于还是给我发了一条短信，内容只有一张照片，他的小黑猫坐在一本翻开的弗兰纳里・奥康纳[1]的《智血》[2]上。

　　"命中注定。"他写道。

1　弗兰纳里・奥康纳（Flannery O' Connor，1925 — 1964），美国女性作家。
2　《智血》（Wise Blood），是美国作家弗兰纳里・奥康纳的第一部长篇小说，发表于1952年。

第 26 章

今年夏天

我们站在阳台上，被雨水浸湿的身体变得肿胀通红，他的目光温柔，我觉得自己仅存的那一点点自控力，也随着沙漠的酷热和身上的污渍，被一起冲刷殆尽。仿佛天地间的一切都消失了，只剩下了我和亚历克斯。

他的双唇不断开合，我和他做着相同的动作，他的气息温热地打在我的嘴唇上。我每一次短促的吸气都会将我们拉得更近一些，直到我的舌头恰好能轻轻咬到他被雨水打湿的下唇，他微微调整角度，进一步触碰我的嘴唇。

先是一个浅浅的吻，然后又是一个较为深入的吻。

我们贴在一起，然后又分开，我们之间微小的空隙，急促到令人无法喘息的呼吸，还有每一次的深吻、试探，和他那被雨水打湿的在我嘴巴上游移的双唇，都让我深深迷醉。他向后撤了一下，将嘴唇悬停在我嘴巴上方我能感受到他呼吸的地方。"这样可以吗？"他在一片寂静中向我发问。

如果我还能说得出话，我一定会告诉他这是我这辈子接过的最棒的吻。在此之前，我不知道仅仅接吻就能让人感觉如此美好。我可以和他就这么一直吻下去。

　　但我实在想不清楚究竟要怎么说出这些。我现在满脑子都是他搂着我屁股的手，他挤着我胸部的感觉，他光滑的皮肤，还有我们之间纤薄的衣服，所以我只是点了点头，用牙齿咬住他的下唇。他把我压在水泥墙上，吻落下来得更加急切。

　　我屏住呼吸，在他用手指轻轻画圈的时候，我的心脏怦怦直跳。我点了点头，将他拉向我的身体。他在我的两腿之间了，我瞬间有些眩晕。"我每时每刻都在想着你，"他说着，慢慢地吻着我，一路吻到了我的脖子，我不由得起了一片鸡皮疙瘩，"想着这个。"

　　"我也是。"我在他耳边低声坦白。他的嘴移到我的胸部，透过我身上潮湿的T恤亲吻着我，他的手同时也隔着衣服的布料不停在我身体上游移。然后他和我拉开距离，将我身上的T恤脱下来，丢到那堆塑料布中。

　　"你的也要脱下来。"我说，感觉自己的心就要跳出来了。我伸手抓住他上衣的下摆，将它拉过他的头。当我把它扔到一边时，他试图向我靠近，但我却阻止了他。

　　"你想停下来吗？"他问，他的眼神深邃而恐惧。

　　我摇了摇头："我只是……从来没有机会这样看着你。"

　　他的嘴角勾出一个弧度。"你本来可以一直这么看的，"他的声音低沉，"顺便一说。"

　　"好吧，你本来也可以的。"我说。

　　"相信我，"他说，"我看过。"

　　我把他拽过来，用身体抵住他，他粗暴地把我的大腿抬到他的屁股上，我的手指陷进他宽阔的后背，然后用牙去啃他的脖子，他的手则不停地揉搓着我。他的嘴沿着我的锁骨下移。我真的很喜欢他的紧张和转变。我把他的短裤拉到他髋骨的位置，他抵着我的感觉让我口干舌燥。

"该死，"我说，我意识到的这一点，仿佛是一桶冰水浇在了我的身上，"我现在没在避孕。"

"你不需要太担心，"他说，"我已经做了输精管结扎术。"

一时间，我震惊地后退了几步，"你做了什么？"

"是可逆转的，"他说，从开始到现在，他第一次脸红了，"我只是……不想不小心让别人怀孕。我还是很安全的——这并不是……你为什么要这样看着我？"

我大笑起来。他皱起了眉头，我紧紧地搂住他的腰，将他压在我的身上。"我不是在笑你，"我向他保证，"只是觉得你当然是会这么做的。除了谨慎和体贴之外，你还是个王子，亚历克斯·尼尔森。"

"嗯哼。"他一脸既开心又怀疑的表情。

"我是认真的。"我说着，身子贴得他更紧了些，"你真的太了不起了。"

"如果你想的话，我们可以找个安全套，"他说，"但我不——这里没有别人了。"

我现在肯定脸红了，我敢肯定，而且还很可能笑得像个白痴。"没关系，"我说，"只有我们就好。"

我的意思是，如果有谁愿意和我一起做这件事，那一定是他。如果有谁是我真正信任的，是我想以这种方式拥有的，那只有他。

但我说出口的却是"只有我们就好"，而他对我说了同样的话，就好像他很清楚我想表达怎样的意思。我们在地上，在一片废弃的塑料海洋里，我只觉得呼吸变得困难，不由得挺起身子。"亚历克斯，"我恳求他，我用双手缠绕他的头发，"别再让我等下去了。"

"耐心点儿，"他低吼着揶揄我，"我已经等了 12 年了，我想继续这样下去。"

一股寒意顺着我的脊柱滑下，我弓起身子伏在他身上。他终于爬到我身上，双手缠绕在我的头发上。他在我的皮肤上蹭了一会儿，慢慢推了进去。我们摸索着找到了节奏，一切都是那么美好，我感到浑身颤抖，我不敢相信我们浪费了那么多时间，居然没有做过这么美妙的事情。在经历了 12 年来的不尽如人意之后，我才明白它原本该有的样子。

"老天，你怎么会这么擅长这个。"我说。他正在我的耳后亲吻我，笑声大到刺耳。

"因为我懂你，"他温柔地说，"我知道当你遇到喜欢的东西时会发出怎样的声音。"

在他的轮番攻势下，我体内的所有都变得紧绷起来。他的每一个动作都几乎让我散架。

"我可以和你一直做到死为止。"我喘着气说。

"很好。"他说。他的动作变得更快更猛了，这种强烈的快感让我很想说脏话。我不禁弓起身子，配合着他动了起来。

"我爱你。"我在不经意间气喘吁吁地吐出这句话。其实我想说的是"我爱和你做爱的感觉"或"我爱你迷人的身体"，或者我想说的可能真的是"我爱你"，就像每次在他做了什么贴心的事时，我也会对他说这句话一样。但这次和以往不同。我的脸颊烧了起来，也不知道要怎样挽救眼下的状况。就在这时，亚历克斯坐了起来，拉我坐在他的大腿上，他紧紧抱住我，对我说："我也爱你。"

突然之间，我的胸部放松下来，心里也不再紧张，所有的尴尬和恐惧都在一瞬间蒸发，除了亚历克斯，剩下的一切都消失了。

亚历克斯粗糙的双手轻柔地抚摸着我的头发。

亚历克斯宽阔的后背在我的手指下泛起涟漪。

亚历克斯紧实的臀部缓慢而刻意地顶着我。

亚历克斯皮肤上的汗，还有我舌尖的雨滴。

他性感的嘴唇吸附在我的嘴上，不管我们贴在一起还是短暂分开，都是如此，我们每次重新合体的时候，都会找到抚摸和亲吻彼此的新方法。

他亲吻我的下巴、我的喉咙、我的肩膀，他的舌头热热的，小心翼翼地舔着我的每一寸肌肤。我触摸并品尝着他身上每一条坚硬的线条和柔和的曲线，在我的手和嘴巴下，他微微地发着抖。

他躺下来，把我拉到他身上，到目前为止这是最棒的，因为我可以清楚地看到他身体的更多细节，也可以去到任何想去的地方。

"亚历克斯·尼尔森，"我气喘吁吁地说，"你是这世上最性感的男人。"

他大笑起来，同样上气不接下气。他亲了一下我的脖子："你是爱我的。"

我的心在颤抖。"我爱你。"我喃喃道，这次经过了斟酌。

"珀比，我真的好爱你。"他说。不知怎的，他的声音把我推到高潮的边缘。在我溃败的瞬间，他也达到了巅峰。我们，一起。

我不知道我们刚刚做了什么，不知道这样的行为可能引发怎样的连锁反应，也不知道这一切将会如何发展，但在那个时刻，我的脑子里，只有我们对彼此汹涌的爱意。

第 27 章

今年夏天

我们蜷缩着躺在布满塑料布的阳台上，身上已经湿透了，暴风雨已经慢慢散去，热浪袭来，灼烧着我们皮肤表面的水分。

"很久以前你对我说过，在户外做这事并不像大家说得那么好。"我说。亚历克斯发出嘶哑的笑声，用手将我的头发捋顺。

"当时我还没有和你在户外做过这事。"他说。

"真的很棒，"我说，"至少对我来说是这样。我以前从来都没有这样过。"

他撑起自己的身体，低头看着我说："我也从来没有这样过。"

我把自己的脸贴在他的皮肤上，在他的胸膛上亲吻了一下："就是确认一下。"

片刻之后，他说："我想再做一次。"

"我也想，"我说，"我觉得我们应该再做一次。"

"就是确认一下。"他学着我说，我懒懒地在他胸前画着图案，他垂在我背上的手臂将我紧紧抱住，"我们今晚真的不能留在这里了。"

我叹了口气道"我知道，可我真的再也不想搬家了。"

他将我的头发别到肩膀后面，亲了亲我露出来的那块肌肤。

"你觉得如果尼古莱的空调没坏，会发生刚才的事情吗？"我问。

亚历克斯俯下身来亲吻我的胸口，他用手指划过我的肚子和双腿，我感到一阵酥麻："就算尼古莱这个人压根儿都没有出生过，也是会发生的，只不过也许就不会发生在这个阳台上了。"

我坐起来，将一条腿的膝盖搭到他的腰部，然后坐到他的大腿上："我很高兴它就这么发生了。"

就在这时，门口响起了敲门声。

"里面有人吗？"一个男人扯着嗓子问，"我是尼古莱，我要进——"

"等一下！"我大喊着从亚历克斯身上爬起来，抓起那件湿透了的T恤。

"该死。"亚历克斯一边说着，一边从那堆乱七八糟的塑料布里去翻找他的泳裤。

我找到了那块黑布，塞给他，就在门要被打开的瞬间，我把衬衫的下摆拉到自己大腿的位置。"嘿，尼古莱！"我大声叫住了他，赶在他看到真正意义上"赤裸的亚历克斯"和那堆被剪碎的塑料布之前，率先拦住了他。

尼古莱个子不高，头已经秃了，穿着一身栗子色的衣服，上身是件20世纪70年代风格的高尔夫球衫，腿上穿着一条百褶裤，脚上蹬着一双乐福鞋。他伸出一只胖乎乎的手说："你肯定就是珀比了。"

"是我，你好。"我握住他的手，和他进行了热情的眼神交流。希望能帮亚历克斯暂时拖住他，好让亚历克斯能在漆黑的阳台上悄悄穿好衣服。

"恐怕我要告诉你一个坏消息，"他说，"空调坏了。"

"搞什么啊？"我忍住了，并没有说出口。

"不只是这个单元，半栋楼的空调都坏了，"他说，"明天一早就会有人来修。对于这样的事故，我真的很抱歉。"

亚历克斯出现在我身后。尼古莱似乎这时才突然意识到我们俩的身上都又湿又皱，不过好在他什么都没说。"总之，我觉得非常、非常抱歉。"他重复道，"坦白讲，我之前还以为你们是在找碴儿，但我到了这里才……"他拽了一下上衣的领子，打了个寒战。

"无论如何，我会把最近三天的房钱都退给你们，而且……呃，我也不知道要不要让你明天继续住在这里，因为我担心问题还没有解决。"

"这样也可以！"我说，"如果你能把这几天的房钱都退给我们，我们就去找个别的地方。"

"你确定吗？"他说，"如果你选择在最后的时刻预订的话，价格可是会很高的。"

"我们会想办法的。"我坚决地说。

亚历克斯用胳膊撞了下我的背，说道："珀比是个穷游专家。"

"是这样啊？"尼古莱听上去丝毫不感兴趣。他拿出手机，用一根手指在屏幕上输入了些什么，"我已经发出退款了，不过不知道多久会到账，要是你有什么问题，联系我就可以。"

尼古莱转身要走，但又折了回来："差点儿忘了这个，是我在门口的地垫上发现的。"他递给我们一张对折的纸，上面写着"新婚夫妇"，还有，呃，25 个小爱心。

"新婚快乐。"尼古莱说着，走了出去。

"这是什么？"亚历克斯问。

我展开那张纸，是一张用劣质的黑油墨打印出的高朋团购券。在顶部的空白处，是一段用和正面一样潦草的字写下的话：

希望你们不要因为我们知道你们住在哪间房而感到害怕！我们觉得我们可能听到了从这个房间传出的激情之声，鲍勃还说今天早上你们离开的时候看到了你们（我们就隔了三个房间）。总之！我们必须明天一大早出发，前往另一个度假地。（约书亚树国家公园！耶！我写这个的时候觉得自己就像个明星！）不过不幸的是，我们一直都没有机会使用这个。（我们基本没什么走出房间的机会——你们懂的，哈哈。）希望你们接下来的旅途愉快！

亲亲抱抱

——你们的神仙教父教母，史黛西＆鲍勃

我惊讶地对着代金券眨了眨眼睛。"这是张 100 美元的水疗代金券，"我说，"我之前好像看到过这个地方，好像很棒。"

"哇哦，"亚历克斯说，"我甚至不记得他们的名字，这感觉有点儿糟。"

"因为他们没有直接告诉过我们，"我直言，"而且我怀疑他们也不知道我们的名字。"

"可就算这样，他们还是把这个留给了我们。"亚历克斯说。

"我不知道有没有办法和他们建立起长久的友谊，跟他们亲密到可以一起旅游的地步，然后为了好玩儿，就是不告诉他们我们的名字。"

"我们绝对可以，"亚历克斯说，"你只要编一个特别长的名字，那他们就不好意思问你了。我上大学的时候有很多这样的'朋友'。"

"啊，没错，在这种情况下，你只需要同时去问两个人，他们是不是还不认识对方，然后等着他们自己报出名字就可以了。"

"但有的时候，他们会说彼此已经认识了，"亚历克斯一语道破，"或者他们说不认识，然后等着你去介绍。"

"或许他们也正做着完全一样的事情，"我说，"或许那些人连自己的名字也记不住。"

"好吧，我想我可能永远都不会忘记史黛西和鲍勃了。"亚历克斯说。

"我想可能这次旅行中的很多事情我都会记得，"我说，"除了恐龙纪念品店，如果我需要为重要的记忆腾出空间的话，我可以忘掉那个部分。"

亚历克斯微笑地看向我说："同意。"

片刻尴尬的沉默之后，我说："那么，我们要不要找个旅馆？"

第 28 章

今年夏天

拉雷亚棕榈泉酒店在夏天是 70 美元一晚，即使在黑暗的夜晚中，也能看出它就像小朋友用马克笔画出的画一样，是漂亮的那种画。

酒店的外观像是五彩的调色盘——香蕉黄的泳池休息室，辣酱红的躺椅在池边一字排开，这栋三层建筑的每个区块都粉刷着不同色调的粉色、红色、紫色、黄色和绿色。

我们入住的房间也同样鲜亮——橙色的墙壁、窗帘和家具，绿色的地毯，和建筑外墙相匹配的条纹被褥。不过最重要的是，这里足够凉快。

"你要先洗澡吗？"我们刚一进屋，亚历克斯就问。我这才意识到刚刚在开车的整个过程中，甚至是在那之前我们在尼古莱的公寓收拾东西、整理房间的时候，他都渴望着身体上的清洁。他一遍又一遍地压抑着自己想要说出"老天哪，我需要洗个澡"的冲动，而与此同时，我却一边想着阳台上发生的事，一边觉得浑身燥热难耐。

我不想亚历克斯现在去洗澡，我想和他一起冲个澡，再和他亲热　会儿。

但我也记得他曾经和我吐露过，他讨厌在冲澡的时候做爱（这比在户外做爱还要糟糕），因为他在冲澡的时候只想把自己洗干净，而当别人的头发或别人身上的污垢冲到他身上的时候，很难说能真正地做到把自己清理干净。

所以我只是说了句"你去吧"。亚历克斯点了点头，然后犹豫了一下，像是想要说些什么，但最终什么都没说，进入洗手间洗了个长长的热水澡。

我的 T 恤和头发都已经干了，当我坐在我们新房间（没有塑料布）的阳台上时，发现这里基本上也都干了。

这里已经没有任何打破原本高温的雨水的印迹，像是一切都不曾发生一样。

只是我的嘴唇上还有淤青，身体的状态也是这周以来最放松的。空气比之前更清爽了，我甚至还感到了徐徐的微风。

"浴室归你了。"我身后传来亚历克斯的声音。

我转过身，他正裹着浴巾站在那里，身体看上去光洁而完美。尽管我一看到他，脉搏就加快了，但我知道自己身上有多脏。于是我吞下自己的欲火，站起来说了句"酷"，只是我的声音实在太大了。

简单来说，我并不喜欢淋浴。

淋浴确实能让人干净起来，但我想要淋浴的每个步骤也都是干净的，可我却必须提前梳理我乱糟糟的头发，走到破旧的防滑垫或瓷砖地板上，然后弄干自己的身体，再梳一次头——我讨厌所有这些事情，所以我是那种每周冲三次澡的人，而亚历克斯却需要每天冲两次澡。

但在经历了这样的一周后，再来洗这个澡，绝对是无比酣畅的。

浴室有点儿冷，但水流却很热，看到混着污垢的脏水从我身上滴落下来，绕着地漏旋转成闪闪发光的灰色螺旋，我觉得自己重新活了过来。我用椰子味的洗发水按摩了头皮，用绿茶味的洗面奶洗了脸，用廉价的剃须刀刮了腿毛，感觉爽翻了。

这是我这几个月以来洗得最久的一个澡，当我走出浴室的时候，感觉自己简直焕然一新。亚历克斯已经在其中的一张床上睡着了，他把被子压在身下，屋里所有的灯都还亮着。

有那么一瞬间，我纠结着自己到底应该爬上哪一张床。一般来说，我喜欢在旅行的时候四仰八叉地睡在双人床上，但我也很想依偎在亚历克斯身边，用头靠着他的肩膀，这样我就能闻着他身上清爽的佛手柑味入睡，或许我还能梦到他。

不过我最后还是觉得，如果仅仅因为我们发生了性关系，就认为他想和我睡在一张床上，那多少有些吓人。

我们之间上次有点儿什么的时候，肯定是没有在事后同床的。当时只有一片混乱。

我决心不让事情最终朝着那样的方向发展。不管我们在这次旅行中发生什么，我都不会让它摧毁我们的友情。我不会做出任何预设，也不会在亚历克斯身上强加任何期待。

我给他盖了一条条纹被子，关掉所有灯，爬到了他对面的空床上。

第 29 章

三年前的夏天

"嘿。"在去托斯卡纳的前一晚,亚历克斯给我发来短信。

"嘿你个头。"我回他。

"能通个电话吗?想敲定一些事情。"

我脑子里蹦出的第一个念头,就是他要取消这次的行程。但这根本说不通啊。

这是我们这么多年来,第一次没有任何思想负担的旅行。我们双方都有认真交往的对象,我们的友谊也比以往任何时候都要好,而且我觉得自己这辈子从来就没有这么开心过。

我在感染肺炎的三周后遇到了特瑞。过了一个月,亚历克斯和莎拉复合了。他说他们这次要比之前好很多,他们情投意合,不过同样重要的是,她这次似乎终于能友善地对待我了。亚历克斯和特瑞见过几次,他们也相处得很好。所以我和亚历克斯再次回到了以往那种没有任何芥蒂的相处模式中,这简直令我兴奋不已。

我开始回复他的短信息。鉴于现在家里只有我一个人,所以我决定在阳台的折叠椅上给他打个电话。特瑞还在"乖孩子酒吧"里，酒吧就在我新租住的公寓所在的那条街上，我因为觉得恶心所以提前回家了。我每次偏头痛发作之前都会感到恶心，所以我要在眩晕前将它击退。

提示音响了两下后，亚历克斯接起了电话，我说："你还好吗？"

我听到手机那边他的转向灯响了。好吧，或许我们又回到了他只能在从健身房回家的车里给我打电话的状态，但情况似乎确实有所好转。一方面，他们共同给我寄了一张生日贺卡，以及一张圣诞卡片。莎拉不仅在照片墙上关注了我，还点赞了我的照片，甚至在一些照片下评论了红心和笑脸。

所以我近来觉得一切都很好，但亚历克斯却跳过寒暄，直入主题："我们这样没有问题，对吧？"

"呃，"我说，"什么？"

"我的意思是，四人旅行，感觉多少有点儿刺激。"

我叹了口气道"怎么说？"

"我不知道，"我能听出他声音中的焦虑，想象着他拽着头发，做着鬼脸的样子，"特瑞和莎拉只见过一次。"

是在春天的时候，我带特瑞飞回林菲尔德去见我的爸妈。爸爸对特瑞17岁时的文身和扩耳并不满意，同样令爸爸不满的，是特瑞在爸爸问他问题的时候提出反问，而且爸爸对他没有大学学位的事情也很介意。

但妈妈却很喜欢他极为周到的礼数，尽管在我看来，对她来说这所谓的礼貌，更多源于他的外表和他轻松暖心的说话方式的共同作用，像是"莱特太太，这巧克力棉花糖蛋糕实在太好吃了！"还有"我来帮你洗碗吧！"

在周末结束的时候，妈妈就已经认定特瑞是个非常不错的年轻人了，当她和特瑞在厨房里把她自制的彩虹糖果蛋糕分装到小盘里的时候，我悄悄溜到露台上，去询问爸爸的意见，爸爸看着我的眼睛，神情严肃地点了点头说："我认为他看起来是适合你的。而且显然他能让你开心，阿珀，这才是我最看重的东西。"

他确实可以让我开心，特别的开心，而且他真的很适合我，出奇的适合。我的意思是，我们会在一起工作。我们几乎每天都在一起，不是在办公室，就是在地球的另一端，但我们却仍能彼此保持独立，我们有各自的公寓，也有各自的朋友圈子。爸爸和瑞秋相处得很好，不过当我和特瑞都待在纽约的时候，瑞秋大多数时间都会和他的滑板朋友们混在一起，而我则会和瑞秋去新开的早午餐店探店，或是去公园看看书，又或者去我们最喜欢的韩国澡堂里把我们的全身都擦洗干净。

在林菲尔德的家里待了两天，我们俩都快闷坏了，不过他并不介意这里的杂乱，也很喜欢家里那群濒死的小动物，他甚至加入了我和帕克、普林斯通过网络电话连线举办的才艺秀。

尽管如此，在经历过吉尔莫的事情之后——以及知道了这世上几乎所有人对我们家的看法后——我变得焦躁不安，极度渴望着在特瑞被什么东西吓跑之前，带他离开林菲尔德。而如果不是因为今天是尼尔森先生 60 岁的生日，亚历克斯和莎拉想去看他，给他个惊喜，那我们很可能已经提早回去了。

"马上就能见到这家伙了，我好兴奋。"亚历克斯每发来一条短信，特瑞就会重复一遍，而他每说一次，我的神经就会越发紧张。这激发了我强烈的保护欲，但我却不知道我想保护的是谁。

"你多给他点儿时间，"我不断对他说，"他有些慢热。"

"我知道，我知道，"特瑞连连说，"我知道他对你有多重要，所以我会喜欢他的。珀，我保证。"

晚餐还可以。我的意思是，虽然餐食很棒（地中海风味），但席间的谈话却不尽如人意。我不由得回想起在亚历克斯问特瑞他学校专业的事情时，他表现得多少有些浮夸，但我知道没怎么受过正统教育这件事一直让他耿耿于怀。当特瑞开始讲述这一切是如何发生的时候，我好希望自己能用更为简单的方法将这一点告诉亚历克斯。

特瑞在匹兹堡上高中的时候就加入了一个金属乐队，在他18岁的时候，他们取得了成功，在一个更大的乐队巡演中获得了演出的机会。特瑞是个出色的鼓手，但他更喜欢摄影。他的乐队在四年几乎没有间断过的巡演后解散了，而他在那之后，找到了一份为另一个乐队拍摄巡演照片的工作。他热爱旅行，喜欢结交新的朋友，也喜欢参观新的城市。随着人脉的积累，他接到越来越多的工作邀约，成为一名自由职业者。直到他后来开始为《休闲 + 娱乐》工作，成了一名专业的摄影师。

在结束了一大段独白后，他把一只胳膊搭在我的肩膀上："然后我遇到了珀。"

亚历克斯的脸上划过一丝非常微妙的表情，我敢肯定这是特瑞没有注意到的，或许莎拉也没有注意到。但我却感觉有把小刀插进了我的肚脐，它向上将我的肚皮割开了一道十二到十五厘米的口子。

"太甜蜜了。"莎拉用过于甜美的声音称赞道。或许我的脸也扭曲得厉害。

"有意思的是，"特瑞说，"我们本该更早见面的，我本来被安排和你们俩一起去挪威的，不过出发前，她生病了。"

"哇哦，"亚历克斯瞟了我一眼，然后看向他面前的那杯水，水的杯壁和我一样，都出了很多汗：他拿起杯子，慢慢地喝了一口水，然后将它放下："确实很有意思。"

"不管怎样，"特瑞尴尬地说，"那你呢？你之前是学什么的？"

虽然特瑞很清楚亚历克斯之前是学什么的（而且他还在上学），但我觉得他采用提问的方式，就是想给亚历克斯一个更多的介绍自己的机会。

然而亚历克斯又喝了一口水，只简单地说："创意写作，之前是文学。"

我能做的，只有坐在旁边看着我的男朋友绞尽脑汁地搜刮出下一个合适的问题。但他最终还是放弃了，继续回去研究起他的菜单来。

"他是个很棒的作家。"我尴尬地说，莎拉在她的椅子里挪动了几下。

"他当然是。"她说，语气非常尖酸，就好像我刚才说的是"亚历克斯·尼尔森的身材非常性感"一样。

我们在晚饭后去了贝蒂姥姥的家庭聚会，在那里，情况似乎有所好转。亚历克斯傻乎乎的弟弟们都吵着要见特瑞，不停地向他询问关于乐队和《休闲＋娱乐》的各种问题，还有我在睡着后究竟打不打呼噜。

"亚历克斯从来没有告诉过我们，"最小的大卫说，"但我猜珀比睡着以后的声音应该就像机关枪一样。"

特瑞大笑起来，不过他依旧神情自若。他从不嫉妒。我们从来都不会吃对方的醋——我们都是无情的调情高手。虽然听上去很怪，但我就是喜欢他这一点。我喜欢看他走向吧台帮我点酒的时候，那些酒保对着他微笑、大笑，然后斜靠在吧台上向他抛媚眼。我喜欢看他在我们去的每一座城市里散发魅力的样子。每当他在我身边，他都会抚摸我，他会一手揽着我的肩膀、一手搂着我的腰，甚至在五星级餐厅吃饭的时候，他也会旁若无人地把我拉到他的大腿上。

他给了我前所未有的安全感，我很确定我们是如此志趣相投。

在聚会上，他一直把手放在我的身上，这遭到了大卫的取笑。

"你该不会是以为你一放开手，她就会逃跑吧？"大卫开玩笑道。

"啊，她肯定会逃跑的，"特瑞说，"这个姑娘是不会坐着超过五分钟的。这也是她让人喜欢的一点。"

亚历克斯的弟弟们已经很久没有像现在这样聚在一起了。他们既吵闹又可爱，还和我19岁的时候见到的他们一样。那时我和亚历克斯刚从大学回来，亚历克斯就负责载着他们到处兜风，因为他们当时都还没有自己的车。虽说他们的爸爸人很好，但他很健忘，也不太可靠，他总是忘记要把谁送到哪个地点。

亚历克斯一直都很沉稳，但他的弟弟们却在一刻不停地打闹、互相恶搞着对方。即使他们中有人现在已经做了孩子的爸爸，在聚会上还是这副老样子。

尼尔森夫妇是按照英文字母的顺序给他们的孩子取名字的。先是亚历克斯，然后是布莱斯，下面是卡梅隆，最后是大卫。不过奇怪的是，他们的身形也是差不多的——亚历克斯是最高最壮的；布莱斯和亚历克斯差不多高，但比亚历克斯更瘦，肩膀也更窄些；卡梅隆就稍矮些，也更厚实些，然后是大卫，他比亚历克斯高出两到三厘米，有着专业运动员的体格。

他们都很帅气，有着深浅程度不同的金发和与之相配的栗子色的眼睛，不过大卫看着就像个电影明星（亚历克斯在晚餐时说，他最近一直念叨着要搬到与他更为相称的洛杉矶），他有着一头浓密的鬈发、一双目光深邃的眼睛，只要他一开口说话，就会变得神采奕奕。他说话时，有接近一半的句子都是以和他说话对象的名字，或者他最感兴趣的人的名字作为开头的：

"珀比，亚历克斯拿了一堆《休闲＋娱乐》回家，这样我就能读你的文章了，"大卫在贝蒂家说。那是我第一次知道亚历克斯会看我写的东西："写得真好。让我觉得自己也去了你文章里的地方。"

"真希望你也去了，"我对他说，"有时间的话，我们可以一起去旅游。"

"这个提议牛逼，"大卫说，然后他回头看了看，咧着嘴偷看他的爸爸有没有发现他刚刚讲了脏话。他显然还是个 21 岁的大宝宝，我真的很喜欢他。

这个时候，贝蒂找我去厨房帮忙，我跟着她走了进去，帮她一起在那个她为女婿准备的德式巧克力蛋糕上插蜡烛。"你的小男朋友特瑞看着很不错。"她一边埋头做着手里的事情，一边对我说。

"他真的很棒。"我说。

"我喜欢他的文身，"她又补充了一句，"太漂亮了！"

贝蒂并不令人讨厌，她或许有些刻薄，但她对某些事情却颇有见地。她总是令人难以捉摸，我喜欢她的这一点。即便到了她这样的年纪，她也会像完全没有任何预设一样地提出问题。

"我也很喜欢。"我说。

我和特瑞第一次一起去中国香港地区工作的时候，我与其说是被他的外表，不如说是被他的活力所吸引，他一直等到我们回家以后才约我出去，因为他说万一我不想接受他的邀约，我也不用因为拒绝他而在接下来的工作中感到尴尬，这一点让我很是喜欢。

不过，如果我说促成我答应他的这件事情里没有亚历克斯的功劳，那我就是在撒谎。

　　亚历克斯那时刚刚告诉我，他和莎拉在工作上的交流变多了，他们似乎可以正常相处了。在那段日子里，我还是会经常梦到他在我发烧的时候耷拉着眼睛忧心忡忡地出现在我家门口的样子。

　　尽管他并没有提过和莎拉复合的事情，但那已经不重要了。

　　不管他们是否复合，到最后总有人会站在他的身旁，这是我无法承受的。所以在那晚，我答应了特瑞，我们去了一家带有免费滚球游戏设备和提供热狗的酒吧，而在那天晚上结束的时候，我就知道了我可能会爱上他。

　　特瑞之于我，就像莎拉·托沃之于亚历克斯，他们都是合适的人。

　　所以我们一路走到了今天。

　　"你爱他吗？"贝蒂问我，她仍然埋头做着手头的工作。

　　我想她在某种程度上给我留出了一定的空间。如果需要的话，我可以在不必直视她眼睛的情况下选择撒谎。可我没有必要撒谎："是的。"

　　"很好，亲爱的。太好了。"她的手不动了，握在两根插在蛋糕糖衣上的细细的蜡烛上，像是生怕它们跳出来一样，"那你像爱亚历克斯一样爱他吗？"

　　我清楚地记得在接下来的那个瞬间，我的心脏跳得忽快忽慢的感觉。这个问题要复杂得多，但我不能对她撒谎。

　　"我想我不会像爱亚历克斯那样去爱别人，"我说。不过我同样在想："或许我也不会像爱特瑞那样去爱别人。"

　　我本该说出来的，可我没有。贝蒂摇了摇头，看着我的眼睛说：

"他要是知道就好了。"

随后她走出厨房，我也跟她的身后走了出去。亚历克斯和莎拉带来了弗兰纳里·奥康纳，它就是在那一刻戏剧性地登场的——它拱着背，瞪着眼睛朝我走来，它盯着我的脸，喵喵地大叫着，我和亚历克斯把它现在这副样子叫作"万圣惊吓喵"。

"嗨。"我说。它在我腿上蹭了蹭，于是我伸手去抱它，但它发出嘶嘶的声音，向我挥舞起它的小爪子。就在这时，莎拉拿着一堆脏碗从我身边经过。她大笑起来，用她那甜美的声音说："哇哦！它不喜欢你！"

所以，是的，我很清楚亚历克斯为什么会对这次旅行这么紧张。但我们正在往好的方向上发展，包括照片墙上的点赞，还有上次亚历克斯来的时候，我、特瑞和他在街机酒吧里共度的欢乐时光。况且，在托斯卡纳的乡村畅饮美味的葡萄酒，和在俄亥俄参加一个禁酒主义者 60 岁的生日派对后的晚饭是完全不同的。

"他们会相处得很好。"我对他说着，将双腿撑在阳台的栏杆上，然后调整了一下我肩膀和脸之间的手机。

我听到他关掉了转向灯，然后叹了口气。"你怎么能这么确定？"

"因为我们爱他们，"我向他说明，"而且我们也爱彼此，所以他们也会爱对方的，这样我们就会彼此相爱了。你和特瑞，我和莎拉。"

他大笑起来："我真希望你能听听你在说最后那句话的时候，声音的变化有多大，就像你在吸氦气一样。"

"那是因为我还在因为她上次甩了你而试图原谅她。"我说，"不过她似乎已经意识到，这是她一生中最严重的错误了，所以我就再给她一次机会。"

"珀比，"他说，"并不是你想的那样，之前的事情很复杂，但现在好多了。"

"好了我知道了。"我说。但其实我什么都不知道，他从来没有和我讲过他分手的具体经过。他坚持对这件事情避而不谈，而且他当时非常沮丧，所以我觉得不能再追问下去。

我又感到一阵恶心，我痛苦地呻吟出声。"抱歉，"我说，"我真的得睡了，这样才能为明天的飞行做好准备。但我跟你说，这次旅行一定会非常棒的。"

"好吧，"他生硬地说，"我应该是杞人忧天了。"

但事实证明，在大多数情况下，他的担心不是没有道理的。

我们的住所是一栋别墅。当你住在一栋带有闪闪发光的游泳池、古老的石砌露台、还有挂满嫩粉色和紫色叶子花的室外厨房的别墅里时，是很难心情不好的。

"哇哦，好吧，"当我们走进去的时候，莎拉说，"我以后都不要错过这样的旅行了。"

我向亚历克斯瞥去，做出一副类似于竖起大拇指的骄傲表情，他朝我淡淡地笑了笑。

"我就说吧，"特瑞说，"我们早该一起旅行的。"

"没错。"莎拉说，话虽如此，但因为她在高中的排课，和亚历克斯在大学里的教学任务，他们显然是没什么时间坐着飞机到处旅行的，即便是有着极大折扣的托斯卡纳别墅，他们能抽出时间已实属不易。

"这方圆 20 英里[1] 内有大概 10 家米其林餐厅，不过我想亚历克

---

1 约 32 千米。

斯可能想在这里至少做上一顿晚餐。"

"没错。"亚历克斯表示同意。

当然了，我们在别墅的第一天多少有些生疏和别扭。因为要倒时差，我们在各自的房间里小睡了一会儿，然后去游泳池短暂地泡了一下。特瑞拍了一些用于调试的照片，我去镇上买了一些包括陈年奶酪、腌肉、现烤的面包和好几罐果酱在内的小吃，还买了些葡萄酒——好吧，是大量葡萄酒。

第一个晚上结束的时候，我们坐在室外的露台上，两瓶葡萄酒下肚后，所有人就都放松下来。莎拉变得非常健谈，她讲起了她的学生，讲起了弗兰纳里·奥康纳和印第安纳的生活，亚历克斯不时在旁边平静而生硬地吐槽几句，惹得我一阵狂笑，酒从鼻子里喷出来两次。

感觉我们是四个好朋友，真正的好朋友。

特瑞把我拉到他的大腿上，用下巴抵着我的肩膀。莎拉摸了摸她的胸口，感叹道："你们俩可真甜蜜。"她说着，看向亚历克斯，"他们是不是很甜？"

"像黄油一样丝滑。"亚历克斯说着，下意识地瞟了我一眼。

"什么？"莎拉说，"那是什么意思？"他耸了耸肩。她接着说："真希望亚历克斯也喜欢在公共场合秀秀恩爱。我们在外面都不怎么拥抱。"

"我不太喜欢拥抱，"亚历克斯尴尬地说，"我不是在拥抱的环境下长大的。"

"好吧，可就算是我也不行吗？"莎拉说，"我又不是你在酒吧里遇到某个的姑娘。宝贝。"

莎拉这么一说，我才突然发现，我好像没怎么见过亚历克斯和她有过什么肢体上的接触。而且他在公共场合也没怎么碰过我，除了在新奥尔良的街上跳舞的那次，还有在韦尔的那一次（而且这两次都是在他喝了很多酒的情况下）。

"就是觉得……有些无礼什么的。"亚历克斯试着解释。

"无礼？"特瑞点起一支烟，"哥们儿，我们都是成年人了。只要你想，你就可以抱紧你的女朋友。"

莎拉哼了一声："还是别想了。这个问题，我们已经争论了好几年了。我现在已经认命了，那就是我得和一个讨厌牵手的男人结婚。"

一听到"结婚"这个词，我的胸腔就颤动起来。他们之间真的那么认真吗？我的意思是，虽然他们明显是认真的，可他们不是才刚复合没多久吗？我和特瑞尽管有时也会谈起婚姻，但我们都把它当成很崇高、很遥远的东西，我们都还在走着看，不想给彼此施加任何压力。

"那我能理解了，"特瑞说着，把我们周围的烟都吹开，"牵手确实糟透了，很不舒服，它很限制活动，而且在人群中牵着手很不方便。呃，你还不如把你的脚都绑在一起。"

"而且你的手会出汗，"亚历克斯说，"简直就是全方位的不舒服。"

"我超爱牵手！"我插话道，我决定先将"结婚"这个词塞进脑子深处，等着待会儿再仔细琢磨，"尤其是在人群里，我会觉得很安全。"

"嗯，这样看来，如果我们在这趟旅行结束之前去佛罗伦萨的话，"莎拉说，"我和珀比就会手拉着手，而你们两条孤狼则会在人群中迷失方向。"

莎拉举起她的酒杯，我和她碰了杯，我们都大笑起来，那可能是我第一次喜欢上她。我意识到，或许一直以来，我都是喜欢她的，只不过我之前将亚历克斯把得太紧，以至于没有给她留出足够的空间。

我不能再那么做了。我已经下定决心。而从那个时候开始，酒精开始在我的身体里发挥作用，我们四个开始高声谈笑。那一晚，也为我们接下来的旅程定下了基调。

我们在一个个日照充足的周边古镇上漫步。我们驾车前往不同的葡萄园，微张着嘴巴旋转酒杯，好吸进更多浓郁的果香。我们在古老的石头建筑里，和世界级的名厨共进午餐。亚历克斯每天一大早就会出门跑步，而特瑞则会在不久后出门寻找拍摄地点，也会去拍些在他拍摄计划中的照片。莎拉和我大部分时间里都在睡觉，我们醒来后就会一起在泳池里泡上很久（或者拿着装满柠檬酒和伏特加的杯子躺在漂浮垫上），聊些有的没的，气氛比那次在林菲尔德唯一的地中海风的餐厅吃饭时要轻松多了。

我们会在晚上外出吃饭喝酒到很晚，然后回到别墅的露台上继续喝酒聊天，一直持续到快要天亮。

我们把我们知道的各种游戏都玩儿了一遍。像是地掷球和羽毛球一类的草地运动，还有诸如《妙探寻凶》《拼字游戏》和《大富翁》（我恰巧知道这是亚历克斯讨厌的游戏，但当特瑞提议我们玩儿的时候，他并没有提出反对）一类的桌游。

我们睡得一天比一天晚。我们在小纸条上潦草地写下明星的名字，把它们放在一起打乱，然后把它们贴到我们的额头上，我们要在 20 个问题之内猜出我们自己头上的名字。为了增大游戏的难度，我们每问一个问题，就要喝上一杯酒。

很快我们就发现，我们并不知道彼此熟悉的是哪些明星，所以游戏的难度变成了原来的 200 倍，不过这也让游戏变得更有趣了。我问我的明星是不是真人秀里的，莎拉假装呕了一下。

"你不至于吧？"我说，"我超爱真人秀。"

其实我也不是第一次面对她这样的反应了，但我总能感觉她的不认同，在某种程度上就代表了亚历克斯的不认同，而当你感到某个部位疼痛的时候，你就会有去按压它的冲动。

"我不知道你怎么会看那种东西。"莎拉说。

"好吧，"特瑞淡淡地说，"我也不理解她的喜好。这和她其他的特质都不一样，珀真的非常痴迷《钻石求千金》[1]。"

"算不上痴迷。"我辩解道，我是在之前几季的时候开始和瑞秋一起看的，当时她艺术系的一个女同学去节目里做了嘉宾，不到三四集，我就看进去了。"我只是觉得，呃，它是个神奇的实验，"我解释说，"你可以就那样看上几个小时的录像，还能从很多人身上学到东西。"

莎拉扬了一下眉毛："学到自恋狂为了出名愿意做些什么？"

特瑞大笑起来："完全正确。"

我勉强笑了笑，又喝了一口酒。"我说的不是这个，"我不自在地挪了一下身子，想努力解释清楚，"我的意思是，里面有很多我喜欢的东西。不过归根到底……我最喜欢的是对里面的某些人来说，选择的确是很困难的事情。他们会同时和两三个嘉宾产生比较深的连结，但这并不是一个谁强就选谁的节目，恰恰相反，你就像……在全程围观他们会选择怎样的生活。"

现实生活也是如此。你可以在爱着一个人的同时，清楚地意识

---

1 《钻石求千金》(*The Bachelor*)，是一档美国约会和关系类的真人秀系列节目。

到你们未来的生活也许并不适合你，也不适合他，或者对于你们俩来说，都是不适合的。

"但他们的感情真的会有结果吗？"莎拉问。

"大部分都无疾而终了，"我坦言，"但这并不是重点。重点是你可以看到一个人是怎样和那一群人约会的，你可以看到他们和不同的人在一起时会有怎样的变化，你可以看到他们做出的选择。有些人会选择能和他们碰撞出最棒火花的人，有些人会选择和他们玩儿得最开心的人，有些人会选择他们认为会成为好爸爸的人，而有些人则会选择那些最能让他们敞开心扉的人。这很迷人。爱在很大程度上，其实就是你和某个人在一起时你的样子。"

我很喜欢和特瑞在一起时的我。和他在一起时，我自信独立、灵活冷静。我很自在，变成了我一直想要成为的那种人。

"好吧。"莎拉说，"不过让我真的很难接受跟30个男人亲热之后，选一个只见过五次面的人订婚。"

特瑞仰头大笑道："珀，如果我们哪天分手了，你肯定会去参加那个真人秀的，对吧？"

"那我现在突然想看了。"莎拉说着，咯咯地笑了起来。

尽管我知道他是在开玩笑，可我就是很生气，感觉他们是在合起伙来针对我。

我很想问她："你为什么会这么想？因为我是个为了出名什么都愿意做的人吗？"

亚历克斯在桌子下撞了撞我的腿，我看了他一眼，发现他并没有在看我。他只是想提醒我，他就在这里，没有什么可以伤害到我。

我咬了咬牙，把原本想说的话吞了下去："再来点儿葡萄酒吗？"

隔天晚上，我们在露台上吃了一顿时间很长且持续到很晚的晚餐。当我进屋准备拿冰淇淋甜点时，看到亚历克斯正站在厨房里查看邮件。

他刚刚收到消息，锡皮房子收录了他的一个短篇。他看起来是那么开心，那么出色，于是我偷偷拍下一张他的照片。我真的很喜欢这一张，如果我们现在都是单身，我想我会把它设为我的手机背景，这样对莎拉和特瑞来说就都不是很奇怪了。

我们决定去庆祝一下（就好像这不是我们整个旅行都在做的事情一样），特瑞给我们调了几杯莫吉托，我们坐在躺椅上，一边俯瞰整片山谷，一边听着夜晚乡间隐隐约约的自然之声。

我几乎没碰我的酒。我整晚都觉得恶心，这是我到这儿以来第一次找借口率先回房休息。几个小时后，特瑞爬上床，醉醺醺地亲吻我的脖子，事后他很快就睡着了，我又觉得恶心起来。

这时我才突然想到。

我的例假本该在这次旅行途中的某一天开始。

出于侥幸，我觉得恶心或许只是因为国际旅行中的某些因素导致的。我和特瑞一向都很小心。

但我还是下了床，胃里此时已是翻江倒海，我蹑手蹑脚地来到楼下，打开我的备忘录应用来查看我到底应该什么时候来例假。瑞秋一直让我用这个月经追踪软件，直到现在，我才明白了它的作用。

我只觉得自己的耳朵嗡嗡作响，心跳开始加速，舌头也大到不听使唤。

例假昨天就应该开始了。并不是说我之前没有延迟两天的情况，也不是说我没有酒后头痛的经历，更何况我还是个偏头痛患者。但我还是怕得要死。

我从衣架上抓过夹克，把脚塞进凉鞋，拿起租来的车的钥匙。离这里最近的二十四小时杂货店也需要 38 分钟的车程。太阳还没升起，我就带着三种不同的验孕棒回到了别墅。

当时我的恐慌已经达到了顶点。我所能做的就是在露台上来回踱步，一边单手握着我买过的最贵的验孕棒，一边提醒自己呼气、吸气。我觉得我的肺比得肺炎时还要难受。

"睡不着吗？"一个低沉的声音打破了别墅的宁静，我吓了一跳。亚历克斯穿着黑色的短裤和跑鞋斜靠在开着的门边，他苍白的身体被黎明前的晨光染成了蓝色。

不知道为什么，我想笑却又笑不出来："你要去跑步吗？"

"太阳出来之前比较凉快。"

我点了点头，抱着自己的胳膊，回头眺望山谷。亚历克斯走到我身边，我没有看他，却默默流下了眼泪。他将我的手展开，看到被我攥在手里的验孕棒。

他沉默了十秒钟，我们谁都没有说话。

"你验过了吗？"他柔声问道。

我摇了摇头，哭得更厉害了。他拉我入怀，用两只胳膊抱住我的背，我在几声微微的抽泣中呼了口气。我觉得压力减轻了些，和他拉开了距离，用手腕擦了擦眼泪。

"我该怎么办，亚历克斯？"我问他，"如果我……我到底该怎么办？"

他盯着我的脸看了很久："你想怎么做？"

我又擦了擦眼睛："我觉得特瑞不想要小孩。"

"我问的不是这个。"亚历克斯喃喃道。

"我不知道我想怎么样，"我坦言，"我是说，我想和他在一起，或许某一天……我不知道。我不知道。"我双手捂脸，又发出了几声难听的啜泣，"我还没有强大到可以一个人担起这一切。我做不到。我连自己生病这种事都应付不来，亚历克斯，我怎么能……"

他轻轻抓住我的手腕，把我的手从脸上挪开，他低下头，凝视着我的眼睛。"珀比，"他说，"你不会一个人的，好吗？我在这儿。"

"所以呢？"我说，"到时候我要搬到印第安纳州吗？租住在你和莎拉隔壁的公寓？那能行得通吗，亚历克斯。"

"我不知道，"他坦言，"但那不重要，重要的是我在这儿。去验一下，然后我们再想办法，好吗？你会想清楚你要怎么做的，到时候我们去做就可以了。"

我深吸一口气，点了点头，拿起我放在地上的测试包走向洗手间，手里还像抓着救生筏一样死死地攥着一根验孕棒。

我一次验了三根，然后拿着它们出去等着。我们把它们摆在围着露台的石头矮墙上。亚历克斯在他手表上设置了闹铃，我们就那么站在那里，谁都没有说话，这时闹钟发出"哗哗"的声音。

结果一个接一个地出来了：

未怀孕。

未怀孕。

未怀孕。

我又哭了起来，不确定是因为如释重负，还是因为某种更复杂的原因。亚历克斯把我拉到他的胸膛上，左右摇晃地安抚我，好让我缓过神儿来。

"我不能再对你这样了。"当我终于停止哭泣时，我对他说。

"对我怎样？"他低声问道。

"我不知道。离不开你。"

他摇了摇抵在我身侧的脑袋，说："珀比，我也离不开你。"我这才发现他的声音有多么沙哑、潮湿和颤抖。当我从他的怀中挣脱出来后，我意识到了他是在哭。我摸了摸他的脸。"对不起，"他闭起眼睛说，"我只是……我不知道要是你出了什么事，我该怎么办才好。"

那一刻我突然明白了。

对于像亚历克斯这样失去母亲的人来说，怀孕可能不仅会改变一个人的人生方向，它也可能宣判着一个人的死亡。

"对不起。"他重复道，"老天，我怎么哭了，真是太蠢了。"

我让他把脸靠在我的肩膀上，他哭得更厉害了，他那巨大的肩膀也随之起伏着。在我们成为朋友的这么多年里，他可能见我哭过好几百回，但这是他第一次在我面前掉泪。

"这一点儿都不蠢。"我低声安慰他，然后我不停说着，"没关系的，没事，我们都没事，亚历克斯。"

他把湿漉漉的脸埋在我的脖子上，我用手抚摸着他的头发，他双手紧紧攥在我的后背上，湿润的嘴唇温暖着我的皮肤。

即便我知道这种感觉稍纵即逝，但我那时却非常希望我们是单独待在这里的，我希望我们从来没有遇到莎拉和特瑞，我希望只要我们觉得需要，就可以紧紧地拥抱在一起。

我们从前一直生活在只有我们两个人的世界里，可如今却不一样了。

"对不起。"他再次向我道歉，然后松开我，直起身来，望向窗外的山谷，第一缕阳光已经洒在了山谷上，"我不该……"

我碰了碰他的胳膊，说："拜托你不要这么说。"

他点点头，往后撤了几步，我们之间的距离更远了。尽管我的每一根神经都在告诉我，这样做是对的，但它们还是在隐隐作痛。

"特瑞看上去是个很好的人。"他说。

"他是。"我向他保证。

亚历克斯又点了点头："好。"我们都没再说话。他出门去跑步了，而我则一个人站在寂静的露台上，看着远处的晨光追逐着山谷上的阴影。

我的例假在 25 分钟后来了，当时我正在为早餐准备着炒蛋。接下来的旅程就是一次无比正常的四人游。

只不过，我的心已经碎了一地。

妄想拥有一切是痛苦的，很多东西无法在同一个生命中共存。

但最重要的是，我希望亚历克斯快乐，我希望他能拥有他想要的一切。而我不能再妨碍他了，我要给他一个拥有这一切的机会。

在拥抱道别之前，我们都没再碰过对方的身体。我们也再不会提起那天发生的事情。

而我，还在继续爱他。

第30章

今年夏天

所以我想我们还是别再提起在尼古莱的阳台上发生的事，我们没有必要为这种事情大惊小怪。当我在拉雷亚棕榈泉酒店色彩绚丽的房间醒来时，亚历克斯的床上已经空了：被子是叠好放在床上的，桌上有张手写的字条："去跑步了——很快回来。另外，车从店里取回来了。"

虽说我并没有期待着一早醒来被他拥抱、亲吻，得到他爱的承诺，但他至少可以顺便写上一句"昨晚很棒"，如果可以，再在句尾加上一个活泼的感叹号。

还有，这么热，他还能跑得动吗？在这张短短的字条中，必然包含了很多东西，我一向漫无边际的妄想症告诉我，在经历了那件事后，他需要通过跑步来厘清自己的思绪。

克罗地亚的那一次，他吓坏了，我们都吓坏了。但那是在旅行快结束的时候发生的，我们之后就可以撤回到各自的城市。然而这一次，我们还要一起参加单身派对，彩排晚宴和婚礼。

不过，我保证过，我不会让这件事情毁掉我们的友情，我是认真的。

我得让气氛轻松一点儿，我得尽我所能避免我们亲密行为之后的行为失常。

我想过发条短信向瑞秋征求意见，也想过单纯地找个人倾诉一下，但事实却是，我不想将这件事情告诉任何人。我只希望这是我和亚历克斯两个人的事情，就像大部分我们共同经历的事情一样。我把手机扔回到床上，从包里拿出一支笔，在亚历克斯字条的底部加了一句："在泳池——到时候见？"

当他出现的时候，身上依然穿着他的运动装。他手里拿着一个棕色的小袋子和一杯咖啡，我不由得心里痒痒的。

"肉桂卷，"他说着，把袋子和杯子依次递给我，"拿铁。'心想'换了炫酷的新轮胎，已经在外面的停车场里了。"

我拿起咖啡杯，在他面前画了个圈："天使，轮胎多少钱？"

"不记得了，"他说，"我要去洗澡了。"

"在你……到游泳池边流汗以前？"

"在我来这个游泳池坐上一天以前。"

这并没有很夸张。我们尽情地躺在椅子上，我们尽情地放松，阳光和阴影在我们的身上不断交替。我们从泳池旁边的酒吧点了饮料和墨西哥玉米片，每隔一小时涂一次防晒霜，但回到房间的时候，却发现我们仍然有着充裕的时间来准备大卫的单身派对。他和谭决定分开举办派对（尽管都是男女生混合），亚历克斯开玩笑地说，大卫这么做就是为了比拼一下他们俩的人气。

"没有人会比你弟弟更受欢迎。"我说。

"你还没有见过谭呢。"他说着，走进浴室，开始放水。

"你真的又要洗澡了？"

"冲一下。"他说。

"你记得上小学的时候，在饮水机前排队打水的时候，排在你后面的孩子总会对你说'给鲸鱼留点儿吧'吗？"

"记得。"他说。

"那么，给鲸鱼留点儿吧，老兄！"

"你必须对我好一点儿，"他说，"我可是给你买了肉桂卷的。"

"黄油一样丝滑的，温热的，完美的。"我说，在他关上浴室门的时候，我看到他的脸颊红了起来。

我真的不懂这一天是怎么了。我们为什么不待在房间里亲热一整天呢？

我套上一件20世纪70年代风格的柠檬绿色的吊脖连体裤，开始对着浴室外的镜子梳头。几分钟后，亚历克斯穿戴整齐地走了出来，一副马上就能出门的样子。

"你需要多久？"他越过我的肩膀，看着镜子里我的眼睛。他湿漉漉的头发朝着四面八方支棱着。

我耸了耸肩道："我需要喷上发胶，再撒上一把亮片。"

"那十分钟？"他预估。

我点点头，放下我的卷发棒："你确定要我和你一起去吗？"

"为什么这么问？"

"因为这是你弟弟的单身派对。"我说。

"那又怎样？"

"你已经好几个月没有见到他了，你或许并不想让我跟着你呢？"

"你不是在跟着我，"他说，"你是被邀请的。到时候可能还有脱衣舞男，我知道你有多喜欢穿制服的男人。"

"我是受大卫邀请的，"我说，"如果你想和他有些单独相处的空间的话……"

"今晚大概会来 50 个人，"他说，"和大卫能有个眼神交流，我就应该算是幸运了。"

"但你的其他弟弟也会去，对吗？"

"他们去不了，"他说，"他们明天才会坐飞机来。"

"好吧，但是那些火辣的沙漠美女呢？"我说。

"火辣的沙漠美女。"他重复了一遍。

"你会成为舞会上的直男选美皇后。"

他歪过头："那你想让我和那些火辣的沙漠美女亲热吗？"

"不是特别想，但我觉得你应该知道你仍然是可以这么做的。我的意思是，因为我们只不过……"

他皱起了眉头："珀比，你在干什么？"

我心不在焉地摸了摸自己的头发："我本来打算做个蜂巢发型，但我想现在只能做个蓬松圆顶发型了。"

"不，我的意思是……"他的声音渐渐低了下去，"昨晚的事，你后悔了？"

"不！"我说着，脸红了起来，"你呢？"

"一点儿都不。"他说。

我不再从镜子里看他，而是转身面向他："你确定吗？你今天基本上都没正眼看过我。"

他大笑起来，把手放在我的腰上："因为我一看你，就会想起昨晚，不怕你说我老派，可我真的不想整整一天在勃起的状态下躺在酒店的泳池边。"

"真的？"如果你能听到我的声音，你会以为他刚刚对着我朗诵

318

了一首情诗。

他把我按到洗手池边，缓慢而深情地吻了我，两手在我脖子上寻找着我吊脖连体裤的扣子。衣服松开掉了下来，当他把布料滑到我腰间的时候，我不由得挺起了胸。他托起我的下巴，把我的嘴拉回他的嘴边。我们吻得愈发忘情，我用双腿缠住他，他那只空着的手从我裸露的胸膛上滑过。

"你记得我生病的那次吗？"我贴在他耳边轻声说。

他抵在我的屁股上，声音低沉而沙哑："当然。"

"那天晚上我特别想要你。"我坦言，然后解开他的衬衫。

"整整一周，"他说，"我一直都在即将高潮的时候醒来。要不是你生病的话……"

我靠在他身上，当我正在解他衬衫扣子的时候，他把嘴埋进了我的脖子里。"在韦尔，你抱我下山的时候……"

"老天哪，珀比，"他说，"我真的花了很长时间才抑制住自己的欲望。"他将我从洗手池边抱到了床上。

"我还没有亲够。"我说。他一边和我往床上滚，一边在我耳边咯咯地笑着，"我们还有多长时间？"

他亲吻着我。"我们可以迟到。"

"迟到多久？"

"能多久就多久。"

"我的老天，"我一边说着，一边来到这栋 20 世纪中叶的豪宅的车道上，这栋建筑的屋顶是俯冲向下的，具有强烈的古奇风格[1]，"这

---

1 古奇风格（Googie-style），是一种现代建筑的形式，属于未来主义建筑的一种。

也太棒了。他把这里都租下来了？"

"我没有跟你说过谭出手非常阔绰吗？"

"或许说过，"我说，"我现在嫁给他是不是已经晚了？"

"现在距婚礼还有两天，而且他是个同志，"他说，"所以我觉得没什么不可以的。"

我大笑起来，他拉过我的手。牵着亚历克斯·尼尔森的手走进单身派对，比酒店里发生的所有离奇事件还要显得更加离奇。我感到一种幸福的兴奋、眩晕和恍惚。

我们跟着音乐走上车道，每个人手中都拿着一瓶为聚会挑选的红酒，走进凉爽阴暗的大厅。

亚历克斯之前说会有 50 个人来到这里。但在我们穿过这所房子的路上，我大概看了一下，至少来了 100 个人，他们或靠在墙上，或坐在那些精美的镀金家具的靠背上。房子的后墙是一面巨大的玻璃窗，透过窗户，可以俯瞰一整个的巨大泳池，水面被紫色和绿色的灯光照亮，有一条瀑布从泳池的一侧灌入池中。人们悠闲地躺在火烈鸟和天鹅形状的充气垫上，大家的衣着各有不同——有穿着闪亮礼服的女人和变装皇后，有穿着泳裤和丁字裤的男人，有戴着天使翅膀和美人鱼装束的人，还有穿着西装和荷叶边连衣裙的疑似林菲尔德人。

"哇哦，"亚历克斯说，"我从，呃，高中以后就没参加过这么疯狂的派对了。"

"那你和我的高中经历好不一样。"我说。

就在这时，一个顶着一头金色鬈发、脸上满是少年气的迷人笑容的美男子发现了我们，他从一个蛋形吊椅里跳了出来。

"亚历克斯！珀比！"大卫张开双臂向我们走来，他栗子色的眼睛闪烁着令人迷醉的光芒。他先拥抱了亚历克斯，然后摸了摸我的脸，草草地亲了亲我的两颊。"我真高兴你们能——"他的目光落到了我们握在一起的手上，"牵手？"

"不用客气。"我说，他咯咯地笑了起来，把两只手分别搭在我们俩的肩膀上。

"你要喝点儿水吗？"亚历克斯问他，他又开启了大哥模式。

"不了，老爹。"他说，"你要来点儿酒吗？"

"好啊！"我说。大卫朝一个站在角落里的服务员招了招手。我之前并没有注意到她，因为她被喷成了金色。

"哇哦，"亚历克斯说着，从人形雕塑的托盘里拿起两杯香槟，"谢谢你的……哇哦。"

她退了回去，又像石头一样一动不动了。

"那谭今晚在做什么？"我问，"在纯金的游艇上大把大把地燃烧钞票？"

"我并不是很想告诉你这个，阿珀，"大卫说，"不过相信我，纯金的游艇是会沉没的，我们试过了。你们俩要来点儿烈酒吗？"

我在说"好"的同时，听到了亚历克斯说了一声"不"。

伏特加和漂浮着黄金碎屑的金箔杜松子酒像被施了魔法一样，瞬间出现在我们的手中。我们三人碰了碰杯，一口喝下这种辣中带甜的液体。

亚历克斯咳嗽起来："我讨厌这个。"

大卫帮他拍了拍背："老哥，我真高兴你能来。"

"我当然会来，你们这些弟弟一共只会结……三次婚。"

"而且你最喜欢的弟弟只会结一次婚。"大卫说，"老天保佑。"

"据说你和谭非常般配，"我说，"而且他非常阔绰。"

"无敌阔绰。"大卫表示赞成，"他是个导演。我们是在片场认识的。"

"片场！"我尖叫起来，"听听，现在是大明星了哦！"

"好吧，"他说，"我是个让人讨厌的洛杉矶人。"

· "不，不，你当然不是。"

有人在泳池里喊大卫，他给她比了一个"等我一分钟"的手势，然后又转向我们。"玩儿得开心点儿，就像在自己家一样——不过这显然不是咱们的家，"他接着又对亚历克斯说，"而是，呃，一个超级吵闹、超级好玩儿、超级同志，还带一个舞池的家，我希望等会儿在舞池上看到你们。"

"别再试图让珀比爱上你了。"亚历克斯说。

"没错，你真的不用再浪费自己的时间了，"我说，"我已经名花有主了。"

大卫抓着我的脑袋，再次在我两颊上亲了两下，他又亲了亲亚历克斯，然后欢快地跳到泳池边，被刚刚那个女孩用一根隐形的钓竿拽了下去。

"我有时会担心他太把自己当回事了。"亚历克斯冷冷地说。我大笑起来，他的嘴角也浮出一个若隐若现的微笑。我们站在那里又笑了一会儿，握在一起的手在我们之间荡来荡去。

"我还以为你不喜欢牵手呢。"我说。

"可你说过你喜欢。"他说。

"那又怎样？我现在想要什么就能得到什么吗？"我揶揄道。

他又恢复了平静而克制的笑容。"没错，珀比，"他说，"你现在想要什么，就能得到什么。这是个问题吗？"

"那如果我想要你得到你想要的东西呢？"

他挑了挑眉毛："你之所以这么说，是因为你知道我想说些什么，所以你想以此拿我取乐吗？"

"不啊，"我说，"为什么这么说？你想说什么？"

我们握在一起的手停止了摆动。"珀比，我得到了我想要的。"

我的心怦怦直跳，我把自己的手从他的手里抽了出来，把手绕到他的腰上，然后仰起头，凝视着他的脸："我正在抑制和你在公共场合秀恩爱的冲动，亚历克斯·尼尔森。"

他低下头，吻了我很久很久，久到一些人已经开始欢呼起来。当我们分开的时候，他害羞地脸红起来。"该死，"他说，"我觉得自己就像个欲火焚身的毛头小子。"

"或许我们可以利用后院的'深水炸弹'¹，"我说，"我们就会回到成熟端庄的 30 岁的样子了。"

"听起来非常可行，"亚历克斯说着，拉着我向后边的露台走去，"算我一个。"

后面有个酒吧，草地上停着一辆供应墨西哥鱼肉卷的餐车。在那后面，在这样的沙漠之中，竟然有一座花园，就像简·奥斯汀在小说里描写过的一样。

"这可不太环保。"亚历克斯用他那标志性的老人家的口吻说。

"确实，"我表示同意，"不过却是个很好的聊天话题。"

"没错，"他说，"当所有话题都终结的时候，你总是可以和一个陌生人聊聊我们正在消亡的地球的。"

不知什么时候，我们已经坐在了泳池边上。我们卷着裤管，两

---

1 深水炸弹（Jäger Bomb），将一子弹杯的野格扔进半罐冰镇的红牛饮料里，然后一饮而尽，这种喝法也被称为最新的"深水炸弹"。

腿在温暖的水中晃来晃去，这时我们听到大卫在人群中兴奋地大喊："我哥哥呢？他必须参加。"

"看来你得过去一趟了。"

亚历克斯叹了口气。大卫发现了他，一路小跑过来："我需要你参加这个游戏。"

"喝酒游戏？"我猜测道。

"那不适合亚历克斯，"大卫说，"我敢说他一轮都喝不下来。是大卫的问答游戏。你也来吗？"

亚历克斯的整张脸都皱了起来："你希望我去吗？"

大卫双臂交叉："我以新娘的名义命令你来。"

"那你最好永远都别和谭离婚。"亚历克斯一边说着，一边缓缓地站起身来。

"综合各种因素考虑，"大卫说，"我答应你。"

亚历克斯向那张摆着蜡烛的长桌走去，但大卫却留在了我的身边，看着他走远。"他看着不错。"他说。

"没错，"我表示同意，"我想是的。"

大卫的目光落到我身上，他弯下身子，双腿滑进水里。"所以，"他说，"这是怎么发生的？"

"这？"

他疑惑地挑了挑眉道："这。"

"呃，"我试着去思考要怎么解释才好，经年不曾磨灭的爱意，偶尔的嫉妒，错失的机会，糟糕的时机，其他的恋爱对象，逐渐增加的性张力，一场争吵，和争吵过后的沉寂，以及生活中没有他的痛苦，"我们民宿的空调坏了。"

大卫盯着我看了好一会儿，然后捂起自己的脸，咯咯地笑了起来。"该死，"他说着，直起腰来，"不得不说，我终于松了口气。"

"松了口气？"

"没错，"大卫耸了耸肩，"就像……我马上就要结婚了，所以我知道我要留在洛杉矶，我想我只是担心他自己一个人回俄亥俄去。"

"我觉得他很喜欢林菲尔德，"我说，"我并不觉得他是被迫待在那里的。再说了，我觉得他也不是一个人，你的所有家人都在那里，还有他的侄子和侄女们。"

"就像你说的，"大卫看向长桌上正在进行的问答游戏，其他三个参与者纷纷喝下一杯焦糖色的烈酒，亚历克斯则胜利地抿了一口水，"他现在有点儿像个空巢老人。"他像他的哥哥那样皱起了眉头，那一瞬间，我有种心痛的感觉，想把那样皱起的眉头吻平。

当我明白大卫话里的真正含义时，心痛得就更厉害了，就像我胸腔后长了一个小红疙瘩一样："你觉得他也这么认为吗？"

"认为他把我们养大？把他所有的感情和精力都放在确保我们平安无事上？开车带贝蒂去看医生，帮我们打包带去学校的午餐，在爸爸发作的时候把他从床上弄起来，后来，突然之间，我们该离开的离开，该结婚的结婚，我们开始有了自己的孩子，然后再留他回去照看爸爸？"大卫神情严肃地回头看向我，"不会。亚历克斯绝不会有诸如此类的想法。但我觉得他很孤独。我的意思是……我们都以为他会和莎拉结婚，然后……"

"是啊。"我将从泳池里抽出来的双腿抱在胸前。

"我的意思是，他准备了戒指，所有一切都准备就绪了。"大卫接着说，我的心陡然沉了下去，"他本来应该求婚的，可谁知道她就走掉了。而且……"当他看到我脸上的表情时，他的声音就逐渐弱了下来。

"珀比，你别误会，"他把手放在我的手上，"我一直觉得该在一起的是你们两个。但莎拉很棒，而且他们彼此相爱，我只希望他开心。我希望他不要再因为别人的事情而担心，我希望他能够拥有一些属于自己的东西，你懂我的意思吗？"

"嗯。"一时间，我根本无法说出话来。尽管我还在流汗，但我的体内却在逐渐降温，因为我现在脑子里只有一个想法，那就是"他原本是准备和莎拉结婚的"。

她在托斯卡纳的时候说过这句话，几周后，我就把它当成她当初的随口一说，并没有过多在意。但此刻，我却不禁开始从另一种角度看待那次旅行中所发生的一切了。

虽然发生在三年前，但我至今觉得当时的一切仍然历历在目：临近破晓时分，我和亚历克斯站在露台上，我紧紧抱着双臂，我的指甲都快被我咬破皮了。验孕棒摆放在石墙上，亚历克斯的手表响了起来，是时候看看未来将会发生什么了。

我终于重新活了过来，而他却崩溃地低下头对着我大哭起来。

"我不能再对你这样了，"我说，"不能这样离不开你了。"

他对我说过，他也需要我，但有了特瑞和莎拉的存在，那个似乎一直包围着我们、将我们与世界隔开的泡沫就抹掉了，我为自己如此渴望得到他而深感愧疚，而且我看得出，他也有着和我一样的想法。

"特瑞看上去是个很好的人。"他是这么说的，意思相当于"我们必须尽力阻止这一切"，相当于承认了我们是有罪的。尽管我们从未亲吻，从未说过"我爱你"，但我们的心都只属于对方。

亚历克斯是想和莎拉结婚的，而我现在知道了原来是我妨碍了他。她在我们的暑期旅行期间和他分过一次手，他在托斯卡纳之后又和她分过一次，她甚至都不知道究竟发生了什么，但我敢肯定，那件事深深地影响到了他。

当初如果我怀孕了，如果我决定留下那个孩子，我敢肯定亚历克斯是会陪在我身边的，他会为了帮我，抛下他所拥有的一切。

而莎拉就得像之前一样，要么接受我的存在，要么离开亚历克斯向前看。她之前确实做过向前看的选择，但我现在不禁会想，迫使他们重新在一起的那个人，会不会就是我自己。

这和他闹腾的弟弟们，以及他那丧偶的父亲需要他是一样的。

他现在又多了我这么一个女人，他不顾自己的需求和幸福，总是把满足我放在了第一顺位。而我在这一周又再次陷入这样的自私当中，我已经习惯了让他为我的需求让步，就算对他来说，那不一定是最好的。

我再也没有了兴奋、眩晕，或者别的什么感觉，我现在只觉得恶心。

大卫把手搭在我的肩膀上，对我笑了起来，把我从痛苦杂乱的思绪中拉回到现实里："我很高兴他现在有了你。"

"嗯。"我低声说。但在我心里，却有一个声音恶毒地说："不，是你有了他。"

第 31 章

今年夏天

当我在包里翻找酒店房间的钥匙时，亚历克斯靠向我，他用双手用力地搂住我的腰，嘴唇则轻柔地贴在我侧边的脖子上。如果不是我脑子里的嗡鸣声和我心里不断交替抽动着的愧疚和恐慌，我肯定是会放松下来的。

我把钥匙卡按在锁上，然后将门推开，亚历克斯把我放开，跟着我走进房间。我径直走向洗手池，摘下我那对超大的塑料耳环背面的耳堵，把它们放在台子上。刚一进门，亚历克斯就僵在了那里，整个人都变得焦虑不安。

"是我做错了什么吗？"他问。

我摇了摇头，抓起棉签和一瓶蓝色的眼部卸妆液。尽管我知道自己必须说些什么，但我并不想哭，因为一旦我哭了，事情的焦点又会跑回到我的身上，那这一切就失去了意义。亚历克斯会竭尽全力地给我最大程度的安全感，而我真正需要的是让他直面自己的内心。我用棉棒轻轻扫过眼睑，黑色的眼线液逐渐晕开，直到我的眼睛看起来就像《疯狂的麦克斯4：狂暴之路》里的查理兹·塞隆一样，我仿佛刚刚经历过一场战争，脸上沾满火药的残渣。

"珀比，"亚历克斯说，"你告诉我，我到底做错了什么？"

我过转身，他连看到我的大花脸时都没有笑，还是一脸担心的样子。我讨厌自己让他有这种感觉。"你什么都没有做错，"我说，"是我不够完美。"

我得做得干净利落，就像撕创可贴的时候一样："你打算过向莎拉求婚吗？"

他张开了嘴巴，但震惊很快就变成了痛苦："你在说什么？"

"我只是……"我闭上眼睛，把手背按在头上，好像这样就能让里面的嗡鸣声停下来一样。我重新睁开眼睛，他的表情没有丝毫畏缩，他并没有陷进他深层的情绪当中，但我现在要找赤裸的亚历克斯谈谈："大卫说你准备了求婚戒指。"

他合上嘴巴，用力地吞了一下口水，看了看阳台的滑动门，然后又将目光落回到我的身上："之前没有告诉你，对不起。"

"我想说的不是这个，"我强忍着把眼泪压了回去，"我只是……我不知道原来你有那么爱她。"

尽管他勉强笑了一下，但从他紧张的神情里看不出任何轻快的感觉："我当然是爱过她的。我和她分分合合好多年了，珀比。你也爱过曾经和你在一起的人。"

"我知道。我并没有任何指责你的意思，只是……"我摇了摇头，努力把我纷乱的思绪整理成一小时内就可以完成的独白，"我的意思是，你居然买了订婚戒指。"

"我并不否认，"他说，"可你为什么要因为这个生气，珀比？你当时和特瑞在一起，坐着飞机满世界飞，不管在世界的哪个角落，你都会坐在他的大腿上。不然我该认为你过得很不开心吗？然后一直在原地等你？"

"我并不是在生你的气，亚历克斯！"我大叫起来，"我在生我自己的气！因为我成了你的绊脚石，我对你有太多的要求，我阻止了你去追求你想要的东西。"

他嘲弄地说："我想要的东西？"

"那她为什么和你分手？"我回击道，"你敢不敢告诉我那完全与我无关，莎拉并不是因为我们之间的事情才选择结束一切，自从我离开了你的生活，她就没再重新考虑过分手？你敢不敢告诉我事情的真相，亚历克斯？你告诉我你没有结婚生子、没去追求你想要的一切并不是因为我。"

他盯着我，神情凝重，眼神深邃而浑浊。

"告诉我。"我恳求道。但他只是一动不动地盯着我，房间里的寂静让我脑中的嗡鸣声变得震耳欲聋。

终于，他摇了摇头："当然是因为你了。"

我向后退了一步，生怕他的话会灼烧到我。

"在去萨尼贝尔的几个月前，她说她不想让我继续参加暑期旅行，我们就因此分手了。"他说，他严肃地站在那里，就像要和派对上那个提供服务的人形雕塑一较高下一样，"她并不想去托斯卡纳，但我告诉她我需要你们两个成为朋友，所以她同意了。

"然后你以为你怀孕了，我吓坏了，就去做了那个该死的输精管切除手术。后来我打算和莎拉求婚，但你却和特瑞分手了，我做不到。所有都是因为你。所有。"

他的眼睛湿润了，在洗手池昏暗的灯光下闪闪发亮。他的肩膀很僵。尽管他的话就像一把尖刀一样刺进我的内脏，但我强迫自己吞下去，还点了点头。

亚历克斯摇了摇头，与其说摇头，不如说小小的抽搐，因为他的动作很小，很克制。"但莎拉从来都不愿意因为这些和我分手，"他说，"她一直希望事情能有所改变。我也是这么希望的，可我却从来没有改变。"

他朝着我迈出一步，我努力保持着镇定。

"当我意识到即使会伤害她，我也要去旅行的时候，我就和她分手了，"他说，"因为我知道那是不对的，那对她并不公平。我从来都没有公平地对待过她。"

一口气从我体内溜了出来，我的肩膀终于不再那么紧绷。亚历克斯又向我迈了一步，他认真地看着我，撇了一下嘴巴。"在我和她复合之前的很长一段时间里，我都陷入了深深的自我怀疑，因为我确实爱过她。"他说，"而在我们重新开始交谈以后，我们之间的关系变得比以往的任何时候都要好，我想和她继续下去，因为她真的很棒，而且我们的相处非常融洽，我们有着共同的追求，她让我觉得……很清爽，很好懂，也很可控。我爱这种感觉。"

他突然停了下来，又摇了摇头。他的眼中噙满泪水，像是危险汹涌，又像绚丽动人的河面。"我不知道要如何像爱你一样去爱其他人，"他说，"这太可怕了，不过我在想到这些的时候，一切还都在可控范围之内，但当我想到，如果失去你，我会怎么样的时候，我就会越来越恐慌、越胆怯——我根本不知道自己能不能让你幸福。但那天晚上——尽管这听起来很蠢，我们在看 Tinder 的时候，你说你在看到我的照片时会向右划，可就是这么微小又愚蠢的事情，当那个对象变成了你，那就会被无限放大。那天晚上，我躺在床上怎么都睡不着，我想弄明白你究竟是什么意思。我有些崩溃，还有，没错，压抑。我很清楚我并不是你的理想型，我很清楚我们没有在一起的道理，我们可能并不会，或许我永远也没办法让你幸福——"

"亚历克斯，"我伸出双手，将他拉到我的身上，他用胳膊搂住我，将身体弯成一个巨大的问号，他低下头，抵在我的脑袋上，"你并没有义务让我开心，好吗？你没有义务让任何人开心。我的快乐源于你的存在，只要你在这里，我就很快乐了。"

他放在我脊柱上的手缩了起来，我将手指绕进他的衬衫。

"虽然我不知道这到底意味着什么，但我知道，我爱你，你也爱我，而且我也和你一样害怕。"我闭上眼，鼓足勇气继续说下去。

"我也觉得非常崩溃，"我告诉他，我的声音变得又细又哑，"我总觉得一旦有人看到我内心深处真正的样子，我就完蛋了。那里总是有些丑陋的、令人讨厌的东西，而你是唯一一个让我觉得可以放心做自己的人。"他的手轻抚过我的脸，我睁开眼，正好迎上他的目光，"我很害怕一旦你拥有了我的全部，一切就都会改变。但我真的很想拥有全部的你，所以我在努力变得勇敢。"

"不论什么都无法改变我对你的感觉，"他喃喃道，"从你和那个吸毒的水上出租司机进屋亲热以后，我就一直在努力收回对你的爱。"

我大笑起来，他也淡淡一笑。我双手捧起他的下巴，在他嘴上轻轻地吻了一下，片刻过后，他吻了回来，那是被泪水浸湿的吻，急切而有力，我的身体受到一波又一波的冲击。

"你能答应我一件事吗？"我问。

他的手紧紧扣在我的脊柱上："嗯？"

"只要你想，随时牵起我的手就好。"

"珀比，"他说，"或许有一天，我会变得冷静、镇定，变得内心毫无波澜到不再想随时随地地触碰你，但至少现在离那一天还很远很远。"

彩排晚宴在谭早期投资的一家小酒馆里举办，那是个挂着定制水晶吊灯的烛光摇曳的地方。他们没有举办婚礼派对，只有新郎和他们的司仪牧师，因此他们没有进行真正的彩排。但谭的整个家族都住在加州北部，他们都来出席了这场晚宴。同时出席的还有大卫的很多朋友，他们也参加了昨晚的派对。

"哇哦，"我们走进酒馆的时候，我不禁惊呼，"这是我来过的最性感的地方。"

"尼古莱的桑拿帐篷阳台受到了深深的冒犯。"亚历克斯说。

"那个桑拿帐篷会永远在我心中，"我向他保证道，然后紧紧地握了握他的手，这让它们之间的大小差距更明显了，我觉得我的脊椎一阵酥麻，"嘿，你还记得那次我因为我的懒猴手而崩溃吗？就是在科罗拉多的那次？在我扭伤脚踝之后？"

"珀比，"他直截了当地说，"过去的所有事情我都记得。"

我眯起眼睛看向他："可你之前说——"

他叹了口气："我知道我之前说过什么。但我现在要告诉你，我全部都记得。"

"你这样会被人认为是个骗子的。"

"不，"他说，"我那么说只是为了不让自己那么尴尬，我至今还记得第一次见到你的时候。你身上穿的是什么衣服，我还记得你在田纳西州的麦当劳里点了什么吃的，我只是想给自己保留一点儿尊严。"

"哦，亚历克斯，"尽管我的心脏欢快地跳动着，但我表面还是轻声地揶揄他，"当你穿着卡其裤出现在迎新派对上的时候，你就已经没有什么尊严可言了。"

"嘿！"他用责备的语气说，"别忘了你就是爱这样的我。"

我的脸颊通红，却一点儿都不觉得尴尬："我永远也不会忘记。"

我是爱他的，他能记得所有的事情，因为他也是爱我的。大片大片的金色缤纷纸屑在我的身体里绽放开来。

这时，从餐桌的另一边传来一个声音："是珀比·莱特小姐吗？"

尼尔森先生身着一套松垮的灰色西装朝我们走来，他金色胡子的形状大小和我第一次见到他时的一模一样。亚历克斯松开我的手。不知为何，他显然并不愿意在他爸爸的面前牵着我的手。我突然感到很开心，因为他自然而然地做了他认为自己需要做的事情。

"嗨，尼尔森先生！"我说，他在距我还有二十厘米左右的地方停了下来，对我露出一个和善的笑容，所以他肯定是没有拥抱我的打算的。他西装的领子上别着一枚大得有些滑稽的彩虹胸针，似乎只要他走错一步，就会被它刺到一样。

"哦，拜托，"他说，"你已经不再是小孩子了，叫我艾德就可以。"

"好吧，那你也可以叫我艾德。"我说。

"呃。"他说。

"她在开玩笑。"亚历克斯解释说。

"哦。"艾德·尼尔森犹豫地说。亚历克斯的脸变红了，我的脸也红了起来。

现在并不是让他难堪的时候。"贝蒂的事，我很难过，"我补救了一下，"她是个了不起的女人。"

他的双肩猛地沉了下去。"她是我们家的磐石，"他说，"就像她的女儿一样。"说到这里，他的眼泪掉了下来，他摘下他的金属框架眼镜，一边擦着眼镜，一边长长地呼出一口气，"没有她，我们都不知道要怎么度过这个周末。"

我当然是同情他的，他又一次失去了他爱的人。

但站在他身边的儿子们也是同样悲伤的，但当他在这里放肆流泪，表现出每个人都该有的情绪时，一股愤怒却在我的身体里逐渐汇聚。

因为我身旁的亚历克斯在看到他的父亲向他走近时，就立刻清除掉了他所有的情绪，我知道这并不是什么碰巧的事情。

尽管我并不想对他大喊大叫，但事实就是如此，我的声音就和攻城槌没什么差别："但你一定会挺过去的。现在你的儿子要结婚了，他需要你。"

艾德·尼尔森向我摆出一个不带嘲弄意味的委屈狗狗脸。"嗯，当然了，"他说，声音中略带吃惊，"恕我失陪一下，我得……"他并没有说完这句话，只是茫然地看了看亚历克斯，然后捏了捏他儿子的肩膀，走开了。

我身旁的亚历克斯焦虑地舒了一口气，我向他转过身去："对不起！我刚才说了奇怪的话，抱歉。"

"没有，"他握起我的手，"事实上，你刚才在向我爸传达残酷事实的时候，我好像突然迷上了这种奇怪的感觉。"

"既然如此，"我说，"那咱们去跟他聊聊他胡子的事情吧。"

我刚要走开，亚历克斯就把我拉回到他身边。他把手轻轻放在我的腰上，在我耳边压低声音说："万一我今晚吻你的时候没有我想象得那么风骚，那你就要知道，我得花一笔钱去看心理医生了，我想搞清楚为什么我在我的家人面前没有办法表达我的开心。"

"那么，我也决定要开始热衷于追踪亚历克斯·尼尔森的自我疗愈之路了。"我说。他偷偷地在我脑袋侧面吻了一下。

就在这时，从小酒馆的前门飘进一阵刺耳的尖叫，这让亚历克斯不由得后退一步："我的侄子和侄女们来了。"

第 32 章

今年夏天

布莱斯有两个女儿，分别是6岁和4岁，卡梅隆的儿子才刚过2岁。谭的姐姐也有一个6岁的女儿。他们四个一起在酒馆里失控地奔跑着，咯咯的笑声在水晶吊灯之间不停地反弹。

亚历克斯很喜欢追着他们跑，当他们想把他撞倒时，他就自己跌倒在地板上，而当他抓到他们时，他会把高兴地尖叫着的他们举到空中。

和他们在一起的亚历克斯，就是我认识的那个亚历克斯，他好笑，外放，喜爱打闹，即便我不太清楚要怎样和孩子们互动，但当他把我拉进游戏时，我也会尽我最大的努力融入他们。

"我们是公主，"谭的侄女凯特拉着我的手对我说，"但我们同样是战士，所以我们必须杀死那条恶龙！"

"亚历克斯叔叔就是那条恶龙？"我向她确认，她点了点头，她一脸严肃，眼睛睁得大大的。

"不过我们也不是必须杀掉他，"她气喘吁吁地解释道，"如果我们能驯服他，他就能变成我们的宠物。"

他躲在一张桌子下，一个接一个地挡住尼尔森家的孩子们，他小小地向我摆了一下他的委屈狗狗脸。

"好的，"我对凯特说，"我们的计划是什么？"

这一晚时而平静祥和，时而高潮迭起。首先是鸡尾酒时间，然后是正餐，撒着羊奶酪和芝麻菜的大量迷你美食比萨，淋着意大利香醋的夏南瓜，腌红洋葱拌铁板抱子甘蓝，以及各种会让瑞秋·克罗恩这样的纯比萨主义者嗤之以鼻的东西。

我们在孩子们的餐桌旁坐了下来，布莱斯的妻子安吉拉为此在正餐过后醉醺醺地对我千恩万谢："虽然我很爱我的孩子们，但我有的时候也想安静地坐下来吃个晚饭，聊一聊除了《小猪佩奇》以外的事情。"

"哈，"我说，"我们主要聊了聊俄罗斯文学。"

她大笑起来，拍了拍我的胳膊，不过力道要比她想象的大得多，然后他抓住布莱斯的胳膊，一把将他拉了过来，说："亲爱的，你得听听珀比刚刚说的话。"

她抱住了他，他显得有些僵硬，毕竟他骨子里还是个尼尔森，不过他还是把手放在了她的腰上。当安吉拉让我重复我刚才的话时，他并没有笑，而是用他那波澜不惊，真诚，又很尼尔森式的语气说："这很有趣。俄罗斯文学。"

在上甜点和咖啡之前，谭的姐姐（肚子大得出奇，她怀的是对双胞胎）站了起来，她用叉子敲了敲玻璃杯，让大家把注意力都集中在布置好的主桌上："我们的父母不太喜欢公开演讲，所以今晚由我来为大家献上祝词。"

说到这里，她的眼里已经噙满了泪水，她深深地吸了口气："谁能想到我那个讨人厌的小弟竟然变成了我最好的朋友？"她谈起了她和谭在加州北部的童年，他们总是不停地打闹，有　次他偷偷开走了她的车，还撞到了电线杆上。后来她的人生遭遇了转折，她和她的第一任丈夫离了婚，谭让她搬去和他一起住。有一次，她发现他在看《情归亚拉巴马》[1]的时候哭了，她稍稍揶揄揄了他一下，然后一屁股坐进沙发，和他一起看完剩下的部分后，他们一起边笑边哭地决定半夜出门去买冰淇淋。

"当我再婚的时候，"她说，"最痛苦的事情就是我知道自己可能再也不会和你住在一起了。当你开始聊起大卫的时候，我能看出你对他究竟有多么着迷，我那时很怕因为他而失去你，直到后来我见到了大卫。"

她做了个逗趣的鬼脸，谭这边的家人都放松下来，而大卫这边的家人则突然变得拘谨了："我就立刻知道，我又多了一个最好的朋友。其实并没有所谓完美的婚姻，但我一直相信，婚姻中最美好的，就是你们携手共同经历的所有。"

掌声响了起来，大家一阵拥抱，互相亲吻着彼此的脸颊，服务生开始端着甜点从厨房出来。这时，尼尔森先生（艾德·尼尔森）突然站了起来，他笨拙地晃了晃，然后用刀轻轻地敲了敲他的水杯，就像某种哑剧表演。

大卫在座位上挪动了一下身体，亚历克斯也注意力都集中在他爸爸的身上，防护性地耸起了肩膀。

"是的。"艾德说。

"强势的开场白。"亚历克斯紧绷着小声说。我在桌下捏了捏他

---

1 《情归亚拉巴马》(*Sweet Home Alabama*)，是由安迪·坦纳特执导的爱情喜剧电影。

的膝盖，然后握住他的手。

艾德摘下眼镜，把它放在一边，然后清了清嗓子。"大卫，"他说着，转向了那对新人，"我亲爱的孩子。我知道一直以来，我们都很不容易。我知道你也是一样，"他轻声补充道，"但你一直就像一个小太阳，还有……"他重重地呼了一口气，然后吞下了逐渐涌起的情绪，继续说道，"你能成为今天的样子，功劳并不在于我，我并没有担起一个做父亲的责任，是你的哥哥们尽心尽力地把你养大。我很荣幸成为你的父亲。"他低头看了看地板，试着让自己镇静下来，"我很高兴你能和自己理想中的爱人结婚。谭，欢迎加入我们的大家庭。"

全场都响起了掌声，大卫走到他爸爸的面前握了握他的手，然后想了一下，拉过他将他抱在怀中。尽管这个拥抱既短暂又尴尬，但他们确实拥抱了，我身边的亚历克斯也终于放松下来。或许在婚礼结束以后，一切都会回到从前的样子，不过也或许一切都会发生改变。

那天晚上，我们回到酒店后，亚历克斯快速地冲了个澡，我浏览着电视频道，然后停在了重播的《单身天堂》[1]上。亚历克斯从浴室出来爬上了床，把我拉到他的身边，我把双臂举过头顶，好让他脱下我身上宽松的 T 恤，他用手搂着我的腰身，吻就这样落在了我的肚子上。"小小战士。"他对着我的皮肤低语道。

这一次，我们更加轻柔，更加温和，更加缓慢。我们尽情享受着属于我们的时间，诉说着那些没有被我们说出口的话语。

他用十几种不同的方式对我说着爱我，我同样热烈地回应着他。

---

1 《单身天堂》(*Bachelor in Paradise*)，是一部美式淘汰式真人秀电视剧。

激情退去，我们满身是汗地纠缠着躺在一起，呼吸缓慢而均匀。一旦我们开始交谈，我们中就会有人说"明天是这次旅行的最后一天"，那我们就会说"接下来该怎么办"，但目前，我们谁都没有答案。

所以我们谁都没有说话，就那样直接进入了梦乡。隔天早上，亚历克斯结束了晨跑，拿着两杯咖啡和一块咖啡蛋糕回到房间。我们又缠绵了一会儿，这次的亲吻要激情得多，仿佛整个房间都在着火，而这就像是扑灭大火的唯一方法一样。而当我们想要深入下去的时候，我们已经没有足够多的时间了，我们不得不松开彼此，为即将参加的婚礼做准备。

婚礼在一栋带有锻铁大门的西班牙风格的房子里举行，房子带有一个郁郁葱葱的小花园。花园里栽种着棕榈树，还陈列着石柱和深木色的长桌，围绕长桌摆放的，是手工雕花的高背椅。用于会场布置的花都是明艳的黄色，向日葵、雏菊，还有一些用小野花编好的精致嫩枝。只要客人进入场地，就能看到身着白衣的弦乐四重奏乐队演奏着梦幻而浪漫的曲子。

在不远处的一大片草坪上，摆放着几排同款高背椅，在它们之间的过道上，铺满了黄色的花朵。整个婚礼简短而甜蜜，因为——用大卫的话来说，当他们在欢快的弦乐版《太阳出来了》[1]的伴奏中走下"黄毯"时——"派对就该开始了！"

这一天"咻"的一下就过去了，我锁骨下方的疼痛似乎随着暮色的加深而变重了。我觉得自己像是重温了一遍昨晚的情景，仿佛

---

1 《太阳出来了》（*Here Comes the Sun*），是由英国摇滚乐团披头士成员乔治·哈里森创作、收录于专辑《艾比路》的 1969 年的歌曲。

同一部电影的两个版本，这两个版本的情节略有重叠：

一个版本里的我正坐在这里，吃着令人惊艳的七道餐点的越南大餐。我追逐着绕着大人们腿跑的小孩，和他们玩捉迷藏，而亚历克斯还是躲在桌子底下。我在舞池里和亚历克斯一口气喝下玛格丽塔，当《给我倒点儿糖》[1]的音量被调到最大时，人们尽情地泼洒着香槟，挥洒着汗水。当火烈鸟乐团的《我只在乎你》响起时，我拉他入怀，把脸埋在他的脖子上，试图更用力地记住他的味道，比过去的 12 年里都要用力，这样我就可以在我需要的时候，在脑中随意调出这个味道，这个夜晚的一切就都会随之立刻出现——他一手紧紧搂着我的腰，双唇微张，抵在我的太阳穴上，我们相拥在一起，他微微摆动着下身。

这个版本里的珀比正在经历着她人生中最奇妙的一个夜晚；而另一个版本的珀比已经错过了这所有的种种，她正远远地看着这里发生的一切，明白了原来她再也无法回到从前重新来过。

我不敢去问亚历克斯之后会发生什么。我也同样不敢向自己提出这个问题。我们彼此相爱，我们彼此渴望。

但这并不能改变我们其他的生活境况。

所以我此刻所能做的，只有紧紧地抓住他，告诉自己应该享受当下，我正在度假，假期总有结束的那一天。

而正因为假期是有限的，所以每一次旅行才显得尤为独特。你可以去任何你喜欢的地方小住一下，而你作为客人在那里度过的，并不能成为让你迷醉的改变你人生的七天，它无法全然进入你的心

---

1 《给我倒点儿糖》(*Pour Some Sugar on Me*)，是英国摇滚乐队 Def Leppard 1987 年的专辑 *Hysteria* 中的一首歌曲。

灵深处，深刻地改变你的所有。

音乐结束。

舞池散场。

很快，所有深爱着大卫和谭的人排成一条长龙，他们点燃手中的仙女棒，大卫和谭穿过人龙，他们的脸映衬在星星点点的暖光中，洋溢出无限的爱意。然后，像是一个渐渐入睡的人一样，这一晚就这么结束了。

我和亚历克斯向大家道了别，我们在一整晚的喝酒跳舞之后，彻底放松下来，我们拥抱了几个小时前还完全不认识的人们，默默开车回到酒店。亚历克斯没有洗澡，连衣服都没有脱，我们就那样直接倒在床上，相拥睡着。

隔天早上非常匆忙。

一则我们忘了设闹钟，再则我们睡得实在太晚了，以至于亚历克斯的生物钟都没能成功按时叫醒我们，根本没有留给我们在酒店闲逛的时间。我们睁开眼睛的时候就已经很晚了，我们除了把衣服丢进袋子，再看看有没有袜子、胸罩之类的东西掉在床下之外，完全没时间做其他的事情。

"我们还得把'心想'还回去！"亚历克斯一边拉上行李的拉链，一边大声说。

"我来想办法！"我说，"如果我能联系上车主，或许她能同意我们把车停到机场。我们可以多付她50美元什么的。"

但我没能联系到她，所以我们只能在高速公路上一路尖叫，祈祷着我们能及时赶到机场。

"我现在真的后悔没能洗个澡。"亚历克斯一边摇下车窗，一边用手扒了扒他的脏头发。

"洗澡？"我说，"我昨天快睡着的时候想上厕所，但我当时告诉自己要憋到醒来再去。"

亚历克斯回头看了一眼："我敢肯定你在这车里留下了某个空杯子，如果你实在憋不住的话……"

"野蛮！"我说。但他说的没错，我脚下确实有一个，后座的杯托上也有一个："希望还是不要走到那一步。我可不是什么出了名的神枪手。"

他大笑起来，但略显呆滞："我想象中的今天并不是这样。"

"跟我想的也不一样，"我说，"不过话说回来，这次旅行本身就充满了各种意外。"

听到这里，他微笑起来，抓过我的手放在变速杆上，然后又把我的手抵在他的唇边，但他就那么举着，并没有吻下去。

"怎么，我手上很黏吗？"我问。

他摇摇头说："我就是想记住你皮肤的触感。"

"亚历克斯，你好甜啊，"我说，"这完全不像连环杀手会说的话。"

其实我是在转移话题，因为我有些不知所措。我们一路狂奔，向机场冲去。我们在登机口匆匆道别——或许并没有道别，我们只是分开朝着相反的方向奔去。这场景和我喜欢的所有浪漫喜剧电影都是相反的，而如果细细想来，恐怕还可能触发我惊恐症的发作。

我们依靠奇迹和大量的超速（没错，我们在归还了'心想'以后，贿赂了一个优步司机，让他穿过了好几个黄灯）成功地按时到达机场，办理好登机手续。我的航班比亚历克斯的晚15分钟，所以我先去了他的登机口，并绕道去候机楼的书店买了几根格兰诺拉燕麦卷和最新一期的《休闲 + 娱乐》。

我们来到他的登机口时，乘客已经开始登机了，不过离机场广播还有几分钟的时间，所以我们在那里站了一会儿。我们两个都汗流浃背、气喘吁吁的，我的肩膀由于一直扛着行李而感受到了酸痛，我的脚踝也因为在走路的过程中不断地磕在我的硬壳行李箱上而被磨得生疼。

"机场怎么会这么热？"亚历克斯说。

"你是在为接下来要讲的笑话铺梗吗？"我问。

"不，我是真的很想知道。"

"和尼古莱的公寓比起来，这里简直就是北极了，亚历克斯。"

他笑得很僵。我们两个都不擅长处理眼下的状况。

"那么。"他说。

"那么。"

"你觉得斯瓦娜会对这篇文章做出怎样的评价？中午就关闭的动物园，热到骑上去会有危险的旋转木马？"

"啊，对了，"我咳嗽了一下，比起我对亚历克斯撒谎这件事，更令人尴尬的是我到现在才提起它，而且我还不得不在我们这宝贵的最后几分钟里向他解释事情的原委，"从严格意义上说，《休闲 + 娱乐》可能并没有批准这趟行程。"

他挑起一根眉毛问："可能没有批准？"

"或者干脆说是驳回了这趟旅行。"

"什么？你说的是真的？那他们为什么付钱给——"当他从我的脸上看到答案时，自行停了下来，"珀比。你不该那么做的，你该告诉我的。"

"如果你知道是我来出钱的话，你还会来吗？"

"肯定不会。"他说。

"正是因为这个，"我说，"我需要找个机会和你谈谈。我的意思是，显然我们是需要聊聊的。"

"你可以给我打电话，"他说，"而且我们又开始发短信了。我们……我不知道，正在努力着。"

"我知道，"我说，"但事情没有那么简单。我在工作中遇到了瓶颈，我觉得整个人都很迷茫，我感到厌倦，呃，我甚至不知道在接下来的人生中，我究竟还有什么想要的东西。然后我就找瑞秋聊了聊，她直言我有点儿……就是在职业道路上得到了我想要的一切，或许我需要寻找一些新的追求，然后我就回想起上一次让我感到快乐的时候——"

"你在说什么？"亚历克斯摇着头说，"瑞秋叫你……骗我和你一起旅行？"

"不！"我说着，心里一阵恐慌，事情怎么就突然失控了？"不是！她的妈妈是名心理医生，据她说，在你实现了所有的长期目标以后，往往就会陷入抑郁，因为我们是需要目标的。然后瑞秋建议我，或许我应该短暂地从生活中抽离出来，好让我弄明白自己想要的究竟是什么。"

"从生活中抽离出来。"亚历克斯轻声说，亚历克斯的嘴巴垮了下来，眼神变得阴郁而激动。

我立刻就意识到自己说错话了。这一切都错得离谱。我必须进行补救——"我的意思是，自从上次的旅行过后，我就没有真正地开心过。"

"所以你骗我让我和你一起旅行，告诉我你爱我，还来参加我弟弟的婚礼，都是因为你需要从你的真实生活中抽离出来。"

"亚历克斯，当然不是。"我说着，伸出手想要抱他。

他向后退了一步，双眼低垂："珀比，拜托你现在别碰我，我在努力思考，好吗？"

"思考什么？"我问道，声音因为激动而变得厚重。我不明白究竟发生了什么，不明白到底怎么伤害到了他，也不知道要如何进行补救："你为什么要这么生气？"

"因为我是认真的！"他说，他终于迎上了我的目光。

我的心里一阵绞痛。"我也是！"我吼了起来。

"我是认真的，而且我知道我是认真的，"他说，"我并不是一时冲动，我爱了你很多年，在吻你之前，我就已经从各个角度都思考了我想要的是什么了。在我们断联的这两年里，我每天都在想你，我觉得你需要空间，所以我就给你空间。这段时间我一直都在问自己，要是你也做好了和我在一起的决定，那我愿意做出怎样的努力，以及做出怎样的放弃。这段时间里，我有时会努力向前看，想着放你离开，好让你快乐起来，但有时又会看看招聘和租房的信息，就是想求个万一。"

"亚历克斯，"我摇了摇头，努力从郁结在我喉咙里的情绪中挤出几个字，"我之前并不知道。"

"我知道，"他闭上眼睛，揉了揉他的额头，"我知道。也许我该早点儿告诉你的。但，该死，珀比，我并不是你在度假时遇到的水上出租司机。"

"这是什么意思？"我质问他。当他重新睁开眼时，我再次试图向他伸出手去，但我却想起他刚刚说过的那句"拜托你现在别碰我"。

"我并不是从你现实生活中抽离出来的一个假期，"他说，"我并不是什么新奇的体验。我已经爱了你十几年了，如果你不能确定自己想要的是这个，你当初就不该吻我，也不该走到这一步。这不公平。"

"我想要的就是这个。"我说，虽然我嘴上这么说着，但我并不完全明白这到底意味着什么。

我想要的是婚姻吗？

我想要的是孩子吗？

我想住在俄亥俄林菲尔德的一栋 20 世纪 70 年代的四层房子里吗？

我想要的和亚历克斯在生活中想要的是一样的吗？

这些都是我没有想清楚的，亚历克斯看得出来。

"你根本就不知道，"亚历克斯说，"你刚刚已经说了，你并不知道，珀比。我不能单纯地为了缓解你的厌倦，就放弃我的工作，离开我的房子和家人。"

"我并没有要你做这些，亚历克斯。"我说，我感到了绝望，我想要拼命地抓住些什么，但终于发现我脚下的所有都如流沙一样。他终于还是从我手上溜走了，我永远都无法将一切变回原来的样子了。

"我明白，"他说着，揉了揉他额头上的皱纹，整个脸都皱了起来，"老天，我明白。都是我的错。我早该知道这个想法糟透了。"

"别说了，"我是如此急迫地想要触碰他，但只得把双手攥成拳头，直到攥得生疼，"别这么说。我会想明白的，好吗？我只是……我需要搞清楚一些事情。"

检票员开始广播，六号登机口的乘客要登机了，最后几个掉队的人也都排好了队。

"我得走了。"他说，没再看我一眼。

我的眼里噙满泪水，皮肤也变得又热又痒，我觉得自己的身体正在萎缩，紧紧地压住我的骨头。"亚历克斯，我爱你，"我说，"难道这不是最重要的吗？"

　　他突然看向我，目光阴郁深邃，充满了心痛和渴求。"珀比，我也爱你，"他说，"但我们之间的问题从来都不是这个。"他回头看了看，排队登机的乘客所剩无几。

　　"我们可以回去再聊，"我说，"我们能想出办法的。"

　　当亚历克斯再次回头看向我时，他的表情极为痛苦，双眼也变得通红。"我想，"他轻柔地说，"这段时间我们还是不要联系了。"

　　我摇了摇头："亚历克斯，我们不可以这样。我们必须找到解决的办法。"

　　"珀比，"他伸出手，将我的手轻轻握住，"我知道我想要的是什么，需要找到解决办法的人是你。虽然我会为你做任何事情，但——如果你还不能确定的话，就不要再向我提出要求，我真的——"他艰难地吞了吞口水。乘客已经走完了，他该走了，他用嘶哑的声音喃喃地说出剩下的部分："我不能做你从现实生活中抽离出来的某个偶然的停靠，我也不会成为阻止你获得你想要的东西的障碍。"

　　我哽咽了，再也无法叫出他的名字。他微微弯下身子，用前额抵住我的额头，我闭上眼睛。当我再次睁开眼睛，他已经头也不回地走上了登机桥。

　　我深吸一口气，收拾好东西，向我的登机口走去。

　　这是我有生以来，第一次觉得机场是这个世界上最孤独的地方。

　　人们分头奔向自己的目的地，与成百上千的旅客擦肩而过，却从未彼此连结。

第 33 章

两年前的夏天

和我们一起前往克罗地亚的，是一位作为《休闲＋娱乐》官方摄影师的老先生。

他叫伯纳德，说话声音很大，总是穿着件羊毛背心。他经常站在我和亚历克斯之间，丝毫不会留意到我们越过他光秃秃的头顶互相交换着的搞怪表情（他长得比我矮，尽管他在整个旅途中，一直向我们强调他在壮年的时候有一米六八。）

我们三个一起参观了古老的杜布罗夫尼克，老城区街道蜿蜒，城区的四周围绕着高耸的石墙，再往外，是多石的海滩和蓝绿色的亚得里亚海。

从前和我一起旅行的摄影师们都会单独行动，但伯纳德近来刚刚丧偶，他如今还无法习惯独自生活。他是个和善的人，但因为太爱交际，总是有着说不完的话。在城里的这段时间，我眼睁睁地看着他将亚历克斯折磨得精疲力竭，到了最后，伯纳德的所有问题得到的答案都变成了单个的字。不过伯纳德并没有注意到这一点，因为他提出问题只是为他接下来要讲的故事做铺垫。

而这些故事往往包含了很多具体的名字和日期，他会花很多时间来确保里面提到的每一个名字和日期都是准确无误的。他有时会修改四到五次，直到最后终于可以确认这件事情是发生在周三，而不是他最初所认为的周四。

我们从市区出发，乘坐拥挤的渡轮前往海边的科尔丘拉岛，《休闲＋娱乐》在这个小岛上为我们预订了两个可以俯瞰海景的公寓式酒店的房间。但不知怎的，伯纳德觉得他会和亚历克斯共用其中的一个房间。这完全是没有道理的，因为他是《休闲＋娱乐》的员工，他理应拥有自己房间的全部使用权，而亚历克斯则是我的客人。

我们试着告诉他这一点。

"啊，我并不介意，"他说，"况且我这里刚好有两间卧室。"

想要让他明白那个有两间卧室的房间本来是属于我和亚历克斯的，注定是徒劳，说实话，我觉得是因为我们都很同情伯纳德的遭遇，所以我们才没有强行向他说明这件事情。公寓本身时髦又现代，主色调是纯白的，配有不锈钢材质的内饰，站在阳台上，可以俯瞰整个波光粼粼的海面。不过这里的墙却像纸一样薄，我每天早上都会被楼上三个小孩的跑动声和尖叫声吵醒。此外，似乎有什么东西死在了烘干机后的衣橱里，我每天打给前台告诉他们这件事的时候，他们就会在我出去的时候，派一个十几岁的孩子过来处理这些气味。我敢肯定他只是简单地打开所有窗户，在房间各处喷上一遍"来苏尔"，因为每晚我回来的时候，都会闻到某种动物尸体的腐臭味伴随着逐渐消失的柠檬香味。

在我的预想当中，这会是我们所有旅行当中最好的一次。

但除了死尸的气味和清晨小孩的尖叫声，还有一个就是伯纳德始终插在我们之间。从托斯卡纳回去以后，我们谁都没有再提那件事情，而我们的友谊也向后退了一步。我们不再每天互发短信，只会在每隔几周的时候联系一下。尽管回到过去是一件再容易不过的事情，可我却不能这么做，不管是对他，还是对特瑞。

我让自己全身心地投入到工作当中，我会抓住每一个可以出去旅行的工作机会，有的时候甚至会连轴转。起初我和特瑞比以往任何时候都要快乐——我们骑马、骑骆驼，徒步登火山，从悬崖的瀑布上往下跳，我们的感情迅速升温。但后来，我们永无止境的旅行开始让我们有一种一直在逃跑的感觉，这就好像我们是两个等待着联邦调查局拘捕的在逃银行劫匪。

我们开始争吵。他想早点儿起床，而我却要睡懒觉。我走路很慢，而他笑得很吵。我在见到他挑逗我们的女服务员后会大发脾气，而他则无法忍受我必须仔细地逛完我所经过的每一条街道上的每一个店铺。

我们在去新西兰的前一周，猛然意识到我们的路已经走到了尽头。

"我们再在一起也没什么意思了。"特瑞说。

我如释重负地笑了起来，就那样，我们和平分手了。我并没有掉泪。我们在过去的六个月里已经渐行渐远，而最后的分手也不过是那断掉的最后一根琴弦。

当我给亚历克斯发去短信后，他说："发生了什么事？你还好吗？"

"当面解释会更容易些。"我小心翼翼地写道。

"好吧。"他说。

几周后，他也通过短信的方式告诉我，他再一次和莎拉分手了。

这是我完全没有预料到的。因为他在完成了博士学位后，和她一起搬到了林菲尔德，他们甚至在同一所学校工作，这真的是一个蕴藏着深刻含义的奇迹，似乎上天都对他们的关系给予了肯定，而且从和亚历克斯的交流中，我得知了他们的关系比以往的任何时候都要更好、更快乐。他们进展得是如此顺利。除非他对我隐瞒了他们之间存在的问题，不然他们分手真的没有道理。

"你想聊聊吗？"我问，我的身体却立刻感受到恐惧和肾上腺素的激增。

"就像你说的，"他回复道，"当面解释可能会更容易些。"

为了这次谈话，我已经等待了两个半月。我太想念亚历克斯了，没有了顾忌，我们终于可以开诚布公地聊一聊了，我们再也不用退缩，再也不用小心翼翼，再也不用害怕触碰到对方了。

但我们的身边却一直有伯纳德的存在。

他会在日落时分和我们一起划橡皮艇，会加入我们前往家族酒庄的行程，在通往内陆的漫长道路上，一直坐在我们的车里，他会每晚和我们一起吃海鲜晚餐，提议我们睡前再去喝上一杯，他永远不知疲倦。"伯纳德，"亚历克斯某天晚上跟我耳语道，"也许就是全能的上帝。"我一口气喷到酒里。

"酒精过敏？"伯纳德说，"我的手帕，你可以拿去用。"

随后他递给我一块真正的绣花手帕。

我希望伯纳德可以做些糟糕的事情，比如在餐桌上使用牙线，或者任何一件能让我鼓起勇气，向他提出我们需要单独待上一小时的事情。

这是我和亚历克斯经历过的最美也最烂的旅行。

在这里的最后一晚，我们三个在一家面朝大海的餐厅里，一边开怀畅饮，一边看着夕阳渐渐褪去粉色和金色的光辉，直到海面上只剩一层耀眼的余晕，最终被暗紫色的天幕笼罩。当我们回到度假村的时候，天色已经暗了下来，我们各自回房，每个人都精疲力尽，醉得一塌糊涂。

大约过了 15 分钟，我听到有人轻轻敲了敲我的门。我穿着睡衣将门打开，发现亚历克斯正满脸通红地笑着站在那里。"好吧，这真是个惊喜！"我有些口齿不清地说。

"真的？"亚历克斯说，"你灌了伯纳德那么多酒，我还以为这是你邪恶计划的一部分呢。"

"他睡过去了吗？"我问。

"鼾声大得要死。"亚历克斯说，我们都大笑起来，他把食指按在我的嘴唇上。"嘘，"他提醒道，"前两天晚上我试着悄悄溜过来，但我还没有走到门口，他就醒了，还从他的卧室里走出来。我甚至都想抽烟了，那样我就可以找到一个必须出门的借口了。"

无数欢乐的气泡在我的身体里沸腾，温暖着我的内心，嘶嘶地从我的胸膛穿过。"你觉得他会跟着你过来吗？"我悄声说，他的手指仍然压在我的嘴唇上。

"我不想给他这个机会。"我们听到那该死的鼾声从墙的那边传了过来，我开始咯咯地笑了起来，笑到我的腿都软了，于是我瘫倒在地板上，亚历克斯也倒了下来。

我们瘫作一团，四肢胡乱地纠缠在一起，无声地笑到颤抖。从墙的那边又传来了可怕的雷鸣般的鼾声，我徒然地拍了拍他的胳膊。

"我想你了。"当笑声逐渐平息，亚历克斯咧嘴笑着对我说。

"我也是。"我说着，觉得脸颊很疼。他拨开我脸上的头发，在静电的作用下，他手边闪过了几束光亮。"不过我现在眼睛里有三个你。"我抓住他的手腕，稳住自己的身体，然后闭起一只眼睛，好让自己更聚焦些。

"是因为喝了太多葡萄酒吗？"他揶揄着，用手握住我的脖子。

"不，"我说，"这只不过是灌醉伯纳德的量，对我来说刚刚好。"我的头愉快地眩晕着，我的皮肤也在他的手掌下感受着他的温热，令人愉悦的热浪从脖子周围一直荡到我的脚趾。"做猫应该就是这种感觉了。"我哼哼着。

他大笑起来。"是什么感觉？"

"呃，"我把头从一边晃到另一边，然后把我的脖子靠在他的手掌上，"就是……"我的声音渐渐低了下来。他的手指在我的皮肤上摩挲，轻轻地拉了拉我的头发，我愉快地叹了口气，倒在他的身上，我用额头贴着他的额头，一只手放在他的胸口。

他把手放在我的手上，我一边将手指插入他的指缝，一边将脸凑到他的脸上，我们轻轻触碰着彼此的鼻子。他扬起下巴，手指轻抚着我的下巴，等我反应过来的时候，他已经吻上了我的嘴。

我和亚历克斯·尼尔森正在接吻！

这个吻温热而舒缓。一开始，我们两个几乎都在大笑，好像这是件非常好笑的事情。不过很快，他用舌头轻轻舔过我的下唇，像在上面点燃了一团火焰。接着他用牙齿咬住了我的嘴唇，我们都止住了笑声。

我的双手从他的发尾滑进去，他把我抱到他的大腿上，用双手抱住我的背，然后伸向我的屁股，在上面捏了捏。当他再次用嘴巴将我的双唇分开时，我的呼吸变得急促而颤抖。他的舌头扫向了更深的地方，味道甜美清新，令人陶醉。

我们疯狂抚摸抓咬着彼此，衣服也从身上剥落下来，我们的指甲深深地嵌进对方的肉里。也许伯纳德还在打鼾，但我已经完全听不到他的声音了，因为我耳中充斥着亚历克斯那美妙而急促的呼吸，他用咒骂的语气喊出的我的名字，还有我那穿过耳膜的心跳声。

所有那些我们还没来得及袒露的心事都不再重要了，因为这才是我们需要的。我需要他给我更多。我伸手去摸他的皮带——因为他系着皮带，他当然会系着皮带——但他抓住我的手腕往回推。他的嘴唇肿胀，头发乱成一团，他全身都很凌乱，这让我觉得既陌生，又觉得极具诱惑力。

"我们不能这么做。"他的声音很厚重。

"我们不能？"这种突然停下的感觉就像撞在墙上一样。当我试图理解他的话是什么意思时，我的头上就好像有好几只卡通小鸟在恍惚地盘旋。

"我们不该这么做，"亚历克斯说，"因为我们喝醉了。"

"是那种可以亲热却不能上床的醉？"我说，几乎因为荒谬和失望而大笑出来。

亚历克斯瞥了一下嘴巴。"不，"他说，"我的意思是，这根本就是不该发生的事情。我们都醉了，都还没有想清楚——"

"呃，嗯。"我从他身上下来，把我睡衣的衬衫拉下来，尴尬的感觉冲刷了我的全身，像是遭受了一记重拳一样瞬间红了眼眶。我从地板上爬起来，亚历克斯也跟着站了起来。"你说得对，"我说，"这是个烂主意。"

亚历克斯看起来很难受："我只是说……"

"我明白。"我的语速飞快，试图在船里漏进更多水之前及时把船上的洞补起来。我们不该走到这一步，不该冒这个险。但我必须让他相信我们的友谊将一如既往，让他相信我们并不是为我们的友谊添了油，又点了一根火柴。"我们不必这么大惊小怪，这确实没什么。"我继续说，我的信念不断增强，"就像你说的，我们每个人都喝了，呃，三瓶红酒。我们都没有想清楚。那我们以后就当什么都没发生过，好吗？"

他死死地盯着我，用一种我难以理解的紧绷的表情说："你觉得你做得到吗？"

"那当然啦，亚历克斯，"我说，"我们的过往又不是只有这个醉酒的夜晚。"

"好吧，"他点了点头，"好吧。"他沉默了片刻，然后说，"我该去睡觉了，"他又细细打量了我一下，喃喃道，"晚安。"接着他就溜了出去。

我苦恼地来回走了一会儿，强迫自己上了床。每当我有了蒙眬的睡意，刚才经历的一切就会在我脑中重现：亲吻他时难以忍耐的兴奋，以及我们谈话时令人无法忍受的屈辱。

隔天早晨当我醒来的时候，我晃了个神儿，以为昨晚的事情其实只是我的一个梦。然而当我跌跌撞撞地走到浴室的镜子前，看到脖子上有一个陈旧的吻痕时，记忆的循环就又在我的脑中重新上演了。

我下定决心，在见到他的时候不再提起这件事。我现在所能做的，就是装作真的忘了之前发生了什么，好证明我一切如常，而我们之间的关系，也并不会受到任何影响。

我和伯纳德、亚历克斯一起来到机场的时候，伯纳德去了洗手间，我们在这一天里，第一次有了单独相处的时间。

亚历克斯咳了一声。"昨晚的事我很抱歉。我知道这一切都是因我而起，本来不该发生那样的事情。"

"说真的，"我说，"这没什么大不了的。"

"我知道你还没有忘掉特瑞，"他喃喃地说，然后移开了视线，"我并不应该……"

我不知道如果向他承认在旅行前的几周我只是偶尔地想起过特瑞，而昨晚我想的只有亚历克斯，这会让情况变得更好还是更糟。

"这并不是你的错，"我宽慰他，"这是我们两个一起做的，而且这也不能说明什么，亚历克斯。我们不过是两个喝醉后接了吻的朋友罢了。"

他认真地看了我好一会儿："好吧。"但他看上去不是太好，此刻的他似乎更愿意和一群连环杀手去参加萨克斯演奏会。

我的心被绞得很痛。"那么，我们之间没有问题了，对吧？"我说。我也是真心这么希望的。

伯纳德再次出现了，这次他给我们带来的是一个他曾经去过的一个铺着厚厚的厕纸的某个机场洗手间的故事。为防有人想知道这个故事发生的具体时间，他明确地告诉我们，是在母亲节的那个星期天。接下来，我和亚历克斯基本上再也没看对方一眼。

我回到家后，就没再给他发过短信息。

"他会发短信息给我的，"我想，"那样我就会知道我们的关系还是一如从前。"

在静默了一周后，我给他发了一条信息，告诉他我在地铁上看到一件好笑的 T 恤，但他只回了我一个"哈"字。两周以后，我问他："你还好吗？"他回复道："抱歉，最近真的很忙。你还好吧？"

"当然。"我说。

亚历克斯一直处在忙碌之中，而我也同样忙碌，情况就是这样。

我一直都知道我们的疏离是有原因的。我们让性欲占据了上风，以至于他现在既不敢看我，也不敢回我的信息。

　　我尝到了亚历克斯·尼尔森的味道，却为此丢掉了我们两人十年的友谊。

第 34 章

今年夏天

我一直在回想那个初吻。并不是在尼古莱的阳台上的那个，而是两年前在克罗地亚的那一个。一直以来，我记忆中的那段记忆都是我理解的那种样子，但现在看来，却完全不同了。

我以为是他后悔吻了我，而现在我明白了，他其实是不想在那样的状况下吻我——在醉意驱使的一时冲动下，在他还不能确定我心意的时候，在我还没有搞清楚自己想法的情况下。他担心没有得到我的认真对待，而我就真的装作不去认真对待。

一直以来，我都觉得是他拒绝了我，而他却认为我在用漫不经心的态度对待他和他的真心。一想到我是怎样伤害他的，我就感到心痛，而最糟糕的是，或许他是对的。

因为即使那个吻对我来说并不意味着什么，可它也不是我经过深思熟虑的结果。第一次如此，这一次依然如此。这和亚历克斯是截然不同的。

"珀比？"斯瓦娜靠在我的工位上说，"你有时间吗？"

我已经坐在办公桌前，盯着这个西伯利亚旅游网站超过 45 分钟了。其实西伯利亚还是很美的，如果有人想要自我放逐，这将是个不错的选择。我将网站进行了最小化："呃，当然。"

　　斯瓦娜扭头看了看今天办公室里还有谁坐在他们自己的办公桌前："你想出去走走吗？"

　　我从棕榈泉回来已经有两周的时间，从严格意义来说，现在要说入秋还为时尚早，但今天的纽约还有点儿冷。斯瓦娜抓起她的巴宝莉风衣，而我则拿起我的复古人字呢风衣，一起朝街角的咖啡店走去。

　　"其实，"她说，"我注意到你最近总是闷闷不乐。"

　　"啊。"我以为自己一直都将情绪隐藏得很好。一方面，我每晚会锻炼，呃，四小时，这也就意味着我会拥有婴儿般的睡眠，而醒来之后，我会在依旧疲惫不堪的状态下度过艰难的一天，这样我就没有过多的精力去想亚历克斯什么时候会接我的电话，他什么时候会回我的电话。

　　也没有精力去想为什么这份工作和我那份俄亥俄酒吧服务的工作一样累。我再也无法将所有的事情安排得井井有条。我觉得自己整天都会听到一句相同的话——尽管我迫切地想要把它从我的身体里驱赶出去，但我始终无能为力——那就是"我正在度过一段艰难的时光"。

　　所以即便当我听到诸如"我注意到你最近总是闷闷不乐"这样温和的表述时，都会感觉自己的内心被灼烧起来。

　　"我正在度过一段艰难的时光。"我每天都会绝望地这么想上成百上千次，而当我试图深入探究更多的问题，像是"究竟什么事情让你觉得艰难"时，我身体里的那个声音就会回答："所有事情。"

我觉得我还配不上"成年人"这样的称呼。看看我周围的同事，每个人都在打字、接电话、预订、编辑文档，我知道他们所有人都在处理着至少和我一样多的工作，可知道了这个事实，只会让我觉得这一切更难了。

对自己负责任地活着，最近似乎成了一个我不可逾越的挑战。

我有时会强迫自己从沙发里爬起来，把速冻食品塞进微波炉里，在等待计时器响起的时间里，我就会想，这样的事情，是我明天、后天、大后天都要不断重复去做的。在我余生的每一天里，我都得想好自己要吃什么，然后做给自己吃。不管我心情有多差，有多累，我的头有多疼，有没有发烧到 102 ℉，都要振作起来，给自己做顿不怎么好吃的饭来维持生命。

我并没有将这些想法说给斯瓦娜听，因为（a）她是我的老板；（b）我不知道我是否能把这些想法表达出来；（c）即便我能表达出来，我也觉得羞于开口，因为我的这种无力、迷茫和忧郁恰好完美地符合了世人对"千禧一代"极为负面的刻板印象。

"我想我是有些闷闷不乐，"我是这么说的，"我没有意识到这会影响到我的工作，我会好起来的。"

斯瓦娜停下脚步，她那双鲁布托高跟鞋旋转了一下，然后她皱起眉头："珀比，这不单单是工作的问题，我现在是以我个人的身份来花时间开导你的。"

"我知道，"我说，"你是个很棒的老板，有你这样的老板，我觉得很幸运。"

"这也不是问题的关键，"斯瓦娜有些不耐烦地说，"我真正想说的是，你当然没有义务告诉我究竟发生了什么，但我认为如果你可以和别人谈谈，或许会对你有所帮助。朝着你的目标努力可能是非常孤独的，职业倦怠也是一种在所难免的挑战。相信我，我也经历过。"

我不安地挪动着双脚。尽管斯瓦娜一直是我的导师，但我们却向来没什么私交，我其实不好把握和她聊天的尺度。

"我不知道自己是怎么了。"我坦言。

我只知道一想到我的人生要失去亚历克斯，我就觉得心碎。

我只知道我每天都希望见到他，我不再去想如果我们真的在一起后，我可能会错过的和别人相知相爱的机会。

我只知道要在林菲尔德生活的想法会把我吓个半死。

我只知道我经过了那么多努力才成为今天这个独立、旅行经验丰富的成功的自己，而如果我放弃了这些，我也不知道自己究竟会变成谁。

我只知道我对其他的工作并不感兴趣，而这正是我不快乐的主要原因，不过这份让我在过去四年半的时间里感到快乐的工作，最近带给我的也只剩疲惫了。

而这所有的一切，都让我不知道自己应该何去何从，所以就算打电话给亚历克斯，我也不知道要说些什么，故而我暂时打消了主动联系他的想法。

"职业倦怠，"我高声说，"会过去的，对吧？"

斯瓦娜微笑起来。"对我来说，目前已经摆脱了这个阶段，"她把手伸进口袋，从里面掏出一张小小的白色名片，"不过就像我说的，和别人聊聊总是会对你有所帮助的。"我接过名片，她朝着咖啡店抬了抬下巴："为什么不给你自己几分钟的时间呢？有的时候，换个环境就会让你产生新的想法。"

"换个环境，"在她从我们来的路往回走时，我心里一直在想着这句话，"在过去，一直是可行的。"

我低头看了一眼手中的名片，忍不住笑了出来。

"桑德拉·克罗恩医生，心理学专家。"

我拿出手机，给瑞秋发了条信息："医生妈妈接收新病人了吗？"

"现任教皇是严重违法的吗？"她回我。

瑞秋的妈妈在布鲁克林的联排别墅里有一间家庭办公室。和瑞秋喜欢的明亮通风的家居设计风格不同，她妈妈办公室的装饰则显得温馨而舒适，屋内有大量深色的木质家具，彩色的玻璃和悬挂着的多叶绿植，在这里，几乎每个可以置物的表面都堆放着大量的书籍，几乎每扇窗户上都悬挂着叮当的风铃。

尽管克罗恩医生极具艺术修养的"极繁主义"和我爸妈的"儿女童年博物馆"相去甚远，但从某种程度上讲，这里给了我一种家的感觉。

在我们的第一次治疗中，我告诉她，我需要她帮我弄清楚我接下来该怎么做，不过她建议我从过去开始。

"我觉得没什么可说的，"我告诉她，随后我就对着她滔滔不绝地讲了56分钟。我讲了我的父母，学校里的那些事情，还有和吉尔莫一起回家的那一次。

这是我第一次把这些事情讲给除了亚历克斯以外的人听，虽然把它们说出来的感觉很好，但我并不知道这对我目前所遇到的生活危机会有什么帮助。瑞秋要我至少坚持去上几个月。"不要试图逃跑，"她说，"否则对你不会有好处的。"

我知道她是对的。我得跑过去，而不是转身跑开。目前能让我厘清自己的唯一希望就是留下来，忍受当下的不适。

留在我每周的心理治疗中，留在我在《休闲＋娱乐》的工作中，留在我空空荡荡的公寓里。

我不再更新我的博客，而是写起了日记。我的工作旅行被限制在地区性的周末度假之中，而在闲下来的时候，我就会到网上搜索励志的书和文章来看，好寻找一些让我产生共鸣的东西，当然是不同于那只两万一千美元的小熊雕塑的共鸣。

我有时会查找纽约的其他工作信息，有时又会翻看林菲尔德附近的房源信息。

我给自己买了一盆绿植，一本关于绿植的书，还有一台小型织布机。我试着学着"油管"上的教程自学编织，可不到三个小时，我就发现自己不但感受不到它的乐趣，而且在编织方面没有任何天分。

尽管如此，我还是将那个半成品在桌子上放了好些天，似乎它证明着我住在这里，我在这里有自己的生活，这是属于我自己的地方。

九月的最后一天，我和瑞秋约好在酒吧见面，但当我正要从拥挤的地铁车厢里下来时，我的包被夹在了车厢的门缝中。

"该死，该死，该死！"我小声咒骂着，而在门的另一边，有几个人正努力地把门掰开。一个身穿蓝色西装的年轻光头男人设法拉开了两扇门，而当我抬头向他表示感谢的时候，我认出了他那闪着清晰而敏锐的光的蓝色眼睛。

"珀比？"他说着，将门拉得更开了一些，"珀比·莱特？"

我吓得说不出话来。尽管在第一次开门的时候，他并没有努力往车下挤，但他此刻却从车厢里走了出来，显然他原本并不在这一站下车。我不得不向后退了几步，给他腾出一些地方，因为此时车厢的门再一次关上了。

然后我们就那么站在站台上，我得说点儿什么才行，既然他已经下了那趟该死的地铁，我就必须说点儿什么。但我最终只挤出了几个字："哇哦，杰森。"

他咧嘴笑着冲我点了点头，然后摸了摸他的胸口。他胸口上有条浅粉色的领带，从领带往上看，是件熨过的白色衬衫的领子："杰森·斯坦利。你在东林菲尔德高中的同学。"

我的大脑还在飞速地处理着目前的状况。他出现在当下的背景当中是极不协调的，因为这是"我的"城市，是我为了永不触碰过去所构建起来的全新生活。我结结巴巴地说："没错。"

杰森·斯坦利的头发已经掉了大半，腰也粗了几圈，但还是能从他身上看出那个曾经让我心动的可爱男孩的影子，但就是那个男孩，毁掉了我的人生。

他笑着用手肘推了推我说："你可是我的第一个女朋友。"

"呃。"我说，因为他说得似乎并不太对，我从来不曾把杰森·斯坦利当作我的第一任男友，说他是第一个"由喜欢变为霸凌"的人还差不多。

"你现在忙吗？"他瞥了眼他的手表，"如果你想叙旧的话，我倒是有几分钟时间。"

我并不想叙旧。

"其实我正赶着去看心理医生。"我说，我也不知道出于什么该死的心理，这是我想到的第一个借口。我宁可自己脱口而出的是我现在正带着金属探测器要去最近的海滩上寻找营地。我大步向台阶走去，而杰森则跟在了我的身后。

"看心理医生？"他依然咧嘴笑着，"但愿不是因为我在还是个嫉妒心强的小浑蛋时对你做的那些屁事。"他向我挤了挤眼睛，"我的意思是，我希望让你印象深刻，但绝不是那样的深刻。"

"我不知道你在说什么。"我们爬上楼梯的时候,我向他撒了谎。

"真的吗?"杰森说,"老天,我真是松了口气。我一直都在想着那件事情,我还试着在脸书上找过你,好向你道个歉。你没有脸书账号,对吧?"

"对,我没有。"我说。

但其实我是有的。我并没有在脸书上添加我的姓,因为我不想让杰森·斯坦利这样的人,还有任何林菲尔德的人找到我。我想抹除自己的那部分人生,然后以另一种模样出现在一个全新的城市里,而我确实就是这么做的。

我们从地铁站里出来,走到绿树成荫的街道上。裹挟着凉意的空气向我们袭来,秋天终于还是一口吞下了夏日的余热。

"总之,"杰森说,尴尬的迹象已经开始显现了,他停了下来,抓了抓自己的后脑勺,"那我就不打扰你了。我只是觉得看见你实在是不可思议,所以就想和你打个招呼,再和你说句对不起。应该就是这样。"

我也停了下来,这一个月来,我一直在向自己说的不就是不要逃避问题吗?我已经离开了林菲尔德,但单单这样做是不够的。他就在这里,就像是上天给我指出的一个正确的方向。

我深深地吸了口气,抱着双臂朝他转过身来:"你究竟在为了什么道歉?"

他一定从我脸上看得出,我刚刚说不记得根本就是在撒谎,因为他现在看起来真的非常尴尬。

他僵硬地吸了一口气,显然这口气吸得并不顺畅,然后他羞愧地盯着他的棕色正装皮鞋。"你还记得中学的时候有多糟糕吧?"他说,"你觉得自己格格不入,像是一旦你出现任何一个差错,别人就会马上发现一样。你见过类似的事情发生在别人的身上，以前和你一起玩四方格游戏的孩子，突然因为被起了一个刻薄的绰号，同学的生日派对就再也不欢迎他了。你知道你可能会成为下一个被这样对待的人，所以你就变成了一个小浑蛋。如果你用手指着别人，那就没有人会把注意力放在你的身上去挑剔你，对吧？我曾经就是你的浑蛋，我是说，我在你人生中，做了好长一阵子的浑蛋。"

前方的人行道在我面前晃动了起来，我感到一阵眩晕。无论我之前期待的是什么，我想都不该是这样的。

"老实说，我也不敢相信自己会这么说，"他说，"只是我刚才在站台上看，觉得自己必须说点儿什么才行。"

杰森深吸了一口气，他皱着眉，嘴角和眼尾都出现了几道皱纹。

"我们已经老了，"我想，"我们是什么时候变得这么老的？"

我们倏地就不再是个孩子了，仿佛就是一夜之间的事情，一切都发生得太快了，快到我都没有时间去察觉，没有时间去放下那些我曾经认为很重要的东西，没有时间去回看过往那些撕心裂肺的伤口已经淡化成小小的白色伤疤，混杂在生长纹、雀斑，还有时间在我身上刮擦过后的小伤疤中。

我走了那么多路，花了那么多时间去远离那个孤独的小女孩，但又有什么意义呢？我的过去在离家数百英里的地方，就这样摊开在我面前。你无法逃避自己，不管是你的过去、你的恐惧，还是你所担心的你认为是错的那部分自己。

杰森又瞥了一眼他的脚。"在同学聚会上，"他说，"有人告诉我你过得很好，说你在《休闲＋娱乐》工作，这真的很棒。事实上，呃，我前阵子看了一期你们的杂志，读了你的几篇文章，真的很酷，让我有种你见过整个世界的感觉。"

终于，我还是努力开了口："没错。那是……那是真的很酷。"

他笑得更开心了些："你住这里吗？"

"呃，嗯，"我咳嗽了一下，清了清嗓子，"你呢？"

"不，"他说，"我来这里出差。现在做销售。我还住林菲尔德。"

我突然意识到，这是这么多年来，我一直在等待的东西，我在等待着这个获得胜利的时刻——我走了出来，我成就了自己。当那个残忍对待我的人还被困在蹩脚的小林菲尔德时，我已经找到了真正属于我的地方，过往的种种并没有将我击垮。

但我此刻的想法却并非如此。因为杰森似乎并不是被困在那里的，而且他也没有多么残忍。他就在这里，在这座城市里，穿着一件漂亮的白衬衫，看起来真诚而和善。

我突然感觉眼睛一阵刺痛，喉咙后面也有种热热的感觉。

"如果你有时间回去的话，"杰森的语气有些犹豫，"你可能会想要见见……"

尽管我试着发出一些附和的声音，但我并没有做到。好像坐在我大脑控制面板前的那个小人刚刚昏过去了一样。"那，"杰森继续说，"我再次向你道歉。我想让你知道，一直以来都不是你的问题，是我的问题。"

人行道又像摆锤一样摇晃起来。就像我过去所看到的被严重挤压的摇摇欲坠的世界，随时都有崩塌的危险。

"人们当然是会长大的，"我的脑海中有这样一个声音，"你觉得就因为那些人待在林菲尔德，他们就真的被时间冻结了吗？"

但就像他说的那样，这无关他们，只在我自己。

我真的就是这么想的。

如果我不走出来，我将永远都是那个孤独的小女孩，我将永远无法真正地属于任何地方。

"所以如果你回林菲尔德……"他又说了一遍。

"你该不会是在搭讪我吧？"我说。

"啊！老天！不是！"他伸出他的一只手来，向我展示了他无名指上一枚脏脏的粗戒指，"我结婚了，婚姻幸福，而且是一夫一妻制的。"

"酷。"我说，鉴于我不会说其他的语言，这是当下我能想起来的唯一一个包含某种意思的字。

"是的！"他说，"那么……再见。"

然后杰森·斯坦利就像他突然出现似的，就那么消失了。

我哭着来到了酒吧。（是的，我又哭了。）瑞秋从我们经常坐的那张桌子旁边跳了起来，她惊慌失措地问："宝贝，你还好吗？"

"我想辞掉我的工作。"我泪流满面地说。

"好……吧。"

"我的意思是，"我用力地吸了吸鼻子，擦了一把眼睛，"不是像电影里的那样马上去辞。我不会走进斯瓦娜的办公室对她说，我不干了！然后披着头发，穿着紧身红裙，径直走出她的办公室。"

"好吧，不错。不过橙色会更衬你的皮肤。"

"不管怎样，我得在离开之前，先找到一份工作。"我说，"我想我终于弄明白自己为什么这么不开心了。"

第35章

今年夏天

"如果你需要我的话,"瑞秋说,"我就跟你一起去。我是说,我真的会去。我在去机场的路上买张票就行,我陪你一起去。"

即便她是这么说的,但看她的样子,就好像我手里正抓着一条巨大的眼镜蛇,蛇的牙齿上还滴着人类的血液。

"我明白你的好意,"我握起她的一只手,"但如果你走了,谁又来告诉我纽约最新发生的事情呢?"

"啊,感谢上帝,"她急忙说,"有那么一瞬间,我还担心你会接受我的建议呢。"

她拉过我抱了一下,在我两边的脸颊上各亲了一下,然后把我送上了出租车。

我的爸妈都来到辛辛那提机场接我,他们每人身上穿着一件印有"我爱纽约"的T恤。

"我想这会让你有种回家的感觉!"妈妈说,她简直要被自己的笑话笑到流泪了。我想这可能是她和爸爸第一次承认纽约是我的家,这让我既高兴又难过。

"我现在已经有回家的感觉了。"我对她说。她故意动作夸张地紧紧捂住自己的胸口，然后发出一声激动的尖叫。"对了，"当我们匆匆穿过停车场时，她说，"我做了七叶糖[1]。"

"所以晚餐是这个，那早餐呢？"我问。

她窃笑起来。在这个星球上，没人会比我妈觉得我更好笑的了。这就像是从婴儿的手里拿走或塞给他们糖果一样。

"那么，朋友，"爸爸一上车就说，"究竟是什么风把你吹回来了？今天甚至连银行假日都不是。"

"我就是想你们了，"我说，"还有亚历克斯。"

"糟了，"爸爸一边咕哝着，一边拨了一下转向灯，"我都要被你感动了。"

我们先回到家里，我换下了飞机上的那套衣服，给自己打了打气，然后静待时机。学校要两点半才会放学。

在那之前，我们三个坐在门廊上喝着自制的柠檬汁。老妈和老爸轮流给我讲了他们明年的花园改造计划，他们说着他们会挖掉什么，会种下什么新的花和树。妈妈说她其实正在试着用近藤麻理惠[2]的整理方法来收拾房子，但是到目前为止，她只处理掉了三个鞋盒的东西。

"有进展就是进步。"爸爸说着，伸出手去深情地抚摸着她的肩膀，"我们和你说过隐私围栏的事吗，朋友？新来的邻居很喜欢八卦别人家的事情，所以我们决定建个围栏。"

1　七叶糖（Buckeye Cookies），是一种蘸着巧克力的花生酱软糖球。
2　近藤麻理惠（Marie Kondo），是一位痴迷于消除杂乱的日本女性。

"他跑过来告诉我这条路上的所有人都在干什么，而且都不是什么好话！"妈妈大叫起来，"我敢肯定他也在到处说我们的事情。"

"啊，我表示怀疑，"我说，"你说的谎肯定比他更加绘声绘色。"

妈妈很明显地开心起来，就像婴儿见到了糖果。

"一旦我们把围栏竖起来，"爸爸说，"他就会告诉所有人我们正在运营一个化学实验室。"

"啊，快别说了，"尽管妈妈正在拍打着他的胳膊，但他们都大笑起来，"我们等一会儿还要和儿子们视频聊天呢。帕克想给我们读一下他正在创作的新剧本。"

我差点喷出刚刚喝下的柠檬汁。

我哥在我们的讨论组里聊到的最新的一个剧本，讲的是一个关于蓝精灵起源的坚定的反乌托邦的故事，里面至少还有一个性爱场景。他这么做的理由是尽管他会在未来的某天写出一部真正的电影，但通过写一部不可能被拍出来的电影，可以缓解他在学习阶段的压力。不过在我看来，他是很享受那种让家人难堪的感觉的。

我在两点十五分的时候提出要开车去我以前的高中看看。不过直到这时，我才发现油箱已经空了。我绕道加了油，等我把车停到学校停车场的时候，已经两点五十分了。有两种不同类型的焦虑在我体内争夺着对我的支配权：一种是一想到马上要见到亚历克斯，和他说出那些我需要对他说的话，我就会感到的那种恐惧；而另一种恐惧则是因为我要回到这里，回到这个我曾经发誓再也不会多待一秒钟的地方。

我走上水泥台阶，来到玻璃门前，深吸一口气，然后——

门纹丝未动。门是锁着的。

好吧。

我差点儿忘了成年人是不能随便走进高中的。无论如何，这都是一条很好的规定，但这次除外。我敲了敲门，一个头发花白的尖嘴校警朝着门这边走了过来。他将门打开一条缝，问："你有什么事吗？"

　　"我来找个人，"我说，"一个老师——亚历克斯·尼尔森。"

　　"叫什么名字？"他问。

　　"亚历克斯·尼尔森——"

　　"你叫什么名字。"校警重申了他原本的问题。

　　"啊，珀比·莱特。"

　　他关上门，走进了前厅。过了一会儿，他折返回来。"抱歉，女士，我没有在我们的系统里查到你，我们不能放没有登记在册的访客进入学校。"

　　"那你能帮我叫他出来吗？"我争取了一下。

　　"女士，我不能去找——"

　　"珀比？"声音是从他的身后传来的。

　　"哦，哇哦！"这就是我最先想到的，"有人认出我了！我的运气也太绝了！"

　　一个漂亮又精瘦的黑发女人走到门口。我的心骤然下沉到了最底部。

　　"莎拉，哇哦，嗨。"我都忘了在这里是有遇到莎拉·托沃的可能性的，这几乎是个重大的疏忽。

　　她回头看了一眼校警。"马克，我来吧。"她说着走了出来，然后把双臂交叉到胸前。她身穿可爱的紫色连衣裙和深蓝色的牛仔夹克，耳垂上巨大的银色耳环不时地晃动几下，鼻子上只有范围很小的一块雀斑。

　　她像个幼儿园老师一样，一如既往地讨人喜欢。（当然了，我知道她是教九年级的老师。）

"你在这儿干吗呢？"她问，语气并没有不友善，但也绝对不热情。

"啊，呃，看看我爸妈。"

她皱起眉头，瞥了一眼身后的红砖建筑。"来高中看？"

"不是，"我拨开眼前的头发，"我的意思是，我回林菲尔德就是干这个的。不过来这里是……希望，我的意思是……我想找亚历克斯聊聊。"

尽管她翻了个并不明显的白眼，可还是具有一定的杀伤力。

我吞下了郁结得像苹果一样大的复杂情绪。"是我活该，"我说，然后吸了口气，这并不好玩儿，但却很有必要，"我在处理事情上显得非常愚蠢，莎拉。我想说，我和亚历克斯的友谊，你们在一起的时候，我对他提出的各种要求，对你来说，太不公平了。我现在明白了。"

"没错，"她说，"你当时做得确实很糟糕。"

我们沉默了片刻。

然后她叹了口气。"不过我们做得都不够好。我曾经以为只要你离开，我遇到所有的问题就都会迎刃而解，"她放开胳膊，又以另一种方式交叉起来，"后来你就离开了——在去完托斯卡纳之后，你基本上就消失了，可不知道为什么，我的感情反而更糟糕了。"

我把重心从一只脚换到另一只脚上："我很抱歉，我真希望在伤害到别人之前，就能明白自己的真心。"

她低下头，研究起从她的棕色皮革凉鞋里伸出来的涂得很完美的脚指甲。"我也希望是这样，"她说，"或者是他，或者是我。真的，如果我们之间有任何一个人能真正弄清楚你们对彼此的感觉，我就不用那么痛苦，也不用浪费那么多时间了。"

"是啊，"我赞同地说，"所以你和他没有……"

她让我等了几秒钟，我知道她是故意的，因为她粉红色的嘴唇边上泛起一个坏笑。"我们没有，"她再度变得温和，"真是感谢上帝。但他并不在这儿。他已经走了。他好像之前说过周末要出去玩儿。"

"哦，"我的心沉了下去，我回头看了一眼停在有些空旷的停车场上的我爸妈的旅行车，"好吧，总之，谢谢你。"

她点了点头，我准备下楼梯。

"珀比？"

我转过身，耀眼的阳光照在她的身上，我得遮挡一部分光才能看得到她。她看起来就像个圣人一样，靠着对我释放没有来由的善意得到了她的光环。"那我就收下了。"我想。

"一般在周五的时候，"她说得非常缓慢，"老师们都会去小鸟球酒吧，这是老传统了。"她挪了下身子，光线已经没有那么强了，我的目光终于可以对到她的眼睛，"如果他还没有出发，那他或许会在那里。"

"莎拉，谢谢你。"

"拜托了，"她说，"把亚历克斯·尼尔森带离单身市场吧，就当是帮这世界一个忙吧。"

我大笑起来，但我的内心却像灌了铅一样："但我并不确定这是他想要的。"

她耸了耸肩。"或许不是，"她说，"不过我们大多数人都不太敢问自己想要的究竟是什么，因为他们担心自己根本就得不到。看看那篇题目好像是'千禧一代的倦怠感'的文章就知道了。"

我强忍着惊讶的笑意，然后清了清嗓子说："真是个好记的名字。"

"对吧？"她说，"总之，祝你好运。"

小鸟球酒吧就在学校对面，这两分钟的车程实在是太短了，如果要重新制订一个计划，我至少还需要四小时的时间。

在我坐飞机回家的一路上，我都在练习我那充满激情的告白，不过我当时以为自己会在他的教室里单独对他说出这些。

可事到如今，我却要在酒吧里，当着一大堆老师（其中还有些教过我的老师）的面向他吐露心声。如果有什么地方是比东林菲尔德高中那个被荧光灯照着的大厅更令我厌恶的，那必然就是我现在正在进入的这个闪着百威啤酒霓虹灯牌的幽暗逼仄的酒吧。

日光骤然被阻隔在外，为了适应这个昏暗的地方，我眼前出现了无数个跳动的小圆点。

广播里正放着肯尼·切斯尼的歌，现在只有下午三点，但酒吧里已经挤满了穿着商务休闲装的人，放眼望去，是一片卡其裤，纽扣衫，以及和莎拉一样的纯色棉布裙的海洋。墙上装饰着高尔夫用品：一些球杆，绿色的阿斯特罗人造草皮[1]，和几个挂着高尔夫球手和高尔夫球场照片的相框。

我知道伊利诺伊州有个叫诺默尔[2]的城市，但我想那里根本就无法和宇宙中这个郊区的角落相提并论。

这里的墙上挂着几个音量开得很大的电视，电视下面的广播发出"刺啦刺啦"的声音，一群围在一起的"高帮运动鞋"们，和相

---

1 阿斯特罗人造草皮（Astroturf），阿斯特罗是 SportGroup 的美国子公司，生产用于运动场地的人造草坪。
2 诺默尔（Normal），是美国伊利诺伊州麦克莱恩县的一个镇。

对而坐的长方形桌子两边的人们爆发出阵阵笑声，他们聊天的声音也越来越大。

然后我就看到了他。

他比这里的大多数人都要高，而且比这里的所有人都要安静，他把衬衫袖子卷到了肘部，脚上蹬着短靴，踩在椅子的金属横杠上，他的肩膀前倾，手里握着手机，拇指在屏幕上慢慢向上划动着。我的心提到了嗓子眼儿里，我似乎尝到了某种类似于金属的灼热的味道，感受到了脉搏过于猛烈的跳动。

即使我大老远地飞了回来，但我还是有点儿——好吧，我非常想要逃跑。不过就在这时，门吱吱地开了，亚历克斯抬头瞥了一眼，然后将目光死死地锁定在我的身上。

我们就这么看着彼此，我想我的样子应该和他看上去一样震惊，就好像我并不是因为得到了可靠的消息专门为他而来的一样。我强迫自己向他走了几步，在桌边停了下来，正在喝着啤酒、白葡萄酒和伏特加汤力的其他老师们纷纷抬头看了看，逐渐接受了我的存在。

"嗨。"亚历克斯说，他的音量只比耳语只大了一丁点儿。

"嗨。"我说。

我期待着我可以滔滔不绝地讲出后面的话，但并没有出现这样的情况。

"你的朋友怎么称呼？"一个穿着栗子色高领毛衣的老太太问。我在还没看到挂在她脖子上的东林菲尔德高中的名牌时，就认定了她是德拉罗。

"她是……"亚历克斯的声音渐渐低了下来，他从椅子上站了起来。"嗨。"他又说了一遍。桌上的其他人都不自在地交换了一下眼神，好像把他们的椅子都往里挪了挪，调整了他们身体的角度，试图尽可能地给我们留有一定程度的隐私，但目前看来，这是根本不可能的。我注意到德拉罗的一只耳朵几乎是正对着我们的。

"我去了一趟学校。"我尽力组织着自己的语言。

"啊，"亚历克斯说，"好吧。"

"我之前是这么想的，"我用汗津津的手掌搓了搓我的橙色涤纶喇叭裤，希望自己没有穿得像个交通锥筒一样，"我本来是打算出现在学校的，因为我想让你知道，如果在这个世界上，有什么是可以让我再次回到那里的，那一定是你。"

他再一次快速地扫了一眼老师们的这一桌。似乎到目前为止，我的告白并没有令他感到欣慰。他的目光转向我，然后又落到我左边某个模糊的点上。"嗯，我知道你很讨厌那里。"他喃喃道。

"真的很讨厌，"我表示赞同，"我在那里有很多糟糕的回忆，而我愿意出现在那里，就是，呃，在告诉你，我……我愿意为你去任何地方，亚历克斯。"

"珀比。"他半是叹息，半是恳求地说。

"不，你等一下，"我说，"我知道我有一半的机会，而且我甚至非常不想说出接下来的这些话，亚历克斯。但我必须说出来，所以求你，如果你想伤我心的话，也别现在就说出来，好吗？让我在丧失勇气之前，说出我要说的话。"

他张了张嘴，绿金色的瞳孔就像被暴风雨淹没的河流，残酷而汹涌。然后他重新闭上嘴巴，点了点头。

这感觉就像站在悬崖边向下跳一样，我无法透过迷雾一眼望到深渊的尽头。我继续往下说。

"从前我很喜欢经营我的博客，"我对他说，"我真的很喜欢，我以为那是因为我很喜欢旅行——我确实喜欢。但在过去的几年里，一切都变了，我变得很不开心。旅行给我带来的感觉也不一样了。也许你之前说的是有道理的，我过去一直把你当作一个可以修补一切问题的创可贴，或者别的什么——一个可以让我的多巴胺激增，或是提供给我一个新鲜视角的有趣的目的地。"

他垂下眼睛，没再看我，我觉得即便这话是他先说出来的，但从我嘴里再说一遍，也像是在生生将他吞下一样残忍。

"我去看了心理医生，"我不假思索地说，试着继续下去，"我想弄清楚为什么现在我的感觉变了，然后我列出了自己过去和现在生活中所有的不同，其中不仅是你，我的意思是，你是那个最大的不同。之前的旅行都有你，后来你就没再出现了，但这还不是唯一的变化，我们一起去过的所有旅行中，最棒的部分不仅是因为有你，还有那里的人。"

他抬起眼眸，若有所思地眯起眼睛。

"我喜欢去结识新的人，"我解释说，"我喜欢……感受联结，感受乐趣。生长在这个地方，我实在是太孤独了，我一直觉得是自己出了什么问题，但我告诉自己，如果我可以去别的地方，那情况是不是会有所不同，说不定那里会有和我一样的人。"

"我知道，"他说，"我知道你讨厌这里，珀比。"

"是的，"我说，"我很讨厌，所以我逃了出去，而当芝加哥也不能解决我所有的问题时，我也离开了那里。但当我开始四处旅行的时候，情况终于有所好转。我在途中遇到了形形色色的人，而且——我不知道，我抛下了一直背负着的过往，也没有了对未来的恐惧，我觉得我更容易向别人敞开心扉了，也更容易交到朋友了。我知道这听上去很可悲，但就是那些小小的偶遇，让我变得不再那么孤独，让我觉得自己是一个可以被爱的人。后来我得到了《休闲＋

娱乐》的工作，旅行就变了，而旅行中的人也变了。我遇到的只有厨师、酒店经理，还有想要获得好评的人。我的旅程变得无比惊艳，可每当我回到家，却会感到无比空虚。现在我终于意识到，这所有的问题都出在了我并没有和任何人建立起联系上。"

"我很高兴你找到了原因，"亚历克斯说，"我希望你快乐。"

"但问题是，"我说，"即使我辞掉了工作，开始重新认真地经营我的博客，再去邂逅这世上更多的巴克、丽塔和马蒂尔德，也都无法让我快乐起来。

"我曾经非常需要这些人，因为我那时很孤独，我以为自己必须跑到数百英里以外的地方去寻找归属。我一直固执地认为除了我的家人，任何和我走得太近，或者更深入了解过我的人都会弃我而去，因此，和陌生人迅速而又短暂的相处对我来说才是最安全的。我一度认为我能拥有这些就已经很好了。"

"后来你就出现了，"我的声音有些颤抖，我鼓起勇气，挺直后背，"我实在太爱你了，以至于我花了12年的时间去尽可能地和你保持距离。我搬过家，我四处旅行，我和别人约过会，我因为知道你喜欢莎拉而一直在你面前提起她，我觉得这么做是安全的，因为如果说在这世上我最不愿意遭到谁的拒绝，那么，这个答案是你。

"我现在明白了。我明白让我走出低谷的，不是旅行，不是一份新的工作，更不是偶遇过的水上出租司机……这一切，这过往的分分秒秒，都是在不断地远离你。我不想再这么做了。

"亚历克斯·尼尔森，我爱你。就算你不想给我一个和你在一起的机会，我也会继续爱你。我很害怕搬回林菲尔德，因为我不知道我会不会喜欢上这里，会不会感到无聊，会不会交到朋友，因为我害怕遇到那些让我觉得自己无足轻重的人，害怕他们认为他们自己对我的看法是正确的。"

"我想留在纽约，"我说，"我喜欢那里，我想你也会喜欢的。但你之前问过我，我愿意为你放弃什么，现在我已经知道了答案，那就是——所有。我在脑中早已将这世上所有的一切都抛下了，我只想和你一起，建造出一个新的世界。我会去东林菲尔德高中——并不只是今天——我的意思是，如果你想留在这里，我会和你一起去高中看篮球比赛，我会穿上印有球员名字的手绘 T 恤——我会记住球员的名字的！不会凭空捏造！我会去你爸家喝无糖汽水，会尽我最大的努力不去乱讲或者谈论我们的性生活，我会和你一起在贝蒂家照顾你的侄子和侄女——我会帮你拆掉壁纸！要知道我是真的很讨厌拆壁纸的！

"你并不是一个假期，也不是用来解决我职业危机的手段，但当我处在危机中，当我生病或难过时，你却是我唯一想要的。而当我开心的时候，你会让我更开心。尽管我还有很多要搞清楚的事情，但有一点我是知道的，那就是无论走到哪里，只要你在身边，我就不会感到漂泊无依。任何地方都不会让我产生归属感，因为让我产生归属感的是你。不管是喜是怒，我都希望你能在我身边。你就是我的家，亚历克斯，我想我对你来说，也是一样的存在。"

言毕，我连呼吸都变得困难起来。亚历克斯的脸因为焦虑而变得扭曲，但除此之外，我读不出什么别的信息。他没有立刻开口，寂静——其实并不算寂静（广播里传出平克·佛洛伊德[1]的歌声，声音盖过了人群的嘈杂和它上方的一台电视机里的体育播报员叽叽喳喳的解说）——像是一张被铺开的地毯，它延展得越来越远，直到我觉得自己被挤到一栋充斥着啤酒味的幽暗的豪宅的另一头。

1　平克·弗洛伊德（Pink Floyd），是一支于伦敦成立的英国摇滚乐队。

"还有这个。"我从包里掏出手机，找到一张照片，然后把手机递给他。他并没有接过去，而是看了一眼手机屏幕。

"这是什么？"他轻声说。

"是一株，"我说，"从棕榈泉回来以后，我一直在养的绿植。"

尽管他没有笑，但我感觉到了他的开心。

"是盆虎尾兰，"我说，"它们是很难被杀死的，呃，我就算用电锯把它锯开，它也可以活下来。这是我养得最久的活物了，我想让你看看，让你知道，我是认真的。"

他默默地点了点头，我把手机塞回包里。

"我说完了，"我有些不知所措地说，"这就是所有我想说的话。现在到你了。"

他勾了勾嘴角，但笑意稍纵即逝，即使我看得出他内心的喜悦，可他还是紧紧绷着嘴唇。

"珀比。"我从来都没有觉得自己的名字念起来有这么长、这么可怜过。

"亚历克斯。"我说。

他的双手放在自己的屁股上。他朝旁边看了一眼，尽管旁边除了一堵被粉刷成草绿色的墙，和一张某个戴着一顶毛球高尔夫帽的人的照片以外，什么都没有。当他再次回头看向我时，我看到了他眼中的泪水，但我知道他不会让这眼泪流下来，这就是亚历克斯·尼尔森自制力的体现。

即便他在沙漠里快要死掉的时候有人给他递来一杯水，只要拿水的那个不是对的人，他都会礼貌地点点头，然后对他说："不用了，谢谢。"

我吞下哽在喉咙里汹涌的情绪："你说吧，想说什么都可以。"

他呼出一口气，看了看地板，然后迎上我的目光，但只有短短的一瞬。"你知道我对你的感觉。"他轻声说，好像即便他给了我肯定的回复，但最终的答案仍旧非常隐秘。

"嗯。"我的心脏开始狂跳，我想我是知道的，至少之前是知道的。但我也知道，因为我曾经的不置可否，对他造成了多么大的伤害。或许其实我并不完全理解，但我也是刚刚才开始了解自己的，所以这也并不令人感到意外。

他吞了吞口水，下巴上的肌肉随着阴影跳动了一下。"其实，我并不知道该说些什么，"他答道，"你把我吓坏了。我在想到你时，思维总是很跳跃，这完全不合理。我们上一秒钟还在接吻，下一秒钟我就在想我们孙子的名字了，这是不合理的。我的意思是，你看我们两个，完全就是不合理的。我们一直都是知道这一点的，珀比。"

我的心脏正在结冰，冰冷的血液缓慢而艰难地向着它的中心流去。

我只觉得心脏被劈成了两半。

现在轮到我来念他的名字了，但我的语气更像是一个祷告者的恳求。"亚历克斯，"我的声音有些沙哑，"我不明白你在说什么。"

他垂下眼睛，不安地咬着自己的下唇。"我并不希望你放弃任何东西，"他说，"我只希望我们之间是合乎情理的，但我们并不是这样，珀比。我不能看到再一次的土崩瓦解。"

我机械性地点头点了很久，就像是我一次又一次地不断接受着他的话，似乎我必须要用自己全部的余生，去接受亚历克斯不能像我爱他一样来爱我的这个事实了。

"好吧。"我小声说。

他一言不发。

"好吧。"我又说了一遍。我感觉自己的眼泪上涌，于是我把眼睛从他身上移开。我并不想得到他的安慰，不想在这件事上被他安慰。我转身朝门口大步走去，我强迫自己不做停留，强迫自己扬起下巴，挺直胸膛。

当我走到门口时，还是忍不住回了头。

亚历克斯依然待在原地，尽管我难受得快要死掉了，但我必须坦然面对。我必须说些无法收回的话，我知道我逃不掉，也躲不开他，但我必须让自己认清现实，而如果不把这些说给他听，我就终究无法做到。

"告诉你这些，我并不后悔，"我说，"我说我会为你放弃一切，会为你冒任何险，这都是认真的。"我甚至可以为你付出我所有的真心。

"我爱你，亚历克斯，自始至终都是如此，"我说，"如果我把这些话都憋在心里，我想我会抱憾终生的。"

我转身出去，走进阳光刺眼的停车场里。

直到这个时候，我才真正地掉下眼泪。

第36章

今年夏天

我感到一阵恶心，好像喘不过气来一样，当我穿过停车场的时候，整个人仿佛都要裂成了碎片。

当鸣咽声穿过我的体内，切割和刺破我肺部的每一个细小的角落，我用一只手捂住了自己的嘴巴。

向前走很难，但我也无法停下。我快步走向爸妈的车，靠着它，低下头。从我身体中爆发出可怕的声音，眼泪从我脸上滴落，天空湛蓝，云朵松软，树木沙沙作响，连同此刻的停车场，一起融进了这夏日的混沌，整个世界仿佛都被卷进了一个彩色的旋涡里。

从远处传来一个声音，被微风和距离稀释得十分微弱。声音从我身后传来，是他的声音，但我不想回头去看。

我觉得再多看他一眼，我都可能做出会令我永远心碎的事情，但他仍在喊着我的名字。

"珀比！"一声，然后他又喊了一声，"珀比，等等。"

我强迫自己接受所有的情绪，不去忽视，不做否定，因为能够感受如此纯粹的东西，能够清楚地知道自己的身体正在经历着什么是很好的。但这都是我的情绪，不是他的，他不该被迫地扛起这些本不属于他的东西。

我用手抹了抹脸，听着他踏过柏油马路的脚步声，我尽力让自己恢复了均匀的呼吸。我转过身，看到原本在小跑的他渐渐放慢脚步，用坚定而随意的步伐走完了最后几步路，然后停在了我的面前，把我夹在他和车之间。

他并没有立刻开口，这让我们都得到了片刻喘息的机会。

在又一秒的沉默过后，他说："我也开始看心理医生了。"

想到他追过来就是为了对我说这句话，我不由得笑了笑，尽管笑声里还卡着痰。"那挺好的。"我用手腕擦了擦脸。

"她说……"他用双手梳理了一下头发，"她认为我害怕快乐。"

"他为什么要告诉我这些？"我脑中出现了一个这样的声音。

"我希望他一直说下去。"脑子里的另一个声音是这么说的。也许我们可以就这么一直聊下去，也许这样的对话可以贯穿我们的整个人生，就像这些年来我们之间的短信和电话一样。

我清了清嗓子道："那你害怕吗？"

他盯着我看了很久，然后轻轻摇了摇头。"不，"他说，"我知道如果我和你一起坐飞机回纽约，我会开心得要死，只要你和我在一起，我就会开心。"

那个万花筒一样的色彩旋涡再次模糊了我的视线，我眨了眨眼，把眼泪憋了回去。

"我非常想要那样。我真的很后悔错过了每一个向你表达我的感受的机会，可每到这种时候，我都会劝自己，如果真的让你知道了，我就会失去你，或者我们就再也回不去了。我只想和你一直快乐下去，但我又害怕接下来会发生的事情。"他的声音突然"劈叉"。

"我怕你某天突然厌倦了我，怕你和别人见面，怕你不开心留下来，或者……"他的声音哽住了，"我怕爱了你一辈子，却不得不走到必须说再见的那一天。我怕你死了，这世上就再也没有什么值得我在意的事了。我怕你离开以后，我就再也无法从床上爬起来了，如果我们还有孩子，那他们的生活就会因为妈妈的离世，爸爸的无力照管而变得非常可怕。"

他用一只手抹了一把他的眼睛，擦掉了上面的一些水分。

"亚历克斯，"我低声说，我不知道要怎么安慰他，我无法消除他过去的痛苦，也无法向他保证再也不会发生这样的事情，我所能做的就是把我看到的真实情况告诉他，据我所知，"这些都是你经历过的。你在失去你爱的人的情况下，还是一直坚持从床上爬起来。你一直守候在你的家人身边，你很爱他们，他们也很爱你。你仍然拥有你生命中的一切，这些都没有消失，你的人生并不会因为某一个人的离去而彻底终结。"

"我知道，"他说，"我只是……"他的声音变得紧绷，然后耸了耸他宽阔的肩膀，"害怕。"

我本能地抓住他的手，顺势将他拉近了一些，然后用双手拢住他的手指。"我发现我们除了都讨厌人们把船叫作'她'以外，又在另一件事情上达成了共识，"我低声说，"那就是彼此相爱真是太可怕了。"

他笑着吸了吸鼻子，双手托起我的下巴，把额头贴在我的额头上，然后他闭上了眼睛，和我保持着同频的呼吸，我们的胸膛上下起伏，像是同一片水域的两道水波。"我一直都不希望我的生活中少了这个。"他悄声说，我攥紧他的衬衫，像是要防止他从我的指尖溜走一样。

他一边翘起嘴角，一边吐出"小小战士"这几个字。

他睁开眼睛，我的心脏在胸腔里剧烈跳动，达到近乎疼痛的程度。我是如此爱他，比昨天还要爱他，而且我知道我会一天比一天爱他，因为他每次多给予我的那一点，都会让我再多爱他一些。

他紧紧地搂着我的背，他眼睛张得大大的，湿润而清澈，我似乎可以一头扎进去，在他的思想中畅游，然后自由地漂浮在这个星球中我最喜欢的大脑之中。

他用双手将盖在我脖子上的头发抚平，他反反复复地看着我的脸，眼神带着令人沉醉的平和与亚历山大式的坚定："你就是的，你知道的。"

"是战士吗？"我说。

"你是我的家。"他说着，亲吻了我。

"我们，"我想，"是彼此的家。"

尾声

我们坐上观光巴士游览了这座城市，身上穿着同款的"我爱纽约"的卫衣，头上戴着缀着亮片的报童帽。我们为了捕捉路上出现的明星还带了一副双筒望远镜，即使和明星有一点儿相似的人也会被我们锁定。

到目前为止，我们已经发现了朱迪·丹奇，丹泽尔·华盛顿，还有年轻版的吉米·史都华。我们的行程中还包括去往自由女神像的渡船，我们站到底座前，请一位中年女士帮我们拍了照片，阳光照到我们眼中，微风拂过我们的面庞。

她亲切地问："你们从哪儿来？"

"纽约。"亚历克斯说，而与此同时，我说的却是"俄亥俄。"

我们两个参观到一半就溜了，改道去了拉罗咖啡馆，决定坐到梅格·瑞恩和汤姆·汉克斯在《电子情书》里的位子上。外面很冷，对我们来说，这座城市是最合适的，我们一边喝着手里的卡布奇诺，一边看着窗外的街道上飞舞着粉色和白色的花朵。从秋季学期结束到现在，他已经在这里全职工作了五个月，从春季学期开始，他在这里找到了一个长期的递补职位。

我从来没有想过自己的日常生活会变得像一个永远不用回家的假期一样。

当然，情况也并不总是这样的，在大多数的周末，亚历克斯都要忙着写作、批改试卷，还要备课，而在工作日里，我和他见面的时间只够一个迷迷糊糊的早安吻（我有时会在过后很快睡着，所以也记不清究竟有没有发生过这件事情），而且我们还有要洗的脏衣服和脏盘子（亚历克斯坚持要在晚餐后马上洗掉），还要支付各种税，预约牙医，补办丢失的地铁卡，等等。

但在这样的生活中，我也有新的发现，那就是我爱的这个男人每天都会向我展示出我之前并不了解的另一面。

比如，我们如果在入睡的时候抱在一起，那亚历克斯是必定睡不着的，他必须躺在床上属于他的那一侧才行。可我每到半夜都会被热醒，因为他把胳膊和腿全都搭在我身上，我需要把他推开才能凉快下来。

虽然真的很烦人，但当我重新舒服下来以后，我就会发现自己正在黑暗之中微笑，我为自己每晚都能睡在最爱的人的身边而感到无比幸运。

即便热得有些不太舒服，但只要可以和他在一起，就是好的。

我们（他）有时在厨房做饭的时候会放些音乐，然后一起跟着音乐跳舞，并不像爱情电影里那样甜蜜地拥抱着轻轻摇动身体，我们更多的是动作滑稽地扭动，直到把自己转晕为止，我们会放声大笑，笑到喘不过气来，笑到流出眼泪。我们有时也会拍下彼此的视频，发送给大卫、谭、帕克或普林斯。

我的哥哥们会把他们在厨房跳舞的视频回传给我。

而大卫会回我："就爱你们这种怪咖，或者你们能在一起是有原因的。"

我们很开心，即便不开心的时候，也要好过身边没有他。

我们今晚的最后一站是时代广场。我们把最坏的留到了最后，但这对亚历克斯来说像是某种重要的仪式，所以他坚持要去。

"如果你到那儿以后还爱我，"他说，"那我就相信这是真的了。"

"亚历克斯，"我说，"如果我不能在时代广场爱上你，那么我也不配在二手书店里被你爱上。"

当我们走出地铁站时，他把手滑到了我的手里，我觉得这并不是什么你侬我侬的体现（他还是不太喜欢在公共场合中秀恩爱），他这么做更多是出于害怕我们被拥挤的人群冲散的考虑。

我终于来到了广场，周围都是闪烁的灯光、全身银白色的街头表演者，以及熙熙攘攘的观光人群。我们简单地拍了几张淹没在人群中的自拍照，然后掉头朝着站台大步走去。

回到我和亚历克斯的公寓，他踢掉脚上的鞋子，然后挨着我的鞋，把它们整齐地摆在垫子上（我们是有地垫的，我们是成年人）。

我明天早晨要完成一篇文章，这是我新工作的第一篇文章。我当时准备告诉斯瓦娜我要离职的时候，简直担心得要死，但她并没有生气，事实上，她拥抱了我（就像是被碧昂丝拥抱了的感觉），那晚的晚些时候，有人把一大瓶香槟送到了我和亚历克斯的公寓门口。

"珀比，祝贺你开了新专栏，"字条上写着，"我一直都知道你一定会名扬四海。——斯瓦娜。"

不过讽刺的是，我再也不必云游四海了，至少我不必再为了工作这么做。不过我的新工作在很多方面都和过去没有太大的差别——我还是会去很多餐厅和酒吧，写一写关于纽约新晋流行起来的画廊和冰棒摊。

《纽约遇到的人们》里的内容也会和我之前写的东西有所不同，比起单纯的评论，它们会更富有人情味。我将会通过那些热爱着这座城市的人的眼睛，来探索这座给予我归属感的城市，我会和某个人在他最新发现的某个他最喜欢的地方待上一天，以便深入地了解它的特殊之处。

我的第一篇文章要介绍的是布鲁克林的一家新开的复古风格的保龄球馆。亚历克斯和我一起去参观了那个地方，当我看到旁边球道上一头白色鬈发的德洛丽丝时，我就知道她是一个可以教给我很多东西的人，因为她拿着特别定制的金色保龄球，手上戴着与之相配的手套。几瓶啤酒下肚，我们聊了很多，一堂她的保龄球课结束后，我就得到了文章需要的所有素材。但我、亚历克斯和德洛丽丝还是走进了街边的一家热狗店，然后逛到午夜才回到家。

文章差不多写完了，只需要再润色一下，不过这可以等到明天早晨再去完成。这漫长的一天已经让我精疲力尽，此刻我只想和亚历克斯一起挤在沙发上。

"回家真好。"他说着，用胳膊搂住我的背，将我拉向他。

我把手伸进他衬衫的后侧，亲了亲他，就像我这一天都在等待着这个吻一样。"家，"我说，"是我的最爱。"

"也是我的。"他喃喃地说着，把我轻轻压在墙上。

明年夏天，我们会离开这里，花四天的时间游览挪威，再花四天的时间参观瑞典，但并不会住冰雪酒店（他是教师，我是作家，我们都是"千禧一代"，我们没钱住那样的酒店）。

我会给瑞秋留下一把钥匙，让她帮忙给我们的绿植浇水。从瑞典回来后，我们会在林菲尔德过完亚历克斯剩余的暑假。

我们会住在贝蒂的房子里，我会一边看着他对房间进行修缮，一边坐在地上吃着扭扭糖，想出各种让他脸红的办法。我们会撕掉墙纸，重选些颜色去粉刷墙壁。我们会在晚餐时，和他的爸爸、弟弟们，还有侄子侄女一起喝无糖汽水。我们会和我的爸妈坐在门廊上，眺望着莱特家废墟一样的车场。我们会像在纽约一样在我们的家乡四处探寻。我们会看它是否符合我们的心之所向。

　　但我早就知道我到时候会有的感觉了。

　　他在哪里，哪里就会成为我最喜欢的地方。

　　"怎么了？"他问，他的嘴角浮现出一丝笑意，"你干吗盯着我看？"

　　"你……"我摇了摇头，搜寻着某个可以表达我此刻感受的词语，"实在太高了。"

　　他笑得更放肆了，只在我面前出现的、赤裸的亚历克斯："我也爱你，珀比·莱特。"

　　明天我们会爱彼此多一点，更多一点，我们还要一起度过更多的明天。

　　即便在未来的日子里，我们遭遇了艰难的时刻，我们依然会全然理解、全然接纳身边这个我们全心全意爱着的人。我会和他在一起，和这12年的假期中遇到的所有版本的他一起，即使生活的意义并不只有快乐，但至少现在，我是快乐的。我的快乐，深入骨髓。

致谢

　　这本书之所以能最终成书，真的要感谢很多人。我首先要感谢的是 Parker Peevyhouse，正是因为你的那通电话，我才知道要在接下来的这本书里写些什么。如果没有我们那次的通话，我觉得我是无法创作出这本书的。谢谢你，我的朋友。

　　我还要感谢我出色的编辑 Amanda Bergeron 和 Sareer Khader。任何词语都无法详尽地描绘出我和你们一起工作究竟意味着什么。你们花费时间和精力帮我挖掘的并不只是一本普通的书，它是大部分作家都梦寐以求的命运般的那本书。把自己作品的所有权和掌控权交付出去是一件很可怕的事，但我一直都知道专业如你们，你们很好地把控了每一个环节。感谢你们督促我，让我的作品突破了原本的极限，感谢和你们这样出色的团队进行合作。

　　我还要把大大的感谢送给 Jessica Mangicaro，Dache Rogers 和 Danielle Keir。如果没有你们，我相信这本书是无法被大家看到的，所以感谢你们用你们的才华和热情来支持我的书。你们让一切都变得光明起来。

　　也感谢伯克利的所有人，感谢你们为我和我的书搭建了一个温暖而又充满助力的家，我要感谢的人包括但不仅限于 Claire Zion，Cindy Hwang，Lindsey Tulloch，Sheila Moody，Anthony Ramondo，Sandra Chiu，Jeanne-Marie Hudson，Craig Burke，Christine Ball 和 Ivan Held，能和你们一起工作，我觉得自己很幸运。

感谢我了不起的经纪人 Taylor Haggerty，以及优秀的 Root Literary 团队中的所有人：Holly Root，Melanie Figueroa，Molly O'Neill。感谢你们的热情投入、无私奉献和亲切友善。也许我也要特别感谢一些粉红起泡葡萄酒。

还要感谢 Lana Popovic，Liz Tingue 和 Marissa Grossman，是你们最初给予了我莫大的支持。

我要感谢我亲爱的朋友们：Brittany Cavallaro，Jeff Zentner，Riley Redgate，Bethany Morrow，Kerry Kletter，David Arnold，Justin Reynolds，Adriana Mather，Candice Montgomery，Eric Smith Tehlor Kay Mejia，Anna Breslaw，Dahlia Adler，Jennifer Niven，Kimberly Jones 和 Isabel Ibañez，这些年来，因为有了你们，我的生活（和写作）才变得越来越好，真的非常感谢你们。

对我来说，能够得到我所仰慕的图书社群和作家的支持，不仅意义重大，而且也激励着我继续从事我所热爱的这份事业。我要特别感谢 Siobhán Jones 和整个 Month 团队，与此同时，我也要把感谢送给 Ashley Spivey，Zibby Owens，Robin Kall，Vilma Iris，Sarah True，Christina Lauren，Jasmine Guillory，Sally Thorne，Julia Whelan，Amy Reichert，Heather Cocks，Jessica Morgan 和 Sarah Maclean。你们的善意和鼓励在我的这趟旅途中，起到了非常重要的作用。

最后，我要一如既往地感谢我的家人，感谢你们把我抚养成这么一个既古怪又拥有着古怪的自信的家伙。还要感谢我的丈夫，谢谢你总在去厨房的半路停下来吻我的头。你是最棒的，没有人能比得过你。